"十三五"江苏省高等学校重点教材
（编号：2020-2-269）

中国红色文学作品十五讲

薛以伟　主编

南京大学出版社

图书在版编目(CIP)数据

中国红色文学作品十五讲 / 薛以伟主编. —南京：
南京大学出版社，2022.11

ISBN 978 - 7 - 305 - 26217 - 3

Ⅰ.①中… Ⅱ.①薛… Ⅲ.①中国文学－现代文学－
革命文学－文学研究②中国文学－当代文学－革命文学－
文学研究 Ⅳ.①I206.6

中国版本图书馆 CIP 数据核字(2022)第 214671 号

出版发行	南京大学出版社	
社　　址	南京市汉口路 22 号	邮编 210093
出 版 人	金鑫荣	
书　　名	中国红色文学作品十五讲	
主　　编	薛以伟	
责任编辑	陆蕊含	
照　　排	南京紫藤制版印务中心	
印　　刷	徐州绪权印刷有限公司	
开　　本	787 mm×1092 mm　1/16　印张 14.5　字数 320 千	
版　　次	2022 年 11 月第 1 版　2022 年 11 月第 1 次印刷	

ISBN 978 - 7 - 305 - 26217 - 3

定　　价	49.80 元	
网　　址	http://www.njupco.com	
官方微博	http://weibo.com/njupco	
官方微信	njupress	
销售热线	(025)83594756	

目　录

第一讲　中国红色文学的源流与潮流

　　红色文学是马克思主义理论指导下的无产阶级文学,具有鲜明的阶级性、革命性和民族性。从世界范围看,红色文学的诞生,得益于马克思主义、无产阶级革命理论、革命运动和文学话语的"联姻"。从文学本身来说,中国红色文学发展至今,已经成为独立的题材类别,构成了独特的文学范式,在主题、人物、语言、结构等方面都有着典范性意义。自中国共产党建立以来,中国红色文学历经百年发展,已成为一种稳固的文学思潮。

一、中国红色文学的发生与发展

（一）红色文学概念的提出与界定、内涵及属性

　　在马克思、恩格斯的文艺理论中曾提到,无产阶级要创造自己的文学艺术。英国宪章派诗歌、德国无产阶级诗歌及法国巴黎公社文学就是无产阶级文学的开端,欧仁·鲍狄埃等人的创作是世界红色文学的最初代表。十月革命后,人类历史上出现了马克思主义政党领导的第一个社会主义国家,无产阶级文学得以在世界范围内广泛流传。苏联作家中高尔基、马雅可夫斯基、奥斯特洛夫斯基、肖霍洛夫、法捷耶夫等人以出色的创作,宣告了红色文学的实绩。无产阶级文学在世界范围内得到了热烈响应,成为一种世界性文学思潮。比如英国的特雷塞尔、福克斯,爱尔兰的奥凯西,德国的沃尔夫、布莱希特,法国的巴比塞、古久里、艾吕雅、阿拉贡,美国的高尔德、马尔兹、约翰·里德、史沫特莱,朝鲜的崔曙海,日本的小林多喜二、德永直等作家都推动了这一创作热潮。

　　受到十月革命的影响,传递社会主义思潮的文体及著作在李大钊、陈独秀等早期共产党人的译介下在中国开始传播,而红色文学也在此影响下应运而生。红色文学作为中国现当代文学范畴中的一个规范性学术概念,应指出场于"五四"历经不同年代却不因时代的变迁仍在进入当下并成为时代精神状况中的一种指向性尺度的,多维展示中国共产党领导中国人民为争取民族独立和人民解放的历史事实、斗争经验和革命精神且以此为叙事逻辑和价值负载的不同范型和内容的文学作品。本书所选的红色文学作品主要表现中国共产党领导新民主主义革命的历史进程和革命精神,多以革命现实主义为创作方法,具有阶级性、革命性、民族性,表现出崇高美感、英雄主义情结和史诗品格。

　　中国红色文学即是广义上的"无产阶级文学""革命文学""左翼文学""社会主义文学",它在本质上与这些命名是相通的。不过,红色文学却比上述阶段性命名更具有涵括

性。无产阶级革命文学、左翼文学、延安文学等阶段性指称无法体现中国共产党人的民族立场;"革命"话语背后的意识形态则异常复杂[①],带来意义指向"含混"的缺陷;抗日文学、救亡文学等文学概念虽显示了中国共产党人的民族立场,却遮蔽了其"阶级"理论的根本,也在一定程度上减弱了中国文学的国际性,割断了中国无产阶级文学与世界无产阶级文学之间的互鉴。在二十世纪的世界文化语境中,红色与共产党、阶级理论、共产主义、反帝等概念密切相连。因此,红色文学概念的提出,可以有效地解决其文学性质不同层面的兼容性问题。

从学科归属上看,中国红色文学的提出,体现出文学与社会的互动,彰显出跨学科视野。从社会学层面来看,中国红色文学的发生,始终根植于中国现代社会的土壤。它是在中国共产党的领导下,以马克思主义理论为基础,建构无产阶级革命话语的文学实践,相应的,无产阶级文学也成为时代必然的要求。中国红色文学,始终坚持党对文艺的领导,这决定了其性质是双重的,既具有政治性、社会性,又具有审美性。而中国文学的载道传统,也决定了民族文化心理的现实倾向以及"感时忧国"的特征,这也使得审美主义文学始终无法占据中国现代文学的主流。中国红色文学以革命现实主义的创作,表现了革命精神、阶级斗争、劳动实践,彰显出作家对于另类现代性的追求。

中国红色文学具有鲜明的阶级性、强烈的革命性、突出的民族性。首先,中国红色文学,具有鲜明的阶级性。作为世界红色文学的重要一支,其本质是无产阶级文学,它是在共产党领导下产生的,主要反映中国共产党带领中国人民奋斗的革命历程,因而阶级性是红色文学的最根本特征。红色文学具有平民视点,以"工农兵"为表现主体和审美主题,以反封建主义、反资本主义、反帝国主义为核心诉求,表现中国人民争取民族独立、国家富强的艰辛历程。这些奠定了红色文学产生的阶级基础。

其次,中国红色文学具有强烈的革命性。纵观二十世纪的中国,"革命"成为一个具有不言自明的权威性的语汇。西方话语中的"革命","从周而复始的循环性运动演化成了断裂性和前进性的政治变革"[②]。而在中国"进化论"视野烛照下,"革命"具有先天的优越性,蕴含了革命现代性的思想指向,"革命"意味着历史的前进方向。"革命与革命文学的关系是一种偏正关系"[③],革命文学担负起宣传革命、改造社会的重任,而文学介入革命进程中也因之发生了巨大变化。"革命"成为中国红色文学的新资源、新传统,改变了中国文学的面貌,"革命"始终伴随着中国新文学的发展历程,成为最关键的文学底色,它不仅塑造了过去,也影响着文学的未来。这构成了红色文学的价值取向。

再次,中国红色文学具有突出的民族性。在长期的创作历程中,红色文学逐步形成了稳固的民族审美范式,自觉追求民族风格和民族气派。革命文学和"左翼"文学时期,作家

---

① 参见陈建华:《革命的现代性——中国革命话语考论》,上海古籍出版社 2000 年版。
② [美]汉娜·阿伦特:《论革命》,陈周旺译,译林出版社 2011 年版,第 36 页。
③ 王富仁:《河流·湖泊·海湾——革命文学、京派文学、海派文学略说》,《中国现代文学研究丛刊》2009 年第 5 期。

尚在探索民族风格的过程中;延安文学时期,《在延安文艺座谈会上的讲话》的发表,标志着"工农兵文学"的确立。延安时期新秧歌剧《白毛女》的巨大成功,吸纳了民歌、小调、梆子、戏曲、唢呐曲、号子、念经调等多样的传统戏剧形式,彰显出革命话语与民间话语的交融,使民族形式和革命内容有机共生。赵树理、孙犁、袁静、孔厥、西戎、马烽、周立波等作家,致力于民族叙事。赵树理融合改造民间说书,创作出《小二黑结婚》《李有才板话》等重要作品,并形成了独特的叙事语调,被推举为"赵树理方向";袁静、孔厥则改造传统章回小说,注入革命精神,敷衍革命传奇;二十世纪五十至七十年代,梁斌、周立波、柳青、浩然、孙犁等人创作的"红色经典",亦流露出浓厚的地方色彩,蛤蟆滩、清溪乡、东山坞、荷花淀等文学地标,促进生成了现代民族国家想象的共同体以及崭新的政治实践和道德主体。作家致力于文学大众化、民族化的探索,在新文学与民间文学的辩证关系中,实现审美习惯上适应农民的需求,有意追求民族化、大众化的风格范式,展现出生动活泼的中国作风与中国气派。这便是红色文学的表现形式。

在审美取向上,中国红色文学具有崇高美感、英雄主义情结、史诗品格。首先,中国文学具有崇高美感。在康德看来,优美感多源于形式,而崇高则更多的是由于对象唤起了理性观念,"它经历着一个瞬间的生命力的阻滞,而立刻继之以生命力的因而更加强烈的喷射,崇高的感觉产生了"[1]。崇高带来的是消极的快感,是在抗争中激起的惊叹和崇敬。"伟大和力量"是崇高美感体现的重要品质,"崇高感是道德的一种规范"[2]。从康德的论述中不难看出,崇高美主要表现为一种理性的认知,更多的是道德的指向。而中国"红色文学",以英雄人物的塑造集中表现出崇高美感。不管是战争中奋不顾身的战斗英雄,还是为共产主义理想牺牲的革命志士,都因其道德崇高在人们心里激发起震撼和感动。"恰到好处的真情流露而导致崇高","顽强而持久地占住我们的记忆"[3]。正是崇高美学使"国家的存在与运作合理、合法"[4]。

其次,中国红色文学具有英雄主义情结。塑造真实可感的人物形象是文学"撄人心"的需要,塑造正面英雄的形象,是塑造"典型环境"中"典型人物"的必然要求,更是中国"红色文学"的自觉追求。在十七年时期,塑造工农兵英雄,讴歌其高尚的道德情操、刚毅坚韧的性格、坚定的政治信仰,"金刚钻般的布尔什维克"[5],这种审美指向具有雄壮与崇高之美,因而带有强烈的感染力和撼人心魄的力量。正如康德所说:"什么东西甚至对于野蛮人也是一个最大赞赏的对象呢? 是一个不惊慌,不畏惧,因而不逃避危险,但同时又以周密的深思熟虑干练地采取行动的人。"[6]"只有通过这种新人物,作品才能够真正做到用社

---

[1] [德]康德:《判断力批判》上卷,宗白华译,商务印书馆1964年版,第84页。
[2] [美]吉尔伯特、[德]库恩:《美学史》上卷,夏乾丰译,上海译文出版社1989年版,第449页。
[3] [古罗马]朗吉弩斯:《论崇高》,钱学熙译,高建平、丁国旗主编《西方文论经典》第1卷,安徽文艺出版社2014年版,第413页。
[4] [美]王斑:《历史的崇高形象:二十世纪中国的美学与政治》,孟祥春译,上海三联书店2008年版,第190页。
[5] 冯牧:《文艺报》1959年第19期。
[6] [德]康德:《判断力批判》,邓晓芒译,人民出版社2002年版,第102页。

会主义精神教育群众"①,"推动社会进步的,带领人类前进的,使落后转向进步的力量……没有这些新人物,旧人物的转变将是不可能的事"②。

再次,中国红色文学具有厚重的史诗品格。茅盾的《子夜》建立起全新的革命现实主义规范,以"巨大的思想深度""广阔的历史内容"、宏大叙事,全景式反映时代的面貌和发展趋势。这种倾向在延安时期的《太阳照在桑干河上》《暴风骤雨》中得到了加强,而《创业史》更是直接表现出叙事者写史的"野心",通过蛤蟆滩的变化,揭示"中国农村为什么会发生社会主义革命和这次革命是怎样进行的"这一宏大命题。

中国红色文学,既是历史的产物,也是时代的需要。中国共产党领导中国人民斗争的革命征程,即包括共时性创作和历时性创作。所谓共时性创作,是与"革命"实践同步发生,具有强烈现场感的文学,比如二十世纪二十年代蒋光慈的《短裤党》等小说,表现火热的大革命以及大革命失败后的彷徨;赵树理的《三里湾》、周立波的《山乡巨变》、柳青的《创业史》表现中国农村社会主义改造的壮观景象;所谓历时性创作,则是指经历时间沉淀后,反映中国共产党所领导的革命历史的文学,如新中国成立后,以《保卫延安》《林海雪原》《红旗谱》《红岩》《红日》《青春之歌》等为代表的"革命历史小说","讲述的是中共发动、领导的'革命'的起源,和这一'革命'经历曲折过程之后最终走向胜利的故事"③。

(二)中国红色文学的缘起和影响

"红色文学"的名称在中国出现,最早可以追溯到 1921 年,与之等同含义的则有"劳农文学""劳工派诗人""革命文学""赤色的文学"等。茅盾在《俄国革命的小说》中指出,苏俄国内盛行的是"革命的红色的诗歌"④。化鲁在《俄国的自由诗》一文中,分析了俄国"红色诗歌"⑤的代表诗人作品,类似的还有《赤色的诗歌——第三国际党的颂歌》⑥,这些都可看作"红色文学"这一名称在中国最早的先声。而瞿秋白、邓中夏、恽代英、萧楚女、冯雪峰等人在《中国青年》上较早探索"革命文学"的建设,蒋光慈、茅盾、郭沫若等又先后发表《无产阶级革命与文化》(1924)、《论无产阶级艺术》(1925)、《革命与文学》(1926)等文章,后期创造社以及太阳社则于 1928 年正式竖起"无产阶级革命文学"的大旗,并引发了广泛的论争与关注。二十世纪三十年代,随着"左联"的建立,普罗文学/"左翼文学"成为主要代表。随后,经由延安文艺整风运动,确立了稳固的革命文学范式,在政治立场、情感倾向、主题题材、人物形象、表达方式等方面都为新中国成立后的社会主义文学奠定了基础。二十世纪五十至七十年代,以"青山保林,三红一创"为代表的红色革命经典彰显了社会主义中国红色文学创作的高峰。二十世纪九十年代,在官方话语和市场话语的合力作用下,"红色经典"重新焕发生机。21 世纪以来,以《亮剑》《黄河东流去》《人民的名义》和"英雄传奇三

---

① 周扬:《社会主义现实主义——中国文学前进的道路》,《人民日报》1953 年 1 月 11 日。
② 策:《论一般公式化》,《人民文学》1951 年第 5 期。
③ 洪子诚:《中国当代文学史》(修订版),北京大学出版社 2007 年版,第 94 页。
④ 沈雁冰:《俄国革命的小说》,《小说月报》,1923 年第 14 卷第 6 期。
⑤ 化鲁:《俄国的自由诗》,《东方杂志》,1921 年第 18 卷第 11 期。
⑥ C.Z、C.T.:《赤色的诗歌——第三国际党的颂歌》,《小说月报》1921 年第 12 卷。

部曲"等为代表的"新红色文学"大量涌现,正彰显出红色文学强大的生命力。

　　从红色文学的社会影响来说,它在历史中发挥了重要的美学宣传动员作用。红色文学与中国共产党领导的革命、建设历程相伴相生,体现出鲜明的家国情怀,彰显出对于民族命运的热切关注,因而有着激荡人心的力量。自出现之日起,红色文学就有着鲜明的"介入性",始终扮演着一种"行动的文学",它追求的不仅是认识世界,更重要的是通过文艺改造人心。红色文学不仅来源于生活,还要积极改造社会与生活。它以政治性、教育性为鹄的,着重于文学服务于现实的功能,也即文学为政治服务、为工农兵服务。文学是一种组织、建设、管理社会的有效工具,而不再是纯审美、非功利的,是一种能动的现实力量。追求文学对于现实的能动介入、改变,正是一种"介入文学"的体现。在萨特看来,文学被赋予了介入、揭露、改变现实的使命,"在这个宿命论的时代我们需要在每一具体场合向读者显示他的做成与拆散的能力,简单说就是他的行动能力"①。作家创作所背负的社会责任感、使命感,向读者揭露现实问题,由此带来改变,这正是文学行动力量的体现与彰显。"反映出来的生活可以而且应该比普通的实际生活更高、更强烈、更有集中性、更典型、更理想,因此就更带有普遍性"②,这种对于旧世界的批判功能,对于日常生活的超越,意味着文学不仅要"使人民群众惊醒起来,感奋起来",更要"实际地改造客观世界"③。应和着这种社会改造的指向,作为"改造群众的旧的意识,使他们能够接受新的世界观"④的革命文学,不仅承担着宣传动员的政治功用,也被寄予了介入生活、改造现实的重任。在强烈的实用主义文学观之下,文学表达其对美好生活的建设性构想,"它以一种特殊方式把读者带到一起,构造出一种特殊群体:在这样一个群体中,每一位个体的想象、思想和情感都被视为拥有道德价值并得到尊重"⑤。

二、中国红色文学的特征与现象级呈现

（一）中国现当代文学作品的创作范式

　　"'红色经典'在革命历史题材书写方面为同类题材的勃兴、延续与深化,的确提供了具有范型意义的叙事模式与结构格局,客观上说具有针对特殊题材类型的艺术典范性。"⑥红色经典通过主题内蕴、人物塑造、情感建构、意境营造、语言修辞等,容纳了深刻流动的心灵世界和鲜活丰满的本真生命,包含了历史、文化、人性的内涵,具有思想的穿透力、审美的洞察力、形式的创造力。而传承红色精神基因的作品,更是那些最具代表性、典

① [法]让·保罗·萨特:《什么是文学?》,《萨特文学论文集》,施康强等译,安徽文艺出版社1998年版,第274页。
② 毛泽东:《在延安文艺座谈会上的讲话》,《毛泽东选集》(第3卷),人民出版社1991年版,第861页。
③ 马驰:《马克思主义美学传播史》,漓江出版社2001年版,第6页。
④ 赵树理:《通俗化引论》,《赵树理全集》(第4卷),北岳文艺出版社2000年版,第141页。
⑤ [美]玛莎·努斯鲍姆:《诗性正义》,丁晓东译,北京大学出版社2010年版,第48页。
⑥ 惠雁冰:《红色文学论述》,《新文学评论》2015年第4期。

范性、权威性的作品。它们弘扬了革命现实主义精神,丰富了英雄人物形象的长廊,展现出对于多样艺术手法的探索。

从文学史角度来看,红色文学与乡土文学、都市文学等题材既有融合又有交叉,相互借鉴,在互动中既有交流又有冲突。就红色文学与乡土文学的交叉关系来看,由鲁迅开创的乡土小说题材,从问世开始,就背负着改造国民性的重任,而其中就灌注着浓厚的启蒙与革命精神;而王鲁彦、王统照、台静农、蹇先艾、许杰、彭家煌等人的乡土小说创作,无不揭示出农村在多重压迫下凋敝衰颓的命运,揭示出农民生活的凄苦与精神的麻木,在满含血泪悲剧的叙述中,抨击封建礼教吃人,彰显出革命的必要性,可以看作红色文学的先导。随着无产阶级文学的提倡,蒋光慈、柔石、叶紫、华汉、丁玲等人在"革命乡土小说"中开始显现出明显的阶级色彩。而 1949 年以后的"农村题材小说",接续了"社会乡土小说"中对于风景美、风俗美、人情美的刻画,但同时严格遵循革命现实主义的创作手法,注入了阶级立场与阶级意识,致使"乡土小说"一变为"农村小说",而在 1966—1976 年间,承载了风土人情的"乡土"书写在文本中消失不见,单纯成为阶级斗争展演的空间。左翼作家的都市书写,同样彰显出红色文学与都市文学的聚散离合。革命加恋爱小说的风行,正是借助了都市空间的欲望机制,宣泄出青年人的激进情感①,而左翼戏剧也在都市的"马赛克"②文化结构中,得以滋长。都市文学中,茅盾的《子夜》最先开了社会剖析小说的先河,将左翼的批判色彩与海派文学的都市感觉有机交融,"使现代都市文学一起步便达到了足可与其他主题相媲美的巨大的思想深度和历史内容"③。1949—1978 年的都市题材小说,淡化了都市的感性、摩登色彩,更注重"生产性"城市的塑造。这一阶段主要表现火热的工业生产斗争与生活,《上海的早晨》《青春万岁》等对于城市生活有所展露,但并不充分,大部分集中在工业题材,如《百炼成钢》《原动力》《总工程师和他的女儿》《钢铁巨人》《海港》等作品。而都市的物质生活、小资情调书写,在 1949—1976 年被当作"资产阶级享乐主义""精神腐蚀"等负面质素,落后人物往往会沉溺于都市的物质享受中,淡化了革命精神,忽视了阶级斗争,这正是《千万不要忘记》《霓虹灯下的哨兵》等作品所挞伐的。

(二)中国红色文学的创作思潮

百年来,作为一种文学思潮,红色文学思潮的理论建构多由政治思想家完成,在理论形态上较为纯粹,有着明晰的政治性、民族性、地域性,但同时也带来了创作上的局限性。它先后经过了"民众文学思潮""左翼文学思潮""工农兵文学思潮""多元现实主义思潮"等几个阶段。

在"民众文学思潮"阶段,早期进步知识分子、共产党人在注目于人性解放、个性解放的同时,也关注"阶级"的解放与社会的解放,但并没有形成系统的理论实践与创作自觉。比如陈独秀、朱自清、沈雁冰、郭沫若都提出了有关平民文学、民众文学的构想。

---

① 张屏瑾:《从摩登恋爱到摩登革命——左翼作家与都市书写》,《同济大学学报》2010 年第 5 期。
② 葛飞:《缝合与被缝合:都市马赛克中的左翼戏剧》,《扬子江评论》2007 年第 4 期。
③ 谭桂林:《现代都市文学的发展与〈子夜〉的贡献》,《文学评论》1991 年第 5 期。

在"左翼文学思潮"阶段,五四文学革命所秉持的资产阶级民主、科学思想被扬弃,"由于大革命的激荡,无产阶级的革命理论和史的唯物论,成为新思想中的主潮"。"实际上是20世纪20—30年代国际无产阶级文学运动在中国的反映,也是世界无产阶级文学运动的一个重要组成部分"。从理论建构上看,"左翼文学思潮"中既有"左倾"的文学理论与主张(以创造社和太阳社为代表),又有真正的马克思主义文艺思想,以鲁迅、瞿秋白、茅盾、胡风等为代表。从创作成果看,既有鲁迅、徐懋庸、聂绀弩等的战斗性杂文,华汉、蒋光慈等人的"革命罗曼蒂克",又有殷夫、叶紫、丁玲、萧军、萧红、沙汀、艾芜、张天翼等人的小说,田汉、洪深、夏衍等人的剧作。此外,中国诗歌会诸诗人的诗歌,摆脱了僵化的教条主义创作,显示出民族化的风格,给左翼文坛注入了生机与活力。

在"工农兵文学思潮"阶段,作家批判地继承了五四文学、革命文学的精神资源,以马克思主义和毛泽东思想为指导思想,追求民族化、大众化,强调文学为工农兵服务、为政治服务,经过周扬、冯雪峰、邵荃麟、陈涌、秦兆阳等理论家的积极建构与阐释,形成了完备的理论体系,也涌现出赵树理、孙犁、杨沫、曲波等一大批代表作家。

在"多元现实主义思潮"阶段,强调多元共生、主流引领,官方文化、大众文化、精英文化三者之间形成了一种富有张力的互动。官方尊重文学创作规律,提倡多种风格共存,呈现出一种"无边的现实主义"的样态,带来了创作的繁荣。

这四个阶段中,红色文学主要对以下四种主题进行了书写:一是创作者的"自叙传",如方志敏的《清贫》《可爱的中国》、瞿秋白的《多余的话》、殷夫的《别了,哥哥》等。在这类主题里,红色文学刻画了共产党员高尚的灵魂与坚定的信仰,通过自我心灵的敞开,也拉近了红色文学与读者之间的距离。

二是书写中国共产党革命斗争的题材,表现为一种"战争叙事",例如"大革命""土地革命""抗日战争""解放战争"等重大革命历史事件,因此也有论者将其称为"革命历史小说",例如蒋光慈的《短裤党》《咆哮了的土地》,梁斌的《红旗谱》,罗广斌、杨益言的《红岩》,孙犁的《荷花淀》,都梁的《亮剑》,马烽、西戎的《吕梁英雄传》以及张新科的"英雄传奇三部曲"等。

三是书写中国共产党带领人民反抗阶级压迫的历史事件,表现为一种"苦难叙事",其目的在于带领人民解决封建主义和人民大众之间的矛盾以及解决落后的生产关系对社会主义发展的限制等。例如艾青的《大堰河——我的保姆》,丁玲的《太阳照在桑干河上》,周立波的《暴风骤雨》,贺敬之、丁毅的《白毛女》,赵树理的《小二黑结婚》等。

四是书写共产党员的自我成长以及革命道路抉择的主题。表现为某种"成长叙事",反映了革命者的心路历程。例如杨沫的《青春之歌》、江奇涛的《人间正道是沧桑》和张新科的《苍茫大地》等。

无论是红色文学发展的各个阶段,还是它书写的若干主题,读者都可以清楚地感受到它自身蕴含的进步的力量。红色文学的各类叙事,始终聚焦于国家、民族与人民之上,体现了时代赋予其"立国"——建立马克思主义理论指导下的社会主义国家——与"立人"——培养无产阶级的社会主义"新人"的双重要求。而这,在百年中国"现代化"的历史进程中,始终处于政治、经济与文化发展的主潮之中,成为一种突出的现象,并与社会政治经济文化结构密切相关,它是中国革命历史的必然产物。中国共产党领导的百年革命实践,是红色文学兴盛的最根本原因,也是红色文学得以滋生的沃土。红色文学的根本使命,在于通过反复的叙事与抒情,确立革命的合法性,调动读者对于革命的历史记忆,培养人们的政治认同与情感认同,塑造共同体意识,最终确立无产阶级"文化领导权"(葛兰西)。在红色文学诞生的年代,红色文学发挥了统一思想、凝聚人心、动员革命、激发生产等重要功能,比如应对着延安时期"大生产"运动,涌现出《二媳妇纺线》《兄妹开荒》等戏剧文本;应对着宣传"婚姻法"的热潮,出现了《小二黑结婚》《登记》《结婚》《喜事》等小说;应对着社会主义改造,出现了《上海的早晨》《三里湾》《艳阳天》等作品……而二十世纪九十年代以来在全球化背景下,应对着西方文化的强烈冲击,红色文学承担了维护国家文化安全、重新凝聚民族精神的重任,"大众红色怀旧热情与中国当下主流意识形态的结合,不仅最有利于汇集成意识形态和民族文化需求相一致的国家文化势能,而且也更有利于使政治意识形态融入民族文化的传播过程中,获得最有力最稳定的传播形式"[①]。

红色文学不仅承载了宣传教化的使命,具有特定意识形态的功用性,而且它也带来了诸多可贵的品质。红色经典熔铸了中国人民在革命中形成的思想、精神、情感,是革命斗争历史的文化镜像,也是革命精神的表现形式,以长征精神、延安精神等为代表的革命文化,融入中华文化的血脉之中,成为当今中国文化的重要组成部分。在叙事内涵上主要具有以下三个方面的特点。

首先是平民视角的转换。自五四文学起,致力于"平民文学"就成了知识分子的自觉追求。红色文学以人民群众为表现的对象,始终以大众为服务对象,追求文学的宣传效果,实现最广泛的动员,因此,在受众的广泛度上,都是其他文学类型难以比拟的。体裁上常采用章回演义体、民间评书、民歌等;叙述上主要采用传统的单线式结构,语言上通俗易懂平白如话,多用方言口语。这种特性使得红色文学有了广泛的受众基础,因而受到广泛的欢迎。

其次表现出对于公平正义的追求。在马伽利特看来,尊严的政治意在揭示"自尊与权利的关连",呼吁建立一种"优雅的社会"[②]。尊严的政治产生于等级制的崩溃,是平等主义和普遍主义的,它被贯彻到各种社会关系之中。尊严不只是微观伦理问题,而是涉及政府机构、社会组织对公民是否尊重这样一种宏观伦理,它关涉以法律为目标的道德。例如,在《暴风骤雨》《太阳照在桑干河上》等土改小说中,农民通过"诉苦"机制言说压迫,表达出对于公平正义的追求;《活影子》《小巷深处》等"妓女改造"题材的小说,表现出底层女性对于尊严的渴望。

再次是对中国传统文化的创造性转化和创新性发展。中国红色文学追求"革命理

① 王妮娜:《"红色经典"现象与大众文化认同危机》,《唐都学刊》2005年第3期。
② 转引自甘绍平:《应用伦理学前沿问题研究》,江西人民出版社2002年版,第179页。

想",倡导"革命英雄主义""全心全意为人民服务""实事求是""自力更生、艰苦奋斗"等精神,这些思想观念是马克思主义理论与儒家文化结合创化的产物,是中华优秀传统文化在革命斗争中的传承、转化和发展,并赋予民族志向、民族品格、民族精神的耀眼光芒。

（三）成为文化现象的中国红色文学

红色文学以其"撄人心"的力量,创造了诸多现象学奇观。高尔基的《母亲》、奥斯特洛夫斯基的《钢铁是怎样炼成的》、法捷耶夫的《毁灭》、肖洛霍夫的《静静的顿河》、雷马克的《西线无战事》等世界红色文学,均成为影响几代人的经典。中国红色文学同样具有极为广泛的受众,在历史上,"革命＋恋爱"小说影响了一批青年人投奔革命,例如陶铸就曾回忆蒋光慈《短裤党》对其走向革命道路的影响;《小二黑结婚》一书当时在太行山区销量就达三四万册,促进了解放区对于婚姻问题的重视,也使得"婚恋自由"的现代理念下沉到农村;延安时期的秧歌剧《白毛女》演出三十多场,受到观众热烈欢迎,使观众深切感受到新旧社会的对比,培塑了阶级情感;《红岩》《青春之歌》《林海雪原》等书籍更是创造了文学图书的销量奇迹,《红岩》的发行量至今已达 1200 多万册。这种接受广度、影响程度,是一般题材的现代文学所无法想象的。而在当下社会,传播媒介的多样化,使红色文学能以各种形式得以表达传递。红色影视的改编,不仅推动了文学传播,也引发了新一轮创作高潮。在市场运作和国家力量的推动下,红色题材电影和电视得以进一步发挥影响。《永不消逝的电波》等宏大叙事的作品,再现了中国共产党革命的恢宏历史,《父母爱情》《大江大河》等影视剧以日常视角展现出普通人的命运遭际,折射出时代变迁;《亮剑》塑造出性格丰满的战斗英雄,感动了无数观众;《智取威虎山》则以商业大片手法翻拍《林海雪原》,给人带来精神震撼与审美享受;《潜伏》《风声》聚焦于中共地下党的英勇事迹,同样掀起了票房狂潮和可观的收视率。这些红色影视剧改编成功,无一例外再次印证了"红色经典"具有的丰沛的生命力。

不难看出,红色文学中的"红",具有"原型"意味,成为一种现象学奇观,它不再是简单的颜色词,而成为表现"革命"的核心意象,象征着革命精神、革命理想、革命信仰。"红"是革命的热情,如《艳阳天》中为革命奉献的萧长春、焦淑红;"红"是进取的精神,如《红旗谱》中奋进的梁生宝、徐改霞;"红"是蓬勃的朝气,如《红色娘子军》中的吴琼花、《闪闪的红星》中的玉梅和灵芝;"红"是坚韧的毅力,如《红岩》中的江姐历经磨难而不改其志……而红色文学对文化产业全链条的强力渗透,包括红色影视剧创改、红色文创、红色歌曲、红色舞蹈、红色旅游等等,都离不开红色文学所营构出来的充满理想、斗争与英雄主义的想象世界。

"红色经典既是政治,又是文学;既是意识形态,又是审美;既是文学现象,又是叙事文本;既是思想载体,又是小说形象;既是历史,又是现实;既是传统,又是现代;既是'红色',又是'经典';既是革命话语,又是文学消费。"①红色文学建构了一种文学范式,红色文学

---

① 黄书泉:《"红色经典"长篇小说与文学消费》,《学术界》2014 年第 5 期。

在培植民族精神、建构历史记忆和涵育文化心理上,发挥着不可替代的作用。

三、红色文学的"当代魅力"与"集体记忆"

既然中国百年红色文学是在中国共产党的领导下发展成长起来的一种文学样态,那么,这种文化层面的"审美意识形态"也必然体现了中国共产党的章程要求,即要代表中国先进文化的前进方向。但是,何谓文学所要反映的"先进文化"? 对于这个问题的回答始终贯穿于百年中国新文学的发展历程中。不同时代的红色文学都在与诸多文学品类及文学观念——例如"消闲文学""通俗文学""海派文学""为艺术而艺术""人性论""人道主义"等的对话、碰撞和斗争中,给出了自己的答案。尽管红色文学的叙事主题并不完全相同——它也有着广泛的题材范围,但由之反映出对"先进文化"的看法却一以贯之。那便是在马克思主义基本原理指导下,秉承干预现实的创作理念,践行现实主义创作方法,凸显文学的"阶级意识"和"革命观念","并将这种阶级意识与革命观念渗透到'人的文学'中"①,以呼应"救国"的时代浪潮。这也正是在五四文学的基础上形成并发展的红色文学传统。这一传统极大扩展了中国新文学的表现范围——从"旧人"到"新人",从"城市"到"农村",从"改良"到"革命";丰富了新文学创作观念——从"艺术"到"人生",从"人性"到"社会",从"审美"到"政治";指明了新文学发展方向——从"个人"到"民族",从"精英"到"大众",从"启蒙"到"救亡"。相较于其他文学流派,红色文学的叙事新变,归根结底反映的是现代中国在社会变革、民族解放、国家独立等方面的迫切需要,这也正是使其成为"先进文化"前进方向代表的要旨所在。

(一)潮观现当代文学"那一抹红"的魅力

既然百年中国红色文学在各个历史时期都形成了特色鲜明的创作潮流,那么,究竟是怎样的魅力使其不断被人民接受并逐渐成为浩荡开阔的"一条大河"? "红色是中国共产党、中华人民共和国最鲜亮的底色。"纵观中国新文学的发展,在色彩纷呈的文学世界里,由红色文学带来的"那一抹红",从星火到燎原,为时局灰暗的中国点燃了希望,照亮了前路。

首先,其魅力在于红色文学的"隐含读者"始终是最广大的人民群众。这个"隐含读者"尤为关注的是农民、工人和城市小生产者等构成中国人口主体的读者群。其实,早在1931年"左翼作家联盟"执委会的决议《中国无产阶级革命文学的新任务》中,就已经把"文学的大众化"作为"建设无产阶级革命文学的'第一个重大问题'"②。因此,红色文学的"隐含读者"和现实读者始终是最广泛的"大众",而不是少数的"精英"。这也正是它始

---

① 朱栋霖、吴义勤、朱晓进:《中国现代文学史 1915—2016(上)(第三版)》,北京大学出版社 2018 年版,第 127 页。

② 朱栋霖、吴义勤、朱晓进:《中国现代文学史 1915—2016(上)(第三版)》,北京大学出版社 2018 年版,第 130 页。

终能够保持旺盛生命力的原因之一。根深才能叶茂,树壮方能果稠。"从群众中来,到群众中去"这一党的群众路线从来就是党取得任何工作胜利的根本保证。在文化事业上,红色文学的书写同样也清楚地反映了这条路线。这也正说明了唯有群众永远是我们党和国家开展各项事业智慧与力量的源泉,只有面向群众、贴近群众,才能创造出无愧于时代的艺术作品,才能够充分展现文艺作品的魅力和价值,这也正是"那一抹红"的魅力所在。

其次,"隐含读者"的确立决定了红色文学审美形式必然扎根于民族土壤,表现出一种"中国作风"和"中国气派"。尽管"五四文学"的开创者们站在"启蒙"的立场上强烈批判民间形式的反现代性和封建性,并提出了一套比较"欧化"的审美范式,但是在"中国这个以农民为主体的社会,更倾向于选择毛泽东式的民族化和接近农民审美和情感的民族形式"[①]。因此,与之不同的是,在传播上走向了另一条路径的红色文学,始终站在人民的立场上,坚守着"人民性",力图将文学启蒙、民族救亡和传统文化紧密地结合在一起,塑造中国文学独特的内容与形式,从而摆脱某种"欧化"的教条,真正把中国文学融入世界潮流,即只有民族的,才是世界的。在这样的目标下,红色文学着力发掘蕴藏于群众当中的民间形式,并将其创造性地转化、提高,经过了去粗取精、去伪存真的过程后,提炼出既符合广大人民群众喜闻乐见的审美内容,又符合文学自身发展需要的审美形式。在"形式主义"文论看来,内容即是形式,形式也即内容。红色文学正是在这样内容与形式的互相结合、互相激发中,产生了独具魅力的"那一抹红"。

第三,红色文学所宣扬的"艰苦奋斗""不怕牺牲""富有韧性"的精神情感符合中华民族一贯的道德标准。或者用更加通俗的说法表述,即体现了中华民族精神文化的"传家宝"。在1949年新中国成立之后,新生的中国始终处于东西方两大阵营"冷战"对抗的夹缝与前沿。在自身处境险恶、国民经济落后的情况下,红色文学的价值理念和情感体系无不起到了赢得民心、凝聚民意的重要作用。"那一抹红"所建构出的话语体系和情感结构,正为人民塑造了一个呼唤英雄、尊崇英雄的时代。英雄的存在,具有十分重要的社会作用。正如2015年9月2日习近平总书记在颁发"中国人民抗日战争胜利70周年"纪念章仪式上所强调的:"一个有希望的民族不能没有英雄,一个有前途的国家不能没有先锋。包括抗战英雄在内的一切民族英雄,都是中华民族的脊梁。"郁达夫说:"一个没有英雄的民族是可悲的奴隶之邦,一个有英雄而不知尊重的民族则是不可救药的生物之群。"英国文坛巨匠托马斯·卡莱尔(Thomas Carlyle)曾对人类信仰和"英雄崇敬"之间的关系进行了深入探讨,他充满激情地指出:"信仰"是对某个"有灵感的导师"、某个"高尚的英雄"表示的"忠诚",而整个人类社会从文化角度来说,更是建立在这种"信仰"与"英雄崇敬"的关系之上的,"英雄崇敬"是一切人类行为的根源中"最深刻的根源",只要人类社会继续存在,那么"英雄崇敬"也就不会中止。这种"不会中止"的"英雄崇敬"正是红色文学给中华民族带来的重要精神财富,值得指出的是,红色文学并非创造了这种"英雄崇敬",而是在多元混杂的时代语境下,将"英雄崇敬"的精神信仰放置在了一个绝对主流的位置,从而引

---

① 刘康:《在全球化时代"再造红色经典"》,《中国比较文学》2003年第1期。

导着人民坚定信仰,担负责任,最终迈向胜利。

第四,红色文学的价值取向既是以共产主义理想为核心的理想主义的,又是以革命实践为标准的现实主义的。这充分体现了中国传统文化中的浪漫主义和现实主义传统。前者可以追溯到《楚辞》的传统,以及各种"桃花源""大同世界"的美好期望。后者则可以追溯到《诗经》《史记》的传统,即反映现实、尊重现实,一切从实际出发,脚踏实地地逐渐向一个终极的目标前行。就现实主义的魅力而言,红色文学最大的现实关怀便是关注一个以往被忽略,却又在中国革命过程中发挥了巨大作用的阶层,即"工农兵"群体。正如有论者指出的,"红色经典是'工农兵文艺',它以几千年来一直被忽略、被蔑视的底层普通平民为主人公,把他们塑造成英雄。我们可以认为,它传导的也是一种地道的平民精神。它的平民精神不同于'五四'时的俯视平民、怜悯平民,而是平视加仰视"①(阎浩岗)。这种平民精神和视野,正是现实主义真正贴近、走进群众的保证。红色文学以现实主义的人文关怀,使得"工农兵"的日常生活和革命斗争真实细腻地呈现在读者面前。就浪漫主义的魅力而言,在某种程度上甚至可以说,红色文学以浪漫主义的写作手法为主导,传达出一种十分特别的魅力。它所塑造的英雄,往往不是在武力或者智力上远超常人的"超人",其取得胜利的依凭是一种建立在坚定信仰之上的强大意志力,体现了一种精神层面的超越性,因此也被称为革命浪漫主义。

(二) 红色阅读中的"集体记忆"

莫里斯·哈布瓦赫曾提出"集体记忆"的概念,他在《论集体记忆》中指出,"存在着一个所谓的集体记忆和记忆的社会框架……集体记忆可用以重建关于过去的意象"②。换言之,"集体记忆"就是大众对于某些通过"社会框架"得以保存的历史事件的召唤,并由之形成了某种群体的印象和共同记忆。由于群体对重大历史事件的共同经历是形成"集体记忆"的最重要因素之一,那么,如何使当代"群众"再次获得这种"共同经历",从而在此基础上延续中华民族特别是革命的"集体记忆"呢?答案便在于对红色文学的阅读与接受。因为"集体记忆"的延续需要通过文学叙事的反复诉说而铭记于人们的大脑之中。

通过阅读红色文学形成的"集体记忆",实际上所要塑造的正是一种如本尼迪克特·安德森所说的"想象的共同体"。它旨在让人们产生并维系一种民族与文化的认同感。尽管五四"新文化运动"以某种激进的态度革新了中国人的诸多传统观念,但其"激进"之处也往往引人反思。而红色文学的发生与发展,正是对这种"激进"进行了一定程度的纠偏。正如有学者指出的,红色文学与"中华民族的传统一脉相承。比如诚实、公正、热情、顽强、乐观、开朗、勇敢、坚强、坚定、有正义感、有责任心等。中国历史文化源远流长,里面的善恶是非观,一直浸润着人们,从那恢宏的文字里,明明白白告诉人们什么是真、善、美。比如'先天下之忧而忧,后天下之乐而乐'、'安得广厦千万间'所反映出来的高尚情操和崇高境界,影响着一代又一代人。我们可以清晰地发现,从红色经典中刻画的英雄身上都可以

---

① 张江、仲呈祥、阎浩岗、赵慧平、杨少衡:《红色经典的当下意义》,《人民日报》2016年05月27日,第24版。

② [法]莫里斯·哈布瓦赫:《论集体记忆》,毕然、郭金华译,上海人民出版社2002年版,第69—71页。

找到中华民族精神文明的共同点，由此，我们不难看出红色经典对古典文化的传承"①。

　　除了对中华优秀传统文化的继承之外，红色文学还塑造了一种关于"革命"的"集体记忆"。众所周知，二十世纪上半叶的中国处于列强入侵、民族危亡、战争不断的处境之中。中国共产党在艰苦卓绝的实际斗争中证明了"革命"才是拯救中国的正确道路，这也让"改良派"的救国方案走到了尽头。而经过了一代代革命先烈的奋斗，进入二十一世纪，在商品经济和消费文化的大潮之下，中国社会逐渐进入了一种"后革命时代"。这种"后革命时代""延续了革命时期建立的基本政体和国体，但是却放弃了革命时期的高度政治动员、单一的计划经济模式以及禁欲主义的意识形态"②。当这种文化氛围与商品经济结合之后，便形成了一种多元混杂的文化样态。人们追逐着物质丰盈带来的享乐主义，由之也抛却了曾经根植于民族记忆中的理想主义和英雄主义。"革命"的传统在各种"欲望叙事"的冲刷之下，呈现出某种淡化之态。然而，遗忘历史意味着对民族精神的某种"背叛"，意味着对某种"历史虚无主义"的靠拢，它所带来的危险是对统一的民族国家在精神内核上的某种消解。正是在这样的意义上，由红色文学讲述的"革命历史"，从而塑造的"集体记忆"保存了一个民族之所以成为民族的核心特质，并让人们在"后革命时代"再次获得心灵上的崇高与文化上的凝聚。

　　在对"革命""集体记忆"的讲述中，读者体验到的是历史的厚重与信仰的坚韧，读者明白的是今日的美好生活来自昔日的苦难，倘若缺失了这样的"集体记忆"，就会导致一种"来源"的缺失，进而导致文化意义上民族身份的缺失。从此，"多元"的文化倾向将会指向任何方向，却又不能真正指向任何方向；混杂的文化样态将会在无止境的"琐碎"中变成"一地鸡毛"。那么，中国人的"民族身份"就会在西方"现代化"的语境中，因不断趋同而消泯其特征，继而被抹去，如同大海边沙地上的一张脸。

　　值得指出的是，尽管红色文学主要叙述并保存了关于"革命"的"集体记忆"。但它并非单纯地"追忆""革命"。相反，通过"革命叙事"，红色文学将二十世纪中国社会的诸多历史事件、重大变革和人民生活勾连成为一张经纬纵横、疏密有致的叙事网络。它以"革命"为中心，不断向社会生活与历史记忆的深层辐射，有如《红旗谱》这样的革命史诗，囊括了现代中国历史中的诸多重要事件，也有如《青春之歌》这样的关于个人成长史和精神史的细致刻画，还有如《林海雪原》这样的叙述革命英雄的传奇故事，甚至还有如《荷花淀》《暴风骤雨》这样细致描绘了社会风光和地方民俗的"风景画"一般的革命故事。正是在对这些丰富多彩的红色文学的阅读中，读者建构起了一种关于本民族的"集体记忆"，也因之构造了一种文化"模因"，使"红色基因"通过文学叙事得以传承，使"红色血脉"通过追忆革命历程得以赓续，铸造中华民族的根与魂！

---

① 　王会：《"红色经典"铸造民族精神》，《河北大学学报（哲学社会科学版）》2005 年第 3 期。
② 　陶东风：《后革命时代的革命文化》，《当代文坛》2006 年第 3 期。

第二讲　中国红色文学的历史谱系

"谱系"是中西方文化中共有的一个词语。在西方,是指一种历史研究方法,自尼采《道德的谱系》开始使用,在福柯的《性经验史》《规训与惩罚》等著作中被发扬光大。福柯追溯概念或话语的本源,不是为了说明概念或话语家谱的继承关系,而是试图揭示其生成背后的权力关系,以解构对主体的迷信。在中国传统文化中,"谱系"多指历时性记述的宗族世系或同类事物发展系统,意在考镜源流,寻找对象的变异点以及新生元素。本讲主要借鉴中国传统的谱系研究方法,考察中国红色文学的历史嬗变及进程,把握其发展演变的时代原因、品格特质和精神构造,及其在各时代涌现之间的关系和张力。

一、二十世纪二十年代的红色文学

二十世纪二十年代的红色文学不像后来的红色文学那样有组织,有领导,而是处在自发的创作状态,作家构成、作品数量、文学体裁、思想情感、艺术成就等都呈现出时代的独特性。

(一)二十年代红色文学作家群及其作品

由于工作重心放在工人运动、国共合作、北伐战争等实际工作中,中国共产党在二十世纪二十年代尚没有足够重视对作家的发动与团结,当时已经成名的作家也极少从事红色文学创作。真正进行红色文学创作的是党的早期领导人以及一些留苏的知识分子,主要包括邓中夏、高君宇、瞿秋白、彭湃、蒋光慈等人。

(二)二十年代红色文学作品的数量与影响

对于中国红色文学的时间上限,有人说是 1942 年,认为红色文学是"在《讲话》精神指引下所创作……为工农兵喜闻乐见的文学作品"[①];有人说是 1928 年,认为红色文学包括"1928 年以后革命文学,左翼文学,40 年代的解放区文学以及建国到 1976 年间的反映社会主义改造与建设的文学"[②]。这里,二十年代的红色文学显然被忽略和遮蔽了。

出现上述情况,既有对何谓红色文学认识理解的原因,也有来自文学研究惯例的影响。一方面,自朱自清的《中国新文学史研究纲要》开始,二十年代的红色文学就未曾进

---

① 孟繁华、程光炜:《中国当代文学发展史》(第 2 版),中国人民大学出版社 2009 版,第 119 页。
② 龚敏律、帅彦、陈雪康、熊沛军、赵献涛:《红色文学经典现代阅读的意义(笔谈)》,《琼州大学学报》,2003 年第 3 期。

入文学史的视野之中,不管是王瑶的《中国新文学史稿》,唐弢的《中国现代文学史》,还是钱理群、温儒敏、吴福辉的《中国现代文学三十年》,严家炎的《二十世纪中国文学史》等文学史中,代表二十年代文学的都是"五四"启蒙文学,红色文学未曾进入文学史家的视野。

另一方面则是由于作品数量少、影响小。二十年代红色文学的作者大多是革命者而非职业作家,他们既没有像作家那样结成文学社团,以群体的力量引起文坛关注,也没有专注于文学创作,更未有意将作品发表在文学类的报纸期刊上,于他们而言,写作主要是为了抒发自我的情感,只是兴之所至,偶一为之,这就造成了作品数量少、影响小的现象。所以,综观整个二十年代,能够称得上红色文学作品的只有数十篇而已。

(三)二十年代红色文学的体裁

二十年代的红色文学以诗歌和小说为主。虽然二十年代新诗创作已成为文学主流,但由于从小接受传统教育,红色诗人有的是古今合璧,一手写现代诗,一手写旧体诗,比如邓中夏(1894—1933),既有五言律诗《过洞庭》,也写过现代白话诗《胜利》;有的擅长写古典诗,比如彭湃(1896—1929)留下了两首《七绝》;有的主要写现代诗,比如蒋光慈(1901—1931)的现代新诗集《新梦》中有多首红色诗歌。

二十年代红色小说以蒋光慈的中篇小说《少年漂泊者》为代表。小说讲述一个叫汪中的佃户的儿子在父母被地主逼死之后,在社会上不断碰壁,最后终于找到革命道路,光荣战死的故事。

1925年彭湃在领导海陆丰农民运动时注意到戏剧对于宣传的重要意义,成立了"梅陇农会话剧团""东江特委话剧团"和"海丰人民艺术剧院"等话剧团队,编演了《送夫参军》等话剧。

虽然瞿秋白的《饿乡纪程》《赤都心史》开了中国报告文学的先河,是二十年代散文的重要收获,但由于它们记述的均为作者在苏联的见闻,表现的并非中国共产党领导下的革命历程及其精神,因而它们不属于本书所讲的红色散文。

(四)二十年代红色文学的主题

二十年代红色文学的主题较为集中,可以概括为"三心"。

一是坚定革命必胜的信心。1923年10月,中国社会主义青年团的机关刊物《中国青年》创刊,邓中夏在第三期上发表了《胜利》一诗,以三个连续的问句"那有斩不除的荆棘?/那有打不死的豺虎?/那有推不翻的山岳?"开头,引起读者思考,然后掷地有声地告诉读者"你只须奋斗着,/猛勇的奋斗着;/持续着,/永远的持续着。/胜利就是你的了!/胜利就是你的了!"

二是表达献身革命的决心。高君宇(1896—1925)在自题诗《火花》中将自己比喻成宝剑与火花,宝剑是砍破旧世界的利器,火花是耀亮新世界的光华,即使生命像宝剑那样被折断,像火花那样转瞬即逝,他也无怨无悔,委婉含蓄地表达了投身革命、不怕牺牲的坚定意志。彭湃在《七绝·磊落奇才唱大风》中写道:"愿消天下苍生苦,尽入尧天舜日中。"借尧舜典故,表达了革命为民、革命到底和创造美好社会的思想。

三是鼓起青年对革命的向往之心。蒋光慈《少年漂泊者》中的汪中是无数走投无路的农村青年的代表,通过讲述他的父母被地主逼死,激起读者的阶级仇恨,再通过讲述他乞讨、打工,起早贪黑、勤奋工作,却始终无法立足、爱的权利被剥夺的悲剧,使读者认识到无产阶级已到了走投无路的境地,革命是他们唯一的出路。

(五)二十年代红色文学的艺术成就

不管是诗歌,还是小说,这一时期的红色文学在艺术上都较为稚嫩。从诗歌方面来看,直抒胸臆是最常用的抒情方式,导致诗歌的思想情感过于显豁,缺乏含蓄之美。就小说而言,《少年漂泊者》采用了书信体,体现出作者在文体方面的用心,但小说中缺乏生动形象的细节描写,人物呈现出"脸谱化"的倾向。从美学角度来看,二十年代的红色文学表现出昂扬的乐观主义和革命的浪漫主义倾向,充满崇高之美。

作为中国红色文学的发轫期,二十年代的红色文学不仅开启了中国红色文学的序幕,也奠定了中国红色文学的美学基调,尽管艺术上较为粗糙,但其高尚的革命思想、激昂真挚的情感既鼓舞了当时的社会青年,也成为中华民族宝贵的精神财富,直到今天,依然值得学习与领悟。

二、二十世纪三十年代的红色文学

1927年"四一二"反革命政变以后,中国革命形势发生了巨大变化,中国红色文学也由此进入一个新时期。与中国共产党各条战线的斗争相一致,三十年代的红色文学以上海、苏区为中心,"牢狱"更呈现出鲜明的空间特征,初步形成了左翼文学、苏区红色文学、牢狱红色文学三线并进的格局。

(一)左翼文学

左翼文学运动是三十年代一次极为重要的文学运动,也是继五四文学运动之后最为重要的一次文学界的大变革。左翼文学所呈现出的鲜明的阶级斗争色彩对当时的文坛形成了极大的冲击。可以说,三十年代的左翼文学运动是一种强大的具有主导性意义的文学创作和理论实践。左翼文学运动的影响并非局限于文学界,而是波及文化、思想、社会思潮等层面,不光形成了建立在唯物史观基础上的马克思主义文学批评理论,也对其时的文化界、思想界产生了极大的影响;不光在中国的时代潮流中占据了重要位置,也是世界左翼文学不可或缺的一部分。左翼文学将中国受压迫人们的命运与世界被压迫人们的命运紧密联系在一起,因此既具有人民性,又不乏世界性的特征。

1. 左翼文学兴起的背景

1927年蒋介石叛变革命,原来的国共两党合作完全破裂,大革命的成果完全被断送,国共两党从原先的政治同盟关系变成了政治斗争的敌对双方。国民党为巩固其尚未稳固的政权,除了继续从政治和军事上加紧对共产党的疯狂镇压外,还逐渐加强对文化领域和思想意识形态方面的控制与防范,实行政治专制与文化专制。中国政治形势的巨大逆转,对于本来已处于颠簸震荡状态的中国文化阵线,无疑是刮了一场特大的政治旋风,因此再度出现剧烈的震动与大规模的重组,也是势在必行。另外,1931 年"九一八"事变爆发,日军侵占东北三省。1932 年 1 月 28 日,日军发动军事进攻,侵占上海,国内外政治态势愈加复杂,整个中国社会的矛盾也空前激化。

大革命失败以后,许多新文学作家和知识分子,尤其是其中有血性的青年极为激愤,急切寻找革命的出路、国家的前途。这些现代知识分子精英大多身兼双重角色:既是革命家,又是文学家。作为时代的弄潮儿,他们注目于现代政治风云和文学风潮,同时他们又都是中华民族龙的传人,其根基还是深埋在中国传统文化的土壤里。因此,在他们身上既具有新潮的现代意识之光泽,又积淀着古老的民族集体无意识,情系文坛、心怀祖国。面对时局,这些人都有共同的思想困惑,即来自对于中国革命形势的不同判断和对于中国社会性质的不同认识。具体而言,就是中国革命的形势是处于低潮还是正在走向高潮,中国革命的性质是民权革命还是社会主义革命,以及与此相联系的,中国社会的性质是半殖民地半封建还是资本主义。

俄国"十月革命"后社会主义的高歌猛进给国际无产阶级文学运动提供了良好的成长环境和重要导向。二十世纪二三十年代国际无产阶级革命运动空前高涨,各国无产阶级和革命的文学工作者竞相仿效,风起云涌,形成颇为壮阔的气势,席卷全球,因而有"红色的三十年代"之称。在这股国际无产阶级文学思潮中,影响中国左翼文学最直接、最重大、最深刻的,当首推苏联无产阶级文学运动。在这样一种潮流中,马列文艺思潮也在中国大为流行。中国左翼作家联盟(简称"左联")自成立起加强了同国际左翼文艺运动的联系,并成立了马克思主义文艺理论研究会。1932 年 3 月,"左联"改组后,设立"创作批评委员会",其中一项任务是加强"马列主义文艺理论及创作方法之研究"。可见,"左联"非常重视马克思列宁主义文艺思想对无产阶级文学运动的指导作用,并且花了很大的工夫,去翻译马列主义经典作家的文艺理论著作,把宣传与介绍马克思列宁主义文艺理论列为重要的基础建设项目。这项工作是继鲁迅在"革命文学"论争时期倡导开展"科学底文艺论"的译介工作以来,中国国内第一次有组织有计划地翻译和介绍马列文艺思想,确实起到了像普罗米修斯"窃火"般的伟大作用。

毛泽东《在延安文艺座谈会上的讲话》中说:"我们要战胜敌人,首先要依靠手里拿枪的军队。但是仅仅有这种军队是不够的,我们还要有文化的军队,这是团结自己、战胜敌人必不可少的一支军队。"[1]大革命失败后,文学引起党的主要领导人和主管文化宣传工作负责人的高度重视,"左联"便是当时中国共产党领导下的"文化的军队"。1930 年 2 月 26 日,潘汉年召集"左联"成立之前的一次预备会议,传达了党中央的重要指示。这次会议以"清算过去"和"确定目前文学运动底任务"为题,对于过去的文学运动进行了回顾与探讨,对"左联"以后的任务也提出了几个重要的问题:其一,提倡正确的马克思主义文学

① 毛泽东:《毛泽东选集》(第 1 至 4 卷),人民出版社 1991 年第 2 版,第 847 页。

理论的宣传与斗争,克服文学运动中出现的小资产阶级的个人主义、浪漫主义、虚无主义倾向,产生与中国无产阶级政治斗争配合一致的无产阶级文学运动理论。其二,确立中国无产阶级的文学运动理论的指导原则,即文学运动应当怎样保持与政治斗争的实际联系,明确中国革命反帝反封的两大任务,确立斗争的策略与路线,并在统一运动理论的指导下,使文学在中国无产阶级解放斗争过程中显示出它的力量。其三,提出"文艺大众化"应成为左翼文学的中心口号的主张,工农大众斗争的蓬勃发展"需要我们创制合于他们文化水准的作品","经过文学艺术的教育,鼓励他们斗争的勇气和情绪"。[1] 对于左翼作家,则应该有"大众化的生活的实际"。1930 年 3 月 2 日,"左联"正式成立,标志着中国共产党从思想上和组织上对文学开始实行直接的领导。

2. 左翼文学的主要组织机构

中国左翼作家联盟成立大会于 1930 年 3 月 2 日在上海中华艺术大学举行,与会成员有冯乃超、沈端先(夏衍)、潘汉年、钱杏邨(阿英)、鲁迅、冯雪峰、郑伯奇、田汉、蒋光慈、郁达夫、柔石、许幸之等 40 余人。最初的盟员共 50 余人。大会通过了"左联"的理论纲领和行动纲领,选举沈端先、冯乃超、钱杏邨、鲁迅、田汉、郑伯奇、洪灵菲 7 人为常务委员,周全平、蒋光慈两人为候补委员。鲁迅在会上发表题为《对于左翼作家联盟的意见》的演说,强调革命作家一定要接触实际的社会斗争。

中国左翼作家联盟以马克思主义文艺理论指导自己的实践,致力于宣传马克思主义文艺理论,致力于推介中国左翼作家联盟作品。其中鲁迅、瞿秋白、冯雪峰等人都做了不少翻译介绍工作。"左联"建立之初就非常重视理论批评工作,许多盟员以马克思主义理论为武器,针对"新月派""民族主义文艺运动""自由人""第三种人"及"论语派"等派别的资产阶级文艺观点,进行了大力批评。另外,还对国民党当局的反动文艺政策进行了批判和斗争。"左联"特别重视文艺大众化问题,先后在《大众文艺》《拓荒者》《文学导报》《北斗》《文学》《文学月报》以及其他报刊上发表文章,展开热烈讨论,形成很有声势的文艺大众化运动。

3. 左翼文学的成就

左翼文学在创作方面取得巨大成就。革命作家在"左联"刊物和其他进步刊物上发表了大量作品,鲁迅的《故事新编》以及他和瞿秋白的杂文,茅盾的《子夜》《林家铺子》《春蚕》,蒋光慈的《短裤党》《咆哮了的土地》,丁玲、张天翼、叶紫等人的小说,田汉、洪深、夏衍等人的剧作,中国诗歌会诸诗人的诗歌,都以其思想上艺术上新的拓展,显示了左翼文学的实绩,产生了广泛的影响。在"左联"的培养下,涌现了沙汀、艾芜、叶紫、周文、蒋牧良、艾青、蒲风、聂绀弩、徐懋庸等一批文学新人。他们给文坛带来许多生机勃勃的作品,成为二十世纪三十年代文坛上活跃的力量。创作方面的巨大成就还在于出现了许多新的具有重大社会意义的题材和主题。革命者在白色恐怖下的英勇斗争,工人群众对资本家剥削

---

[1]   武在平:《潘汉年全传》,天津人民出版社 2015 年版,第 50 页。

的猛烈反抗成为许多作品描写的内容。农村生活和斗争的题材也进入了许多作家的创作视野，不少作品以真实生动的艺术创作反映了农村贫困破产的景象，显示了广大农民的觉醒和斗争。此外，三十年代动荡不安的城市生活也在文学作品中得到了真实、集中的反映。所有这些作品都体现着强烈而鲜明的时代色彩。

左翼文学运动形成了建立在唯物史观基础上的马克思主义文学批评观。苏联的"无产阶级文化派""拉普"和波格丹诺夫的"文艺组织生活论"均成为中国左翼文学的理论来源。鲁迅、瞿秋白、茅盾、胡风、周扬、冯雪峰等人的文章有相当一部分是用经过苏联革命实践检验过的马克思主义来总结中国左翼文学创作实践经验的，对中国左翼文学直至以后文学的发展起了重要的指导作用。同时，左翼文学运动加速了中国文艺大众化的发展步伐。

左翼文学运动加强了中国文学与世界文学，特别是与无产阶级文学运动的联系。由外向内方面：输入了大量苏联、东欧、美国、日本等国先进的文学作品，诸如高尔基的《母亲》、法捷耶夫的《毁灭》、肖洛霍夫的《被开垦的处女地》、雷马克的《西线无战事》均成为影响几代人的作品。由内向外方面：左翼作家还努力推动中国文学走向世界，鲁迅、郭沫若、茅盾、张天翼、沈从文、沙汀等人的作品先后被介绍到许多国家，中国的左翼文学在世界上发出了自己的呼声，成为世界无产阶级文学的有机组成部分。

4. 左翼文学的局限

中国左翼作家联盟在党的领导下，在国民党政府残酷压迫下坚持战斗了六年之久，有力地回击了国民党当局的文化"围剿"，很好地配合了中央苏区军事上的反"围剿"斗争。同时，中国左翼作家联盟所培养的革命文艺大军，为抗日战争时期、解放战争时期，甚至新中国成立以后的人民文艺事业储备了一批文艺骨干人才。可以说，中国左翼作家联盟为建设人民大众的革命文艺做出了不可磨灭的卓越贡献。

但是，中国左翼文学的诞生和发展从根源上就带有理想主义的气质，烙着冲动的印记。主要表现为对中国的革命情状缺乏必要的了解以及实际斗争经验的匮乏，更多情况下流于概念化、教条化。左翼文学在成立初期，许多激进的左翼文艺工作者就极为错误地否定了"五四"文学革命以来文艺上所取得的伟大成就，并组织了对鲁迅、茅盾、叶圣陶等著名作家的严厉批判，凭借并不成熟的热情和冲动对中国现代文学进行了不切实际的攻击和批判，造成了极为负面的社会影响。

中国左翼文学由于太过强调文学的"工具"属性和阶级属性，严重忽视了其他文学力量的较为清醒的正确观点，并对本应成为文学同路人的一批作家进行了集团式的打压。

（二）苏区红色文学

大革命失败的惨痛教训使中国共产党清醒地认识到武装力量的重要性，开始走上创建人民军队和革命根据地的道路。1927 年 8 月 1 日，南昌起义爆发，起义部队迅速占领南昌城，但由于敌人的疯狂反扑，起义队伍被迫转移。9 月，毛泽东、朱德领导的秋收起义爆发，10 月，第一个革命根据地在井冈山创立，中国共产党从此走上农村包围城市、武装夺取政权的新征程。

尽管中国共产党抱定一心为民的思想,要解救受剥削、受压迫的劳苦大众,但现实的情况却是深受几千年因循思想重负的农民对革命较为恐惧,热情并不高,这使中国共产党人认识到必须加强宣传以转变农民思想,1929 年《古田会议决议》中"宣传"一词出现了105 次之多,可见中国共产党对宣传工作的重视程度。

如何才能转变农民的思想?经过两年左右的摸索,被红色精神改造的民间歌谣、戏曲等的宣传效果凸显出来,红色歌谣、红色戏剧由此成为苏区红色文学最重要的两种体裁。

1. 苏区红色歌谣

中国民歌发达,不管是中央苏区,还是闽浙赣、湘鄂川黔苏区,民歌传统都源远流长,中国共产党的宣传员、红军战士以及觉悟了的革命群众将红色内容加入民间原有的劳动歌、仪式歌、情歌、儿歌之中便成了红色歌谣。

（1）苏区红色歌谣的内容

向人民阐明中国共产党的政策,使人民了解革命的进展,产生对中国共产党的信任和依赖,坚定跟党走的信念是苏区红色歌谣的历史使命,与此相应,苏区红色文学的内容主要包括以下四类。

歌颂党、革命领袖和红军。《拥护共产党》总共 4 段,每一段都以"中国工农起来拥护共产党"开头,然后反复说明共产党的理想,比如"彻底赶走帝国主义,打倒国民党""打倒豪绅地主们"等,通过回环往复的吟唱,使人民深知共产党是正义的党、为人民的党、值得信赖的党。《三湾来了毛司令》是三湾改编时创作的一首红色歌谣,它把毛泽东比作"北斗星",把"毛司令"的到来比作"三湾降了北斗星",使人民感觉"漫山遍野通通明",表达对毛泽东的信任和崇敬之情。《红军个个是英豪》起首便说"红军战士是英豪,打得白匪作鬼叫",然后以当时群众都知道的一个胜仗——活捉匪首李伯蛟为例,证明开头两句话的正确,最后以"苏区红旗永不倒"表达革命必胜的信念。

宣传革命道理,启发革命觉悟。比如来自湘西的革命歌谣《暴动歌》中写道:"自由被剥削,血汗被吸尽,受苦受难受压迫,要求解放闹革命。"农民长期固守在土地上,给其讲什么是自由,什么是平等,他们很难接受,但革命歌谣将其与农民的生活境遇结合起来,通过重复性地说和唱,为自由、平等而革命的观念就会为群众所接受。

歌颂人民翻身后的幸福生活。土地是农民最关心的问题,苏区打土豪分土地运动给农民带来了切实的利益,农民也以最质朴的语言表达分到土地后的快乐与幸福。来自井冈山的红色歌谣《分田歌》中唱道:"分田乐呀分田乐。/先前无米煮哟,/如今有米多,/依呀呀都哩喂都喂,/分田笑呵呵。"《红米饭,南瓜汤》从吃和睡两个角度自豪地夸耀翻身后的生活,"红米饭,南瓜汤,秋茄子,味儿香""干稻草,软又黄,金丝被儿盖身上",言语中充满乐观的革命精神和幸福之情。

表现革命新青年的爱情。与和平时期关注门第、家世、长相、谈吐、文化等不同,革命年代的爱情与革命紧密相连,连情话也是对情人从事革命斗争的勉励之语。来自大别山的红色歌谣《送郎北上》中唱道:"高高山上一棵槐,/我郎亲手栽。/八月十五红军要北上,/妹妹我槐树底下送郎来。/左手递上炒米袋,/右手递上新布鞋,/千嘱咐,万嘱咐——/革命要实在。"歌中丝毫没有对个人功利的考虑,也没有任何卿卿我我之举,但透过含蓄的语言听者便能强烈地感受到革命情侣感情的浓烈,生动地表现了革命新青年的纯真爱情。

（2）苏区红色歌谣的艺术特征

质朴刚健的风格。丹纳说:"艺术品的产生取决于时代精神和周围的风俗。"①苏区红色歌谣来自红军宣传员、战士和广大群众,在艰苦的条件下,他们没有风花雪月的闲情,没有浅吟低唱的逸致,没有字雕句琢的工夫,有的是爱憎分明的情感、真实的生活感受、纯真的理想与追求,当他们用自己熟悉的字句将这些表达出来时便形成了质朴与刚健的风格,绝无矫揉造作之气。

浓厚的地方色彩。苏区红色歌谣是红色精神与传统民歌的结合,在句式、韵律等方面都受到传统民歌的影响,而地域性是民歌的重要特征之一,加之苏区红色歌谣的语言来自苏区人民的口语,其中很多是方言词,这些都使苏区红色歌谣带上了浓厚的地方色彩。

2. 苏区红色戏剧

与案头文学相比,由真人扮演的戏剧眼能见、耳能听,可触可感,男女老少皆宜,因而红色戏剧既是苏区宣传工作最重要的方式,也是苏区文学最具代表性的体裁。

（1）苏区红色戏剧运动历程

苏区红色戏剧运动与苏区的命运紧密结合,它随着苏区的出现而产生,随着苏区的壮大而发展直至达到高潮,也随着苏区的战略转移而艰难维持。

发轫期——自发的演剧活动

早在1925年,中国共产党早期领导人彭湃就注意到戏剧对于党的宣传工作的重要意义,组织人员排演话剧并在各地演出。井冈山革命根据地建立后,演剧活动蓬勃兴起,《打土豪》《活捉肖家璧》《收谷》《二羊大败七溪岭》等话剧纷纷上演,受到革命群众的热烈欢迎。尽管演剧活动影响很大,但必须指出的是,此时的戏剧活动没有明确的目标,没有固定的演员,仍处在自发的萌芽状态。

初创期——业余剧社的出现

1930年红军第一个业余剧社——战士剧社在红一军团成立,1931年赣东北苏区成立了工农剧社。剧社的出现使苏区红色戏剧运动走向自觉,演出的场次、剧目的数量、演出的质量都有了很大程度的增加和提高,产生了《父与子》《为谁牺牲》等久演不衰的剧目。但这些剧社的性质是业余的,演员就是红色战士,方志敏、周恩来、聂荣臻等红军指战员也参与演出。

---

① ［法］丹纳:《艺术哲学》,傅雷译,安徽文艺出版社1991年版,第112页。

高潮期——专业剧校与剧社的创立

1931 年、1932 年曾留学苏联的戏剧家李伯钊和沙可夫先后到达苏区,左联作家潘汉年、冯雪峰、成仿吾、吴黎平、李一氓也先后到达苏区,苏区剧作家群体得以形成。

1932 年第一个专业剧团——八一剧团成立,1933 年中央苏区成立了中国共产党第一所专业戏剧学校——蓝衫剧团学校(1934 年更名为高尔基戏剧学校),李伯钊任团长。

剧作家的到来、专业剧团和剧校的成立标志着苏区红色戏剧运动走上专业化发展之路,"提高了苏区戏剧的感染力,使红色戏剧真正成为鼓舞苏区军民反击敌人围剿的战斗号角"①。《我——红军》《武装起来》《杀上庐山》等优秀剧目不断涌现,苏区红色戏剧运动进入高潮期。

落潮期——留守剧社的坚持

1934 年 10 月长征开始后,红色戏剧领导人与骨干成员奉命随红军主力转移,但工农剧社和高尔基戏剧学校的大部分人员留在了苏区,中共苏区中央分局宣传部部长瞿秋白担起了红色戏剧的领导责任。他根据现实斗争的需要,将留下来的人员编成战号、火星、红旗 3 个剧团,每团 30 余人,安排他们各自在划定的区域开展军事斗争和戏剧活动。1935 年元宵节,三个剧团到于都会演,观众人山人海。但随着国民党"围剿"的加剧,汇演后苏区的斗争形势极其严峻,剧团不得不解散,演员分散到各部队开展游击战,红色戏剧活动基本停滞。

(2)苏区红色戏剧的内容——革命"纪实"

苏区红色戏剧是革命实践的一种方式,或者说革命动员的一种策略,艺术与政治之间的边界模糊,艺术配合政治,艺术目标与政治目标统一,革命运动的宣传与动员、革命重大历史事件的展现、重要革命事件的"活报"、抽象革命道义的演绎等革命"纪实"而非普通人的生活构成苏区红色戏剧的主要内容。

运动戏:革命运动的宣传与动员

新民主主义革命是中国共产党领导下的群众革命,群众路线是革命的基本路线,群众运动是革命的重要方式,扩红、春耕、反逃、肃反、支前、选举、分田、反迷信等工作都曾以运动的方式展开,为了宣传运动的合理性,使群众了解运动的目标、过程、方式,动员更多群众参与,运动戏便应运而生,《扩大红军》《春耕突击队》《反对开小差》等分别宣传了扩红、春耕、反逃等运动。

历史戏:革命重大历史的展现

雷蒙·阿隆在《历史哲学》中说:"历史总是为生活服务的,它提供范例,评价过去,或者把目前这个时刻安放到生成——演变中去。"②展现重大革命历史有利于建构革命的合理性,为当时的革命斗争提供历史依据,《五卅》《八一》《二七惨案》《十月革命节》《五一》等戏剧要么展现五卅运动、八一南昌起义、二七惨案等中国共产党领导的重大历史事件爆发

---

① 王作东:《苏区红色戏剧运动》,《党史纵横》2017 年第 11 期。
② 田汝康、金重远:《现代西方史学流派文选》,上海人民出版社 1982 年版,第 97 页。

的原因、过程,要么表现"十月革命节""五一"等革命节日的由来,使观众从历史中汲取革命的力量,树立革命的信心。

活报剧:重要革命事件的报道或预演

活报剧是"一种用速写的手法反映时事的戏剧体式"[①],最初从苏联兴起,二十世纪二十年代后半期被引入中国。由于敌人疯狂对苏区发动"围剿",苏区战争频繁。为了鼓舞士气,使战士和群众树立胜利的信心,每当取得重大战斗胜利或即将与敌人战斗时,红色剧社就会编演活报剧,剧中人物往往采用真实姓名,《活捉蒋介石》《活捉张辉瓒》《杀上庐山》等都属于这一类型。

教义剧:抽象革命教义的演绎

革命教义是对革命道理的深刻阐述,往往理论性较强,而苏区的工农群众文化水平不高,为了让他们理解革命教义,红色戏剧中便出现了教义剧,即图解演绎革命教义的戏剧,比如《阶级》《工农大联盟》《反对旧礼教》等等。

（3）苏区红色戏剧的艺术特征

广场与剧场合一

空间是意识形态的直观呈现,新的社会总是致力于改造或创造出符合自己意识形态的空间。以消除阶级压迫为核心的革命意识形态必然要求阶级平等在革命文化空间中得以体现。苏联建立后,"无产阶级文化派""左翼艺术阵线"等均猛烈批判传统室内剧场,认为它们是旧戏剧赖以存在的重要因素,设计、建造露天的、群众性的室外戏剧广场,使演剧空间广场化。作为中国共产党领导的新生红色政权,党在局部执政过程中自觉将文化空间革命作为一项重要工作,演剧的场所由室内剧场变成来源广泛的广场。

首先,红色戏台来自被改造的传统戏台。革命前的乡村原有祠堂戏台、庙宇戏台、万年台以及各种草台等民间进行戏剧或仪式表演的场所,革命者以列宁台、阅兵台等取代原有的台名,在台上竖起红旗,挂上革命伟人画像,贴上革命楹联和口号,便将革命的元素植入了原有的空间,使其转变为革命的空间。

其次,红色戏台来自革命者临时的"发现"和建造。潘振武将军曾回忆道:"顺山坡架起几根竹竿子,用几块门板搭上一个简单的台子,挂上幕布,就算是舞台。"[②]"顺山坡"的"顺"体现了建造此类戏台的原则:因地制宜、因陋就简,除了山坡之外,此类戏台还会搭建在村头、街头、地头、工厂或医院的空地,虽然缺乏现代灯光、音响,但都居于人群活动密集之所,台前空阔,容纳观众的数量较多。

再次,部分红色戏台来自苏维埃政权专项财政建设项目,这从《红色中华》对红色戏台建造过程中虚浮现象的批判中可见一斑。这些红色戏台多为列宁台,式样不尽相同,有的采用俄式建筑风格,"如长汀才溪区'列宁台'就是砖木结构的楼式高台,外形酷似苏联红军军帽,正面有一大两小三个拱门,台后有上下场门,屋顶墙面配有大号五角星浮雕,下书

---

① 郑颐寿、诸定耕:《中国文学语言艺术大辞典》,重庆出版社 1993 年版,第 1394 页。
② 潘振武:《忆红一军团宣传队》,载《中央苏区革命文化史料汇编》,江西人民出版社 1994 年版,第 512 页。

'列宁台'三字,台前有大型广场"①。有的则与传统民间戏台风格相似,采用木梁青瓦的亭式结构,台口为半圆形,台前为广场。

不管是在哪类戏台,台前都有巨大的广场,演出时演员与观众互动交流频繁,台上台下连成一个整体。红色导演、演员石联星在回忆一次演出时写道:

> 晚会开始了,参加晚会的有一两千战士,村子里的老百姓照例是被请坐在最前面。战士们彼此进行着唱歌比赛,有时是集体的,有时是个人的,有时老百姓也与战士们对唱,有时剧团的演员与他们对唱……晚会除了这些以外就是我们的表演……②

战士与老百姓的唱歌比赛与台上的戏剧表演融为一体,不仅如此,演员还常常加入群众队伍中进行即兴表演,有时观众也会被请上台参加表演,这些使整个广场成为宏大的剧场,激活了演员与观众之间的互动交流,所有人员都既是观众又是演员,观演的边界时而模糊。

人物类型化

人民群众是历史的创造者。中国共产党坚持以马克思主义唯物史观为指导,否定和批判个人主义。作为传达意识形态的重要手段,苏区的红色戏剧推崇集体主义,拒绝表现个人情感,排斥个人意志的表达,把乡村宗法社会置换为阶级对立社会,把日常生活抽象为残酷的阶级斗争,人物并非带有个体心理、情感、行为特征的个人,而是抽象的阶级的代言人,活动在舞台上的不是一个个鲜活的个人,而是地主、资本家、恶霸、土豪、特务、白军军官、白军士兵/农民、工人、红军指挥员、红军战士等两组截然对立的形象,有些人物连名字也没有,而以工人甲、农民乙、士兵丙等为代号,即使人物有名字,但其所言之词、所做之事也完全符合其阶级身份,相同阶级的不同人在语言、动作甚至长相上都大同小异。

《父与子》用家庭中的父子冲突表现革命与反革命的冲突,作为父亲的监狱看守王老五贪婪、无耻,眼里只有名和利,为了个人升迁要将女儿嫁给人做小老婆,得知儿子被捕,不是想办法救他,而是要他投降,见劝服不了,就打算放弃亲情,公事公办。儿子王振青见到父母后,首先表达的不是对父母的思念和关心,而是向他们宣讲革命道理,发现说服不了父亲后,就立即组织越狱,丝毫没有考虑越狱对父亲意味着什么,结果他成功了,但父亲自杀身亡。父子关系是日常生活中最重要的伦理关系之一,但在该剧中伦理关系被淡化了,取而代之的是阶级关系,父亲并非慈爱的长者,而是邪恶和罪有应得的反革命分子。

在红色戏剧中,建构人物所依据的不是日常生活逻辑,而是抽象的阶级观念逻辑,为了激起观众的阶级观念,红色戏剧的人物往往较为夸张,呈现出脸谱化、漫画化倾向,"如

---

① 刘文辉:《中央苏区红色戏剧研究》,中国戏剧出版社 2017 年版,第 84 页。
② 石联星:《难忘的日子》,载《中央苏区革命文化史料汇编》,江西人民出版社 1994 年版,第 509 页。

罗瑞卿扮演'蒋介石'时脸上常常故意贴上一块狗皮膏药,《新十八扯》中的'基督将军''冯玉祥'出场穿的是'神甫衣',背的是'百宝箱',狡猾善变、欺骗群众"[1],可谓爱憎分明。由于我国传统戏曲中的人物具有类型化特征,所有人物都被划分到生旦净末丑之中,各类人物均有程式化的扮相、动作,因而红色戏剧这些程式化、漫画式的人物较易为群众接受,有利于强化宣传效果。

情节模式化

为了达到表达阶级情感与观念的目的,苏区红色戏剧的情节有着固定的轨道,呈现出两种基本模式:一是二元冲突模式,即呈现不同阶级代表人物之间数个冲突的模式。《父与子》总共七场,前面四场主要表现王老五(代表父权)和王英姑(代表受压迫女性)之间的冲突,从第五场开始,转变为王老五(代表迫害进步力量的国民党)和王振青(代表共产党和进步工人)之间的斗争,最后以王振青和王英姑的胜利、王老五的自杀结束。《年关斗争》的情节分别为:地主强收民债;农妇被地主强奸,女儿被抢;农民合谋革命;活捉地主。地主与农民的矛盾始终是推动情节发展的动力。这类叙事模式往往以无产阶级的胜利结束,目的是使群众看到革命的希望。二是落后改造模式,即呈现落后分子与革命者发生冲突,在革命者的耐心教育下改变了错误思想,加入革命队伍的模式。《反对开小差》总共两幕,在第一幕中,士兵陈少卿训练时偷奸耍滑,找机会开了小差。在第二幕中,他回到家,除母亲外,妻子、弟弟、妹妹、乡主席都对他进行批评教育,他认识到自己的问题,返回了部队。

(三)红色牢狱文学

曹聚仁曾经愤慨地说,二十世纪三十年代中国"第一流的人才,有的在爬山,有的在牢狱里"[2]。在这些"第一流的人才"中有许多是左翼知识分子以及革命者,他们凭智慧与敌人周旋,以坚强的意志和不屈的精神在敌人的密切监视下创作了众多文学作品,促成了此一时代红色牢狱文学的兴盛。

1. 红色牢狱文学的概念

要明确红色牢狱文学的概念,须从牢狱文学说起。牢狱文学,古已有之。在中国现当代文学发展史中第一个使用牢狱文学这一名称的是周立波,他在 1935 年首次用其概括左翼作家描述牢狱生活,揭露牢狱黑暗内幕的小说。[3] 当代首位阐明牢狱文学概念的是逄增玉,他认为除了周立波所说的之外,那些虽不是牢狱题材,但是在囚牢中创作的作品也应属于牢狱文学。[4] 本书以"红色牢狱文学"为实际指说对象,特指在中国共产党及其领导的革命队伍群体中的某一特定个体,写成于革命年代敌对势力的"牢狱"之中的,或以这一特殊场域为空间背景而展开叙事的,寄存了生存意义、生活价值以及对美好未来的期许

---

① 刘文辉:《中央苏区红色戏剧研究》,中国戏剧出版社 2017 年版,第 103 页。
② 转引自周立波:《1935 年中国文坛的回顾》,《读书生活》1936 年第 3 卷第 5 期。
③ 周立波:《1935 年中国文坛的回顾》,《读书生活》1936 年第 3 卷第 5 期。
④ 逄增玉:《三十年代左翼"牢狱文学"》,《粤海风》2007 年第 5 期。

和热望的文学文本。

2. 红色牢狱文学的主要作品

红色牢狱文学作品主要有两类：一类是左翼作家在牢狱中创作的作品，主要有艾青的《大堰河——我的保姆》、陈白尘的《葵字号》《父子俩》《大风雨之夜》、楼适夷的《深渊下的哭声》、舒群的《没有祖国的孩子》等。另一类是革命作家在牢狱中创作的作品，主要有邓恩铭的《诀别》、恽代英的《狱中诗》、方志敏的《我从事革命工作的略述》《可爱的中国》《死！——共产主义的殉道者的记述》《清贫》《狱中纪实》、瞿秋白的《多余的话》，以及叶挺于 1942 年创作的《囚歌》等。

3. 红色牢狱文学的内容

以革命的眼光审视牢狱，回顾革命历程，表达革命豪情，思念亲朋师长构成红色牢狱文学的主要内容。

（1）揭露牢狱黑幕

陈白尘的独幕剧《葵字号》通过工人、逃兵、诗人等各种囚犯之间的对话，使观众认识到所谓"葵字号"简直就是"鬼子号"，犯人并非坏人，都是被栽赃、诬陷才坐牢的，而狱卒残忍暴虐，严刑拷打、摧残虐待等暴力现象经常发生，如果病了，即使急需诊治，也不会有人予以治疗，与地狱相差无几。方志敏的《狱中纪实》也以纪实的方式揭露国民党牢狱负责人不顾犯人死活，克扣犯人口粮中饱私囊等丑恶行径。牢狱是整个社会的缩影，通过表现牢狱的黑暗，透视了整个社会作为"人间地狱"的现状，以此达到批判整个社会的目的。

（2）回顾革命历程

在《我从事革命工作的略述》《可爱的中国》《清贫》等作品中，方志敏都以不同的方式回顾了自己从事革命的历程。《我从事革命工作的略述》以时间为线索全面回顾了方志敏的革命一生。《可爱的中国》重点表现方志敏读书时抵制日货、在日船上制止日本人欺侮中国人等典型事件，回答了他走上革命道路的原因。《清贫》聚焦方志敏被捕的过程，以小见大，提炼出"清贫"是中国共产党人最为可贵的精神品质之一。《多余的话》是瞿秋白于1935 年 5 月在狱中写成的一篇纪传性寄寓比兴之作。操起锋利的解剖刀，瞿秋白以坦荡的胸襟勇敢地向着自我，使我们得见一个革命者在践行初心使命中的担当、思想和情怀。其"话"语平实却深刻透彻，具有一种直指人心的力量。

（3）表达革命豪情

恽代英的《狱中诗》与邓恩铭的《诀别》都表达了摒弃个人得失，为革命将生死置之度外的豪情壮志。方志敏在《可爱的中国》中希望自己牺牲后会变成一朵花："在微风的吹拂下，如果那朵花是上下点头，那就可视为我对于中华民族解放奋斗的爱国志士们在致以热诚的敬礼；如果那朵花是左右摇摆，那就可视为我在提劲儿唱着革命之歌，鼓励战士们前进啦！"这些豪情壮语并非空洞的口号，而是革命家发自肺腑的真言，是他们宝贵生命和高贵品格的结晶，具有感人至深的力量。

（4）思念亲朋师长

备受折磨的牢狱生活有时也会唤起对亲人、友人、师长的回忆和惦念。方志敏、瞿秋白都曾在作品中表达对妻子的款款深情与不舍，展现出革命英雄内心柔软的一面。艾青的《大堰河——我的保姆》通过描写忙碌、劳累、贫穷的大堰河对"我"的疼爱，表达了诗人对乳母深深的思念与哀悼之情，整首诗字字含情，感人肺腑。

4. 红色牢狱文学的艺术特征

（1）鲜明的政治理想主义。身处牢狱中的左翼作家与革命者有着崇高的革命信仰，虽然被关押，被折磨，但对政治从未丧失过信心，他们坚信共产党必将战胜国民党，社会主义必将战胜资本主义，因而红色牢狱文学普遍带有鲜明的政治理想主义色彩。

（2）单向化和速写式。红色牢狱文学创作环境恶劣，陈白尘最初的写作空间只有一尺见方，连桌子也没有，只能在叠起的被褥上写。方志敏虽住在优待号，但全天有人监视，只能夜里用米汁书写，写作时没办法修改，甚至都无法回头看一看前面的内容，因而红色牢狱文学没有复杂的建构，人物、环境、情节均呈现出单向化和速写式特征。

三、延安时期的红色文学

在二十世纪中国文学发展史上，延安时期是一个重要的关节点；延安时期的红色文学是中国红色文学的第一个高峰。它上承五四文学、左翼文学，扭转了五四文学的欧化现象，又以实际的创作弥补了左翼文学在文艺大众化推行方面留下的遗憾，并为新中国的文学准备了理论资源、思想基础、作家队伍、组织机构、生产机制与写作范式。延安时期的红色文学是指 1935 年 10 月中央红军胜利到达西北革命根据地后，直到 1948 年 3 月中共中央在陕北吴堡县东渡黄河近 13 年间，在中国共产党领导下，以延安为中心，各苏区、抗日革命根据地、解放区产生的表现抗日战争、解放战争、土地改革、建立民主政权的文学活动、文学思潮和文学创作。

以 1942 年毛泽东《在延安文艺界座谈会上的讲话》为标志，延安时期的红色文学分为前后两个时期。1942 年 2 月，中共中央开展以清算王明为代表的教条主义和宗派主义为首要任务的党内整风运动，很快，这场政治运动波及了文艺界。为了"利用整风运动来检查文化人的思想，检查我们对文化人的工作"[①]，1942 年 5 月 2 日至 23 日，中共中央召开了延安文艺座谈会，会议期间，毛泽东发表了《在延安文艺座谈会上的讲话》（简称《讲话》）。在民族危亡之际，毛泽东指出，"无产阶级的文学艺术是无产阶级整个革命事业的一部分，如同列宁所说，是整个革命机器中的'齿轮和螺丝钉'"，明确了党对文艺的绝对领导，强调"文艺服务于政治"，提出"把政治标准放在第一位，艺术标准放在第二位"的艺术评判原则。《讲话》还明确了文艺的"工农兵方向"，指出"我们的文学艺术是为人民大众

---

① 《中共中央西北局文件汇集 1943 年 1》，中央档案馆；陕西省档案馆 1994 年。

的，首先是为工农兵的，为工农兵而创作，为工农兵所利用的"，解决了自新文学问世以来就纠缠不清的文艺为什么人服务的问题。同时，为了顺利推行为工农兵服务方针的落实，《讲话》还主张对知识分子进行思想改造，因为"知识分子出身的文艺工作者，要使自己的作品为群众所欢迎，就得把自己的思想感情来一个变化，来一番改造。没有这个变化，没有这个改造，什么事情都是做不好的，都是格格不入的"。因此，"中国的革命的文学家艺术家，有出息的文学家艺术家，必须到群众中去，必须长期地无条件地全身心地到工农兵群众中去，到火热的斗争中去，到唯一的最广大最丰富的源泉中去，观察、体验、研究、分析一切人，一切阶级，一切群众，一切生动的生活形式和斗争形式，一切文学和艺术的原始材料，然后才有可能进入创作过程"①。

在决定中华民族该往何处去的紧要关头，延安文艺也同样面临着往何处去的问题。为谁服务？如何服务？到底是要"暴露"还是要"歌颂"？针对个别文艺家片面强调暴露黑暗、反对歌颂的不良倾向，以及文艺新的表现对象、服务对象的出现，毛泽东指出，"从来的文艺作品都是写光明和黑暗并重，一半对一半"，但基于解放区新的现实对文艺提出的要求，文艺要"以写光明为主"，暴露和批评只是"整个光明的陪衬"。由此，《讲话》解决了解放区文艺队伍的思想建设工作，统一了解放区文艺工作者的思想和认识，强化了党对解放区文艺工作的领导，实现了文艺为政治服务、为革命服务的目标，明确了新环境下文艺工作者的新任务，彰显出我党纪律的严肃性和强大的凝聚力。

长期以来，《讲话》成为中国共产党制定和实施各项文艺政策的指导思想、纲领性文件，不仅对当时解放区的文艺工作具有重大指导意义，对中国现当代文学发展也产生了深远影响。《讲话》发表之后，解放区作家积极拥抱新生活、新世界，他们纷纷深入工农兵中间，熟悉农民语言，了解农民性情、思想，调查、学习老百姓喜爱的民间艺术形式，努力实现在思想上感情上与人民群众的真正结合。在此背景下，延安红色文学以井喷之势稳健发展。周扬曾概括，"新的主题、新的人物像潮水一般地涌进了各种各样的文艺创作中"，"民族的阶级的斗争与劳动生产成了作品中压倒一切的主题，工农兵群众在作品中如在社会中一样取得了真正主人公的地位"。毋庸置疑，《讲话》是解放区红色文学的催化剂，有力推动了解放区文艺的革命化进程。解放区的文艺工作者正是在不断自觉践行《讲话》精神的努力中，把文学视为战斗或土改的工具，把为革命服务、为以农民为基础的人民群众服务视为自己写作的唯一目的，注意考量作品符合人民群众的喜好和接受能力，追求作品的政治宣传、鼓动效果，从而推出了一部部歌颂在中国共产党领导下，解放区人民积极争取民族解放、阶级解放，翻身做主人，具有民族化、大众化风格的优秀红色文学作品。

延安时期红色文学作品的成就主要体现在戏剧、小说、诗歌方面，散文创作略逊风骚。

（一）红色诗歌

红色诗歌是延安时期文学中非常活跃也是非常重要的创作活动和体裁，是最先走向大众的文学现象。为抗战服务、为政治宣传服务的诗歌创作理念贯穿在整个延安红色诗

---

① 毛泽东：《在延安文艺座谈会上的讲话》，《毛泽东选集》第三卷，人民出版社1991年版，第860—861页。

歌创作中,但《讲话》前后表现出的诗歌特征有明显差异。

《讲话》前,延安的诗人们以蓬勃的"街头诗""诗朗诵"运动掀起了一场激情澎湃的群众性诗歌实践。他们写朗诵诗,以融合有群众基础的民间谣曲的艺术形式,主张用诗歌擂响抗战的战鼓,要发挥诗歌如"子弹""刺刀"般的战斗作用,让短小精悍、以抗战为内容、富有激情、战斗性强、通俗易懂的政治鼓动诗遍布解放区的墙头门楼,树干门板,让慷慨激昂、催人奋进的诗歌回荡在田间地头,礼堂战场。"街头诗"和"诗朗诵"运动在宣传抗战、鼓舞军民抗战斗志和推动诗歌大众化方面都发挥了积极和重要的先导性作用。田间的《假如我们不去打仗》《义勇军》、柯仲平的《边区自卫军》等都是这一时期街头诗运动中出现的脍炙人口的佳作。

诗歌社团和诗歌刊物的相继成立与创刊也成为《讲话》前延安诗歌发展中一个引人注目的现象。"战歌社"(《战歌》《新诗歌》)、"铁流社"(《诗建设》)、"路社"(《路》)、"边区诗歌总会"(《诗歌总会》)、"山脉诗歌社"(《山脉诗歌》)、"延安新诗歌会"(《新诗歌》)、"怀安诗社""延安诗会"(《街头诗》)等的先后出现,在推进诗歌大众化、发挥文艺战斗性、扩大红色诗歌影响、提高诗歌写作水平、培养青年诗人等方面具有不容忽视的现实和文学史意义。

《讲话》的发表为延安红色诗歌的发展进一步明确了新方向,也是在新阶段对诗歌主题的政治性、形式的大众化方面的进一步指导,直接促进了民歌体叙事长诗的兴盛,为延安诗歌带来了新面貌。

民歌体诗歌是《讲话》之后诗歌发展中的重大收获,它是解放区的专业诗人在落实《讲话》精神、追求诗歌民族形式和大众化的过程中,探索诗歌如何"为工农兵服务"的成功尝试,打开了解放区新民歌创作的新局面,把延安时期的诗歌创作带入了一个新阶段。诗人们通过有目的的下乡采风活动,争取与人民群众的实际生活实现真正的融合。他们吸收传统歌谣中的比兴手法,叙事多用民间口语,追求浅显通俗、明了易懂的风格,艺术上比街头诗更为成熟。除了抒情短诗外,这类诗歌中最能够代表这一方面审美追求和成就的是用各种民谣写就的长篇叙事诗,即民歌体叙事诗。内容上多叙写在中国共产党领导下,军民抗战的英勇,受苦人翻身得解放,控诉地主阶级的剥削压迫,揭露反动政权的残暴等。叙事中强化故事性,让故事带动控诉、抗争、歌颂的内容,传达鲜明的政治倾向。李季的叙事长诗《王贵与李香香》是其中的典范之作。

1946 年发表的《王贵与李香香》是延安红色诗歌中最值得关注的一首叙事诗。它以严酷的阶级斗争为背景,以陕北民歌信天游的形式和比兴手法,讲述了三边地区一对青年男女王贵与李香香的爱情和革命故事,展现了三边地区农民翻身获解放的革命历程。"不是闹革命穷人翻不了身,/不是闹革命咱俩也结不了婚",爱情与革命的交织、小我与大我的融合,形象阐明了劳苦大众的个体命运与整个阶级革命大业血肉相连的关系。长诗一发表,就广受关注和肯赞。当时中宣部部长陆定一评价它"用丰富的民间语汇来做诗,内容形式都好"[①];身在国统区的郭沫若称赞其为"文艺翻身"的"响亮的信号";周而复不仅夸赞它是"一颗光辉夺目的星星,从西北高原上出现,它照耀着今天和明天的文坛",是"人

---

① 陆定一:《读了一首诗》,《解放日报》,1946 年 9 月 28 日。

民诗篇的一个里程碑"，①并把它收入《北方文丛》向海外推荐。《王贵与李香香》在民族化实践和宣传革命相结合上的成功，确立了为工农兵服务的诗歌规范，是 1942 年以来延安文艺的新收获，激发起解放区创作民歌体叙事诗的热潮。阮章竞的《漳河水》、田间的《赶车传》、张志民的《王九诉苦》、艾青的《吴满有》等皆为当时出现的在中国现当代文学史上颇有影响的民歌体叙事长诗。这种借鉴吸收民间艺术经验，建立一种新的诗歌规范的尝试，对当代叙事诗的发展具有深远意义。

（二）红色戏剧

抗战改变了人们的生活，也改变了戏剧的面貌。较诗歌、散文、小说而言，戏剧演出具有宣传效果即时性的特点，其宣传意图更容易被传达、被捕捉，宣传也更具有感染力，所以，解放区特别注重戏剧动员群众、宣传群众、教育群众的强大效果。早在抗战初期，在全国范围内就兴起了街头剧、活报剧的热潮，解放区也是如火如荼。内容短小、打破舞台限制、演出灵活的街头剧能够更好地发挥宣传抗日，教育群众，打击敌人的政治功能。"好一计鞭子"（《三江好》《最后一计》《放下你的鞭子》）更是其中的经典之作，传播范围广，社会反响大。

延安文艺座谈会之后，《讲话》精神在解放区戏剧界的影响触及戏剧的形式和内容。主要体现有二：一是旧剧与新剧的有机统一。传统戏曲的形式已为当地人民所熟悉喜爱，但宣扬封建道德秩序、迷信思想的内容已严重不合时宜。解放区文艺工作者在走向工农兵、向他们学习的过程中，深入研究民间艺术，以推陈出新的方式，创造性地吸收、改造旧剧。在借鉴传统戏曲的艺术形式时，又赋予其崭新的现实生活内容，有效实现了为革命服务的宣传目的。二是艺术性和政治性的完美结合。国难当头，为拯救民族于危亡，动员广大群众投入革命，揭露旧制度旧世界的黑暗，批判落后思想，宣扬中国共产党领导的革命斗争，服务于战时需要，是新环境下成长的红色戏剧非常明确且从未动摇的政治目标；同时，红色戏剧在保证政治方向正确之时，也积极向人民喜闻乐见的民间传统戏曲艺术学习，向西方歌剧学习，以追求政治性与艺术性的统一。延安红色戏剧的出色创作实践对我国当代戏剧的演变与创作都具有深远影响。

新秧歌剧是《讲话》之后，延安红色戏剧中的一个突出表现。秧歌剧原是活跃在我国北方的一种民间传统说唱艺术，其短小精悍、载歌载舞、生动活泼的形式备受群众喜爱，但内容上多男女插科打诨的世俗成分。1943 年，"鲁艺"推出了《兄妹开荒》（王大化、李波），它对深受人民欢迎的秧歌剧形式的借鉴、新人物形象的塑造、欢快现实劳动场面的营造，令人耳目一新，受到群众欢迎和领导重视，迅速在解放区走红。这部新型歌舞短剧也很好地体现了新的文艺方向，对秧歌剧和其后新歌剧的创作都产生了深刻影响，也极大激发了解放区的新秧歌剧运动。在大力推广和号召中，《兄妹开荒》直接促发了一场流行于延安和陕北地区的新秧歌剧运动。其他影响较大的新秧歌剧还有《夫妻识字》（马可）、《牛永贵

---

① 周而复：《〈王贵与李香香〉后记》，楼沪光、孙琇：《中国序跋鉴赏辞典》，河北教育出版社 2003 年版，第 1055 页。

负伤》（周而复、苏一平）、《减租会》（鲁艺文工团）等。

以《白毛女》（贺敬之、丁毅执笔）、《赤叶河》（阮章竞）、《刘胡兰》（魏风、刘莲池等执笔）、《王秀鸾》（傅铎）等为代表的新歌剧是解放区红色戏剧对我国新文学的一个重要贡献，它的出现是在新秧歌剧普及基础上的提高。其中，1945 年延安鲁迅艺术学院集体创作的《白毛女》是贯彻《讲话》精神、成功创造新的民族形式的戏剧典范之作，是在新秧歌运动基础上发展起来的中国第一部新歌剧。该剧不仅在艺术上博采众长，广泛吸纳秧歌剧、其他中国北方民间音乐曲调、西洋歌剧的创作经验，创造出具有自己民族特色的新形式，而且主题上具有高度的思想性，深具时代感。剧作以贫苦农民喜儿反抗和复仇的故事，揭示了地主与贫雇农之间压迫与反压迫的阶级矛盾，既表达出无产阶级革命的必然性，也凸显出"旧社会把人变成鬼，新社会把鬼变成人"的主题，歌颂了党，歌颂了党领导下的人民革命，指出了人民翻身得解放的必由之路。《白毛女》不仅是当时思想艺术成就最高的一部作品，也标志着中国歌剧的正式形成。

（三）红色小说

延安红色小说是延安时期红色文学中成就最大、影响最为深远的文学体裁。其本土化和大众化特征是"工农兵文艺"的成功实践，表现内容和方法对新中国成立后的中国文学尤其是十七年小说中红色经典的创作具有直接的启发意义和指导意义。就主题而言，延安红色小说主要体现在表现农村新生活、反映军民英勇抗战和描绘土地改革运动等三个方面。

中华文明属于农耕文明，农民非常依赖土地，土地的分配不均是造成农村阶级矛盾的主要因素。大量土地掌握在地主阶级手中，贫雇农受其剥削，终年难得温饱的封建土地制度严重阻碍了解放区农村经济和社会的发展。抗日战争胜利后，为了保卫胜利成果，调动广大农民劳动积极性，彻底摧毁农村中的封建势力，把革命推向深入，1946 年 5 月 4 日，中共中央发布了改减租减息政策为没收地主土地分给农民的"五四指示"。随后一场波澜壮阔的群众性土地改革运动在各解放区广大农村广泛开展起来。文学是生活的反映，在解放区土地改革背景下，作为土改工作的亲历者，丁玲、周立波迅速抓住了这一划时代的重大事件，以小说的形式成功记载了这一消灭土地私有制的宏伟生活画卷，分别创作出优秀的土改题材长篇小说《太阳照在桑干河上》和《暴风骤雨》。

《太阳照在桑干河上》1951 年获得了斯大林文学奖二等奖，它通过华北解放区一个叫暖水屯的村庄的土改运动，真实反映了土改中农民阶级与地主阶级之间尖锐复杂的斗争，从农民阶级的苏醒、翻身到解放，揭示出在中国共产党领导下中国农民光明生活的到来。1946 年，周立波参加了东北解放区的土改运动，以此经历为背景创作了长篇小说《暴风骤雨》。小说描写了东北松花江畔一个叫元茂屯的村子从 1946 年到 1947 年土地改革的全过程，以农村中暴风骤雨般的阶级斗争及土改的最终胜利，形象说明了在中国共产党的领导下，农民向新生活奔进。小说虽然在艺术上稍逊色于《太阳照在桑干河上》，但其把握了农村阶级斗争尖锐性，对农民形象进行了典型化处理，语言风趣，不失艺术魅力。

　　抗日战争、解放战争是我国现代革命历史进程中的重大事件,军民的武装斗争生活自然成为红色小说关注的一个焦点。抗战初期,丁玲的《一颗未出膛的枪弹》、丘东平的《一个连长的遭遇》等都写出了军民的抗战热情。《讲话》之后,在追求小说民族化、大众化实践上,《洋铁桶的故事》(柯蓝,1944 年)、《吕梁英雄传》(马烽、西戎,1945 年)、《新儿女英雄传》(孔厥、袁静,1949 年)等三部描写抗日英雄传奇的小说脱颖而出。《洋铁桶的故事》是解放区出现的第一部章回体小说,描写了晋东南沁源地区一个叫洋铁桶(吴贵)的八路军领导民兵小分队英勇机智打击日本侵略者、汉奸、特务的传奇故事。《吕梁英雄传》是山西吕梁革命史的真实写照,是我国第一部反映中国共产党领导下全民族抗日的长篇小说,讲述了在日寇烧杀抢掠中,觉醒了的农民在中国共产党领导下同敌人顽强斗争的故事。《新儿女英雄传》写了冀中白洋淀地区的农民在党的领导下开展游击战的曲折故事。这三部作品无一例外在形式上都是对我国传统长篇通俗小说章回体的复古,使自五四新文学以来就一直被摒弃,认为这种旧形式不可能装进现代人思想的传统小说样式“复活”了。以故事性强、语言通俗、情节紧凑、老百姓喜欢的小说形式讲述现代革命斗争中的新英雄传奇,是延安作家的成功创造,直接影响了当代文学中革命历史题材的小说创作。

　　在解放区,抗战时期党推行了减租减息政策,抗战胜利后又开展了土地改革运动,广大农民在中国共产党的发动、组织下,不断投入解放区新的生产劳动和革命斗争生活中。因此,表现解放区农村变革中农民的新生活成为红色小说关注的主要内容。对农村新生活的描摹主要集中在表现农民翻身得解放和战争背景下农民生活的新变化两个方面。前者以赵树理、马烽、西戎、束为等“山药蛋派”作家为代表,后者以孙犁的没有硝烟的农民革命生活为主。

　　赵树理是解放区土生土长的作家,有深厚的农村生活基础,熟悉当地老百姓的生活,情感上与农民也最为贴近,坚持文艺扎根在民间。赵树理在二十世纪三十年代就追求文艺的大众化,立志做一个“文摊”文学家而不是“文坛文学家”。《讲话》发表之后,赵树理的艺术追求与《讲话》精神相契合,创作也顺应了大众化的文艺方向。反映解放区农民婚恋自由,基层组织民主建设等新生活的小说《小二黑结婚》《李有才板话》等以其通俗性、民族性和大众化特征而深受人民喜爱,同时,也因其呈现的新人物、新天地、新文化、新意义内涵而备受赞誉。赵树理成为解放区文艺路线的典范,被认为是“第一个实践了毛泽东同志文艺方向的人”。1947 年 7 月,晋冀鲁豫边区树立起了“赵树理方向”,提出文艺创作要向赵树理方向迈进。他的创作对整个解放区文学乃至五六十年代的文学都产生了巨大影响,在其影响下,形成了一个重要的乡土文学流派——“山药蛋派”。

　　在解放区,孙犁是与赵树理并驾齐驱的最有特色的小说家,但他的小说别开新路,与赵树理的“俗”“泥土气”全然不同。他写战争,但没有正面战场,没有血与火的激烈,代之以战争背景下后方生活的新变化,人物心灵情感的描绘,白洋淀水乡湖光月色诗意的描写。在农民尤其是翻身得了解放做了社会主人的女性农民的平凡日常生活里挖掘她们健康、乐观、纯净的人情美和人性美；虽走大众化路线，但遣词造句、意境营造仍保留知识分子的一分雅趣。情感的节制、描写的简洁、叙述的平实、白描技法的应用、诗化的结构使孙犁的小说散发出一种解放区文学里少有的清新柔美的古典韵味。同时，现实主义中的一丝浪漫色彩，战争生活里的革命乐观主义，也为其小说平添了一份阅读的兴致。作家熟悉的河北白洋淀地区军民可歌可泣的抗日斗争故事成为他取之不竭的创作源泉。他曾说："我最喜欢写抗日小说，因为它是时代个人的完美真实的结合，我的这一组作品，是对时代和故乡人民的赞歌。"孙犁小说独特的审美风格和地域色彩在河北青年作者中产生了强烈影响，在他影响下，形成了中国现代文学史上与"山药蛋派"并存的一个乡土小说流派——"荷花淀派"。

孙犁的红色代表性作品主要有《荷花淀》《芦花荡》等。1945 年创作的短篇小说《荷花淀》是最能代表孙犁小说诗化色彩、古典韵味的名作。小说在关系民族存亡的抗日战争背景下，锁定小小的白洋淀为描述中心，重在突出白洋淀妇女温柔多情、坚贞勇敢的性格和精神。新环境里不断成长的青年劳动妇女是小说塑造的人物重点，女主人公水生嫂是一位传统、善良的农村家庭妇女，她温柔、含蓄、重情、勇于奉献，机灵勇敢、顾大体识大局的形象是白洋淀无数支持中国革命的女性写照。她们性格的成长，对战争的认识在夫妻话别、探夫遇敌、助夫杀敌、学夫卫国等环环相扣的情节中得以真实并诗意地体现。她们爱小家，也爱大家，在轻松活泼的笔调中把对丈夫的个人小爱和对祖国的集体大爱成功、自然地融为一体，生动表现了根据地军民在中国共产党领导下英勇抗战的爱国主义精神。小说意境优美，景物描写清新如画，极具诗情画意。故事的背景虽然在残酷的抗日战争时期，但是，小说并没有写硝烟弥漫的战场、惊心动魄的厮杀，而是重在描画荷花淀的美好风光。"那一望无边际的密密层层的大荷叶，迎着阳光舒展开，就像铜墙铁壁一样。粉色荷花箭高高地挺出来，是监视白洋淀的哨兵吧！""水面笼起一层薄薄透明的雾，风吹过来，带着新鲜的荷叶荷花香。"这些细腻的景物描写在紧张的故事情节中、在战争的氛围里无不给人以清新舒缓的美感，它们既饱含了作者的爱国之情，也为人物活动提供了典型环境。

（四）红色散文

延安时期红色散文的影响或许没有小说、诗歌、戏剧那么大，但其曾经的热闹却是历史的真实，而且作者们以自己所见所闻，真情实感的描述、记录，及时向全中国、全世界传送了"延安图像"，也实现了宣传抗战、鼓舞士气、唤起民族意识的重要功能。当年的延安边区文化协会秘书长雷加曾说："那真是战斗的时代，诗的时代，散文的时代，抗日战争如此，解放战争也是如此。随着战斗的胜利，散文创作和它的队伍，在跟着发展和壮大。……散文在群众时代的旋律中，大踏步地前进。"[①]

抗日战争、解放战争的历史背景给延安散文提供了新的写作内容，同时，时代对散文

---

① 雷加：《中国解放区文学书系　散文·杂文编序》，重庆出版社 1992 年版，第 6 页。

的书写也提出了新要求。在时代的呼唤中，作家们自觉以中国老百姓喜闻乐见的中国作风和中国气派为艺术鹄的，以简洁、素朴、诚挚的语言记录解放区军民的战斗生活和生产劳动，以亲切、质朴、动人的文字书写作家个人在解放区的感受。新生活、新风俗、新人物、新气象的呈现，不仅丰富了五四以来中国现代散文的内容，也拓展了表现空间，鲜明的人民性和民族性使其迥别于其他时期、其他区域的散文。

延安时期红色散文在内容上首先体现为对解放区新生活、新气象的赞美。不管是来自国统区、沦陷区的，还是解放区土生土长的作家，都不约而同地歌赞革命圣地延安，歌赞解放区新生活。如柳青的《在故乡》，以土改后解放区农民翻身得解放的描写，讴歌了新的时代；冼星海1940年写就的《我学习音乐的经过》，以向朋友介绍自己国内外学习音乐生命历程的书信形式突显了延安生活的健康有序，"生活既安定，也无干涉和拘束，我就开始写大的东西"，阐释了延安的革命环境、文化环境对一个优秀艺术家成长的意义。其次是对抗战英雄的歌颂。弃独抒性灵转而为面向现实、面向人生，是延安红色散文秉持的写作理念。火热的抗战生活激励了作家，也感动着作家，他们用笔用真情记录下从部队将帅到普通军民的光辉事迹和英勇形象。这类散文以真人真事为描写对象，常常以人物某一生活片段的"风采"或者人物性格中的某一"闪光点"为抓手，突出伟人生活中不为常人所识的一面，兼具新闻性和文学性的特点。朱德、陈毅、刘伯承、关向应、李先念、王震、彭德怀、贺龙、刘志丹、左权、肖克等领导人都成为描写的对象。如周立波的《李先念将军印象记》《王震将军记》、黄既的《关向应同志在病中》、荒煤的《刘伯承将军会见记》等。此外，普通工农兵也是这类散文描写的重要对象。如丁玲的《田保霖》《民间艺人李卜》、杨朔的《英雄爱马》《七勇士》、黑丁的《民兵英雄申戏寅的故事》、萧三的《警卫英雄李树槐》等，都是当时描写战士的英勇、人们建设新生活的热情、解放区新人成长的有影响的作品。最后，是对军民鱼水情的描写。曾克的《沙原上》、吴伯箫的《文件》《记一辆纺车》、华山的《窑洞阵地战》等都是叙写并赞颂战争中军爱民、民爱军、军民团结一致争取胜利的动人篇章。

四、社会主义革命和建设时期创作的红色文学

二十世纪五十年代以来，随着中国共产党领导的社会主义革命政权的建立，红色文学创作进入了繁荣期，革命历史题材创作随之迅速成为五十年代至七十年代文学创作的主要题材，也成为这一时期红色文学创作的最主要形式。从内容而言，这一时期最具代表性的作品大多反映中国共产党领导下的新民主主义革命斗争，着力表现土地革命战争、抗日战争和解放战争时期中国革命斗争的历史进程，再现中国共产党领导下的艰苦卓绝的人民战争，通过讲述红色革命故事，塑造英勇无畏、铮铮铁骨、大公无私、舍身忘我的无产阶级革命英雄形象，借以弘扬革命英雄主义和理想主义精神。从文体而言，小说和戏剧创作最有建树，又以革命历史题材小说和革命"样板戏"为代表，诗歌和散文稍显逊色，红色诗歌创作以红色叙事诗为主，红色散文创作较少。

（一）红色小说创作

新中国成立之后出现了大量讲述革命历史的小说,表现新民主主义革命过程中的重大历史事件成为这一时期小说创作的主要内容,比较突出的体裁是长篇小说,尤以"三红一创,青山保林"为代表,"它特指在中国共产党领导下的革命斗争历史"。[①] 作为五十年代至七十年代的一种小说创作类型,革命历史题材小说主要讲述中国革命在中国共产党的领导下,如何发生、发展并最终取得胜利的过程,最终诠释的是"只有共产党才能救中国"的革命真理。此处的"革命历史"就是革命年代的枪林弹雨和残酷斗争,是红色小说的重要题材内容。

革命历史题材小说之所以在新中国成立后出现创作的繁荣,究其原因,一是对中国传统文学讲史传统的承继。讲史是中国文学的一个重要传统,新中国成立后,革命历史题材小说自然成为作家的必然选择。二是中国现当代文学自身发展规律使然。革命历史题材小说经过解放区文学革命斗争叙事的最初尝试而逐步走向成熟,进入需要有厚度、有力量、有影响的长篇巨著来表现成就,彰显实力的阶段,而革命历史题材作为对历史斗争故事的当代书写,在内容的深广、人物的众多、场面的宏大、主题的鲜明等方面均具有形成长篇的先天优势。三是作家自身经验的积累和创作的需求。这一时期有很多经历革命斗争岁月的作家,他们是那段红色革命斗争岁月的见证者和亲历人,革命历史题材小说创作正好契合了他们还原那段曾经的"光荣历史"的强烈愿望,为他们讲述自身的红色故事提供了创作空间,满足了他们自我书写、还原革命历史的创作欲望。四是时代的需要和呼唤。随着新中国的成立,历史进入了崭新的阶段,新中国需要文学为其书写宏大的奋斗史。① 为了纪念其取得的历史功绩,巩固其现实地位。② 为了提供革命传统教育的范本,借此为社会主义革命事业提供红色精神资源。五是读者的阅读接受需要。讲史传统为中国读者所喜闻乐见,革命历史题材小说这种叙事形式最贴近大众,最易于讲述革命故事,传播革命思想,因此从读者阅读和接受层面而言不失为一种最佳模式。

革命历史题材小说在五六十年代的文学构成中占有举足轻重的地位,可以说是和农村题材小说并驾齐驱的,长篇小说代表性作品有知侠的《铁道游击队》(1954 年),杜鹏程的《保卫延安》(1954 年),高云览的《小城春秋》(1956 年),吴强的《红日》(1957 年),曲波的《林海雪原》(1957 年),梁斌的《红旗谱》(1957 年),杨沫的《青春之歌》(1958 年),冯德英的《苦菜花》(1958 年),雪克的《战斗的青春》(1958 年),刘流的《烈火金刚》(1958 年),李英儒的《野火春风斗古城》(1958 年),冯志的《敌后武工队》(1958 年),欧阳山的《三家巷》(1959 年),罗广斌、杨益言的《红岩》(1961 年)等。其中最具代表性的是被称为"三红一创"(《红日》《红旗谱》《红岩》《创业史》)和"青山保林"(《青春之歌》《山乡巨变》《保卫延安》《林海雪原》)的八部革命历史题材小说。就总体创作特征而言,这些小说呈现的共性之处有三个方面:其一是追求宏大的历史叙事,小说着力于大场面的描写,借此完成对中

① 王庆生:《中国当代文学史》,高等教育出版社 2003 年版,第 96 页。

国共产党所建立的新政权的颂扬;其二是通过小说叙事完成对中国共产党所建立的社会主义新中国合情、合理、合法性的叙述;其三是通过小说完成对艰苦奋斗、作风优良、不屈不挠、舍生忘死、奋勇向前、视死如归的共产党人形象的塑造和革命理想主义抒写。短篇小说虽不如长篇小说繁荣,但也出现了像王愿坚的《党费》(1954年)、《七根火柴》(1958年),茹志鹃的《百合花》(1958年),峻青的《黎明的河边》(1959年)等名篇佳作,这些作品和长篇小说一样,共同完成对革命历史的叙事。

本时期的革命历史题材小说创作呈现为四种叙事类型:以"三红一歌"(《红日》《红岩》《红旗谱》《青春之歌》)为代表的史诗型革命历史题材小说、以《林海雪原》为代表的传奇性革命历史题材小说、以茹志鹃的《百合花》为代表的抒情性革命历史题材小说和以峻青的《黎明的河边》为代表的英雄化革命历史题材小说。

史诗型革命历史题材小说创作最适宜完成对民族和国家宏大历史的书写,这种类型的小说创作多受到以茅盾《子夜》为代表的社会剖析派小说影响,一般而言,全景式的叙事视角、网络状的小说结构、气势宏伟的画面描写和丰富多彩的人物塑造等史诗品格是此类小说的共同特征。概括而言,此类革命历史题材小说创作旨在广阔的社会历史背景下,反映中国共产党领导下的社会各阶层(军人、农民和知识分子)的斗争生活。史诗型革命历史题材小说在五十至七十年代红色小说中数量最多,其中最具代表性的就是《红日》《红岩》《红旗谱》和《青春之歌》。《红日》讲述的是国民党和共产党之间的军事斗争,最终共产党领导的人民军队从军事上战胜了国民党;《红旗谱》讲述的是国民党和共产党在农村的斗争,最终共产党领导农民一起战胜国民党和地主;《青春之歌》讲述的是共产党和国民党争夺知识分子的斗争故事,最终知识分子追随共产党站到了革命的斗争阵营中,一起战胜了国民党;《红岩》是把共产党和国民党放在极端恶劣的环境中来看二者之间道德品质的优劣,最终共产党以其优秀的品质战胜了国民党;四部作品放在一起诠释的是"只有共产党才能救中国"的真理。

《红日》讲述的是解放战争初期中国共产党领导的华东野战军在孟良崮战役中全歼国民党"王牌"第七十四师的战争故事,歌颂了毛泽东军事思想如同红日,照亮我军的成长和人民解放战争的胜利道路。作家吴强是江苏涟水人,1938年参加新四军,1939年加入中国共产党,是一名亲历过莱芜战役、孟良崮战役、淮海战役和渡江战役的战士,这些经历为其创作提供了丰富的素材。《红日》气势恢宏,反映了伟大的解放战争史实,是一部用英雄的鲜血写成的气魄宏伟的史诗,成功地塑造了革命军人系列形象,尤以军长沈振新和副军长梁波形象最为光彩照人。

梁斌的《红旗谱》讲述的是二十世纪三十年代初发生在中国北部冀中平原蠡县梁庄的农民与地主间矛盾与斗争的故事,故事背景是大革命失败前后河北保定一带农村的"反割头税"斗争与保定二师的学潮,故事围绕两家农民三代人与一家地主两代人(朱老巩—朱老忠—朱大贵、二贵;严老祥—严志和—江涛、运涛;冯兰池—冯贵堂)的矛盾斗争故事展开,故事可以概括为农民与中国共产党一起瓦解地主与国民党的勾结,将家族矛盾与历史风云相结合,揭示中国乡村的阶级矛盾与斗争,表达了强烈的政治主题——中国农民只有在共产党的领导下才能战胜阶级敌人,解放自我。作者梁斌(1914—1996)为河北蠡县人,1930年在保定第二师范学校学习,1932年参加武装暴动,1933年在北平加入"左联",1937年从事党的宣传工作。《红旗谱》的人物描写受中国传统侠义小说《水浒传》的影响,人物性格鲜明。主人公朱老忠豪爽暴烈,有传统民间英雄的江湖气质。小说对中国北方自然风光与独特民俗的关注、对乡村日常世俗生活的描写(运涛与春兰的爱情生活),使宏大的乡村历史与曲折的阶级斗争叙事得以丰富和充实,弥补了僵硬单调的阶级视角。小说的叙事语言吸取了一些生动活泼的北方方言,增强了艺术的表现力和阅读的新鲜感。

罗广斌、杨益言的《红岩》是根据纪实报告文学《在烈火中永生》改写而成,被誉为"共产党人的正气歌",着力讴歌在极端恶劣环境下共产党员坚贞不屈的高尚品质。作者曾于1948年被国民党反动派逮捕,并被囚禁在重庆"中美特种技术合作所"集中营里,为了"把这里的斗争告诉后代",他们先后创作了报告文学《圣洁的鲜花》《江姐》《小萝卜头》《在烈火中永生》和长篇小说《红岩》。《红岩》讲述了解放战争胜利前夕,以许云峰、江竹筠等为代表的共产党人在重庆渣滓洞集中营面对国民党反动派的酷刑不屈不挠斗争到底的故事,表现了革命者忠于党和人民、为人民献身而无上光荣的气节和人格。《红岩》故事情节具有传奇色彩,结构气势恢宏,富有戏剧性,政治倾向性强烈而鲜明,显示了一种斗争之美和人性之美,在悲壮崇高中蕴含着理想的光辉。

杨沫的《青春之歌》是一部探索新民主主义革命时期青年知识分子道路问题的长篇小说,是我国当代文学史上第一部描写党领导下的学生运动的长篇小说。《青春之歌》具有作者自叙传性质,杨沫(1914—1995)原名杨成业,出身于一个没落的地主家庭,后加入中国共产党,走上了革命道路,主要作品还有长篇小说《东方欲晓》《芳菲之歌》《我的日记》等。《青春之歌》反映的是从"九一八"事变到"一二·九"运动这一历史时期爱国青年学生为抗日救亡所进行的艰苦卓绝的斗争,小说全面反映了二十世纪三十年代初期到中期复杂多变的社会政治风貌,形象地揭示了知识分子和工农群众相结合的必要性和艰巨性,具有浓郁的抒情笔调,带有女性作家特有的细腻。小说主人公小资产阶级知识分子林道静因反对包办婚姻离家出走,在党的指引下投身革命成为一名坚强的无产阶级革命战士,小说同时塑造了卢嘉川、江华、林红等坚强不屈的共产党人形象。

史诗型革命历史题材小说之外,最受读者喜爱的是传奇性革命历史题材小说,《林海雪原》《铁道游击队》是其中最具代表性的作品。这类小说受中国传统侠义小说影响较大,追求故事情节的曲折离奇,以传奇性见长。《林海雪原》的作者曲波(1923—2002)是山东蓬莱县(今烟台市蓬莱区)人,1938年参加八路军,1940年加入中国共产党,1945年到东北,担任牡丹江军区二团副政委,1946年曾率领一支小分队深入牡丹江一带的深山老林进行剿匪斗争,经过半年艰苦卓绝的斗争,顺利完成了歼灭顽敌的革命任务。1955年,曲波以自己的这段斗争经历为蓝本,构思完成了传奇性革命历史题材长篇小说《林海雪原》。《林海雪原》讲述解放军小分队在东北围剿土匪的传奇故事,虽然是以作者曲波的剿匪经历为背景创作写成,但出于"教育"的目的,故事整体框架与小说《红旗谱》一样,采取了典型的二元对立结构,共产党与群众联手对抗土匪与国民党的勾结,并最终取得斗争胜利。《林海雪原》在故事情节、人物描写等方面吸收了民间说书艺术与中国古典小说《水浒传》等的艺术营养,故事情节曲折多变、扣人心弦,小说将英雄传奇故事放在深山密林、莽莽雪原的自然环境与土匪出没、国共纷争的社会环境中,为故事增加了神秘感与传奇色彩。人物性格鲜明生动、引人入胜,塑造了两位优秀的共产党员军人形象,一个是有勇有谋、勇敢果断的孤胆英雄杨子荣形象,一个是严于律己、有谋略、有胆识的出色指挥员少剑波形象。此外,小说在紧张曲折的斗争情节中适当加入了少剑波与白茹的爱情描写,一张一弛,有效迎合了大众读者的阅读趣味。

茹志鹃的《百合花》是抒情性革命历史题材小说的代表作,这类小说以短篇为主。它们大多不直接描写阶级斗争,带有浓厚的抒情气息。孙犁、茹志鹃是此类小说创作的代表作家。《百合花》的作者茹志鹃(1925—1998),浙江杭州人,1943 年参加新四军,1958 年在《延河》上发表短篇小说《百合花》,引起文坛瞩目。她的创作以短篇小说为主,著有短篇小说集《百合花》《静静的产院》《草原上的小路》等。《百合花》描写的是解放战争时期,前沿包扎所里的小通讯员与新媳妇两个人围绕借被子的事情展开的一段动人的故事。19 岁的通讯员战士执行任务向百姓借被子给伤员盖,结果碰到了"不愿"借被子的新媳妇,原来这床"百合花"被子是新媳妇唯一的嫁妆,后来新媳妇主动把被子送去。通讯员牺牲,新媳妇用自己洒满百合花的被子为通讯员收殓。小说在叙事上重视细节与构思,语言清新优美,在革命与战争的故事背景下抒写军民"鱼水情"与闪现在其中的人性美与人情美,特别是对女性心理的细腻表现,成为小说引人入胜的重要因素。

英雄化的革命历史题材小说也是以短篇小说为主,它们追求在戏剧化的场景中表现革命英雄的"伟大"与"崇高"。王愿坚的《党费》《七根火柴》《粮食的故事》《妈妈》《支队政委》、峻青的《老水牛爷爷》《黎明的河边》是此类小说的代表。峻青(1921—1991),山东海阳人,1930 年代参加地方抗日工作,曾任胶东党委机关报《大众报》记者,敌后武工队队长,1948 年随军南下。峻青的小说多取材于自己亲历的革命战争生活,由于作者具有讲故事的才华,故事情节紧张曲折,有一种"现场"式的逼真感,在敌我对垒中和生死较量之间展示革命英雄主义。《黎明的河边》发表于《解放军文艺》1955 年第 2 期,小说以 1947 年胶东解放区军民粉碎国民党反动派的猖狂进攻为背景,描写了通讯员小陈及其母亲、弟弟为护送两位武工队负责人穿过敌人封锁线不惜流血牺牲的感人事迹,歌颂了英雄的战士和英雄的人民,着力渲染英雄人物的崇高精神与无畏品质。

(二)红色戏剧创作

红色戏剧是为宣传而生的一种特殊的戏剧种类,它伴随着中国革命的历史进程而发展,是艰苦战争年代的革命宣传样本,是中国革命宣传的一道亮丽风景。二十世纪五十年代到七十年代的红色戏剧由三个部分构成,即革命历史题材话剧创作、红色歌剧和"革命样板戏"中的红色戏剧,其中创作数量最多的是革命历史题材话剧。"十七年"的红色歌剧源自陕北秧歌剧，新中国成立后应新的时代要求在艺术形式上有所创新，代表作有《刘胡兰》《洪湖赤卫队》《江姐》等。"革命样板戏"是"文革"时期被树立为文艺榜样的戏剧作品，其中最具代表性的是"八大革命样板戏"中的《红灯记》《智取威虎山》《沙家浜》《白毛女》《红色娘子军》，此外《奇袭白虎团》讲述的是抗美援朝时期的故事，《海港》讲述的是六十年代的故事，不作为本书红色文学的内容范畴。

　　"十七年"时期的革命历史题材话剧可以视为革命叙事中的红色戏剧，它们与革命历史题材小说共同建构了一部中国共产党领导下建立新中国的革命奋斗史。革命历史题材剧本创作在"十七年"话剧创作中占比较大，内容涉及广，几乎囊括中国共产党领导下各个历史时期的革命事件，如表现共产党成立初期领导工人罢工斗争的《红色风暴》（中国青年艺术剧院集体创作，金山编剧，1958 年）、表现大革命失败后革命斗争的十场革命历史剧《八一风暴》（刘云等，1960 年）、表现红军长征的六幕话剧《万水千山》（陈其通，1957 年）、表现抗日战争的八场话剧《东进序曲》（顾宝璋、所云平，1959 年）、表现延安革命生活的三幕四场话剧《豹子湾的战斗》（马吉星，1964 年）、表现解放战争的四幕话剧《兵临城下》（白刃、洛汀、季树楷，1963 年）。这些革命历史题材戏剧通过对中国共产党领导的不同时期革命斗争的历史叙事，构成了一幅完整的中国革命历史斗争画卷。

　　《万水千山》是"十七年"革命历史题材话剧代表作，发表于 1954 年 10 月《解放军文艺》。作者陈其通（1916—2001），四川巴中县（今巴中市）人，早在少年时代就参加中国共产党的地下群众组织，1932 年成为中共党员并参加红军，是红军长征的亲历者。《万水千山》背景是 1935 年遵义会议之后，是一部真实再现红军长征艰苦历程的"长征记"。全剧共六幕七场，讲述了中国工农红军在以毛泽东为首的党中央领导下进行长征的战斗历程，通过几个具有代表性的长征片段来展现毛泽东直接领导下的中国工农红军的伟大胜利，塑造了李有国、赵志方、罗顺成等红军指战员英雄形象，热情歌颂了他们不怕牺牲、一往无前的英雄气概，全剧洋溢着"红军不怕远征难，万水千山只等闲"的革命乐观主义精神。

　　"文革"期间，戏剧界再次兴起了新编革命历史故事的潮流，各剧团利用各种戏剧形式，改编上演革命故事，最终形成了八个"样板戏"。京剧《智取威虎山》《沙家浜》《红灯记》、芭蕾舞剧《红色娘子军》《白毛女》都是讲述红色故事，塑造革命英雄，描写中国共产党领导下的革命斗争生活，形成了独特的红色文学景观。京剧《红灯记》讲述的是抗日战争时期，中国共产党的地下工作者李玉和一家三代（李母、李玉和、李铁梅）为转移密电码而前赴后继、英勇牺牲的革命斗争故事。《红灯记》共十一场，分别为"接应交通员""接受任务""粥棚脱险""王连举叛变""痛说革命家史""赴宴斗鸠山""群众帮助""刑场斗争""前赴后继""伏击歼敌""胜利前进"。京剧《智取威虎山》取材自曲波小说《林海雪原》中"杨子荣打进威虎山，活捉匪首座山雕"的故事，1958 年由上海京剧院创作和演出。戏剧共十场，包括"乘胜进军""夹皮沟遭劫""深山问苦""定计""打虎上山""打进匪窟""发动群众""计送情报""急速出兵""会师百鸡宴"。故事发生在 1946 年解放战争前夕，孤胆英雄、解放军侦察排长杨子荣只身打入土匪座山雕老巢，与参谋长少剑波率领的三十六人追剿队里应外合，全歼土匪。

京剧《沙家浜》改编自 1958 年上海市人民沪剧团的沪剧《芦荡火种》，1964 年由北京京剧团改编，汪曾祺为主要执笔者。剧名《沙家浜》由毛泽东定名，"芦荡里尽是水，革命火种怎么燎原呢？再说，那时候的抗日革命形势已经不是火种，而是很大的火焰了嘛。所以，我看戏名还是叫《沙家浜》好"①。该剧讲述了发生在江苏常熟阳澄湖畔军民联合抗日的故事，戏剧共十场，包括"接线""转移""勾结""智斗""坚持""授计""斥敌""奔袭""突破""聚歼"。1938 年，新四军某部在撤离过程中留下十八名伤病员。指导员郭建光带着伤病员留在阳澄湖畔沙家浜镇养伤。反动武装"忠义救国军"的头子胡传魁、刁德一与日寇大佐黑田勾结，企图在沙家浜搜捕新四军伤病员。沙家浜镇党支部书记阿庆嫂以开茶馆为名，利用胡传魁和刁德一之间的矛盾与敌人智斗，并将十八名伤病员安全转移，痊愈归队的战士配合大部队一举歼灭敌人。

歌剧《白毛女》是延安鲁迅艺术学院的集体创作，由贺敬之、丁毅执笔，是中国第一部新歌剧，是在秧歌剧基础上发展而来的五幕歌剧。故事根据二十世纪四十年代流传于晋察冀边区一带的"白毛仙姑"的民间故事改编而成，讲述的是抗日战争时期解放军斗地主、农奴翻身做主人的故事。除夕之夜，杨各庄贫苦佃农杨白劳被恶霸地主黄世仁逼迫，以女儿喜儿抵债，杨白劳坚决反抗，被活活打死。喜儿逃出黄家躲进深山，满头青丝变成了白发，被当地百姓当成白毛仙姑供奉在奶奶庙中。杨各庄解放后，赵大叔和王大春发现了白毛女，回来后的喜儿参加了人民军队，开始了新的生活。

《红色娘子军》是第一部中国题材的大型芭蕾舞剧，是中国芭蕾舞艺术发展史上一个里程碑式的作品。该芭蕾舞剧大胆摆脱古典芭蕾的固定程式，充分吸收中国民间舞蹈特色，是中西方艺术的完美结合。《红色娘子军》舞剧共分六场，分别以场次命名，外加一个序幕和中间一个过场，讲述了十年内战时期海南岛娘子军连的战斗故事。1931 年，海南岛农家姑娘琼花（后更名为吴清华）由于家中贫穷，被恶霸地主南霸天强抢为奴。琼花不堪忍受，从南霸天府中逃走并被红军干部洪常青救起，后在洪常青的指引下投奔红区加入了娘子军连。洪常青在战斗中因掩护战友撤离不幸被俘，英勇就义。红军战士击毙南霸天，解放椰林寨，琼花加入中国共产党，接任洪常青任娘子军连党代表。

（三）红色诗歌创作

"十七年"诗歌创作的主旋律是颂歌，这些颂歌大多以歌颂新中国、新人物和新的时代为主，但也不乏对革命斗争年代追忆和讴歌革命英雄人物的红色诗歌作品，如戈壁舟的《毛主席在战争中的故事》、艾青的《藏枪记》、张志民的《将军和他的战马》《接喜报》等等。尤其是长篇叙事诗创作在 1959—1960 年前后出现高潮，涌现大量讴歌革命斗争生活的作品，其中影响较大的有李季的《报信姑娘》、郭小川的《将军三部曲》、李冰的《赵巧儿》《刘胡兰》、乔林的《白兰花》等。《刘胡兰》是李冰叙事诗的代表作品，是一曲英雄刘胡兰的颂歌，

①　姚博、萧雪：《毛泽东中南海往事》，西苑出版社 2012 年版，第 282 页。

长诗写于1954—1955年间,期间李冰访问了刘胡兰的故乡和亲人,该诗1957年由中国青年出版社出版。长诗一共四章,前面有一个序,通过对刘胡兰的家庭、爱情、斗争生活和艰苦环境的描写,塑造了一个"生的伟大,死的光荣"的年轻共产党员英雄形象。诗歌《白兰花》发表于1956年第6期《解放军文艺》,讲述的是农民在中国共产党领导下翻身求解放的故事,塑造了一个美丽朴实、疾恶如仇的农村妇女白兰花的形象,通过白兰花与大海的爱情故事、二人在革命斗争中的成长故事歌颂了大别山根据地人民长期的斗争生活。

郭小川的长篇叙事诗是五十年代到七十年代红色诗歌的代表作品,其中最具典型性的是叙事长诗《爱情三部曲》《一个和八个》和《将军三部曲》。郭小川(1919—1976),河北丰宁人,1937年到延安,加入中国共产党,与贺敬之一起被称为当代政治抒情诗的代表诗人。《爱情三部曲》由《白雪的赞歌》《深深的山谷》和《严厉的爱》三首长诗组成。长篇组诗《白雪的赞歌》写于1957年,全诗包括七个部分,分别为"惊愕""信念""等待""凝结""烦忧""欢欣""赞歌"。长诗以一个县委书记的妻子于植的口吻展开叙述,写于植因临产而无法和丈夫一起共赴前线,却接连收到丈夫负伤、被俘、失踪、归来的消息之后的一系列心理变化,诗歌着力讴歌于植对爱情的坚贞和对党的忠诚,诗作最后借助于植之口吟诵出"白雪的赞歌",讴歌了丈夫作为共产党员的"忠贞的政治节操"和"自我牺牲的不懈辛劳"。长诗《深深的山谷》借革命队伍中女革命者大刘之口,向自己的同伴小云讲述了自己的男友因恐惧战争而精神失常,最终跳崖自尽的故事,凸显了大刘作为革命女战士的英勇无畏。抗日战争初期,"年轻而美丽"的大刘"由于对革命的热烈追求","从遥远的南方走向陕甘宁边区",途中对一位同行男伴暗生情愫,"延安,宝塔,曲折的延河,/成排的窑洞,中央组织部的招待所,/新的阳光,新的画面,新的语言……"一种伟大的生活展现在大刘眼前,男伴的热烈追求让两个人迅速坠入爱河,组织上要把两人分配到前线,大刘"慨然同意",但男友却很犹豫,两个人还是一起来到了太行山根据地,残酷的战争让知识分子男友最终选择跳崖自杀,而大刘却成长为一名坚定的共产主义战士,并收获了一份革命爱情(丈夫为指导员)。长诗塑造了女主人公大刘作为女性革命者不畏艰难、舍生忘死的高贵品质。《严厉的爱》讲述的是女主人公王兰的婚姻和爱情故事,王兰的丈夫不顾伤痛在执意返回前线的途中因伤病复发而牺牲,王兰因此学医。在解放战争时期,王兰与伤员邵虎产生感情,但邵虎与王兰之间因王兰对伤员的"严厉"而产生矛盾,最终在将军的撮合之下结合,"严厉的爱"更多出于女主人公对战士们的关爱和担忧。

郭小川的叙事长诗《一个和八个》一共1680行,包括"一个傲慢的人""夜行军中""怪诞的案情""生与死""深夜的审判""难下的结论""在刑场上""树林中的战斗"和"尾声"共九个部分,塑造了革命者王金的形象,他在逆境中(被敌人诬陷)依然忠于党,坚持崇高的革命信念。故事发生在抗日战争时期,八路军教导员王金因叛徒诬陷而成为"罪犯"和"内奸",与三名土匪、三名逃兵和一名奸细关押在一起,准备枪毙。王金用自己的人格魅力感化了其他罪犯,日本鬼子突然袭击,这个特殊的"革命队伍"和王金一起投入抗击日军的战斗,这些"罪犯"成为抗击日本侵略者的勇士,长诗讴歌了共产党员王金的高贵品质。叙事长诗《将军三部曲》以解放战争和抗日战争为叙事背景,包括"月下"(战前的部署)、"雾中"(战争中)和"风前"(战争后)三部曲,是当代文学中第一次以诗歌的形式塑造革命将军形象的作品。这部长诗以史诗的笔调,描写了艰苦卓绝的革命斗争生活,塑造了一个血肉丰满的中国共产党高级将领形象。作为一个将军,他叱咤风云,运筹帷幄,指挥若定;作为一个人,他热爱生活,热爱战士,又不乏诗情画意。

五、"后革命时代"的新红色文学

1978 年,随着党的十一届三中全会的召开,中国共产党在经济和政治领域内掀起了一系列全国性改革浪潮,中国迅速步入"改革开放"的转型时期。这一时期也被学者称为"后革命时代",它"延续了革命时期建立的基本政体和国体,但是却放弃了革命时期的高度政治动员、单一的计划经济模式以及禁欲主义的意识形态"①。由于"后革命时代"消解了原先"革命时代"那种鲜明的"战争文化心理"和"政治挂帅"的价值标准,其表征的整体文化样态呈现出一种多元且混杂的面貌。陈思和提出的"战争文化心理"是指在"民族国家"的焦虑上升为主导性焦虑之后,文化多元的诉求被废止,取而代之的是树立了以农民为主体的当代文化规范。一切事业必须无条件地投入战争,围绕着特定历史时期的政治斗争和政策路线服务。这种心理渗透到日常生活的方方面面,成为一种普遍的意识结构制约。特别是二十世纪九十年代以来,经过与"消费主义"的结合,这种文化"转型"就显得更为明显。但"转型"并非意味着"断裂",正如"后现代"也是一种"现代性"的表述一样,"后革命"文化也并非一种原创性文化,它是"原先的革命文化在新的历史语境中呈现出的新形态"②。这便意味着"后革命"文化在传承历史的同时,也打开了某种"富有生气和开拓意义的文学新向度"③,从而生成了当代文学叙事的新话语和新规范。

(一)"后革命时代"的"革命叙事"

尽管一些学者试图消解"后革命时代"中的"革命"意味,但与"革命"相关的诸多话语实践却作为一种心理依凭和文化资源,经过某种程度的拼贴与重组不断进入当下,在"后革命时代"树起了一面"父辈的旗帜"。

这种"革命叙事"大体上可以分为两类,其一是延续了二十世纪五十年代至七十年代文学写作模式的"革命历史小说",作家运用"革命叙事"的策略,"用中国共产党的历史观点来反映中国现代战争史,并通过艺术形象向读者宣传、普及有关新政权从形成到建立的历史知识"④,目的是为民族国家的现代性以及政权的合法性提供文学方面的佐证。它是一个关于"艰苦奋斗"的美好的革命"青春期回忆",同时传达了一个关于建立新中国的"神

① 陶东风:《后革命时代的革命文化》,《当代文坛》2006 年第 3 期。
② 陶东风:《后革命时代的革命文化》,《当代文坛》2006 年第 3 期。
③ 陈思和:《中国当代文学史教程》(第 2 版),复旦大学出版社 2006 年版,第 326 页。
④ 陈思和:《中国当代文学史教程》(第 2 版),复旦大学出版社 2006 年版,第 55 页。

话"。例如李準的《黄河东流去》和黎汝清的《皖南事变》。前者叙述了以蒋介石为代表的国民党反动派以日本侵略者的进攻为理由,炸开黄河花园口,使水灾泛滥,生灵涂炭,导致千万人流离失所这一惨剧。作者借描绘这场大灾难中七户农民的命运之机,形象地揭示了国民党政权必将垮台的历史必然性,"把握革命之合乎历史规律性的本质"①。同时也展现了在这些农民身上蕴藏着的不屈与纯朴的阶级品质,表现了农民阶级的某种先进性,从而为"革命"的先进性及合理性正名。后者则是以"皖南事变"的发生及发展过程为线索,以现实主义的手法,生动而又全面地还原了这一历史事件的真实面貌,普及了"有关新政权从形成到建立的历史知识"。其中对于新四军领导人叶挺和项英之间矛盾的书写,做到了既不溢美也不伪饰,在历史人物的"真实性"刻画方面具有出色的表现。正是这种对人物性格复杂性的揭示,对英雄某种"缺陷"进行书写的萌芽,使其呈现出一抹与传统"革命叙事"相异的色彩。

其二则是呈现为一种"后革命时代"关于民族、国家、理性以及革命的"新红色叙事"。它一反"消费主义"文化语境中的"反英雄""反崇高""反理想"等叙事姿态,在文学愈加市场化的浪潮中,试图重振精神的力量,在传统的"革命"资源中重新发掘文化和信仰的意义,这无疑是对"后革命时代"愈发趋向"一地鸡毛"般的文学现状的反拨。正如有论者指出的,此种"革命叙事"正彰显了"一种意识形态策略,试图通过分化和改装,重新树立一个崭新而又内涵丰富的国家民族叙事的宏大野心"②。于是,一种更新的关于"革命"的叙述方式在"大众文化""消费文化"和"红色文化"交织的空间里诞生了,这正是有论者提出的"新红色叙事"③。所谓"新红色叙事",鲁太光认为,它是指"以革命历史题材为背景而创作的一系列文艺作品……这些作品与'十七年'时期所创作的'红色经典'等'老红色叙事'相比较,具有不同的新质……由于近年来大行其道的流行文化、消费文化的浸染,诸多为我们所熟知的'新'文化元素融入'红色历史'之中",从而呈现出多元的色彩。具体来说,"新红色叙事"具有五副面孔,即具有"革命历史"的叙事框架、重视"谍战"题材的书写、全方位地解放了"爱情"叙事、表现出人性美和人情美以及在历史无意识的本能冲动下对革命进行的反思。它"既是美学的,又是经济的,同时还可以顺利地纳入'为人民服务'的口号"④当中,成为一个"意识形态的制造物"⑤。从这种视域出发,人们可以发现相当多的作品都可以被纳入这个范畴之中。例如都梁的《亮剑》、石钟山的《父亲进城》、邓一光的《我是太阳》、江奇涛的《人间正道是沧桑》、项小米的《英雄无语》、高杰贤的《拂晓长春》、张新科的《苍茫大地》《鏖战》《渡江》《山河传》《惊潮》《江山》、麦家的《风声》《暗算》以及龙一的《潜伏》等。这些作品中,有许多被改编成影视剧,进一步与"大众文化"相结合,也在一定

---

① 肖敏:《当代长篇小说中革命叙事的新变——兼与新历史主义小说对照》,《艺术广角》2010 年第 4 期。

② 房伟:《迷宫呓语症·人性鸡尾酒·蜜罐式豪情——新世纪小说革命叙事的三张面孔》,《艺术广角》2010 年第 6 期。

③ 鲁太光:《"新红色叙事"的五副面孔》,《文艺理论与批评》2010 年第 6 期。

④ 南帆:《后革命的转移》,北京大学出版社 2005 年版,第 23 页。

⑤ 南帆:《后革命的转移》,北京大学出版社 2005 年版,第 23 页。

程度上体现了红色主流文化对于大众消费趣味的收编与重塑,最终在此种"改装"与传播的过程中,大众再次被"重新集结到革命的旗帜之下"①。

(二)"新红色文学"的作者群构成

在艾布拉姆斯看来,文学活动的四个要素由世界、作家、作品和读者构成。其中,"世界"表明了文学的当下状况与时代背景,即"后革命时代"的言说语境。"读者"反映了接受群体的审美旨趣,即被"消费文化"浸染的阅读习惯。"作品"构成了这个有机活动的中心,也即"新红色文学"。这三者前文已做出说明,而值得指出的是,在"作家"这一要素上,"新红色文学"的创作群体也有其自身的特征。

不同于 1949 年以前创作的"红色文学"和二十世纪五十至七十年代的"红色经典",它们的作者如蒋光慈、方志敏、丁玲、孙犁、梁斌、罗广斌、杨益言、吴强、曲波和杜鹏程等,或来自"左翼文学"阵营,或长期跟随中国共产党进行斗争,本身就是革命的参与者和"同路人"。例如罗广斌和杨益言是从国民党集中营里出来的生还者;吴强是华东野战军六纵宣教部部长,参加了莱芜战役和孟良崮战役;杜鹏程亲身参加了延安保卫战,时任西北野战军随军记者;曲波则一直战斗在一线,直到因重伤复员后才有时间和精力进行创作。这些作者是在革命与战争的硝烟里成长起来的一代作家,因此具有深厚的"革命资历",这种身份使其对"革命"进行的叙述具有了一种不言自明的正统性和正当性,作家理所当然地将"新中国"和"新政权"的建立看作经过长期奋斗后的自我理想的实现,因此对革命历史的肯定和歌颂也是无条件和不遗余力的。故而,他们的作品多表现为用史诗的形式(也有部分作品采用英雄传奇的形式)来再现由中国共产党领导的新民主主义革命胜利的伦理正义性和历史必然性,并自觉地将文学创作和革命教育结合起来,从而展现出一种革命正剧的风格。例如《暴风骤雨》《保卫延安》《红旗谱》《红岩》《红日》《苦菜花》和《青春之歌》等都是这方面的代表作。

然而,"新红色文学"的作者们却并非战争的亲历者,他们是在新中国成长起来的年轻一代。例如都梁出生于 1954 年,复员之后从事教师、公务员、公司经理和石油勘探技术研究所所长等工作;麦家出生于 1964 年,曾有过一段时间的军旅生活;石钟山出生于 1964 年,虽有过军旅生活,但主要从事编剧、导演等工作;张新科出生于 1966 年,革命家庭出身,是留德博士,担任大学校长和党委书记。这些作者对于革命战争的记忆与想象更多来源于业已成形的"革命资源"和"红色文化",或与之相关的田野调查和对战争亲历者的采访。因此,在他们身上,并不存在某种"因袭的重负"和苦难的创伤,这使其可以更加轻松自由地选择不同视角对革命战争进行全方位的审视与思考。同时,由于身份上不再是战争胜利者的"代言人",他们所受到的传统意识形态规范也较小,因之可以将更多的文化元素纳入作品之中,使其更加适应大众市场。也正是这种在创作上对"大众"的贴合,而不像他们的前辈作家展现的那种"他者启蒙"的教育姿态,反而使"新红色文学"获得了更加快

---

① 南帆:《后革命的转移》,北京大学出版社 2005 年版,第 43 页。

速的传播与认可。这种年龄上的年轻化和身份上的多样性，使"新红色文学"在"继承叙事传统时拓展革命历史叙事的多元化个性化"①，也让"革命历史叙事的拼图更加完整"②。

值得注意的是，由于受到"后革命时代"中普遍存在的"个人化叙事"的影响，"新红色文学"作者的创作自由度也极大程度地提高了，以往在宏大叙事中普遍采用的"全知视角"，也被融入了更多"限制视角"。不同于二十世纪五十至七十年代的一些"红色文学"创作模式，即"集体创作"和"写作组"模式，如《红岩》的写作——"新红色文学"较多从作者的个人经历和感悟出发，多角度地发掘和传承"红色基因"，其结果反而使这种"个人化叙事"塑造的"另一种"英雄相比"高大全"的人物显得更加真实可感。这也从一定程度上"改变了主流意识形态对'工农兵'的阶级定位和价值判断"③，从而为塑造时代所需的"新人"形象提供了可能。

（三）"新红色文学"的叙事新变

时代的发展、文化的变迁以及作者的更迭使"新红色文学"呈现出与以往红色文学不同的面貌，这种"新"的特征主要体现在其叙事类型、叙事角度、叙事方式以及叙事伦理四个方面。

首先，就叙事类型来说，"新红色文学"呈现出多样化的色彩。在"革命历史小说"的框架内，有论者将其分为"史诗、反思、传奇和谍战"这四种类型，它们的共同特征在于"注重人物心理性格的复杂性与丰富性、注重展现革命历史的复杂性偶然性、拓展革命历史叙事的多元化个性化"④。尽管这样的表述似乎与以往"革命叙事"中人物性格的"脸谱化"、革命胜利的必然性以及创作动机的政治性有些差别，但"新红色文学"的诸种类型仍被放置在一个核心前提之内，即塑造符合主流文化的英雄形象，并建立一套适应时代的信仰体系，以便在"时代精神中展示真实的人性，生动诠释革命党人并非不食人间烟火，恰恰是在火热激情中闪现出人性的光辉，在眷顾和留恋'小我'中来成就'大我'的徘徊、不舍，而又毅然决然的坚定执着，由此触及到时代的精神巅峰"⑤。

具体而言，史诗类型的"新红色文学"最大程度延续了二十世纪五十至七十年代革命历史小说的创作传统，在遵循史实的现实主义基础上，注重渲染风云变幻的历史氛围，全方位地书写重大革命历史事件，在艰苦卓绝的斗争过程中，塑造革命领袖和英雄人物，从中展现革命的理想主义和英雄主义。例如李准的《黄河东流去》、黎汝清的《皖南事变》、张新科的《苍茫大地》《鏖战》《渡江》以及张惟的《血色黎明》等。其中，《血色黎明》讲述了自五四到抗战前夕，诸多革命志士如邓子恢、陈丕显、罗明、杨成武、张鼎丞等在风云变幻的历史大潮中的艰苦斗争。整部小说以闽西苏区为背景，囊括了"南昌起义""龙岩暴动""井

---

①　杨剑龙、王童：《论后革命时代革命历史题材长篇小说的创作类型》，《社会科学辑刊》2011 年第 5 期。
②　鲁太光：《"新红色叙事"的五副面孔》，《文艺理论与批评》2010 年第 6 期。
③　朱献贞：《文化自觉与新世纪"红色叙事"小说的精神走向》，《山东文学》2011 年第 2 期。
④　杨剑龙、王童：《论后革命时代革命历史题材长篇小说的创作类型》，《社会科学辑刊》2011 年第 5 期。
⑤　范玉刚：《新时代"红色经典"的创作及使命》，《中国文艺评论》2018 年第 4 期。

冈会师""古田会议""红军长征""遵义会议"以及"西安事变"等诸多重大历史事件,展现了革命者坚贞不屈的革命信念。

反思类型的"新红色文学"则呈现出一种摆脱了政治话语和"阶级斗争"话语的束缚后,从人性视角对历史和革命进行反思的面貌。这也正暗合了自二十世纪八十年代以来"新启蒙"思维的潮流。这股潮流也被有论者称为"五四"精神的重新凝聚。可以发现,"新红色文学"试图将某种"五四"式的启蒙精神整合到对"革命历史"的"红色叙事"中去,它们的反思和追问并非要颠覆以往建立的意识形态,而是在此种反思中,凸显英雄人物可贵品质的多样性。这方面的作品如石钟山的《父亲进城》、邓一光的《我是太阳》等。尤其在后者的叙述中,作家塑造了一个拥有美好理想主义的英雄——关山林的形象。当他的儿子湘阳用嘲讽的语调指出关山林对于当代政治的幼稚看法时,作家用这个共和国英雄的无力暴怒"隐喻了当代重建理想主义的重要性"①,而小说最后用生命垂危的关山林对"太阳"的比喻结尾——"看见了吗?乌云,太阳它也跌落过,可它不是又升起来了吗?我们也是太阳,今天落下去,明天照样升起来"(邓一光:《我是太阳》)——正是将"启蒙"的理想在对当代生活的反思中,融入了一个"'我是太阳'的国家民族叙事的现代性宣言"②里。此外,这种反思也暗合了当下主流文化意图建立的价值观,例如石光荣感恩图报的精神、赵刚对部分干部腐化变质的警觉、梁大牙对年轻人才的重视等。凡此种种,都与当下主流文化提倡的道德建设、反腐倡廉、人才强国以及关注民生等内容紧密相关。

传奇类型的"新红色文学"通常在"革命历史"的大背景里,叙述主人公跌宕起伏并充满传奇色彩的一生。与以往"红色经典"中的英雄传奇不同——它们多是叙述革命历史中某一事件的传奇性,例如知侠的《铁道游击队》、冯志的《敌后武工队》以及曲波的《林海雪原》等——"新红色文学"在这方面多为叙述英雄人物富有传奇色彩的一生,善于表现其处境及命运在整个革命发展过程中的变化,这往往也使之与"新红色文学"的"反思性"联系起来。例如都梁的《亮剑》就是这一类型的代表。这部小说塑造了"李云龙"这一英雄形象,在这个身经百战的革命英雄身上,始终洋溢着宁折不弯的英雄气概。相较于以往"红色文学"叙事中的"集体主义","新红色文学"在进行民族国家等宏大叙事的同时,把更多个人化的品质也整合到了对民族英雄的想象当中。

谍战类型的"新红色文学"主要围绕中共"地下党"的情报工作展开。这类小说在描写正面战场的斗争之外,聚焦于"地下"党员或幕后英雄云诡波谲、险象环生的谍报活动。他们大都出于内心的信仰,为了一个新生国家的建立而默默地牺牲、奉献着。值得注意的是,在此类小说里,对于酷刑的书写往往于作品中占有一席之地,通过这些"酷刑书写"更加凸显了"地下"英雄们忘我牺牲、舍生取义的高贵姿态。这方面的典型代表如麦家的《风

---

① 房伟:《迷宫呓语症·人性鸡尾酒·蜜罐式豪情——新世纪小说革命叙事的三张面孔》,《艺术广角》2010年第6期。

② 房伟:《迷宫呓语症·人性鸡尾酒·蜜罐式豪情——新世纪小说革命叙事的三张面孔》,《艺术广角》2010年第6期。

声》、都梁的《狼烟北平》、龙一的《潜伏》、高杰贤的《拂晓长春》、张新科的《苍茫大地》《鏖战》《渡江》等。在《拂晓长春》里，作者以发生于 1948 年的长春解放战役为背景，书写了隐蔽在"茂昌大药行"里的中共"地下党"的谍战故事，其中包括对国民党内部的策反、乔装传递重要情报、护送烈士遗孤出城、给解放军将士运送稀缺药品等一系列活动。《狼烟北平》中惨烈的严酷审讯也展现了"地下"工作的惊险残酷。当这些惊险刺激的斗争元素与"消费主义"在某种程度上结合之后，这类题材就具有了都市文化的"通俗性"。

其次，就"叙事角度"而言，"新红色文学"更加关注英雄人物的内心世界和"茶杯里的风波"，并以此来反观整个革命历史的走向。它与以往大开大合式的"红色叙事"不同——例如《红岩》中革命英雄的意志坚不可摧；《红日》中战争画卷的宏阔；《红旗谱》中历史潮流的波浪式前进等——这里主要呈现为某种"悬疑"的色彩，它在叙述上要求对人物心理的刻画格外细腻精微。而其叙事空间相对较为"封闭"，对于英雄人物在这种"封闭"空间里进行的不为人知的行动的描述，亦是从"另一个角度丰满了革命者的形象，丰富了革命精神的内涵"[①]。例如《潜伏》中的"余则成"，他在一个环境近乎封闭、氛围极度压抑、行动几近"疯狂"的逼仄空间里，进行了一场成功的"表演"，对其内心世界的呈现表现出革命者的大智慧和"大心脏"，令人由衷地产生了对革命英雄的敬佩之情。此外，通过刻画革命者内心世界或瞬息万变的波澜，或坚定不移的忠诚，或义无反顾的无畏，或舍我其谁的悲壮，也将这些"地下"英雄在革命关键时期做出的巨大牺牲及其对革命的重大贡献表现得淋漓尽致。

对内心世界的发掘也使"新红色文学"增加了对革命英雄情感世界的关注，也即增加了书写英雄"七情六欲"的成分，表现出一种作家试图将"人性话语"融入"红色叙事"中的努力。通过书写英雄复杂而真实的情感世界，这些作品在一定程度上克服了以往对于英雄形象刻画的简单化、脸谱化倾向，使其更加丰满可感。因此，不同于以往"红色文学"中"高大全"的英雄形象，"新红色文学"塑造的英雄多是一种"有缺陷"的英雄。尽管他们为革命事业奉献了全部生命，但作者并未回避这些英雄身上带有的人性弱点，也正因如此，读者发现英雄并非"完美"得遥不可及，生活中的凡人同样能够成为英雄。例如《父亲进城》中的石光荣，他正是一个经常"犯错误"的英雄，一方面，作者将其塑造成一个新中国的伟大缔造者的形象。另一方面，作家也对其武断的家长式作风、顽固的军事化习惯以及短视的小农思维给予了描写。与之类似的还有《亮剑》中的李云龙，他具有狡黠的小农思想、狭隘的个人英雄主义以及刚愎自用的性格"缺点"。《我是太阳》中的关山林，他倔强、顽固，甚至屡犯"错误"。但正是在这些"缺陷"当中，"隐含着启蒙叙事对于复杂的'人性化英雄'的想象"[②]。

再次，就"叙事方式"而言，由于市场经济的发展和消费文化的盛行，文学的商业化已

---

① 鲁太光：《"新红色叙事"的五副面孔》，《文艺理论与批评》2010 年第 6 期。
② 房伟：《迷宫呓语症·人性鸡尾酒·蜜罐式豪情——新世纪小说革命叙事的三张面孔》，《艺术广角》2010 年第 6 期。

经成为一个不争的事实,它冲击并改变着以往那种纯文学写作中的"生命写作、灵魂写作、孤独写作、独创性写作"①。在这样的背景下,"新红色文学"的叙事方式也更加趋向于通俗化表达,更进一步地与通俗文学及类型小说相结合(这也是纯文学发展的一种模式),以便在一定程度上适应大众对于战争的想象和对"地下"斗争的某种"猎奇"心理。例如麦家的《风声》,在叙述上更倾向于安排一种云谲波诡的解密情节,作者将其人物放置在一个险象环生的空间里,用各种"烧脑"的谜题和曲折跌宕的解谜过程来凸显革命中的"智性"因素。又如高杰贤的《拂晓长春》,以较为通俗化的"说书式"叙述,讲述了一场在"白色恐怖"笼罩下令人心惊的暗战故事。其中惊险刺激的谍战活动、"尔虞我诈"的细节安排、"地下"英雄的传奇色彩、充满巧合的情节设计,都使之更加吸引读者。从而在紧张刺激的阅读中,使读者感受革命英雄的高贵品质和取得革命胜利的艰险不易。

最后,就"叙事伦理"来说,在"新红色文学"里,以往善于表现国共两党之间斗争的二元对立模式被"家国至上"的国家民族意识部分地淡化了。相较于"红色经典"中的"阶级斗争"——这种"阶级斗争"将国民党作为一种革命的对立面进行书写,例如《保卫延安》《红岩》和《苦菜花》等——在"新红色文学"的一些作品中则是更多表现出国共两党抵抗日本侵略者的战斗姿态。在民族大义的家国意识下,政党之争退居其次,这也使"革命""超越了阶级和地域界限"②。有论者在研究当代长篇小说中的"革命叙事"时指出,"长篇小说似乎天生具有一种表达类似国家、民族、理性、革命等宏大命题的叙述功能"③,显然,在当代"新红色文学"的叙述中,对国家、民族至上的文学表述成为一种较强烈的创作诉求。例如在徐贵祥的《八月桂花遍地开》中,主人公沈轩辕具有双重身份,他既是中共的地下党员,又是陆安州行政专员兼少将警备司令。在他的组织团结下——这也体现了党的领导地位,形成了国、共、伪、匪、民共同抗日的战争形势,体现了一种"高高扬起"的民族精神和国家意识。又如《亮剑》中的国民党将领楚云飞,他对日军的抵抗也是建立在以国家和民族为基石的认同感上。正是这种"家国至上"的民族精神,使"新红色文学"的精神特征相较以往发生了很大变化,这同时也彰显了"红色叙事"在全球化时代的文化自觉。

叙事上的"新变"也带来了"新红色文学"人物形象上的变化。人们可以发现,在《风声》《潜伏》《铩羽》这些作品中,以往塑造的"正面英雄"逐渐变成了"地下战线"的"隐蔽英雄";在《人间正道是沧桑》《苍茫大地》这些作品中——它们分别表现了瞿恩与杨丽华相爱而不能爱的爱情悲剧以及许子鹤英雄壮举却被长期尘封的历史悲剧——以往塑造的"悲壮英雄"逐渐转向了带有某种悲情色彩的"悲剧英雄";在《父亲进城》《我是太阳》《英雄无语》等作品中,以往塑造的"高大全"的英雄则变成了某种"有缺陷"的英雄。

综上所述,在"后革命时代"产生的"新红色文学"表现出一些与以往不同的新特征。这既是时代发展使然,也是文学的内部发展规律所致。但无论"新红色文学"如何嬗变,其

---

① 雷达:《当前文学创作症候分析》,《光明日报》2006 年 7 月 5 日。

② 朱献贞:《文化自觉与新世纪"红色叙事"小说的精神走向》,《山东文学》2011 年第 2 期。

③ 肖敏:《当代长篇小说中革命叙事的新变——兼与新历史主义小说对照》,《艺术广角》2010 年第 4 期。

最鲜亮的底色——"红色"却并未改变。它在对"革命历史"的叙述中，必将伴随着"对理想信仰的高扬，对英雄主义、集体主义和爱国主义精神的礼赞，凸显和弘扬了'人民性'的美学追求"①，并表现出一种"崇高"之美和"革命"之力。在对英雄人物的刻画中，亦使人们深刻领悟到他们在精神上的"超越性"，从而再创"新时代"的"红色经典"。

---

① 范玉刚：《新时代"红色经典"的创作及使命》，《中国文艺评论》2018 年第 4 期。

第三讲　蒋光慈的革命实践与文学书写：
《短裤党》及其他

　　二十世纪是中国革命云谲波诡的一百年,古老的中国在经历了辛亥革命、五四运动、五卅运动、北伐战争等一系列革命运动后,"革命"在其时成了最令人瞩目的政治字眼。而在二三十年代的中国文坛,文学与政治、文学与革命的关系是左翼文坛一个时髦的热门话题。在左翼文学创作上取得重大影响,甚至开了左翼文学先河的作家却是蒋光慈。蒋光慈作为一位革命作家,其最大的贡献是他在中国共产党领导的早期民主革命中创作了大量反映革命内容的作品,最早打出革命文学的旗号,掀起了一股左翼文学创作的潮流,极大地推进了左翼文学的发展。

一、蒋光慈的革命实践与文学道路

(一)从信徒到战士:蒋光慈的革命道路

　　蒋光慈(1901—1931),原名如恒,又名侠僧、侠生、光赤,无产阶级文学的先驱,革命作家和诗人。安徽六安人。吴腾凰、徐航所著《蒋光慈评传》对其出身籍贯有过较为详尽的考证,认为蒋光慈的籍贯应该是:"出生于安徽霍邱县南乡的白塔畈(今属六安市金寨县),祖籍安徽六安莲花庵(今属六安市裕安区)"①。亦有一说,言蒋光慈祖籍河南固始县陈淋乡。较为可信的情状应该是蒋光慈祖籍河南,后其祖上因避匪乱于光绪年间迁至安徽。

　　蒋光慈出身寒微,在社会底层经受了诸多打击和磨难,这些经历一方面养成了他疾恶如仇、不畏强权的性格,另一方面也培养了他对无产阶级的深厚情感。蒋光慈祖父蒋德福是一个替人抬轿的轿夫,其父亲蒋从甫先是做学徒,由于天资聪慧,偷偷跟东家聘请的塾师练习识文断字,后回乡做小买卖,家境渐入小康。蒋光慈 13 岁考入河南固始县县立志成小学就学,读书期间深受教师詹谷堂(革命烈士)的影响。这段时间的学习也为蒋光慈走向革命道路埋下了种子。1916 年蒋光慈考入固始中学学习,但因为穷苦学生打抱不平而被开除出校,后来经人推荐进入芜湖省立第五中学读书。蒋光慈在芜湖求学时,在学校任教的有教育界卓有名望的高语罕、刘希平等人,胡适也曾经到芜湖省立第五中学讲学。这些人都给年轻的蒋光慈以极大的影响。

---

①　吴腾凰、徐航:《蒋光慈评传》,团结出版社 2000 年版,第 9 页。

蒋光慈在芜湖读书期间，社会动荡不安，民众生活在水深火热之中，这些现实的情状极大地刺激了他年轻的心灵，也给他带来了巨大的困惑。为了摆脱思想上的困惑，蒋光慈求学期间大量阅读国外书籍，以期获得思想上的指引。当时，从海外传播而来的马克思主义思想对进步青年的影响越来越大，蒋光慈不仅如饥似渴地阅读了克鲁泡特金的《告少年》，还大量阅读其他进步思想家、文学家的作品。1918 年蒋光慈与钱杏邨、李克农等十个人在芜湖五中成立"安社"，并组织编印进步小报《自由之花》。不仅如此，他们还在《皖江日报》副刊《皖江新潮》上不断发表反对军阀、号召打倒列强的进步文章，力图唤起民众。1919 年五四运动爆发，给安徽沉闷的社会极大的刺激，安徽学界所受震动更为激烈。在芜湖五中，新文化的火种迅速传播开来，科学、民主的思想也在这里扎根开花。蒋光慈的思想也在这一时期产生了巨大的飞跃，为了表示自己倾心革命的决心，他将自己的名字改为"光赤"，并公开发声，认为"要救中国，必须在中国有一个十月革命"。1919 年 5 月 7 日，芜湖成立"芜湖市学生联合会"，蒋光慈任副会长并参与起草了《芜湖学生联合会宣言》。后来在相当长的一段时间内，蒋光慈领导芜湖进步学生发动了抵制日货、反抗军阀苛捐杂税的运动，并经常在报刊发表抨击黑暗现实的诗歌，从此走上了革命的道路。

蒋光慈在芜湖所从事的爱国活动，被反动当局所忌恨，反动当局屡次密谋加害他，为了逃避反动当局的迫害，蒋光慈在 1920 年匆匆离开芜湖，来到上海"外国语学校"学习。当时上海的"外国语学校"是由上海共产主义小组领导下的上海社会主义青年团创办的，旨在培养和选拔优秀进步青年去苏联学习，是培养中国革命后备力量的机构。和蒋光慈一同在学校学习的有刘少奇、任弼时、萧劲光、彭湃、罗觉（罗亦农）等 20 余人。在进入该校不久，蒋光慈就加入了社会主义青年团，并在次年夏天，和刘少奇、任弼时等人远赴苏联留学，进入东方大学中国班学习，并在此结识了瞿秋白。就在蒋光慈等赴苏留学之际，1921 年 7 月，中国共产党在上海创立。1921 年冬天，莫斯科东方大学中国班建立了党的组织，刘少奇等人首批由团员转为党员，组成旅俄支部，第二年经支部讨论通过，蒋光慈正式转为中国共产党党员。1924 年，经过几年火热的学习生活，蒋光慈已经从一位马克思主义的信徒转变为共产主义的战士。

（二）"革命文学之师"的"革命＋恋爱"模式

1924 年 7 月，蒋光慈回到祖国，经由瞿秋白的热心介绍，上海大学聘请其在社会学系担任教职。这一期间，蒋光慈对中国革命与文学之关系的思考和探索更深一步，先后发表《无产阶级革命与文学》《现在中国的文学界》等一系列文章，对当时的文学与革命的议题进行了全面的分析，较为详细地阐明了革命文学的性质和基本特征，并明确提出大力推动无产阶级革命文学发展的主张。除此以外，蒋光慈还与时任中共上海地委委员的沈泽民等组织春雷文学社，并在上海《民国日报》副刊《觉悟》上开办《文学专号》，坚持革命文学的创作活动。1925 年初，蒋光慈出版了他的诗集《新梦》。这部诗集收录了蒋光慈在莫斯科创作及翻译的 42 首诗。诗歌热情地歌颂了苏联的革命导师列宁和伟大的十月革命，表达出对社会主义的无限憧憬。《新梦》反映了时代的精神，大力传播革命思想，在当时引起了较大反响。阿英(钱杏邨)对这部诗集给予了高度评价,他说:"中国的革命诗集,是没有比这一部再早的了,这简直可以说是中国革命文学著作的开山祖。"①

1926 年,蒋光慈以个人生活经历为蓝本创作的小说《少年漂泊者》出版。这部小说采用书信体的形式,叙述了一位农村青年经历各种艰难曲折和挫折打击,最终走上革命斗争的人生轨迹。这部作品对无数处在迷茫期的有志青年起到了巨大的鼓舞作用,激励诸多青年人追求光明、追求革命,最终走向了救亡图存的人生旅途。《少年漂泊者》因最早歌颂共产党的领导、最早塑造优秀共产党人形象,为国民党当局所忌恨,多次遭到查禁。小说发表后,引起全国范围的轰动,被文艺评论家称为"革命时代的前茅",这部小说也奠定了蒋光慈"革命文学之师"的地位。阿英热情地赞颂蒋光慈的这部文学作品,认为蒋光慈是"一个时代的表现者,革命文学最先的提倡者"②。

蒋光慈在 1927 年创作的中篇小说《短裤党》是中国无产阶级革命文学的最早成果之一。小说创作是受当时中国共产党领导人瞿秋白所托,素材是由瞿秋白提供的,瞿秋白还和蒋光慈一起商定书名。可以说,《短裤党》是中国红色文学的典范之作。小说主要描写了上海工人阶级在中国共产党领导下开展的几次武装起义,对当时党的领导人和重要会议进行了真实的呈现,鲜活地再现了工人阶级的革命活动。有人称《短裤党》为中国纪实小说或报告文学的开山之作,显然是有道理的。上海期间的蒋光慈所创设的"革命＋恋爱"的文学模式,一方面传达出革命的激情,另一方面又呈现出浪漫主义的情怀,受到当时许多青年读者的极大追捧。蒋光慈认为,有革命的地方必定有青年人,有青年人的地方必定有恋爱。于是他在革命里融入了恋爱。这种"革命＋恋爱"的模式,在上海文坛引起了极大的轰动,很快风靡一时,很多青年作家纷纷仿效。后来,文坛上批评"革命＋恋爱"时,直指这种模式为"蒋光慈模式",但是,这也从另一个侧面说明蒋光慈影响之大。1930 年11 月,蒋光慈创作了他的最后的一部长篇小说,亦是获极高评价的《咆哮了的土地》,这部小说被誉为"红色文学经典"的扛鼎之作。

(三)最早和最富影响力的无产阶级革命文学家

作为中国现代文学史上最早的和最富影响力的无产阶级革命文学家之一,蒋光慈受到国民党当局的极力打压,多部作品被查禁。当局甚至还动用特务抓捕,但未遂。蒋光慈以 30 年的短瞬人生,应验了他在《新梦》自序中的呐喊:"用你的全身、全心、全意识——高歌革命啊!"当然,应该正视的是,蒋光慈的小说艺术显然没有达到完美的程度,甚至可以说他的相当多的作品是粗疏的、急躁的,充满着不加修饰的情感冲动。曾经读过蒋光慈小说的陈独秀并无很高的评价,甚至作为好友的瞿秋白也认为蒋光慈缺乏艺术的天分。但是我们可以看到蒋光慈的左翼文学作品在社会上产生的广泛影响,以及给青年一代带来的巨大鼓舞,这才是其作品的意义所在。正如鲁迅先生对殷夫诗集《孩儿塔》的评价:"这是东方的微光,是林中的响箭,是冬末的萌芽,是进军的第一步,是对于前驱者的爱的大

① 阿英:《阿英全集》(第 2 卷),安徽教育出版社 2003 年版,第 89 页。
② 阿英:《阿英全集》(第 2 卷),安徽教育出版社 2003 年版,第 102 页。

纛,也是对于摧残者的憎的丰碑。一切所谓圆熟简练,静穆幽远之作,都无须来作比方,因为这诗属于别一世界。"①因此,对于蒋光慈文学作品的解读,更应该着眼于其在革命思想层面掀起的巨大波澜,在文学传播层面形成的"现象级"的潮流,以及在革命文学书写范式层面进行的种种尝试,而不是站在纯粹文学本体的角度去贬斥这样一位特殊时代的特殊作家。

蒋光慈,这位在中国革命文学史上影响巨大的作家,为现代文学画廊留下了独具特色的系列革命者形象,折射出那个风云激荡时代的一个侧面。他的作品和现实革命斗争紧密相连,给予那个时代的青年以巨大的鼓舞和激励,引导许多进步青年走上革命的道路。特别是《新梦》《短裤党》等革命文学的开山之作与奠基之作,首次塑造了中国共产党人、工人领袖的崭新形象,像是黑暗中国的一团火光,标识了一个令人向往的光明未来。正如蒋光慈自己所指出的那样:"我不过是一个粗暴的抱不平的歌者,而不是在象牙塔中慢吟低唱的诗人。"②他正是用自己的歌声,向社会发出了自己的声音。蒋光慈为革命文学的发展呕心沥血,以致英年早逝,献出年轻的生命,虽然他生命短暂,但在中国文学史上,却留下了光辉绚烂的一页。蒋光慈擎着用笔化成的革命的火炬,一路燃烧,轰轰烈烈,飞扬着无产阶级革命的巨大热情,闪耀着自己的独特光芒,永载中国红色文学史册。

二、蒋光慈代表作品述评

(一)道出时代青年心声的《少年漂泊者》

1. 少年汪中革命历程的鲜活记录

《少年漂泊者》完成于1925年11月,1926年发表。小说用书信体的形式,叙述了农村少年汪中在父母双亡后,漂泊四方,流浪异地,经历艰难险阻,最终走上了为共产党的革命事业而献身的人生道路。这一人物形象饱满,个人经历富有典型性,在一定程度上道出了那一时代诸多年轻人的心声,激励一大批在黑暗中找不到出路的青年最终走上革命道路,而这部小说也因最早歌颂中国共产党的领导、最早塑造优秀共产党人的大无畏形象,一直被国民党当局查禁。

2. 第一视角下的现实与理想

首先,小说鲜活而深刻地展现了从"五四"到"五卅"这一特殊历史时期复杂激烈的社会矛盾和现实斗争。可以说,以《少年漂泊者》为肇始,中国现代文学史上出现了"革命"这一崭新的元素。蒋光慈曾提出:"谁个能够将现社会的缺点,罪恶,黑暗痛痛快快地写将出来,谁个能够高喊着人们来向这缺点,罪恶,黑暗奋斗,则他就是革命的文学家,他的作品

---

① 鲁迅:《鲁迅全集》(第6卷),人民文学出版社2005年版,第512页。
② 蒋光慈:《蒋光慈全集》(第2卷),马德俊、方铭主编,合肥工业大学出版社2017年版,第60页。

就是革命的文学。"①《少年漂泊者》完整地体现了蒋光慈的这种文艺观念。作者细致描写汪中由孤儿、学徒、乞丐、工人、工会工作者直至最后成为一名革命战士的漂泊历程和心路历程，内容涉及三教九流、各色人等，多层次、多侧面地展示出当时社会的黑暗和残酷。同时还描写了"五四运动""二七惨案""五卅运动"等声势浩大的斗争场面。汪中在攻打惠州城的时候，在枪林弹雨中毫无惧色，高喊着"打倒军阀，打倒帝国主义"壮烈牺牲，预示着中国人民所蕴藏着的伟大力量必将释放和爆发。因此，这一部无产阶级革命文学的开创性作品，被郭沫若誉为"革命文学的前茅"。另外，《少年漂泊者》是中国第一部从正面描写工人运动的先驱者、京汉铁路总工会江岸分委会委员长林祥谦形象的作品。《少年漂泊者》中的林祥谦形象刻画鲜明，这也开了左翼文学的先河。

其次，蒋光慈在《少年漂泊者》中以"五四"时期并不常见的书信体推进小说叙事，以孤儿汪中写给诗人维嘉的一封长信作为主体内容，叙述了少年汪中近十年的漂泊历程和个人追求。《少年漂泊者》四万多字，分为题诗、自序、主体内容以及维嘉的附语等四个部分。小说在篇首即采用《新梦》集中《怀拜伦》一诗作题诗，全文充满了斗争的激情和昂扬的斗志。自序说明作者创作目的：对漂泊少年的悲惨命运，发出了愤怒不平的"粗暴的叫喊"；针对那个吃人的黑暗社会，发出了振聋发聩的"粗暴的叫喊"。小说情节的展开、人物心理的描绘和文学形象的塑造仅仅通过一封长信来实现。而小说末尾，维嘉在附语中作为转述者出现，叙述者由写信人汪中转换到诗人维嘉身上，维嘉特意对书信的前因后果进行了补叙，这样的叙事安排极大地加强了作品的真实感和可信度，体现了蒋光慈在小说创作构思上的独到之处，也使小说呈现出独特的艺术效果。《少年漂泊者》和郭沫若《落叶》、庐隐的《或人的悲哀》，以及冰心的《遗书》等共同对"五四"书信体小说的出现与发展做出较大贡献，对后期小说创作也颇有启发。

再次，《少年漂泊者》中的文学形象极具时代色彩，富有艺术感染力。在封建主义、帝国主义、官僚资本主义三座大山压迫下，少年漂泊者汪中的个人遭际是众多受苦受难的青少年共有的人生记忆。汪中在父母被地主杀害后被迫过上了浮萍般的流浪生活：他做过川馆先生的小跟班，受尽了污辱与猥亵；做过四处流浪的乞丐，尝尽了人世间饥饿和痛苦；同时，还做过杂货店的学徒工，饱受杂货店老板的剥削和摧残……但是，少年汪中在重重压迫下并没有屈服，反而越来越看清社会的吃人本质，因此才有了自发的反抗意识。汪中在走投无路的情形下，曾经想去桃林投奔土匪，杀富济贫，为家人报仇雪恨，无果而终；他又积极投身社会抗争，支持学生运动，曾冒死为进步学生传达情报；后来，思想愈加进步的汪中投入了"二七"大罢工，共产党员林祥谦英勇就义的惨烈场景更激发了他对阶级敌人的仇恨；最后汪中考入了黄埔军官学校，在东征攻打惠州时奋勇向前，英勇作战，牺牲在战场。《少年漂泊者》中汪中这一文学形象，具有深厚的社会基础，极具时代特征，汪中所走过的觉醒之路、革命之路，恰是"五四"以后广大革命青年所经历过或者应该走的道路。因

---

①　蒋光慈：《蒋光慈全集》（第6卷），马德俊、方铭主编，合肥工业大学出版社2017年版，第64页。

而,汪中这一青年革命者的形象可以说是红色文学历史上一个丰富多彩的典型形象。蒋光慈通过汪中这一人物形象向大众发出呼喊,即在黑暗严酷的社会现实面前,要改变被奴役、被压迫的命运,只有通过革命的手段才能够实现——这对那个时代许多处于迷茫中的青年来说无疑是一种振奋人心的感召,一个深刻的启示。《少年漂泊者》出版后受到青少年读者的极大关注,影响甚广,其原因也在于此。《少年漂泊者》1926 年由上海亚东图书馆初版,到 1933 年共印行 15 版,成为广大青年最喜欢的左翼文学作品之一。

最后,《少年漂泊者》以其特色鲜明的“自叙传”色彩引起了二十世纪二三十年代广大进步青年的共鸣。蒋光慈创作的《少年漂泊者》以他的亲身经历和生活场景为素材,通过合理的艺术加工使作品更具艺术感染力。可以说,作品中的写信人汪中和收信人维嘉身上都有蒋光慈本人的精神特质。作者在小说中融进很多个人及其家族的历史,其自身感受有着真切感人的力量。总之,正是小说“自叙传”的特点,加上作者本人浪漫主义的特质,使得《少年漂泊者》明显带有浓重的主观抒情的色彩。《少年漂泊者》中的主人公汪中可以说与郁达夫小说中抒情主人公形象有着某种相通之处,即汪中可以算“零余者”原型的时代变形,蒋光慈通过对汪中“漂泊之旅”的浪漫叙事,将“零余者”转变成了拜伦式的英雄。由此,《少年漂泊者》进入了中国现代文学史上不朽之作之列。

3. 鼓动革命的号角

这篇小说描述了农民出身的少年汪中,在父母双双亡故后四处漂泊,在时代的暴风骤雨中踏上革命道路的人生历程。这部小说并不长,但是它却像一股清新的风吹遍沉闷已久的中国青年的心田,浇灌了一颗颗久渴的心灵。《少年漂泊者》刚一出版便成为风行一时的进步读物,在全国范围内广泛传播,当时的反动当局既恨又怕,千方百计地查禁该书,但最终也没能够阻挡住人们争相传阅的热情。许多沉溺在迷茫和彷徨中的青年人,在汪中这一文学形象的鼓舞下,纷纷投身于争取民主与进步的革命洪流之中。当时就有许多人给蒋光慈写信,称赞《少年漂泊者》好像一盏路灯,为在黑暗中迷茫的青年指明了前进的方向。当年这本书的读者陈荒煤曾回忆说:“堕入无声的中国,真是说不出的迷茫和郁闷……蒋光慈的《少年漂泊者》使我感动得落下泪来。”[1]无产阶级革命家陶铸后来也不无感慨地说他就是怀揣着《少年漂泊者》去参加革命队伍的。事实上,当时文坛上,塑造革命者形象的作品寥寥无几,即便有一些,也往往采用隐讳的笔法去描述革命活动,普通的老百姓根本不能理解。因此,蒋光慈的《少年漂泊者》正是以朴实的文笔、通俗易懂的语言、跌宕起伏的叙事,唤醒了广大工农群众,激发他们起来斗争。《少年漂泊者》出版之际,正是国共两党建立第一次合作关系之际,其产生的影响是巨大的,可以说这部小说为中国革命向前推进起到了一定的宣传作用。

文学作品除了艺术价值、审美价值,同时不应该忽视其社会价值和教育价值。《少年漂泊者》在当时社会上的影响超出我们的想象,《少年漂泊者》不但鼓舞了广大进步青年的

---

[1]　陈荒煤:《陈荒煤文集》(第 2 卷)散文上,中国电影出版社 2013 年版,第 105—106 页。

革命热情,更在某种程度上配合了中国革命事业的实际需要,其社会意义非比寻常。

（二）真实摹写上海工人武装斗争的《短裤党》

《短裤党》于1927年发表。小说描写了1927年2月上海工人阶级举行武装起义的历史事件,记叙了许多革命同志为了阶级的利益,顽强斗争,英勇牺牲的光辉业绩。小说中领导干部杨直夫、史兆炎深刻地总结失败教训,积极筹备,在共产党领导下,几十万工人举行罢工,接着又举行第三次武装起义,终于取得了胜利。这是现代文学史上第一部表现中国共产党领导工人武装斗争的小说。

1. 大革命背景下的文学书写

1926年9月,北伐革命军从南方向中原地带节节挺进,势如破竹,将军阀吴佩孚的军队打得落花流水。为了配合北伐军的活动,1926年10月、1927年2月和3月,上海工人阶级在中国共产党的领导下,连续举行了三次武装起义。这时,蒋光慈听从党组织的安排,远赴张家口,在冯玉祥部担任俄文翻译一职,过了一段时间,蒋光慈离开冯玉祥部队,回上海参加新的革命斗争。为了工作的方便和安全,蒋光慈从原来的住处搬到了青云路,新住处是在静安寺的一个亭子间里。这间屋不大,只有四五平方米,蒋光慈戏谑地称之为"鸟笼室"。蒋光慈所居之处,瞿秋白、张太雷等不少在中央工作的同志都住在附近,相互间的联系很方便。2月下旬的一个晚上,瞿秋白来到蒋光慈的住处,一方面通知他自己暂时要离开上海,奉命到武汉加强党的宣传工作。另外,他还交代给蒋光慈一个任务,让他写一篇反映上海工人武装起义的小说。蒋光慈听了兴趣很大,便赶紧同瞿秋白一起讨论写作的大纲、人物形象以及各章节内容。小说完稿前,瞿秋白还对蒋光慈提出了殷切的期望,他说:"要真实深刻地反映革命,必须积极地参加实际斗争,深切地了解革命和革命群众。"[①]与瞿秋白的谈话,让蒋光慈创作热情高涨,由于他与起义的领导者周恩来、赵世炎、罗亦农都很熟悉,在起义后期亦有过亲身经历,也曾经亲眼看到工人阶级在党的领导下团结起来,为推翻黑暗的反动统治而显示出来的巨大力量。总之,对蒋光慈来说,创作这样一部作品,既是自己的心愿,也是革命的需要。《短裤党》的创作时间很短,蒋光慈从动笔到结束,总共用了半个月的时间就创作完成了中国无产阶级文学的开篇之作——小说《短裤党》。

2. 弥足珍贵的早期革命者群像

《短裤党》着重塑造了工人领袖、共产党员等一系列在中国现代文学史上首次出现的崭新的人物形象,特别是小说中杨直夫这个勤奋、赤诚、坚强的党的领导者形象,生动饱满,更为打动人心。《短裤党》这篇小说具有一定的纪实性,其中杨直夫就是以瞿秋白为原型的,而其他主要人物如秋华,是以瞿秋白的夫人杨之华为原型的;小说中的史兆炎则是以赵世炎为原型。沈船舫以孙传芳为原型,张仲长以张宗昌为原型,江洁史则以蒋介石为原型,其余人物多少都有现实斗争中各色人物的影子。《短裤党》这篇小说的基本情节,与史实基本相符。小说完稿于4月3日深夜,距蒋介石发动"四一二"反革命政变只有不到

---

① 王铁仙:《瞿秋白文学评传》,百花文艺出版社1987年版,第116页。

十天的时间。蒋光慈凭他敏锐的政治嗅觉，已经看出蒋介石伪装革命的面目。蒋光慈在稿子里有这么一段话："以前以拥护工农政策自豪的江洁史，现在居然要反共。唉，这些东西总都是靠不住的！我们自己不拿住政权，任谁都靠不住。"其远见卓识，确实发聋振聩。

3. 中国革命文学史上的里程碑

《短裤党》在当时被当作重要书籍很快就得以出版。这部小说的出版在社会上引起了极其强烈的反响，当时上海的各种报纸上出现了意见各异的评论文章。但无论如何，这是一部在中国现代文学史上，首次描写工人阶级在中国共产党领导下进行大规模斗争的作品，是一座值得纪念的文学史上的丰碑，也是蒋光慈小说创作上的一个重大收获。至此，蒋光慈又一次实现了用文学作品的形式，表现工人阶级，表现中国革命，推动革命斗争前进的愿望，为中国革命文学奠定了迅速发展的基础。在出版《短裤党》以后，蒋光慈更加全身心地投入为党为人民写作、为革命文学呐喊的行列中。他先后主持革命文学团体太阳社，主办《太阳月刊》《拓荒者》等杂志，还参加了左翼作家联盟，担任候补常委。正如其言，"当此社会斗争最剧烈的时候，我且把我的一支秃笔当作我的武器，在后边跟着'短裤党'一道儿前进"。他这段宣言，形象地展现出这位革命作家的心声，中国现代文学史无论如何都不应该忘却这位中国革命文学的"拓荒者"。

（三）《野祭》："革命＋恋爱"主题的深入开掘

《野祭》是1927年由创造社出版发行的一部中篇小说。这篇小说基于当时的政治层面的巨大变动，有感而发。1927年"四一二"和"七一五"反革命政变是蒋光慈亲身经历的历史事件，他目睹了诸多工人、进步青年、知识分子走上街头英勇抗争的场面，也目睹了许多革命者被残酷杀害的场景。他满怀悲痛，义愤填膺，更想通过文学创作这样一种方式发出自己的控诉。《野祭》这篇小说即是从恋爱这一流行题材切入，借由大众喜闻乐见的内容来扩展传播面，最终通过一场知识青年的恋爱和斗争经历来肯定革命行动的正当性和伟大意义。这篇小说不光对牺牲于国民党反动派屠刀下的进步青年寄托了浓重的哀思之情，更是无畏地表达了作者对反动当局的愤怒与痛恨。

《野祭》是"革命＋恋爱"小说的发轫之作，在当时的文坛引起了巨大的反响，引起了许多作家的模仿，也因而形成中国现代文学史上小说创作的"革命＋恋爱"风潮。阿英认为蒋光慈在这篇小说中所描写的青年的时代苦闷、革命与爱情的冲突是有一定普遍性的。"《野祭》是一部恋爱小说，如果把它当做问题小说看，它的重心问题当然是恋爱问题。不过这其间还藏着一个更重要的，为时代所涌出的，而还没有解决的青年文艺作家在这个狂风暴雨时代的苦闷；那就是没有落伍的作家总想一面仍然从事文学事业，一面去做一般人所谓的实际革命工作，而事实上又无法兼顾的一个问题，我们看《野祭》的主人公陈季侠时时痛骂自己的事就可知道。"[1]阿英对《野祭》显然是肯定的，他不光认为这篇小说为进步青年喊出了心声，更在某种程度上肯定了蒋光慈这部小说的时代性和对革命事业的推动

---

① 阿英：《阿英文集》（第2卷），安徽教育出版社2003年版，第655页。

作用。

《野祭》"革命＋恋爱"主题的开拓,把革命和恋爱"揉杂"在一起书写,其实其中包含了关于婚姻、恋爱阶级性等问题的思考。作者设置了三个主要人物,即陈季侠、章淑君、郑玉弦。这三个人物显然代表了当时青年的三种类型。陈季侠是有正义感却又耽于幻想的小资产阶级知识分子的代表;章淑君则是小资产阶级中倾向革命并且勇于投身革命实践的一个人;郑玉弦则代表了对社会政治并无认识,对革命不置可否,甚至有些排斥的小资产阶级知识分子。这三类人物较为全面地体现了当时中国这一阶层的复杂多变,革命与非革命掺杂的真实情状。这几个人物中,章淑君的塑造有一定的复杂性,也有思想观念和性格的成长性;郑玉弦的塑造则显得有些单薄,其行为转变缺乏自然的衔接。而陈季侠这一人物形象则较为饱满地呈现出小资产阶级知识分子中虽然不乏正义感和国人良知,但是更多情况下则沉溺于苦闷、彷徨和犹疑之中的典型特征。如阿英所言:"这部小说高于其他恋爱小说的最重要点,就是作者没有忘却他的时代,同时主人公们也不是放在任何时代都适宜的人物。这是一部含有时代性的恋爱小说。"①很显然,这部作品所体现出的时代性是令人称道的。它真实地描摹出那个风云际会的时代风貌,展示出在这一背景下各色人等的心灵及情感的变动不居。虽然在主旨上没有《短裤党》那样昂扬阔大,但仍然不失为一部开拓之作。

《野祭》颇近于郁达夫的文学格调,但是其表现的主题显然是有所不同的。从文学手法的角度考量,有几个方面值得肯定。其一,女性描写很真实。小说对几位女性的刻画朴实不做作,从章淑君、郑玉弦到密司黄并无文学层面的过分修饰,却显得真切可感。小说注重细节的摹刻是难能可贵的品质,譬如在人物描写中对女性牙齿的关注,显得很有特色,与众不同。其二,小说的心理描写非常细致。这方面更多体现在对陈季侠的心理描写上。尤其是陈季侠对章淑君情感的变化、心理的变化非常真切。"对淑君毫无爱感的季侠,因淑君忠实的感动,人格事业的感动,郑玉弦倒戈的感动,是一度一度慢慢的高涨起来,涨高到最高点。那一种迟缓的、轻情的、逐渐的变动,如水的纡曲下流,直达大河的描写,真是心细如发。"②陈季侠的心理变化是真实可感的,这也是蒋光慈《野祭》的一大亮点。

（四）红色经典：《咆哮了的土地》

1. 蒋光慈最后的文学丰碑

《咆哮了的土地》是蒋光慈最后一部长篇小说,也是标志蒋光慈思想上和艺术上日臻成熟的代表作。该作完稿于 1930 年 11 月,曾在《拓荒者》连载,但因为国民党反动当局的仇视,连载十三章后被查禁,直到 1932 年湖风书局出版单行本时易名为《田野的风》。《咆哮了的土地》以 1927 年前后蓬勃开展的湖南农民运动为总的背景,描写了广大农民在共

---

① 阿英:《阿英文集》(第 2 卷),安徽教育出版社 2003 年版,第 661 页
② 阿英:《阿英文集》(第 2 卷),安徽教育出版社 2003 年版,第 663 页。

产党的领导下组织农会，同封建地主阶级展开尖锐斗争，最后发展成为武装斗争，并奔向革命根据地的过程，集中地反映了农村革命斗争的深入，反映了大革命运动对农村的巨大影响，从一个侧面再现了时代风貌。

2. 真实鲜活的革命者形象

作品较成功地塑造了两个革命者形象，一是矿工出身的工人阶级代表人物张进德，一是地主家庭出身、受到革命锻炼的知识分子李杰。张进德是一位久经磨难，有着敏锐的政治目光和斗争才干的实干家，对革命事业忠心耿耿。张进德是带着改造社会的愿望，从矿山回到家乡农村组织农会，领导农民同地主豪绅阶级开展斗争的。在与农民朝夕相处的过程中，张进德头脑清楚，机智果断，坚强勇敢，有胆有识，得到农民的敬重与热爱，体现了工人阶级同农民阶级的天然联系，体现了无产阶级及其政党在农民斗争中起的决定作用。另外，张进德对何月素的爱情，基本上真实可信，因为他在生死与共的斗争中爱上了年轻、热情、活泼的女学生何月素，并没有不合理之处，不能完全视为小资产阶级情调的表现，反而在另一个层面丰富了人物的性格。作品写了张进德在实际斗争中逐渐成熟、老练的过程，尤其是善于领导和团结农民、善于团结知识分子李杰一道工作的实事求是的精神，朴实认真的工作作风。总之，张进德这一人物形象是真实的，成功的，体现出作者创作思想的发展与成熟。而小说中的另一个人物李杰则是个彻底背叛了剥削阶级家庭的革命知识分子形象。他继张进德回乡后也来到湖南投入农民斗争的洪流。他追求革命，背叛家庭，斗争中改造思想的内心矛盾及其克服的逐渐成长过程，和最后为革命献身的精神，真实可信地体现了剥削阶级家庭出身的青年知识分子应走的正确道路，也具有较为普遍的思想意义。

3. 红色经典的文学书写模式

首先是开启了工农兵英雄模式。五四文学革命倡导人的文学和为人生的艺术，大力弘扬文学的启蒙功能，普罗大众成了文学艺术的主要表现对象，相对于古典文学而言，这是巨大的进步。但是，"五四"一代作家站在启蒙的立场上，他们笔下所描绘的普罗大众往往都是被侮辱被损害的弱者形象。譬如，在"乡土文学"中，作家笔下的农村是灰暗的、闭塞的，农民是落后的、懦弱的、麻木的，他们安于现状，甘于被人宰割。而在《咆哮了的土地》这部小说中，沉睡了多年的土地咆哮了，听天由命的普通民众开始觉醒。农民成了土地革命的主要力量，而工农出身的干部也成了农民革命的主要领导者。小说中塑造的张进德这位农民革命英雄形象即非常典型。这种工农兵模式的创作对后来红色经典着力塑造工农兵英雄形象起到了很好的启发和引领作用。在后来许多红色经典中，譬如郭全海、朱老忠、梁生宝、萧长春，乃至样板戏中的李玉和、江水英、方海珍、柯湘等著名英雄人物，无不闪耀着"张进德"式的性格特征和精神气质。

其次是知识分子在革命斗争中改造的模式。从文学革命到革命文学，从最初的思想启蒙到后来的参与实际斗争。知识分子在《咆哮了的土地》中由启蒙者转变为忏悔者、反思者，乃至被改造的对象。《咆哮了的土地》对此进行了较为细致真实的描写。李杰所经受的心灵考验和灵魂搏斗，可以说是那个时代出身于地主、资本家家庭的知识分子，走上革命斗争道路所经历的普遍的心路历程。很显然，《青春之歌》中林道静的成长经历也不无李杰的影子。小说大致是通过这样一种知识分子改造模式的叙事，潜在地指出知识分子在与剥削阶级家庭决裂以后，只有接受共产党的教导和领导，只有把个人命运与国家民族、普罗大众的命运联系起来，真正走上与工农群众相结合的道路，才有未来和希望。

再次是作品中主要人物的恋爱模式。蒋光慈是"革命＋恋爱"模式的开山鼻祖。但是在《咆哮了的土地》中的爱情描写却有所不同，基本上避免了"革命＋恋爱"模式的概念化和简单化，显得更为含蓄节制，并且在这方面的描写中蒋光慈赋予了这种情感全新的理念。小说主要写了李杰、张进德、何月素、毛姑四个人物之间的情感纠葛。其中李杰、何月素是剥削阶级家庭出身的小知识分子，张进德、毛姑则出身贫苦农家，没有多少文化。本来从门当户对以及共同语言方面讲，应该是李杰与何月素共同语言会更多，而张进德与毛姑则较为般配。但是，蒋光慈的情节安排却别出心裁，作品先写何月素与毛姑同时对李杰都有好感，然后写李杰爱的是毛姑，张进德爱上了何月素。最后，李杰牺牲了，负伤的何月素躺在张进德的怀抱，"开始了新的生活的梦……"这种知识女青年与工农兵革命干部的恋爱模式，一度被红色经典作品广为采纳。譬如，《青春之歌》中林道静情感历程就很具有代表性和典型性。小资产阶级知识女性林道静，因为反抗包办婚姻和家庭束缚而逃出家门。先与北京大学学生、大地主的儿子余永泽恋爱结合，后来因两人思想观念不合而分裂。林道静后来爱上了同样是北京大学学生的共产党员卢嘉川。而在卢牺牲以后，林道静最终与工人出身的共产党人江华结婚。林道静的情感在经历了众多波折之后，最终在工人阶级身上找到了归属，这不能不说也是知识分子与工农群众相结合的一种隐喻。其实，这种隐喻在李杰与毛姑、张进德与何月素身上已经开始了。

最后是新老两代农民思想观念冲突模式。《咆哮了的土地》鲜活地反映了土地革命运动在新旧两代农民思想观念上产生的巨大冲突。譬如，张进德与李杰回乡宣传、发动革命，组织农会，这在不同年龄阶段的农民中引起的反响是截然不同的。年轻人听到革命军快来了的消息，满怀欣喜，热切地盼望新世界的到来。而老年人听到这些消息，则感到惶恐不安，似乎他们更害怕一个未曾见过的世界。《咆哮了的土地》着重描写了王荣发与王贵才父子两人的冲突。儿子王贵才聪明精干，爱动脑筋，乐于接受新事物，具有反叛性格。他真诚地拥护成立农会和农民武装，也积极参加群众运动，在尖锐激烈的阶级斗争暴风骤雨中，逐渐成长为坚定的革命战士，最后虽然被捕，但仍然大义凛然、毫不畏惧。其父亲王荣发作为老一代农民的代表，则具有中国传统农民典型的精神特质：忠厚懦弱，吃苦耐劳，安于命运。他认为自古以来，佃户是佃户的命，东家是东家的命，唯有各安天命，才是为人本分。但是，随着革命形势的发展和革命运动的影响，他的思想意识也在发生一些变化。他逐渐意识到农民的命运太过痛苦，也对改变这种命运有所期盼。像王荣发这样的中国农民，政治上受尽压迫，经济上屡受盘剥，他们的意识深处其实也潜伏着反抗的力量。随着革命斗争的不断深入，最终会抛弃传统的因袭而跟上时代的步伐。这种新旧两代农民思想观念冲突模式，对解放区和新中国文学也起到了强烈的典范效应。叶紫《丰收》与《火》中的云普叔与立秋、赵树理《小二黑结婚》中的"二诸葛"与"小二黑"、梁斌《红旗谱》中的严志和与江涛、柳青《创业史》中的梁三老汉与梁生宝……都在不同的时空中讲述着王荣发与王贵才的故事。

总之，《咆哮了的土地》突破了作家以往创作相对简单粗疏的弱点，更加注重人物性格的丰富性和人物情感的层次性，也更加注重对生活环境的描写。这部作品在题材、人物、结构等方面的创新与经验，被后来的"红色经典"创作所广泛借鉴，形成了一种独特的文本范式。从这种意义上说，《咆哮了的土地》堪称"红色经典"的开山之作，在中国现代文学史上占有不可忽略的重要地位。

结语

蒋光慈的革命实践无疑充满着一种斗争精神，其文学书写则是对那个时代难能可贵的记录，即便在某种情况下这种记录不免有仓促和疏失的问题，但其开创了二十世纪初中国现代文学史上声势浩大的左翼文学潮流这一事实却是不能抹杀的。回到蒋光慈的文学书写，应该注意到其有两个不可忽略的着眼点：一方面，有真实的革命实践经历作为创作素材，所以在某种程度上是一种时代风貌的真实摹写；另一方面，蒋光慈的文学书写疏离了传统文学和现代审美的一般准则，与纯文学的艺术要求也相去甚远，但是却引起了极大的文学传播的浪潮，这是文学史研究所不能忽视的一种现象。总之，中国现代文学的研究不能仅限于纯粹审美层面的探究，更要从社会政治、文化历史等层面进行分析研判。之于蒋光慈，还有一个最主要的切入点，即是其关于群体革命和个人情感的书写，也就是"革命＋恋爱"小说模式的创造。需要指出的是，对蒋光慈小说创作的这种模式的认知同样不能局限在纯粹艺术本体的层面，更应该看到二十世纪三十年代前后，中国社会层面对这种书写范式的接受，正如有论者所言，"在写革命的时候，同时加入了恋爱的内容，将'五四'以来新文学常反映的个性解放与恋爱自由的主题，转换了新的阐释方向，变成了革命和政治的主题，以革命的巨大功能替换了爱情这一功能"①。而不管这种替换在中国现代文学史上究竟作何评价，蒋光慈独特的书写范式都是不可忽略的存在。

21世纪以来，种种文学史的重写彰显了多元文化语境下的文学分析与解读，在个性与人性的命题中进行深入挖掘的学者固然是在艺术本体的立场上对左翼文学进行了反思，甚而至于，给予这段文学的书写并不公允的评判。但无论如何，二十世纪三十年代左翼文学的浪潮显然不仅仅是一种应政治的号令而起的文学层面的暴动，它不光拥有大量的读者群体，更是在近十年的时间内盛行不衰，这本身就是值得重视的文学现象。"也应指出，在建国以来的一些现代文学史著作和现代文学教学中，没有给中国的早期无产阶级

① 吴腾凰、徐航：《蒋光慈评传》，团结出版社2000年版，第388页。

作家特别是蒋光慈以应有的地位。对蒋光慈创作和生活的研究和论定,还比较粗疏甚至草率。"①应该说,现代文学历史对其作品的分析和评价确实有着某种程度的偏见,或者认为他在作品中只呈现了血与火的阶级搏斗而无人性、人情的深度和温暖;或者说其作品的模式化和概念化痕迹明显;等等,不一而足。但无论如何,这位作家在文坛所掀起的潮流,所引发的思想波动是难以回避的,也许只有摆脱了纯粹文学审美的立场,才能解读出这位独具特色的革命作家的真实一面吧。

蒋光慈显然是二十世纪二三十年代文坛的令人感到意外的"闯入者",他带着最原始的、最质朴的阶级情感,用他那支并不符合传统审美和现代文学范式的笔书写着中华大地上最激烈、最残酷和最伟大的动荡和变革。如孟超所言:"当革命的暴风雨将要到来的时候,最初飞来的几只海燕,掠过了乌云弥漫的太空,歌唱出斗争的曲子,即使说有的羽翼还不够健强,声音还不太嘹亮,但毕竟是时代的预言者,时代的战士。她们冲破黑暗,发出了号召的画角,鼓舞了来者;勇敢的战斗就在她们身后猛烈的展开,胜利的光芒遥遥的已经在望。因此对这些开路者,是不应该轻于忘记的。我于光赤和他的作品,始终是作着这样估价的。"②这种评价是客观中肯的,我们未必一定需要站在纯粹艺术本体的立场去评判蒋光慈的文学创作,那未免过于局限了。总之,中国现代文学研究如果能够真正站在更高的历史定位去回眸这个充满传奇色彩和浪漫情怀的革命作家,一定会发现其在社会政治、文化艺术等领域所折射出的奇特光辉。

---

① 吴腾凰、徐航:《蒋光慈评传》,团结出版社 2000 年版,第 507 页。
② 方铭:《蒋光慈研究资料》,知识产权出版社 2010 年版,第 305 页。

第四讲　红色牢狱文学的炼狱书写：
《清贫》《可爱的中国》与《多余的话》

我国的牢狱文学自古以来就相当发达，骆宾王的《在狱咏蝉》、李煜的《虞美人·春花秋月何时了》、文天祥的《正气歌》等等都是人们耳熟能详的名篇佳作。在新民主主义革命时期，国民党的囚牢吞噬了无数革命者的宝贵生命，也开出了许多艳丽的牢狱文学之花，"砍头不要紧，/只要主义真，/杀了夏明翰，/还有后来人。"（夏明翰《就义诗》），"浪迹江湖忆旧游，/故人生死各千秋，/已摈忧患寻常事，/留得豪情做楚囚。"（恽代英《狱中诗》）"为人进出的门紧锁着，/为狗爬走的洞敞开着，/一个声音高叫着：/爬出来吧，给你自由！/我渴望着自由，/但也深知道——/人的躯体哪能由狗的洞子爬出！/我只能期待着，/那一天——/地下的烈火冲腾，/把这活棺材和我一齐烧掉。"（叶挺《囚歌》）等等都创作于此，虽然它们生长于暗无天日之地，没有阳光、雨露的滋润，随时都可能被拔除与扼杀，但是其精神却光耀天地，彪炳日月。

虽然为人们所熟悉的牢狱文学大都是诗歌，但事实上牢狱文学的文体并不局限于此，方志敏的《清贫》、瞿秋白的《多余的话》都以散文的样式呈现，而方志敏的《可爱的中国》则是一篇自叙传小说。由于方志敏与瞿秋白均为中国共产党早期领导人，都出生于1899年，都在1935年被俘并被杀害，《清贫》《可爱的中国》与《多余的话》均创作于他们被羁押并即将被害之时，因此它们之间具有很强的可比性，通过对它们的比较不仅有利于加深对两位无产阶级革命家的认识，也有利于把握牢狱文学的不同面向，加深对红色牢狱文学的理解。

一、《清贫》：元气淋漓的"正气歌"

1281年，文天祥被囚禁于燕京已两年有余，虽然所囚之处"室广八尺，深可四寻"①，水气、土气、日气、火气、米气、人气、秽气等七气袭人，囚犯鲜有不病者，然文天祥身体康健，精神矍铄，自求其因，乃精气神所致，故作《正气歌》以志之。

1934年11月，为了牵制敌人力量，掩护红军主力转移，方志敏主张红十军团进攻闽北，而党中央指示军团进攻皖浙交界地区，以威胁宁、沪、杭地区，明知此乃孤军深入敌人重兵把守之地，结果必将凶多吉少，但方志敏顾全大局，如他后来所言"我下了决心去完成

---

① 文天祥：《文天祥全集》，中国书店1985年版，第375页。

党所给我的任务。党要我做什么事,虽死不辞"①。他毅然接受了任务,挥泪告别万余送行群众,带领先遣队北上抗日。12 月,在黄山东麓谭家桥,先遣队遭遇数倍于己的国民党军队堵截,损失惨重。1935 年 1 月 18 日至 25 日,方志敏率领红十军团最后一支部队在怀玉山与国民党补充第一旅激烈交战,红军主力大部牺牲。1 月 29 日,因饥寒交迫、疲惫至极而晕倒在怀玉山一棵木梓树下的方志敏被俘。②

被俘后,敌人给他戴上重达 10 斤的脚镣,举办"上饶各界庆祝生擒方志敏大会"将其示众羞辱,但方志敏傲然挺立,令人佩服。在弋阳举办"庆功"会期间,百姓们拿着各种农具到会,差点上演会场劫狱事件。与此同时,敌人又千方百计地劝降他,为他安排了优待囚室,找各种各样的人与其交谈,许以高官厚禄,方志敏答复:"我不爱爵位也不爱金钱。"③以死要挟他,他对曰:自己已经做好了赴死的准备;以妻子、孩子为要挟,方志敏则先坦陈自己深爱着他们,随后告知对方"我已到了这个地步,妻和儿子哪还能顾到,我只有抛弃他们"④,始终不为所动。

红十军团的失败使方志敏陷入深深的自责之中,入狱之初,他每天责备自己决策失误,埋怨自己能力不足,但他是个乐观之人,"抱着积极奋斗的人生观"⑤,又从小爱好文学,不抽烟,不饮酒,也不爱下棋,于是很快调整了心态,以写自己的斗争经过和苏维埃建设情况为由向敌人索要纸笔,在阴冷潮湿、蚊虫横飞的囚室中,他戴着脚镣,强忍着肺病的折磨,在牺牲前的半年时间里偷偷写下《我从事革命斗争的略述》《我们临死以前的话》《在狱致全体同志书》《可爱的中国》《死!——共产主义的殉道者的记述》《清贫》《给某夫妇的信》《狱中纪实》等 10 余万字的文稿。后来,方志敏赢得了狱友——国民党元老胡逸民的尊重,也感化了看守他的国民党狱卒高家骏,二人设法帮他将手稿交给了上海的党组织,其中一部分是交给鲁迅,鲁迅逝世后由许广平转交给党组织。

作为方志敏狱中手稿中的一篇,《清贫》创作于 1935 年 5 月 26 日,距他被俘已将近四个月,距其遇害(8 月 6 日)不足三个月。该作共 10 个自然段,分为四个部分,第一部分为第一自然段,作用是切入主题、引起下文,第一句话便开宗明义地指出虽然自己经手的款项巨大,但"一向是过着朴素的生活,从没有奢侈过",继而引出被俘时国民党士兵对其搜身的"趣事"。第二部分为第二到第八自然段,承接第一部分,讲述这一"趣事",从一个铜板也没搜到,证明自己确实很清贫,同时也通过士兵间的对话,暴露了国民党士兵的贪婪与国民党的腐败。第三部分为第九自然段,讲述妻子将其夏布衫藏到深山坞中之事,进一步证明自己的清贫。第四部分为最后一个自然段,作用是进一步升华精神,将自己的清贫上升到共产党员精神品格的高度,指出清贫"正是我们革命者能够战胜许多困难的地方"。

"清贫"是《清贫》的文眼,它表面指物质上的清苦与贫穷,比如方志敏身无分文、家徒

---

① 方志敏:《方志敏全集》,人民出版社 2012 年版,第 93 页。
② 江西省方志敏研究会:《方志敏年谱 1899—1935》,中央文献出版社 2009 年版,第 339 页。
③ 方志敏:《方志敏全集》,人民出版社 2012 年版,第 157 页。
④ 方志敏:《方志敏全集》,人民出版社 2012 年版,第 154 页。
⑤ 方志敏:《方志敏全集》,人民出版社 2012 年版,第 100 页。

四壁。但方志敏强调的是这一表层含义下的深层含义,即甘为清贫的思想。根据这种思想,物质上的清贫是一种自觉的选择,因为选择者在精神上是清而不贫的。这里的清不再是清苦,而是另有两重深刻的含义。一方面,它与"浊"相对,指清廉的品质,也就是第一自然段所说的"矜持不苟,舍己为公"的美德,体现在方志敏身上,便是经手百万巨款,却身无分文,身为省政府主席,却家徒四壁。另一方面,它与"浑"也就是糊涂相对,指清醒的思想,在方志敏身上体现为对国民党消极抗日、贪污腐败,最终必将失败,而共产党积极抗日、清正廉洁,最终必将胜利的清醒判断。

不管清廉还是清醒,都源于方志敏思想的深刻与情感的绵长。这些思想和情感首先表现为对祖国的挚爱,他把祖国比作母亲,疾呼"救出我们垂死的母亲来,这是刻不容缓的了"①。第二表现为对党和主义的坚信,在加入共产党后,他说:"共产党员——这是一个极尊贵的名词,我加入了共产党,做了共产党员,我是如何的引以为荣啊!从此,我的一切,直至我的生命都交给党去了!"②又说:"敌人只能砍下我们的头颅,决不能动摇我们的信仰!因为我们信仰的主义,乃是宇宙的真理!"③

文学以情动人,而动人之情至少包括三种类型,即触动型、感动型与撼动型。同样作为牢狱文学,骆宾王的《在狱咏蝉》抒发的是诗人自己怀才不遇的哀怨悲伤之情,能触动每一个有相似经历者的内心,引起同情与共鸣。艾青在《大堰河——我的保姆》中将浓烈的爱奉献给了养育他长大的保姆——大堰河,这种对乳母的感情令人感动,让读者的心中涌起暖暖的温情。而方志敏在狱中想到的既不是个人的怀才不遇,也不是对亲人的思念,而是对共产党人战胜困难的精神的总结。这种思想境界与文天祥在《正气歌》中倡导的"生死安足论"一样高洁,是革命家唱出的一曲元气淋漓的"正气歌",它们带给读者的不仅是触动,也不是单纯的感动,而是心灵的震撼,不仅如此,清贫还超越了《正气歌》中的忠君思想,因而更能激起现代读者的佩服与崇敬之情。

二、《可爱的中国》:感天动地的"新中国未来记"

1840 年之后,在帝国主义的侵略和清政府的无能统治下,中国变得满目疮痍,既衰弱又贫穷,令爱国知识分子们无比痛心,他们发动洋务运动、戊戌变法,以改变中国落后的面貌,在此过程中他们心中都有一个对未来中国的展望。1902 年,梁启超创办《新小说》,提倡小说界革命,认为"小说有不可思议之力支配人道",提出"欲新一国之民,不可不新一国之小说"④的主张,将小说的地位提高到前所未有的高度。为表达对未来的期望,借以传达其政治观念,梁启超创作了一部"似说部非说部,似稗史非稗史,似论著非论著"的小

① 方志敏:《方志敏全集》,人民出版社 2012 年版,第 133 页。
② 方志敏:《方志敏全集》,人民出版社 2012 年版,第 24 页。
③ 方志敏:《方志敏全集》,人民出版社 2012 年版,第 141 页。
④ 梁启超:《论小说与群治之关系》,《新小说》1902 年第 1 期。

说——《新中国未来记》,借以想象资产阶级改良运动成功60年后的中国情况,但由于种种原因,他只写了四章,且只有第一章展示了对万国博览会的想象,尽管如此,它却开了近代以小说想象与描述未来中国的先河,在其之后出现了众多以科幻小说为主的"新中国未来记"。

在狱中,有探访者指责方志敏虽是革命者,但其革命只是工农的革命,只为工农争利益,没有顾及民族利益。为说明工农革命与民族革命之间的关系,抒发自己以及中国共产党的国家情怀,"打破那些武断者污蔑的谰言"①,消除人民对中国共产党的误解,方志敏创作了他的"新中国未来记"——《可爱的中国》。

正如方志敏所说,这是一部"像小说又不像小说的东西"②。一方面,除主人公祥松外,整部小说没有贯穿性的人物,因而也就没有一般小说中人物之间充满矛盾冲突的故事情节,主人公祥松与方志敏本人距离太近,所有经历与所思所想均与方志敏完全一致,想象性与虚构性不强,除祥松外,几乎没有对其他人物的心理描写,这些使得它不像小说。另一方面,它又确实是一篇小说,它以祥松而非方志敏为主角,结构与叙事角度也很讲究。开头部分介绍"政治犯"祥松的生活环境和日常生活,由其喜欢看书写字引出祥松给友人写信之事,第二部分即为祥松写给友人的信,第三部分交代祥松写完信后的疲惫状态。整部小说采用第三人称限知视角方式,中间则嵌入书信,采用的是第一人称书信体的方式,两种方式相互配合,全面表现了祥松的囚牢生活状态和他的性格特征。

人只能生活于当下,历史与未来都是当下的镜像。作为资产阶级改良派的理论家,梁启超的未来想象建立在他的改良思想之上,他之所以设想上海世界博览会不过是借万国前来的盛况试图唤起清朝统治者对曾经"万国来朝"之辉煌历史的追忆与向往,以期他们接受自己的资产阶级改良主张。而方志敏是自觉走上革命道路的无产阶级革命家,主要从事的是实际工作而非理论研究,相比梁启超,方志敏的未来想象主要建立在他自己的感性经验之上。

在小说的第二部分,方志敏先是否定了诋毁他不爱祖国的谬论,接着讲述了自己的爱国情感产生和不断强化的过程。他实事求是地说,自己小时候在村里读私塾,根本不知道什么是爱国;后来有机会进了高等小学,又恰逢五四运动,在进步青年老师的影响下,他初步知道了日本帝国主义侵略中国之事,于是与同学们一起开展抵制日货运动,虽然家里很穷,好不容易才攒钱买下日本牙刷、牙粉、脸盆、席子,但因为对日本帝国主义的恨而全部抛弃了,此后便想投考陆军军官学校或者做大生意为国家捐钱以"去打东洋";到南昌读书时,他见到洋人"邮政管理局长"坐在绿呢轿子中,十足傲慢自得地抽着雪茄,而抬着他的是四个中国轿夫,左右护着轿杠的是两个中国邮差,后面跟着的四个邮差也是中国人,十个中国人为一个洋人服务,而邮政又非中国人做不了之事,方志敏不禁问道:"中国的邮

---

① 方志敏:《方志敏全集》,人民出版社2012年版,第140页。
② 方志敏:《方志敏全集》,人民出版社2012年版,第140页。

政，为什么要给外国人管理去呢？"①到九江读书后，他了解到中国人在租界中经常被捉被打，还看到外国兵舰在长江自由航行，而同一所基督教学校中洋人教员的收入乃是中国教员的 10 余倍，看到这些，方志敏立下"为积弱的中国奋斗"的宏愿；到上海后，他发现一公园的门口竖着"华人与狗不得进园"的牌子，"全身突然一阵烧热，脸上都烧红了"，"感觉着从来没有受过的耻辱！"热爱祖国、维护祖国之心更加炽热了。在从上海回江西的轮船上，他亲眼看到日本人和他们的中国打手们用鞭打、捆绑、吊到水里、摸下体等方式肆意恐吓、折磨、侮辱甚至调戏没买票的中国人，以此为乐，虽然他将日本人喝住了，但这件事让他永生难忘，他认识到这些中国人被打实际上就是中国民族被打，痛在那几个人的身上，但耻辱却在每一个人的脸上，这一次他的爱国情感得以升华，决心随时为国家和民族的解放而流血牺牲。

随后，方志敏由夹叙夹议转变为直抒胸臆，以和友人谈天的方式，在亲切、友好而又温馨的氛围中娓娓倾诉着对祖国的深情。他将祖国比作母亲，以自问自答的方式问道："你们觉得这位母亲可爱吗？我想你们是和我一样的见解，都觉得这位母亲是蛮可爱蛮可爱的。"②与"你们"对话的方式拉近了他与读者的距离，使爱国成为他与读者们可以共同分享的情感心理，连续两个口语化的"蛮可爱"像儿子对母亲的絮语，突显了他对祖国母亲的一往情深。接下来，他又从气候、国土面积、土地的生产力、地下矿藏、人口、风景、海岸线等等方面说明祖国母亲的"蛮可爱"。当母亲的"蛮可爱"完美地展现于我们面前之时，方志敏笔锋一转，沉痛地感慨道：

咳！母亲！美丽的母亲，可爱的母亲，只因你受着人家的压榨和剥削，弄成穷困已极；不但不能买一件新的好看的衣服，把你自己装饰起来；甚至不能买块香皂将你全身洗擦洗擦，以致现出怪难看的一种憔悴褴褛和污秽不洁的形容来！啊！我们的母亲太可怜了，一个天生的丽人，现在却变成叫化的婆子！站在欧洲、美洲各位华贵的太太面前，固然是深愧不如，就是站在那日本小姑娘面前，也自惭形秽得很呢！③

这一段感慨与前文中他目睹的事实前后照应，将祖国母亲贫弱的根源直指帝国主义的侵略。接着他模拟母亲的口吻骂道："难道我四万万的孩子，都是白生了吗？难道他们真像着了魔的狮子，一天到晚地睡着不醒吗？……"④四个"难道"的连用，将他对国人不思抵抗侵略的愤怒之情和盘托出。接下来，他用三大段文字具体刻画帝国主义侵略者的丑恶面目，将西方侵略者比喻成满身是毛、血口大开、獠牙铁爪的猩猩，刻画它如何狰狞地强暴母亲，如何用铁爪抓破母亲的身体，吮吸母亲的血液；将日本侵略者称作"矮的恶魔"，

① 　方志敏：《方志敏全集》，人民出版社 2012 年版，第 122 页。
② 　方志敏：《方志敏全集》，人民出版社 2012 年版，第 129 页。
③ 　方志敏：《方志敏全集》，人民出版社 2012 年版，第 130 页。
④ 　方志敏：《方志敏全集》，人民出版社 2012 年版，第 130 页。

凶残地砍掉母亲的肩膀,形象地表现了 1840 年以来西方和日本侵略者对我国的蚕食,令人触目惊心,读到这里,每一个中国人的心底都会升起对帝国主义侵略者切齿的仇恨。继而,他列举了各种中国"无力自救"的言论,质问道:"中国真是无力自救吗?"然后列举"五卅"运动、省港大罢工、北伐战争中帝国主义服软的事例,以铁的事实证明中国是可以自救的,号召人们加入反抗帝国主义的斗争。

方志敏知道,希望是星光,能穿过暗夜的黑幕,照亮前行的道路。为了进一步激发人们解救母亲于水火的斗志,他精心描绘了心目中新中国的美丽图景:

> 到那时,到处都是活跃跃的创造,到处都是日新月异的进步,欢歌将代替了悲叹,笑脸将代替了哭脸,富裕将代替了贫穷,康健将代替了疾苦,智慧将代替了愚昧,友爱将代替了仇杀,生之快乐将代替了死之悲哀,明媚的花园,将代替了凄凉的荒地! 这时,我们民族就可以无愧色地立在人类的面前,而生育我们的母亲,也会最美丽地装饰起来,与世界上各位母亲平等地携手了。[①]

比较《新中国未来记》与《可爱的中国》中的新中国,我们会发现,梁启超是从外部和国家层面想象未来,更强调中国的国际地位,希望中国能引领世界,成为各国学习的榜样,不涉及具体人的福祉,从中可以看出天朝大国心理的影响。而方志敏是从内部和人民的角度想象未来,更看中的是中国自身的独立、自由与发展,以及由此带来的国民的幸福与安宁,欢歌、笑脸、富裕、康健、智慧、友爱等等都是具体实际、可触可感,契合普通人民心愿的理想,在人民都获得这些福祉的基础上,他才说到中国的国际地位,但也没有表达其他国家都向中国学习的愿望,而是希望中国与其他国家平等地屹立于世界。

从方志敏的"新中国未来记"——《可爱的中国》我们能够触摸到中国共产党人为国家、为人民的解放而奋斗的崇高初心,要知道此时的他被困于囚牢之中,戴着脚镣,受着病痛的折磨,死神随时可能降临,他却丝毫没有为自己考虑,而是遗憾于没有机会为祖国尽力了,进而拼尽全力"为垂危的中国呼喊",他说即使生命不在了,他也要变成一朵可爱的花儿,"提劲儿唱着革命之歌,鼓励战士们前进",这样一种一心为国、舍身忘我的革命精神与境界感天地、泣鬼神,叫日月为之落泪,令天地为之动容。

三、《多余的话》:发人深省的"忏悔录"

1765 年 53 岁的卢梭开始创作《忏悔录》,历经五年完成。该作以时间为序,讲述了卢梭从出生到 54 岁间的主要经历,实事求是地书写自己的弱点、缺点、污点甚至邪恶,鞭辟入里地剖析自己的内心,真心实意地忏悔自己的过失,也毫不留情地揭露社会的阴暗,是一部撼动人心的不朽之作,开创了真诚袒露内心、无情解剖自我的忏悔录文体,促进了自

---

① 方志敏:《方志敏全集》,人民出版社 2012 年版,第 138 页。

叙传、日记、回忆录等文体的发展,托尔斯泰的《忏悔录》便是受其影响而作。

二十世纪二十年代《忏悔录》被译介到我国,与歌德的《少年维特之烦恼》共同成为当时对青年知识分子影响最大的两部欧洲文学作品,从鲁迅的《父亲的病》、郁达夫的《迟桂花》、丁玲的《莎菲女士的日记》、郭沫若的《创造十年》、茅盾的《从牯岭到东京》等作品中都能看到《忏悔录》的影子。瞿秋白也深受《忏悔录》的影响,《多余的话》便是他就义前的"忏悔录"。

《多余的话》全文两万余字,除附录外分为七个部分,即何必说(代序)、"历史的误会"、脆弱的二元人物、我和马克思主义、盲动主义和立三路线、"文人"、告别。"何必说(代序)"交代创作的缘起:被捕后失去了社会身份,独处囚室,直面自己,知道所剩时日不多,希望"说一说内心的话,彻底暴露内心的真相"①;"历史的误会"回顾革命历程,坦陈自己在这一历程中的消极、被动,将担任党的领导人视为"历史的误会";"脆弱的二元人物"指出自己是个脆弱的二元人物,剖析家庭、身体等对其二元性格的影响以及二元性格在党的工作中的体现;"我和马克思主义"指出自己接触马克思主义是阴差阳错,对于马克思主义,自己只是一知半解,被称为马克思主义理论家名不副实,剖析形成这种情况的原因是自己爱好的是文艺,而非主义,由于性格懦弱,便将错就错了;"盲动主义和立三路线"指出立三路线的某些错误是自己思想逻辑的发展,根源在自己,就在做党的最高领导人期间,自己的政治热情已经消退;"文人"部分:从历史渊源、个人经历深入剖析"文人"百无一用的成因及特征,直言自己就是此类文人,表达对未能从事文艺工作的遗憾;"告别"部分:与战友、家人告别,指出自己并非无产阶级战士,不值得崇敬和纪念,表达对妻子、女儿、文艺、豆腐的留恋之情。

不在乎别人和后人如何评价,真诚地解剖自己,在这一点上,《多余的话》与《忏悔录》是一致的,都闪耀着说真话、讲真事的光芒。但在对弱点与错误评价上,两者具有明显区别,《忏悔录》更倾向于把它们归咎于人类共同的特征和不良社会的影响,从而将批判的矛头指向人性和社会,卢梭忏悔的是自己没经受住人性和社会的诱惑而做了错事。而《多余的话》主要将它们说成是自己个体造成的,瞿秋白忏悔的是自己未能处理好个人与政治的关系,既令自己痛苦,又危害了革命。

四、作品比较:文人革命家对他人的激励与革命家文人对自我的反思

从文学的角度来说,三篇作品都以情动人,具有很强的情感力量,《清贫》与《可爱的中国》富有充沛的激情,《多余的话》则表现出低回婉转、抑郁感伤之情;语言方面,虽作于牢狱,却也都文采华丽、形象生动;结构上也都讲究布局、严谨巧妙。但在潜在读者、创作动机方面,《清贫》《可爱的中国》与《多余的话》存在明显差别。

将《清贫》与《可爱的中国》放在一起考察,我们会发现它们都有明确的读者意识。《清

①　瞿秋白:《多余的话》,江西教育出版社2009年版,第3页。

贫》的文体为亲切的谈话体，第一段中便说"如果有人问我身边有没有一些积蓄，那我可以告诉你一桩趣事"，接下来就给"你"讲述了国民党兵士在他身上没搜出一个铜板的"趣事"，后来他又说"是不是还要问问我家里有没有一些财产？"然后就告诉"你"自己的妻子已将他的夏布衫藏到深山坞中之事，让"你"认识到"我"在物质上真的很"清贫"，最后又告诉"你"清贫在"我们"（即中国共产党人）精神中的价值——"清贫，洁白朴素的生活，正是我们革命者战胜许多困难的地方！"这样步步深入，使"你"充分相信"我"的清贫和"我们"的清贫主张，进而相信中国共产党是个清正廉洁、有精神追求的政党。这不仅有利于增进党外人士对共产党的了解、尊重和向往，也有利于党内人士深刻理解党的精神所在，激励大家培养和保持"清贫"品格，并将其发扬光大。

《可爱的中国》主体部分是祥松写给"亲爱的朋友们"的信，采用的仍然是亲切的谈心体，信的第二段便写道："我今天想告诉你们的却是另外一个比较紧要的问题，即是关于爱护中国，拯救中国的问题。"[①]接下来他把自己产生爱国思想的过程讲给朋友们听，向他们描述祖国母亲所受的苦痛，又为他们描绘新中国的美丽图景，目的是什么？是希望"亲爱的朋友们，不要悲伤，不要畏馁，要奋斗！"号召朋友们"要各人所有智慧才能，都提供于民族拯救吧！"[②]可见其目的是唤醒人们的爱国情感，并激发人们前赴后继抵抗侵略者、拯救民族危难的昂扬斗志。

但瞿秋白在谈到《多余的话》的创作动因时说："虽然我明知道这里所写的，未必能够到得读者手里，也未必有出版的价值，但是，我还是写一写罢。人往往喜欢谈天，有时候不管听的人是谁，能够乱谈几句，心上也就痛快了。何况我是在绝灭的前夜，这是我最后'谈天'的机会呢？"[③]虽然他说到谈天，文章也使用娓娓道来的语气，但从这段话可以看出，他所谓的"谈天"不是与别人谈，而是与灵魂深处的自己谈，他想做的是回顾与解剖自我，去掉党的领导人的光环，以一个活生生的人的身份，真实地呈现自己本来的面貌，说出自己的心里话。

可以说方志敏是文人革命家，其核心是革命家，而瞿秋白则是革命家文人，其核心是文人，《清贫》与《可爱的中国》是文人革命家方志敏对他人的激励，而《多余的话》作为一篇狱中遗作，历史留给"话"的和"话"留给的历史，已然不是要不要重拾的问题，而是重拾什么、怎样重拾的问题。文本的重读，意义的建构，需要从这里出发，才会有烛照现实和未来的新发现。

---

① 方志敏：《方志敏全集》，人民出版社 2012 年版，第 118 页。
② 方志敏：《方志敏全集》，人民出版社 2012 年版，第 139 页。
③ 瞿秋白：《多余的话》，江西教育出版社 2009 年版，第 4 页。

第五讲　革命时代的热血吟唱：《别了，哥哥》及其他

在中国新诗的发展史上，有这样一个群体，他们奋力呐喊，他们深情吟唱，只为中国大地上一切受难的劳苦民众。当今的时代，早已远离硝烟战火，虽然已经蒙上了历史的色彩，但当我们读起这些饱含着革命情感的诗句，依旧能够受到感染与鼓舞，这就是诗的力量。本讲选择了其中具有代表性的诗人诗作，通过解读这些红色诗歌，为当代青年，尤其是当代大学生展现中国革命时代青年的精神世界。

一、战斗者的呐喊：殷夫《别了，哥哥》《地心》《血字》

殷夫（1910—1931）[①]，原名徐白，谱名孝杰，小名徐柏庭，学名徐祖华，另有笔名白莽、徐文雄、任夫、殷孚、沙菲、沙洛、洛夫等，殷夫是他较为常用的笔名。浙江象山人。曾就读于同济大学，中共党员。殷夫是中国现代文学史上重要的革命诗人。他的生前作品未能结集出版，新中国成立后编印了诗集《殷夫选集》《殷夫集》。1929 年始，他在上海参与党的地下活动，在他极为短暂的一生中，曾有三次被捕的经历。1931 年 2 月 7 日，殷夫与其他四位左翼青年作家柔石、胡也频、李求实、冯铿被国民党秘密枪杀于上海，史称"左联五烈士"。

"中国新诗史上不乏代表某种政治力量而高声呐喊的诗人，也不乏始终龟缩在个人的小天地而顾盼自怜的诗人，不多见到的是那种充分展示内心矛盾和内心风暴的诗人。殷夫则是这样一位难得的诗人，他面向时代，敞开心扉，展示了一个革命者心灵的复杂与丰富。"[②]《别了，哥哥》正是这样一首作品，这是殷夫收到哥哥徐培根一封语重心长的劝告信后做出的公开答复。作者在诗中婉拒了大哥的好意劝导，并将自己的信仰、追求和盘托出，作为"向一个阶级的告别词"。这首诗的独到之处，既表达了兄弟间的手足深情，也袒露了一个为革命信仰献身无悔的战士的襟怀与人格。于今天读来，仍然能够感受到诗人年轻的心中那种革命理想的纯粹情感，这种情感与骨肉至亲的亲情都是无瑕的。这首诗的动人之处正是诗人在革命理想的追求和个人利益发生冲突的时候，毅然选择了坚守理想，哪怕"这前途满站着危崖荆棘，／又有的是黑的死，和白的骨"。

[①]　王海燕：《百年殷夫学术研讨会综述》，《文学评论》2010 年第 5 期。
[②]　吴思敬：《还原殷夫的艺术个性》，《中国现代文学研究丛刊》2011 年第 9 期。

别了,哥哥

（算作是向一个 Class 的告别词吧!）

别了,我最亲爱的哥哥,
你的来函促成了我的决心,
恨的是不能握一握最后的手,
再独立地向前途踏进。

二十年来手足的爱和怜,
二十年来的保护和抚养,
请在这最后的一滴泪水里,
收回吧,作为恶梦一场。

你诚意的教导使我感激,
你牺牲的培植使我钦佩,
但这不能留住我不向你告别,
我不能不向别方转变。

在你的一方,哟,哥哥,
有的是,安逸,功业和名号,
是治者们荣赏的爵禄,
或是薄纸糊成的高帽。

只要我,答应一声说,
"我进去听指示的圈套",
我很容易能够获得一切,
从名号直至纸帽。

但你的弟弟现在饥渴,
饥渴着的是永久的真理,
不要荣誉,不要功建,
只望向真理的王国进礼。

因此机械的悲鸣扰了他的美梦,
因此劳苦群众的呼号震动心灵,

因此他尽日尽夜地忧愁,
想做个 Prometheus 偷给人间以光明。

真理和愤怒使他强硬,
他再不怕天帝的咆哮,
他要牺牲去他的生命,
更不要那纸糊的高帽。

这,就是你弟弟的前途,
这前途满站着危崖荆棘,
又有的是黑的死,和白的骨,
又有的是砭人肌筋的冰雹风雪。

但他决心要踏上前去,
真理的伟光在地平线下闪照,
死的恐怖都辟易远退,
热的心火会把冰雪溶消。

别了,哥哥,别了,
此后各走前途,
再见的机会是在,
当我们和你隶属着的阶级交了战火。

一九二九,四,十二。①

　　殷夫在家中排行最小,而他又十分聪颖可人,勤奋上进,擅长诗文,自然受到家中兄长的宠爱。因为长兄大他十五岁,在父亲去世之时,便承担起照顾殷夫的责任。1924 年,大哥供他赴上海读书,并嘱咐他"专心念书,别管闲事",但当目睹了中国大地被帝国主义列强肆意蹂躏、无辜百姓生活于水深火热之后,年轻的殷夫极度痛心,热血沸腾的他再也无法"两耳不闻窗外事"了,决心放弃大哥为他铺设的坦途,出于对劳苦大众的同情和对真理的渴求,他抛下"安逸,功业和名号"以及"治者们荣赏的爵禄","不要荣誉,/不要功建",毅然选择与大哥所在的阶级做出告别,只为劳苦群众赢得最终的胜利——"真理的伟光在地平线下闪照"。

　　殷夫在 1929 年参加革命,学界通常以这个时间为界,作为殷夫创作的分水岭,前期以《孩儿塔》为代表。《孩儿塔》是殷夫生前的自编集,共收诗 65 首,《孩儿塔》是奠定殷夫在

① 殷夫:《殷夫集》,浙江文艺出版社 1984 年版,第 152—154 页。

中国现代诗歌史上地位的重要作品集,原稿由鲁迅先生保存下来,最终出版则在二十世纪五十年代。① 殷夫的早期诗作同胡也频类似,都是在沉郁中寄托强烈的感情,集中在四种主题上:母亲与故土;对黑暗现实的揭露;对美好未来以及爱情的向往。殷夫自己对这部作品是这样看的:"我的生命,和许多这时代中的智识者一样,是一个矛盾和交战的过程,啼、笑、悲、乐、兴奋、幻灭……一串正负的情感,划成我生命的曲线;这曲线在我的诗歌中,显得十分明耀。这里所收的,都是我阴面的果实。"②诗人在沉郁低回的节奏中表达年轻人独有的彷徨,也传达了年轻人看待世界的独特方式。鲁迅在《白莽作〈孩儿塔〉序》里这样评价:"这《孩儿塔》的出世并非要和现在一般的诗人争一日之长,是有别一种意义在,这是东方的微光,是林中的响箭,是冬末的萌芽,是进军的第一步,是对于前驱者爱的大纛,也是对于摧残者憎的丰碑。一切所谓圆熟简练、静穆幽远之作,都无须来作比方,因为这诗属于别一世界。"③殷夫是红色诗歌最有影响的开拓者之一,现保存下来的一共有 110首诗,殷夫的创作虽然总量不多,但对中国现代诗歌的发展具有不可磨灭的贡献,他是最具代表性的红色诗人,他的诗作开创了红色诗歌所具有的独特审美方式,以炽热的红色意象映衬出二十世纪二十年代特殊的时代需求和革命者坚韧的意志。正如殷夫在《地心》一诗中对一系列红色意象的选择,以强烈的视觉冲击力表现如岩浆般喷薄而出的革命浪潮。"我微觉地心在颤战,/于慈大容后的母亲身中,/我枕着将爆的火山,/火山的口将喷射鲜火深红。/冷风嘘啸于高山危巅,/暮色狰狞地四方迫拢,/秋虫朗吟颓伤歌调,/新月冷笑着高傲长松。/青碧的夜色,秋的画图,/吞噬了光明的宇穹,/我耳边震鸣着未来预言,/一种,呵,音乐和歌咏。/我枕着将爆的火山,/火山将喷射鲜火深红,/把我的血流成小溪,骨成灰,/我祈祷着一个死的从容"④。

虽然以往的评论界对《孩儿塔》及其早期作品的评介多被其中的政治倾向和阶级立场所牵绊,多认为诗人早期作品与后来的"红色鼓动诗"在风格上完全不同。但从这首《地心》不难看出,诗人年轻的内心已然充盈着对未来与光明的强烈渴望,从火山、鲜火和血这一系列"深红色"的意象上来看,诗人有意将这抹浓烈的色彩与秋虫、新月、长松、夜色这类"青碧色"的意象做比照,最后又将红色的象征重复用于整首诗的尾声,以此寄托自我的理想。语言虽然尚未似后期作品那般直白凝简,但整首诗的节奏短促而有力,诗人的情感借由这种节奏喷薄而出——"我耳边震鸣着未来预言,/一种,呵,音乐和歌咏。"

如果说殷夫的早期诗歌大多是在"低音区"婉转沉吟,那么随着革命斗争的深入,殷夫的诗作所展现出来的革命情感与气魄越发浓烈,表现手法也更加直接,可谓把红色诗歌的创作推向了一个新的阶段。组诗《血字》(包括《血字》《意识的旋律》《一个红的笑》《上海礼赞》《春天的街头》《别了,哥哥》《都市的黄昏》)是殷夫红色诗歌的典型代表作品,是诗人投

① 李松岳:《论殷夫诗歌的精神特质》,《文学评论》2012 年第 4 期。
② 殷夫:《孩儿塔》,人民文学出版社 1984 年版,第 1 页。
③ 鲁迅:《白莽作〈孩儿塔〉序》,《鲁迅全集》(第 6 卷),人民文学出版社 1981 年版,第 494 页。
④ 殷夫:《孩儿塔》,人民文学出版社 1984 年版,第 32 页。

身革命之后的首部作品。这些诗作节奏感强烈而明快,正如在"高音区"的放声歌唱,包含革命斗争的激情,以开阔的视野和真挚的情感倾诉着诗人自己对革命的追求和与旧世界彻底决裂的信念;境界开阔,气概雄浑,具有鲜明的政治倾向和强烈的时代感。《血字》组诗由七首诗组成,创作于 1929 年 3、4 月间。这组诗作是"五卅""四一二"、上海工人三次武装起义、广州武装起义等重大历史事件在文学场域内的一种映射,也为世人还原了诗人眼中当时的社会景象。这其中,中国工人阶级英勇斗争的革命形象,有如一粒粒象征希望的红色星光,饱含着革命胜利的坚定信念,划亮在黑暗社会的天空中。诗人的革命意志化作战斗者的呐喊、燃烧的火光尽在这《血字》之中。组诗的第一首诗《血字》就是一首以满腔的政治热情歌颂无产阶级在反帝斗争中英勇不屈的代表诗作,诗中的红色意象充分表达了时代的"狂"与革命者的"热",诗中的一字一句都被染上强烈的情感。

血字

血液写成的大字,
斜斜地躺在南京路,
这个难忘的日子——
润饰着一年一度……

血液写成的大字,
刻划着千万声的高呼,
这个难忘的日子——
几万个心灵暴怒……

血液写成的大字,
记录着冲突的经过,
这个难忘的日子——
狞笑着几多叛徒……

"五卅"哟!
立起来,在南京路走!
把你血的光芒射到天的尽头,
把你刚强的姿态投映到黄浦江口,
把你的洪钟般的预言震动宇宙!

今日他们的天堂,

他日他们的地狱，
今日我们的血液写成字，
异日他们的泪水可入浴。

我是一个叛乱的开始，
我也是历史的长子，
我是海燕，
我是时代的尖刺。

"五"要成为报复的枷子，
"卅"要成为囚禁仇敌的铁栅，
"五"要分成镰刀和铁锤，
"卅"要成为断铐和炮弹！……

四年的血液润饰够了，
两个血字不该再放光辉，
千万的心音够坚决了，
这个日子应该即刻消毁！①

　　1925年的"五卅"运动，是揭开中国人民反帝斗争大浪潮的序幕。殷夫在上海亲历了这场斗争，之后回到家乡，为"五卅"运动做了许多后援工作。在殷夫短暂的人生中，"五卅"也象征着他参与革命迈向人生新阶段的时刻。诗作的第一部分（1—3节），诗人通过"血液写成的大字"重复了三个节拍，以复踏的韵律和沉重的韵脚，表达了对"五卅"运动深沉的追念。用血液写成的"五卅"两个大字，具有极强的视觉冲击力，"斜斜地躺在南京路"，5月30日，"润饰着一年一度""这个难忘的日子"。第二部分（4—6节），在诗韵、节奏感和句式的选择上与上一部分都有所不同。从第四诗节开始，以"五卅哟"这样的呼吁起始。紧接着四个长句，用同一个韵脚，整体节奏拉长，呈现气势上的厚重感，诗人仿佛变成了战士，诗句遂成为雄浑有力的战斗呼号："立起来，在南京路走！/把你血的光芒射到天的尽头，/把你刚强的姿态投映到黄浦江口，/把你的洪钟般的预言震动宇宙！"

　　烈士以鲜血书写了"五卅"两个血字，诗人希望这样的牺牲可以换来民众的珍视和对国家与社会复兴的信念。第五诗节则是由两组对偶句构成的。"今日他们的天堂，/他日他们的地狱，/今日我们的血液写成字，/异日他们的泪水可入浴。"句式由短到长，以"今日"和"他日""异日"做精准的对比，简短有力地表达了诗人对胜利的预言，这一预言，显示出诗人对自己所在的工人阶级的坚定信念，也在向世人传达了敌人终将失败的必然信

① 殷夫：《殷夫集》，浙江文艺出版社1984年版，第144—145页。

号。第六诗节,每一句都以第一人称"我"起始,将前几节宏大的场面聚焦在"历史的长子""海燕"和"时代的尖刺"这些具体的意象上,"我是一个叛乱的开始,/我也是历史的长子,/我是海燕,/我是时代的尖刺"。工人阶级登上历史舞台,终于团结起来和帝国主义抗争,这代表着一个"叛乱"的开始。"历史的长子"投身其中,参与革命,但也是成长于旧的社会之中。"海燕""时代的尖刺"比喻工人阶级站在时代的最前列,有如海燕一样敢于乘风破浪,迎接革命的暴风骤雨,有着大无畏的战斗精神。这一节的节奏较快,句式较短,直截了当地表现了殷夫对工人阶级革命力量的信心和对光明前途的坚定信念,正如殷夫在《一九二九年的五月一日》中说:"未来的世界是我们的,没有刽子手断头台绞得死历史的演递。"[1]第三部分(7—8节)将"五""卅"连续两次置于句首,营造出藏头诗的效果,分别以"五""卅"两字的形态复又呈现了"枷子"和"铁栅"的象形效果,后半句的"镰刀和铁锤"及"断铐和炮弹"既是工人阶级的象征,又代表了两个血字化为革命的武器,终有胜利的一日。整体句式延长,节奏沉重,意味深远。"五"要成为报复的枷子,/"卅"要成为囚禁仇敌的铁栅,/"五"要分成镰刀和铁锤,/"卅"要成为断铐和炮弹!……最后一节诗人呼吁如此惨痛的屠杀不应被忘记,更"不该"让这样的悲剧再度重演,因为"四年的血液润饰够了"而这个日子"应该即刻消毁",与第一节首尾呼应。即"四年的血液润饰够了,/两个血字不该再放光辉,/千万的心音够坚决了,/这个日子应该即刻消毁。"

《血字》是殷夫将明确的政治倾向性和诗歌本身的艺术特性融合得很好的一首作品,语言较《孩儿塔》时期明显更靠近"普罗文学",但客观地说,从《血字》这篇诗作来看,诗人并没有把他的诗作当作口号式的宣传工具,而是依据了诗歌这种体裁自身的特点,把革命的思想稳稳地置入进来,因此在意象的选取、语言的使用和句式的编排上,都能够看到诗人的用心。

二、"捉住现实"的铿锵讴歌:蒲风《茫茫夜》《六月流火》

殷夫牺牲之后,红色诗歌代表是"左联"领导下的"中国诗歌会"。成立于1932年9月,由穆木天、杨骚、任钧、蒲风等发起,于1933年2月创办《新诗歌》。中国诗歌会成立主旨是推动诗歌的大众化,这在其发刊词中可以明确看到。"我们要捉住现实,/歌唱新世纪的意识。""我们要使我们的诗歌成为大众歌调,我们自己也成为大众中的一个。"所谓"捉住现实"就是要让诗歌适应时代诉求,以现实主义的手法与当时的新月派和现代派的唯美主义抗衡,强调诗的意识形态化;而这里的"大众歌调",是要倡导诗歌走向大众化,要求诗的表现形式应该大众化、民族化,让诗歌走"群众路线",在群众中普及,这是强调诗与诗人的大众化。这其中,蒲风是最具有代表性的诗人。

蒲风(1911—1942),原名黄日华,曾用黄浦芳、黄飘霞等名,笔名黄风、蒲风等。广东嘉应(今梅州)人。1938年加入中国共产党。1942年病逝于安徽天长县(今天长市)。先

---

[1] 周江:《红色的战歌 胜利的预言——读殷夫的〈血字〉》,《教学与进修》1981年第2期。

后出版了 16 部诗集、2 部译诗、3 部诗歌论文集，为我国红色诗歌的发展做出巨大贡献。他的代表作《茫茫夜》《母亲》，长篇叙事诗《六月流火》在我国诗坛上占有重要地位。1934年，蒲风在河北分会《新诗歌》上，发表了他的代表作《茫茫夜》，并以此为名出版了第一部诗集。

《茫茫夜》展现了广大农民参加革命的现实情景，以写实的手法再现了红色诗歌的现实主义力量。这部诗作采用了戏剧化的手法，借由茫茫暗夜里的雷电与风声，寄托了一位母亲对"穷人军"儿子的思念。写出了中国农村的"暗夜风声"和"晓鸡啼音"。能够看出，蒲风的这首诗重视具体的叙述，融入了细致的情节。语言平实亦不乏生动。整首诗的节奏流畅，象声词"沙""汪""号""轰隆"在文中交替出现，随着行文的需要，组合方式和重复的节奏甚至是标点符号也富于变化，体现作者的用心。母子的对话借由风雨声自然展开，母亲的呼声充满了焦虑与担忧，但得到的回答却是铿锵有力，三次使用复数人称"我们"，仿佛是低沉有力的合唱效果——"母亲，母亲，母亲，/再不能屈服此生！/我们有的是力，有的是热血，/我们有的是万众一心的团结；/我们将用我们的手建造一切，建造一切！"[1]

蒲风在他的长篇叙事诗《六月流火》中更是将诗歌的音乐特性充分地展现出来。《六月流火》是蒲风的第二部诗集，也是他的第一本长篇叙事诗集。凡 24 章，1800 多行，讴歌了当时的农村革命，也极有力度地发出了"旧的世界即将粉碎了"的预言。《六月流火》语言具有显著的口语化特征，读起来朗朗上口，有学者评价蒲风的叙事长诗《六月流火》时认为："在《六月流火》这本意欲'表现大时代下的农村动乱'的长诗中，诗人创造性地运用了自己故乡流行的客家山歌的形式，广泛采集了岭南农民群众中活的口语，利用'对唱'、'轮唱'、'合唱'等民间歌谣的传统手法，并创造了'大众合唱诗'这一旨在抒发'大众心声'的新形式，气势磅礴地反映了党所领导的农民暴动。"[2]蒲风在《关于〈六月流火〉》一文中曾说："决不是学时髦，我之所以写此长篇故事诗，因为在中国它尚未有足供前车的姐妹。但是，也决不是我个人的痖性的固执，而是向我们作了客观要求的是时代。动乱多难中万千的光怪陆离，总得归于一个时代……"诗集之名，是在征求了郭沫若的意见后定的。蒲风在其后记中，说了这样一段寄寓深意的话："关于'六月流火'四字，我得多谢郭沫若先生为我作了如下的指示：'七月流火'这句古语是说七月间火星在天上流，这个火星是心星，西洋名的蝎座（SCORPIO），你的诗中仿用它，把它当成普通的火字在用，似乎是应该斟酌的。但是，诗经上的'七月流火'所写的是入秋的渐凉天气，而这里所用'六月流火'，我想，就当作比七月更热也非不宜。"郭沫若对书名做了上述的解释后，蒲风决定把此诗集取名为《六月流火》，又写下了一段解说："'七月流火'跟'六月流火'好像一个是天，一个是地。唯一经郭沫若先生的解说，倒好像更加有了诗意。"[3]郭沫若曾评价这部作品："至于《六月流火》，虽无主角，但也有革命情调作焦点。其'咏铁流'一节，可以把全篇振作起来。结尾

---

① 蒲风：《茫茫夜》，国际编译馆 1934 年版，第 21—31 页。
② 胡从经：《奔突的地下火之歌——蒲风的〈六月流火〉》，《读书》1979 年第 3 期。
③ 张建智：《蒲风：〈六月流火〉》，《博览群书》2009 年第 2 期。

处轻轻地用对照法作结,是相当成功的。"①"咏铁流"一节,在长诗第十九章《怒潮》中。

六月流火(节选)
怒潮

铁流哟,到头人们压迫你滚滚西吐,

铁流哟,如今,翻过高山,流过大地的胸脯,

铁的旋风卷起了塞北沙土!

铁流哟,逆暑披风,

无限的艰难,无限的险阻!

咽下更多数量的苦楚里的愤怒,

铁流所到处哟,建造起铁的基础!②

　　诗人这一番抒情,所赞美的"铁流"是中国工农红军的万里长征,他还在诗集的跋文中表示"我们要来歌咏铁流群的西征北伐",准备以"起码千行以上的叙事体诗"来记录这一"伟大的史诗",成为中国文学史上最早描写长征的叙事诗句。"火"象征着热烈,象征着革命群众高涨的热情和必胜的信念,在流火的意象中传递着红色的精神和革命的力量。

三、乐观高扬的长征经典:毛泽东《十六字令》《忆秦娥·娄山关》《清平乐·六盘山》

　　1934 年 10 月,中央革命根据地第五次反"围剿"失败,中国工农红军主力被迫从长江南北各苏区向陕甘革命根据地实行战略转移,标志着长征的开始。长征期间中央红军共进行了 600 余次战斗,攻占 700 多座县城,牺牲了营级以上干部多达 430 余人(平均年龄不到 30 岁),共击溃国民党军数百个团。翻越了 40 余座大山,跨越近百条江河,一共经过了 11 个省,翻雪山,过草地,行程二万五千里。红一方面军于 1935 年 10 月到达陕北,与陕北红军胜利会师。1936 年 10 月 9 日,红四方面军指挥部到达甘肃会宁,同红一方面军会合。22 日,红二方面军指挥部到达甘肃隆德将台堡(今属宁夏回族自治区),同红一方面军会合。至此,红军三大主力会师,标志着万里长征的胜利结束。长征是人类历史上的伟大奇迹,在这有如史诗般的长征路上,作为统帅与亲历者的毛泽东,于戎马倥偬间匆匆挥毫,在艰苦卓绝的行军过程中,下笔仍是恢宏万象,天马行空,体现了诗人带有浪漫色彩的革命乐观主义精神。

　　从 1934 年 10 月到 1936 年 10 月之间,毛泽东写下了《十六字令三首》《忆秦娥·娄山

---

①　《郭沫若诗作谈》,刊《现世界》创刊号,1936 年 8 月 16 日。

②　姜德铭:《中国现代名家名作文库·蒲风卷·六月流火》,中国戏剧出版社 2001 年版,第 370 页。

关》《七律·长征》《沁园春·昆仑》《清平乐·六盘山》等与长征有关的诗词,其中气吞山河般的宏阔境界,引领我们进入历史现场,重温革命精神。以下选择了《十六字令三首》《忆秦娥·娄山关》《清平乐·六盘山》这三首在长征不同时期创作,皆以"山"为主题的作品。让我们共同感受在革命领袖毛泽东的诗词世界里,他是如何通过"山"来表达党和红军将士的伟大形象和民族先锋的不屈精神,以及那永不褪色的红色精神的。

十六字令三首

(一)

山,快马加鞭未下鞍。

惊回首,离天三尺三。

(二)

山,倒海翻江卷巨澜。

奔腾急,万马战犹酣。

(三)

山,刺破青天锷未残。

天欲堕,赖以拄其间。

从文学角度看,《十六字令三首》非常典型地反映了毛泽东诗词的文学想象力和浪漫主义色彩。其中,首篇写山之高,中篇写山之大,末篇写山之坚[1],莽莽群"山"巍然耸立的形象跃然纸上。结合文献资料来看,创作于1934—1935年间的三首小令写于长征的不同时期,创作背景分别为艰难困苦的初期阶段,取得关键胜利的战略转折点之后,以及胜利在望的长征末期。[2]

第一首化用了贵州民谣中对于山路险绝的描写"上有骷髅山,下有八面山,离天三尺三,人过要低头,马过要下鞍"。词中将夸张手法用到了极致,突出反映了长征初期的艰难险阻和困难重重,同时"快马加鞭未下鞍"体现出革命家在敌人的步步威逼下不屈不挠、勇往直前的斗争精神。第二首写于娄山关战役之后,其中饱满的热情和昂扬的斗志跃然纸上,"倒海翻江卷巨澜"体现出工农红军代表的广大劳苦人民的无穷力量以及"敢叫日月换新天"的革命目标。"奔腾急,万马战犹酣"反映了工农红军在长征中不仅要高强度急行军,同时和敌人的战斗非常密集紧张,突出了长征中突破重重险阻的革命斗争精神。第三首写于长征后期,词中将共产党人比作巍峨坚挺的高山,"刺破青天锷未残"反映出红军将士不畏牺牲、顶天立地的气魄。"天欲堕,赖以拄其间"描绘了旧中国摇摇欲坠,革命者将

---

① 张保红、刘士聪:《意象、诗情、翻译——希尔达·杜利特尔诗〈山神〉与毛泽东诗〈十六字令三首〉(其二)之比较与翻译》,《外语与外语教学》2002年第3期。
② 丁毅:《怎样理解毛泽东词〈十六字令〉(三首)》,《党史文汇》2016年第10期。

作为中流砥柱支撑民族未来的现实局面。

忆秦娥·娄山关

西风烈,长空雁叫霜晨月。
霜晨月,马蹄声碎,喇叭声咽。
雄关漫道真如铁,而今迈步从头越。
从头越,苍山如海,残阳如血。

1935 年 2 月红军长征过程中的娄山关战役,是遵义会议确定毛泽东军事路线的领导地位后取得的第一次伟大胜利,也是红军长征以来的第一次伟大胜利。为此,毛泽东写下了《忆秦娥·娄山关》一词。毛泽东在日后的批注中写道:"万里长征,千折百回,顺利少于困难不知有多少倍,心情是沉郁的。过了岷山,豁然开朗,转化到了反面,柳暗花明又一村了。"①红军翻越岷山,是 1935 年 6 月之后,所以,之前娄山关战役虽然胜利,但我们在词中依然感受到战争的压力和紧张,并没有轻松的感觉。毛泽东曾回忆:

一九三五年一月党的遵义会议以后,红军第一次打娄山关,胜利了,企图经过川南,渡江北上,进入川西,直取成都,击灭刘湘,在川西建立根据地。但是事与愿违,遇到了川军的重重阻力。红军由娄山关一直向西,经过古蔺、古宋诸县打到了川滇黔三省交界的一个地方,叫做"鸡鸣三省",突然遇到了云南军队的强大阻力,无法前进。中央政治局开了一个会,立即决定循原路反攻遵义,出敌不意,打回马枪,这是当年二月。②

红军二渡赤水,再进娄山关,才重新攻占遵义。由此可见,红军的行军和战斗困难重重,和我们耳熟能详的"四渡赤水""飞夺泸定桥"等战役一样,我们可以从中体会到长征的艰辛和伟大。词的上阕中,"西风烈,长空雁叫霜晨月"寥寥数笔,描绘出云贵地区冬季的肃杀之感,烘托了战争的紧张气氛,同时又表达了革命者沉着慷慨的战斗意志。"马蹄声碎,喇叭声咽"则是战斗胜利后的描写,敌人的主力已被消灭,红军的马蹄声忽远忽近,军号零星响起,悲壮的气氛难掩革命者坚定不移的革命情怀。

诗的下阕是作者的得意之作,"雄关漫道真如铁"突出了革命历程的漫长险阻和艰苦卓绝,"而今迈步从头越"生动地描绘了在困难和斗争面前,革命者百折不挠的英雄气概。"苍山如海,残阳如血"两句,是"在战争中积累了多年的景物观察,一到娄山关这种战争胜

① 《建国以来毛泽东文稿》(第 7 册),中央文献出版社 1992 年版,第 649 页。
② 《建国以来毛泽东文稿》(第 10 册),中央文献出版社 1996 年版,第 97—98 页。

利和自然景物的突然遇合,就造成了作者自以为颇为成功的这两句话"①。同时,警卫班战士陈昌奉对于第一次翻越娄山关,所见景色也有详细描述,"此时,只见西南方向的天空正弥漫着一抹红霞,把娄山关苍茫群峰,滔滔林海就染成一片透红似血的颜色"。可见,这既是对长征中壮阔景色的描写,同时也反映了作者的慷慨心境。这首词可谓红色诗词中借物抒怀、以景抒情的典范之作。

清平乐·六盘山

> 天高云淡,望断南飞雁。
> 不到长城非好汉,屈指行程二万。
> 六盘山上高峰,红旗漫卷西风。
> 今日长缨在手,何时缚住苍龙?

六盘山位于宁夏、山西和甘肃三省交界,地处咽喉的战略屏障位置,为"秦陇锁钥",自古即为兵家必争之地。1935 年 10 月,毛泽东率领的红一方面军主力部队终于摆脱了蒋介石的围追堵截,来到长征路上的最后一座高山——六盘山,翻过此山,红军将进入陕北,标志着长征进入最后的胜利阶段。

在这种情形下,毛泽东在六盘山上即兴创作出了脍炙人口的《清平乐·六盘山》,此作最早于 1942 年 8 月 1 日以《长征谣》为名发表在《淮海报》的副刊上,内容与日后修改发表的《清平乐·六盘山》基本相同。② 《清平乐·六盘山》既反映了行军过程的艰辛,同时又充分表达了红军北上抗日的坚定决心。"天高云淡"体现了红军经历了艰苦卓绝的战斗,在翻越最后一座高山时由衷的轻松愉悦感;而"望断南飞雁"则是对长征过程的感慨,一路走来,连南飞的大雁都已远在天边,红军正是从南方的革命根据地转移而来,触景生情,作者自然对南方充满了怀念之情。但是"不到长城非好汉,屈指行程二万"又反映出革命家的豪迈胸怀和不达目的绝不罢休的坚定意志,"长城"既指先前创立的陕北革命根据地,也是红军长征的最终目的地。而屈指一算,红军在穷凶极恶的敌人的围追堵截下,已经走过了二万里长征,即将获得全面的胜利,表达出革命一定可以成功的信心。词的下阕是对日后革命工作的欣然期待和迫切愿景,"六盘山上高峰,红旗漫卷西风"说明来到了陕北,革命的红旗一定会插满各处,一个"漫"字,生动地反映出红军所到之处,可谓所向披靡,"星星之火,可以燎原",革命的火种必将在陕北熊熊燃烧,发展壮大。而"今日长缨在手,何时缚住苍龙?"更是对日后的革命工作充满了急切的期待。《汉书·终军传》云:"愿受长缨,必羁南越王而致之阙下。"而红军手中的"长缨"缚住的"苍龙"正是代表了蒋介石的反动力量和日本法西斯。

---

① 《建国以来毛泽东文稿》(第 10 册),中央文献出版社 1996 年版,第 97—98 页。
② 李安葆:《毛泽东〈清平乐·六盘山〉的影响》,《湖南党史月刊》1992 年第 4 期。

综上所述,毛泽东的这三首词作,皆用词平实,却又充满了艺术想象力,寥寥数语,气象万千,恢宏的历史场景和惊天动地的斗争过程包含其中。在这些词作中,革命斗争是贯穿其中的不变主题,其立意高远、影响广泛,并非同时代其他文学创作所能比拟,不仅在艰苦卓绝的战争年代鼓舞了广大指战员的革命斗志,而且反映出革命家坚定的革命信仰和无坚不摧的革命精神。对于我们生活在和平年代的后人而言,也具有极为强烈的正面影响,词中时时刻刻透露出的乐观、豁达、坚强、伟大的革命光芒将照耀着我们每一个人,在实现中华民族伟大复兴新的长征路上为我们提供永恒的精神力量。

四、抗战时期的爱国之声:陈辉《为祖国而歌》

二十世纪三十年代末期,抗日战争的烽火燃起,此后有一批年轻人怀着满腔热情来到晋察冀边区,他们不畏战争的残忍,无惧敌人的残暴,坚决同日军进行顽强的斗争。这其中,有那么一群人,他们扛起枪的同时拿起了笔,在烽火交加的搏击中,用生命和鲜血构筑了特殊的武器——诗歌,这些用血和生命谱写出来的战歌,表达了他们对祖国最深情的告白。任霄、劳森、陈辉、史轮、马驰野……这串闪光的名字中有一位"肩背枪手握笔"[1]的战士诗人陈辉。陈辉(1920—1945),原名吴盛辉,出生于湖南省常德县黑山尾村(今常德市鼎城区双桥坪镇大桥村)。陈辉于1937年加入中国共产党,次年来到革命圣地延安,1939年毕业于晋察冀边区抗大二分校,历任晋察冀通讯社记者、平西地区房涞涿联合县青救会主任、区委书记、县武工队政委等职。1945年2月8日壮烈牺牲,年仅24岁。作为一名扛枪的诗人,陈辉曾写下了战火中的许多诗歌,尽情地讴歌祖国。在晋察冀边区出版的诗刊《诗建设》《诗战线》《鼓》等刊物上经常可以看到陈辉发表的诗。作为一个写诗的战士,他还写了不少街头诗、诗传单,把诗写在乡村的墙上,或由他刻写蜡纸油印出来,撒在战斗的阵地上、敌人的据点碉堡里,可见他真正做到了以诗为武器。不仅如此,在那个年代,陈辉的诗歌更是带给了人们奋勇抗敌的力量,甚至这些诗句的影响力在今天仍然不减。据陈辉的战友回忆,后人在访问陈辉战斗过的涞涿地区时,仍能够听到不少老人记得陈辉的事迹,知道他是个能文能武的"神八路",有些青年人还会背诵他激人奋进的诗句……陈辉曾说:"诗是我的生命,我的生命是诗。"他也是这样践行的,这首《为祖国而歌》正是他对祖国的誓言。

为祖国而歌

我,
埋怨
我不是一个琴师。

① 范静:《不屈的战歌胜利的旋律——晋察冀解放区抗战诗歌掠影》,《现代语文》2006年第4期。

祖国呵，
因为
我是属于你的，
一个大手大脚的
劳动人民的儿子。

我深深地
深深地
爱你！
我呵，
却不能，
像高唱马赛曲的歌手一样，
在火热的阳光下，
在那巴黎公社战斗的街垒旁，
拨动六弦琴丝，
让它吐出
震动世界的，
人类的第一首
最美的歌曲，
作为我
对你的祝词。

我也不会
骑在牛背上，
弄着短笛。
也不会呵，
在八月的禾场上，
把竹箫举起，
轻轻地
轻轻地吹；
让箫声
飘过泥墙，
落在河边的柳荫里。

然而，
当我抬起头来，
瞧见了你，
我的祖国的
那高蓝的天空，
那辽阔的原野，
那天边的白云
悠悠地飘过，
或是
那红色的小花，
笑迷迷的
从石缝里站起。
我的心啊，
多么兴奋，
有如我的家乡，
那苗族的女郎，
在明朗的八月之夜，
疯狂地跳在一个节拍上。

你搂着我的腰，
我吻着你的嘴，
而且唱：
——月儿呀，
亮光光……

我们的祖国呵，
我是属于你的，
一个紫黑色的
年轻的战士。

当我背起我的
那支陈旧的"老毛瑟"，
从平原走过，
望见了
敌人的黑色的炮楼，

和那炮楼上
飘扬的血腥的红膏药旗，
我的血呵，
它激荡，
有如关外
那积雪深深的草原里，
大风暴似的，
急驰而来的，
祖国的健儿们的铁骑……
祖国呵，
你以爱情的乳浆，
养育了我；
而我，
也将以我的血肉，
守卫你啊！

也许明天，
我会倒下；
也许
在砍杀之际，
敌人的枪尖，
戳穿了我的肚皮；
也许吧，
我将无言地死在绞架上，
或者被敌人
投进狗场。
看啊，
那凶恶的狼狗，
磨着牙尖，
眼里吐出
绿色莹莹的光……

祖国呵，
在敌人的屠刀下，
我不会滴一滴眼泪，

我高兴,

因为呵,

我——

你的大手大脚的儿子,

你的守卫者,

他的生命,

给你留下了一首

无比崇高的"赞美词"。

我高歌,

祖国呵,

在埋着我的骨骼的黄土堆上,

也将有爱情的花儿生长。

——1942 年 8 月 10 日,初稿于八渡①

　　1945 年 2 月 7 日深夜,陈辉和通讯员王厚祥连夜来到乡村堡垒户王清成家,因为他身上带着病痛,上吐下泻,所以没能及时转移。次日王清成的妈妈为他准备了早餐,热气腾腾的面条上还打了两个荷包蛋,陈辉刚端起飘着诱人香气的饭碗,无耻的叛徒此时却领着特务魏庆林等人破门而入,众人发现,此时的小院早已被一百多名日伪军全面包围着。特务魏庆林把枪口对着陈辉,放肆地喊道:"你跑不了了!"而此刻的陈辉十分冷静,他趁着放饭碗的时机,顺手抄起身边的手枪,瞬间就打中了魏庆林的手腕,惊得两个特务慌忙退出了院子。但这时,敌人已经遍布小院,墙内墙外甚至是墙头上、屋顶上,敌人凶狠的目光无处不在。敌人眼看进不了屋,只好把手榴弹投进窗户,在屋里坚守抵抗的陈辉和王厚祥都受了伤,勇敢的两人决定拼搏到底,冲出重围,先由陈辉扔出两颗手榴弹,有烟雾的掩护,然后他们分别转移到北屋的两个耳房内,继续作战。可是残暴的敌人步步紧逼,先是扒开房顶,再把点着了的秸秆捆扔了进去,房子不一会儿就全着了起来,随后陈辉身上也被烧着了,他的棉衣、头发甚至眉毛都不能幸免。此刻陈辉的枪膛里仅有的 7 粒子弹也打光了,就在陈王二人最后一次从门里往外冲的时候,陈辉被守在门外的特务拦腰抱住,于是他拉响了最后一颗手榴弹,与敌人一同倒在血泊里,24 岁的年轻生命永远地停在了这一刻……这一刻,就像本诗写到的那样:"祖国呵,在敌人的屠刀下,我不会滴一滴眼泪,我高兴,因为呵,我——你的大手大脚的儿子,你的守卫者,他的生命,给你留下了一首无比崇高的'赞美词'。我高歌,祖国呵,在埋着我的骨骼的黄土堆上,也将有爱情的花儿生长。"陈辉还曾说过:"一个战士,把子弹打完了,就把血灌进枪膛里。""枪断了,用刺刀、手榴弹,手榴弹爆炸了,用手、牙齿……敌人不能活捉我,当他们捉住我的时候,也正是我把

---

① 陈辉:《为祖国而歌》,萧三主编《革命烈士诗抄》,中国青年出版社 2018 年版,第 139—144 页。

生命最后交给土地的时候。"①他的命运与他在诗中预料的一样,他做到了与敌人拼到流干最后一滴血,为了我们的祖国奉献了年轻的生命。读他的诗,那些艰难岁月历历在目,他笃定的信念和奋勇拼搏的精神永驻于字里行间。臧克家说:"他(陈辉)的诗刚健朴实,瑰丽浑厚,诗风粗犷、激越、清新、自然,充满战斗气息。其中歌颂晋察冀的《献诗——为伊甸园而歌》及《为祖国而歌》两首,尤为感人。"②郭仁怀说:"在抗战诗歌中,又一批杰作是爱国志士面对死亡吟味出来的,可以说字字有血,声声泪,句句见真情,用今天的时髦说法,就是主题意识很强。陈辉的抒情长诗《为祖国而歌》最后三节……这是何等真挚的感情,何等崇高的精神境界! 是诗,也是誓词。"③也有学者评价这首《为祖国而歌》,是真正做到尽情抒发"一个大手大脚的劳动人民的儿子"对祖国至死不渝的强烈爱恋和"紫黑色的年轻的战士""我要以血肉、生命来为祖国唱一首无比崇高的赞美词"的心声,同时也表达了每个中国人在抵御外侮的岁月里最深沉的爱国情怀。④ 有学者认为,陈辉的诗以具有战斗性的政治鼓动诗而闻名⑤,而这首《为祖国而歌》是其中最有代表性的作品。因为生活在民族斗争的最前线,整日所面对的就是血火交进的状态,因此燃起了陈辉写诗的激情,而斗争也需要他提起笔杆子来创作诗歌。这些诗歌真实反映了在共产党领导下的边区人民如何抗击日本侵略者,也歌颂着为中华民族解放而献身的高昂斗志,正如诗中所说的那样:"我高歌,祖国呵,在埋着我的骨骼的黄土堆上,也将有爱情的花儿生长。"整首诗感情真挚,有别于喊口号式的机械鼓动,诗人陈辉是怎么做到的呢?

首先是对意象的选择和处理,在这首诗中,诗人选择了一系列丰富多彩的意象群,琴师与大手大脚的劳动人民的儿子、马赛曲与巴黎公社及六弦琴、短笛与牛背、禾场与竹箫、泥墙与柳荫、蓝天、原野与白云、苗族女郎、"老毛瑟"、红膏药旗……以抒情的基调将其串联,营造一种极致贴切的意象。在抒发对祖国的爱时,诗人连用了八月的禾场、竹箫、箫声、泥墙、河边的柳荫这几个符合北国农村场景的意象,色调明快;而又将苗族女郎、明朗的八月之夜、节拍这些意象注入了家乡湖南的风俗特色,加重了诗歌的节奏,通过对这些意象的处理达到扣人心弦的效果,从而深切表达出对祖国的热爱。

其次是句式的编排,读陈辉的诗不难发现,他善于使用回环和反复句式。例如《十月》"十月——胜利/十月——光明/十月——歌声/十月的人民/咆哮着/向着法西斯蒂"⑥在本首诗中"也许明天/我会倒下/也许/在砍杀之际/敌人的枪尖/戳穿了我的肚皮/也许吧/我将无言地死在绞架上。"虽然没有明显的重复与回环,但是却借助反复吟咏的句式将"我"的结局交代得清清楚楚,既表达了敌人的凶残,又抒发出自己视死如归的精神,这种

① 何辛:《战士、诗人陈辉短暂的一生》,《炎黄春秋》1995年第12期。
② 臧克家:《中国新文学大系1937—1949第十四集诗卷·序》,上海文艺出版社1990年版,第10页。
③ 郭仁怀:《血祭中华——谈抗战诗歌中"死"的主题》,《文艺理论与批评》1993年第5期。
④ 范静:《不屈的战歌胜利的旋律——晋察冀解放区抗战诗歌掠影》,《现代语文》2006年第4期。
⑤ 邹永常、刘华、何江洪:《湖湘儿女民族魂——陈辉和他的诗》,《湖南文理学院学报》(社会科学版)2004年第5期。
⑥ 陈辉:《十月的歌》,作家出版社1958年版,第3—4页。

甘愿为祖国牺牲的大无畏精神在这句的三个"也许"领叙之下，更强化了悲壮之感，增加了诗歌的艺术性，其效果比直抒激昂之情要更加感人。

当然最重要的，则是作者对战争身临其境的感悟和对党和祖国无怨无悔的热爱。如果没有情感作为支撑点，再巧妙的意象、再精美的句式都不能像这首诗这样触动读者的心弦。创作贵真，诗歌尤胜，这个被誉为"文武双才"的诗人，未曾有过铁窗下的经历，因此他不曾写下叶挺那样的《囚歌》；没有经历走上刑场的瞬间，所以也不曾写下吉鸿昌那样的《就义诗》，他拿起枪打仗，放下枪写诗，①他年轻的生命如此纯粹，在他的诗中我们能够感受到的是青春的炽烈，是对家乡、对祖国浓浓的思恋，是为国捐躯、视死如归的崇高理想，是战争中冷静的观察与思索，是人性中闪耀着光亮的明丽色彩……正如这首《为祖国而歌》，在我们感叹悲壮的基调的同时也能清晰地看到诗中的温暖和希望，正如魏巍所说，"其中透露着诗人对晋察冀有多么真挚、深厚的感情。其实这也是晋察冀众多诗人的感情……确实，我们在一边流血战斗，一边也在炮火硝烟中孕育着一个新中国"②。

五、伟大的自由抉择：叶挺《囚歌》

作为红色诗歌中囚牢主题的代表作品，《囚歌》这首诗情感激昂、言辞直白有力，在中国诗歌史乃至革命史上有着相当重要的影响。郭沫若在《叶挺将军的诗》中认为真正的诗歌应当如此，"这里燃烧着无限的激愤，但也放射着明澈的光辉，这才是真正的诗。他有峻烈的正义感，使他横逆永不屈服，而同时又有透辟的人生观，使他自己超越一切的苦难之上……他的诗是用生命和血写成的，他的诗就是他自己"③。《囚歌》作为一首经典的红色诗歌，在今天读来，我们不仅可以被诗中激昂的文字即刻拉回到历史现场，还能够在这字里行间深切感到幸福生活的来之不易。有学者认为："这首诗是叶挺被囚时现实处境的形象写照，凝聚着他对生命、自由与尊严的辩证关系的深邃思考，成为20世纪中国诗歌的红色经典。"④

囚歌

为人进出的门紧锁着，
为狗爬走的洞敞开着，
一个声音高叫着：
爬出来吧，给你自由！

---

① 连杨柳：《明月朗朗化人生——革命烈士陈辉诗歌审美谈》，《渭南师专学报》1992年第1期。
② 魏巍：《为伊甸园而歌——纪念抗日英雄诗人陈辉壮烈牺牲六十周年》，《诗刊》2005年8月上半月刊。
③ 俞晓红：《大学生必读的中华经典诗歌100首》，安徽师范大学出版社2011年版，第264页。
④ 俞晓红：《大学生必读的中华经典诗歌100首》，安徽师范大学出版社2011年版，第263页。

我渴望着自由，

但也深知道——

人的躯体哪能由狗的洞子爬出！

我只能期待着，

那一天——

地下的烈火冲腾，

把这活棺材和我一齐烧掉，

我应该在烈火和热血中得到永生。

——1942[①]

在硝烟四起的战争年代，无数革命先烈奋勇向前，中国历史的画卷不仅记录了他们战场杀敌的英雄场面，也留下了他们的热血吟唱，形成了鼓舞人心的红色诗歌。叶挺（1896—1946），字希夷，广东归善（今惠阳）人，1924年赴苏联莫斯科东方大学和红军学校中国班学习。第一次国内革命战争时期，他曾经任国民革命军第四军独立团团长、二十四师师长、十一军军长。1927年先后参加南昌起义和广州起义。他是中国人民解放军的创始人之一，也是新四军的重要领导人之一，其所在的国民革命军第四军在北伐中被誉为"铁军"。叶挺在南昌起义、广州起义等重要战役中发挥了重要作用。1941年皖南事变，叶挺被国民党非法逮捕，先后被囚禁在江西上饶、湖北恩施、广西桂林等地，最后移禁于重庆"中美特种技术合作所"集中营。1946年3月4日，由于中共中央的坚决要求，叶挺重获自由，出狱后叶挺立即重新加入中国共产党。4月8日，他从重庆飞往延安，途中不幸因飞机失事遇难。1988年，被中央军委认定为36位开国军事家之一。

为了更加深入地了解这首狱中诗作，需要读者首先进入历史现场，了解这首不屈吟唱的创作背景。1941年1月，国民党制造了震惊中外的皖南事变。在遭到国民党重兵包围的严重情况下，叶挺指挥新四军军部及皖南所属部队奋起突围，浴血奋战八昼夜之久。两军僵持之时，叶挺奉命到国民党军中谈判，竟遭到无理扣押，后被囚禁于重庆的渣滓洞集中营。入狱五年，任凭国民党反动派怎样百般折磨和威迫利诱，叶挺始终像傲雪青松一般，巍然挺立，坚贞不屈，直到最后被释放。在暗无天日的囚牢中，叶挺以"六面碰壁居士"为名，写下了这一首题为《囚歌》的悲壮诗篇，而这首诗就写在了囚禁叶挺同志的渣滓洞集中营楼下第二号牢房的墙壁上。

叶挺被囚禁后，1941年1月22日，毛泽东以中共中央军委发言人的名义发表谈话，声讨国民党制造皖南事变的滔天罪行，揭露国民党和亲日派的阴谋；1月17日，周恩来在重庆《新华日报》上发表亲笔题词：

[①] 叶挺：《囚歌》，萧三主编《革命烈士诗抄》，中国青年出版社2018年版，第172—173页。

千古奇冤,

江南一叶;

同室操戈,

相煎何急?!

表达了中国共产党人和一切正义的人们对国民党顽固派发动又一次反共内战的愤怒和谴责。

从诗歌的原文可以看到诗的主题非常鲜明。诗人叶挺用豪迈雄壮的语言表现了自己的视死如归,同时犀利揭露了国民党反动派的丑恶行径和极端虚弱的本质,抒发了为革命献身的壮志豪情。

通过细读诗歌,我们可以发现,本诗有以下几个艺术特色:

第一,犀利的对比。作者以"人"与"狗"以及"门"和"洞"做对比,当他面临着出卖灵魂换来的"自由"和坚守信仰被"囚禁"的选择时,为了保持一个"人"的尊严,为了保持一个革命者的气节,他宁可选择继续战斗在囚牢中。叶挺伟大的人格和坚定的革命信念在双重对比中得到了有力突显。

第二,生动的比喻。诗人用"活棺材"比喻那些囚禁革命志士的牢房和反动派的统治,又用"地下的火"比喻广大人民的反抗斗争。诗人盼望着革命的烈火熊熊燃起,烧毁这人间的地狱,并且希望能够实现自身生命价值的追求——在烈火和热血中得到永生。

第三,激烈的语气。这是一首用热血写成的诗,是一个革命者用生命谱成的雄壮乐章。全诗明白晓畅,通俗易懂,没有华丽的辞藻,更无太多的技巧和修饰。但音韵嘹亮,读起来是那样铿锵有力,令人荡气回肠。他的诗是用生命和热血写成的,自然有了穿透人心的力量。

全诗分为上下两节,上半节以"人"与"狗"以及"门"和"洞"做对比,鲜明地阐述了革命者对于人的气节的崇高追求。令人不禁想到匈牙利诗人裴多菲的著名诗句:"生命诚可贵,爱情价更高,若为自由故,二者皆可抛。"真实表达出了人对自由的执着追求。国民党反动派也正是利用了人类对自由的本能性渴望,以残暴的酷刑对待革命者。然而,他们岂能料到,像叶挺这样坚贞勇敢的革命者,早已把自己的生死置之度外,我们的革命者用尽毕生追逐的不是个人的自由,而是为中国人民的全体自由而奋斗,为了这个理想,即使身陷牢笼,也会义无反顾。古人云:"烈士之所以异于恒人,以其仗节以配谊也。"像叶挺这样无数无私的革命志士,用生命和自由践行着这样的革命气节。因此,关于自由和尊严,他这样写道:"我渴望着自由,但我也深知道——人的身躯哪能由狗的洞子爬出!"当他面临"囚禁"与"自由"的选择时,他义无反顾选择了"囚禁"。进入诗的下半节,诗人语气十分坚定,对于上半节一个高叫着的"声音"给予了回答,他用激昂的笔调宣告自己的选择,用激烈的言语表达了诗人崇高的革命志向和无所畏惧的英雄气概。在诗中,叶挺用了"活棺材"来比喻这座囚禁革命志士的人间地狱——臭名昭著的渣滓洞集中营,正面揭露了国民党反动派残酷迫害革命志士的真相，他们就是在这里屠杀共产党人和革命者的，这种罪恶的暴行不应被轻易忘记；而"那一天——地下的烈火冲腾，/把这活棺材和我一齐烧掉，/我应该在烈火和热血中得到永生"也充分预示着国民党反动统治必将走向灭亡的最终结局，显示出诗人对革命终会取得最后的胜利坚信不疑，因此他热切盼望着革命的烈火最终能烧毁这人间的地狱。最后的一句诗，深深地表达了他愿为国家和人民献出自己生命的决心，经过了血与火的锤炼，自己生命才能显现出真正价值。要想真正读懂一首诗，需要真正进入诗歌的真实世界，创造性地还原诗人想去表达的语气和情感，想象诗人在写诗当时的情境。叶挺将军带领军队在枪林弹雨中战斗，整整八天八夜过去了，对战双方精疲力竭，危难之时叶挺将军独闯敌营，却遭无耻扣押。渣滓洞里阴森黑暗，残酷的刑具上沾满了革命斗士的鲜血，敌军首领阴阳怪气、软硬兼施，但这怎能动摇革命者的信仰与追求！酷刑过后，叶挺环顾死一般沉寂的囚牢，缓缓吟出了这一首《囚歌》。我们仿佛看到，在熊熊燃烧的烈火中，一个顶天立地的革命者的崇高形象巍然屹立，光耀千秋……

当我们迎着朝阳，漫步于繁花似锦的美丽新世界时，请不要忘记，在腥风血雨的战争年代，有无数革命志士舍生取义、英勇献身。他们的光荣事迹和斗争精神是中华民族的宝贵财富，值得我们永远传承下去。除了叶挺，殷夫、蒲风、艾青、臧克家等战斗诗人也在用浸染着血与泪的诗歌吹响着革命和解放的号角。

六、延安时期的热情"歌唱"：艾青《时代》

作为现代文学家与诗人，艾青的作品在中国现代诗歌史上具有不可磨灭的影响力。他于 1910 年出生于浙江金华，原名蒋正涵，字养源，号海澄。1928 年中学毕业后考入国立杭州西湖艺术院。1933 年他第一次用笔名艾青发表了著名的长诗——《大堰河——我的保姆》。1932 年在上海加入中国左翼美术家联盟，从事革命文艺活动。由于在活动现场被发现使用了具有"镰刀和锤子"形状的宣传物，艾青与他的青年伙伴们被捕。1932 年 7 月到 1935 年 10 月，艾青坐了三年又三个月的牢狱。那时候，艾青最多只能算是一名期待凭文艺改造国民精神的热血青年，很难说有什么共产主义思想（他加入中国共产党是在十多年之后），却因"赤化"嫌疑而进了监牢——这或许不是巧合。不能说是因祸得福，但正如艾青晚年的回忆文章《母鸡为什么下鸭蛋》所述，入狱后艾青与绘画断了联系而接近了诗。艾青说绘画擅于表现固定的东西，而诗却可以写流动的、变化着的事物，和绘画相比，诗的容量更大。在监狱里，通过诗，艾青回忆、思考、控诉和抗议，诗歌由此成了他的人生信念和力量源泉。[①] 1935 年，他出版了第一本诗集《大堰河》。艾青早在二十世纪三十年代初走上诗坛，他的诗作具有沉郁的抒情风格，受到了诗坛广泛瞩目。当抗战爆发后，艾青已成为那个时代最具代表性的诗人之一，三十年代末到四十年代中期，可谓"艾青的时代"，1941 年 3 月至 1945 年 9 月，一共四年零六个月，是艾青在延安生活和工作的时期。

---

① 马正锋：《艾青的延安岁月——一位党的文艺工作者的诞生》，《传记文学》2020 年第 2 期。

在此期间,艾青参加了"延安文艺座谈会",经历了"整风运动",见证了"中国共产党第七次全国代表大会"的胜利召开 ,这一时期艾青曾写过文艺杂文《了解作家,尊重作家》,也写了《我对于目前文艺上几个问题的意见》,诗歌方面,艾青创作了转型之后的典型作品——《雪里钻》《吴满友》,也写下了兼具情感和艺术性极高的诗歌——《我的父亲》《少年行》和《时代》。

时代

我站立在低矮的屋檐下
出神地望着蛮野的山岗
和高远空阔的天空
很久很久心里像感受了什么奇迹
我看见一个闪光的东西
它像太阳一样鼓舞我的心
在天边带着沉重的轰响
带着暴风雨似的狂啸
隆隆滚辗而来⋯⋯

我向它神往而又欢呼
当我听见从阴云压着的雪山的那面
传来了不平的道路上巨轮颠簸的轧响
我的心追赶着它,激烈地跳动着
像那些奔赴婚礼的新郎
——纵然我知道由它所带给我的
并不是节日的狂欢
和什么杂耍场上的哄笑
却是比一千个屠场更残酷的景象
而我却依然奔向它
带着一个生命所能发挥的热情

我不是弱者——我不会沾沾自喜
我不是自己能安慰或欺骗自己的人
我不满足那世界曾经给过我的
——无论是荣誉,无论是耻辱
也无论是阴沉的注视和黑夜似的仇恨

以及人们的目光因它而闪耀的幸福

我在你们不知道的地方感到空虚

我要求更多些,更多些呵

给我生活的世界

我永远伸张着两臂

我要求攀登高山

我要求横跨大海

我要迎接更高的赞扬,更大的毁谤

更不可解的怨恨

和更致命的打击——

都为了我想从时间的深沟里升腾起来……

没有一个人的痛苦会比我更甚

我忠实于时代,献身于时代,而我却沉默着

不甘心地,像一个被俘虏的囚徒

在押送到刑场之前沉默着

我沉默着,为了没有足够响亮的语言

像初夏的雷霆滚过阴云密布的天空

抒发我的激情于我的狂暴的呼喊

奉献给那使我如此兴奋,如此惊喜的东西

我爱它胜过我曾经爱过的一切

为了它的到来,我愿意交付出我的生命

交付给它从我的肉体直到我的灵魂

我在它的前面显得如此卑微

甚至想仰卧在地面上

让它的脚像马蹄一样踩过我的胸膛

(一九四一年十二月十六日晨)①

　　《时代》这首诗就是在这样的背景下创作出来的,写于抗日战争中期的延安。这首诗表达了诗人对祖国、民族命运的深切关怀,时代的宏大与个人的渺小形成对比,但诗人的使命感跃然诗中。正如艾青在谈到这首诗创作时曾说的那样:"这首诗写于一九四一年十二月十六日的清早。我的真实思想,是希望把自己的全身心献给这个伟大的时代。在我的想象中,时代好像远方的火车,朝我们轰隆隆地驰来了。我歌唱的是我们为之战斗、为之献身的时代,但我又深感自己在它面前显得如此卑微,不能发出自己同时代合拍的更响

---

①　艾丹:《时代·艾青诗选》,中国青年出版社 2015 年版,第 121—125 页。

亮的声音，不能歌唱得更好。"通过《时代》这首诗，诗人艾青明确地向伟大的时代深情表白，表达了时刻为祖国献身的高尚情怀，时代的感染力准确无误地渗透在字里行间。艾青的诗歌世界里，"太阳""土地"是他使用频率极高的核心意象，而在《时代》这首诗中，"带着暴风雨似的狂啸隆隆滚辗而来"的时代带来了"像太阳一样鼓舞我的心"的"闪光的东西"，这是什么呢？它还把诗人引领到"不平的道路上"和"时间的深沟里"，让诗人艾青体会到了战争、刑场、诽谤、怨恨与痛苦，这些人生的疾苦使他对太阳和土地的理解更加深刻，但这些"黑夜似的仇恨""和更致命的打击"不仅没有压垮诗人，反而赋予他更大的勇气去面对"比一千个屠场更残酷的景象"，令他从痛苦与沉默中升腾起来，"带着一个生命所能发挥的热情""却依然奔向它"，甚至"愿意交付出我的生命""交付给它从我的肉体直到我的灵魂"。它便是诗人笔下的那个时代。该诗中，作者将个体的情绪置于时代的宏大背景中，营造出时代与个人的双主体关系，个体的情感得之于现在所处的那个时代，即"我心中的时代"；通过诗歌的语言，艾青表达了自己对于时代这种"爱它胜过我曾经爱过的一切"的深切感怀，即"时代在我心中"。诗中的时代是"在天边带着沉重的轰响"的列车，是可以承载赞扬、毁谤、荣辱、怨恨与打击的深谷，是"闪光的东西"，是"阴沉的注视"，对于时代的追随，让诗人成了"让它(时代)的脚像马蹄一样踩过我的胸膛"的信徒。诗中的"我"，被赋予了时代之光，也同时成为时代的见证。

　　1941年8月，艾青陆续完成了诗歌《我的父亲》和《少年行》，9月又完成了《雪里钻》。一心写作《雪里钻》这首符合革命文艺要求的长诗，说明延安已经对艾青有所影响。12月，完成《时代》，对自己进行惊心动魄的灵魂之拷问：在一个伟大的时代里诗人应该如何全身心地将自己奉献出来。同月，艾青还完成了一篇重要的诗论文章《语言的贫乏与混乱》，提倡写诗的真实，而当时最大的真实就是："诗人要鞭策自己，把自己的情感和思想与正经历着的革命事业联系在一起，日夜为这事业而痛苦着去寻觅真实的形象、真实的语言、真实的诗。"[1]这一时期的现代诗歌未免有着较为明显的时代烙印，从中不乏情感浮泛的歌颂之辞，但是《时代》已经进入了抒情的深度层面，情感至深至切，以真挚的语言描绘出时代中人的理想信念和精神追求，建构出个人与时代之间的有机联系。诗中通过个人的痛苦呈示给读者的不仅是时代的沉重感，更强调了个人渴望献身于时代的高尚精神，可谓人类灵魂与时代所需的真实投射，呈现出绝美的艺术造诣。《时代》这首诗，以较高的艺术审美性诠释了伟大的延安精神。

七、边缘的回响：澳门抗日爱国诗歌《去国五首》《殊死战》

　　澳门，祖国海岸的边陲，在回归祖国前的几百年里一直怀有"我离开你太久了，母亲"的刻骨之痛，外族的侵扰以及纷乱的历史给这座东南隅的小城平添了太多本不该有的沧桑之感，但那深入骨髓的基因里一直镌刻着独属于中国的颜色。在收集整理红色诗歌时，

---

① 马正锋:《艾青的延安岁月——一位党的文艺工作者的诞生》,《传记文学》2020年第2期。

我们发现政治和文化都相对边缘的澳门竟然出现了较为密集的抗日爱国诗词作品,虽然其成就不及内地知名城市那般成熟,但这个现象不仅证明了澳门即使在尚未回归祖国的时候,两地的文学互动从未断裂,还能够显示出在家国蒙难之时,澳门的文人志士对祖国的关爱并未缺席。作为该区域文化的重要组成部分,澳门的诗词创作独具品性,成为中国文学史上的一道特殊的风景线。

去国五首(其一)

马交衣带水,潸然亦去国。
问我几时归,悲来语哽塞。
锦绣话山河,弃蠲孰失德。
守此一孤村,本意驱寇贼。
屡战皆失利,村民无实力。
世岂无贤豪,百虑冀一得。
栀栀出门行,相逢皆动色。
道有避兵人,呻吟卧荆棘。①

《去国五首》出自诗人廖平子在澳门创办的抗日手抄诗刊《淹留》。廖平子(1880—1943)字蘋盦,一号任肩,广东顺德人。1902 年被聘为香港《中国日报》副刊主笔,宣传革命。1905 年加入同盟会。1907 年冬赴日本留学,曾与卢信等人在东京创办《大江日报》。1909 年回国,常为香港《中国时报》和广州《平民日报》撰文。1911 年武昌起义后,被聘为中华民国临时政府稽勋局审议员。二次革命失败后,弃职回乡,不问政事。曾主持上海精武体育会。1938 年曾组织民团抵抗日军攻占广州。失败后避居澳门,创办《淹留》半月刊。出身于世代书香之家,少时有丰富的藏书,又十分好学,除了学文还喜习武艺。由于他鼓吹民族主义,抨击清政府的暴政,被誉为"顺德三杰"之一。他随孙中山,成为清末民初的著名记者。1938 年 10 月 21 日,日军侵陷广州,附近各县也相继沦陷。在国破家亡的危急关头,年近六旬的廖平子热血沸腾,投笔从戎。他在家乡组织敢死队,杀伤敌伪军千余人。因日军侵占广州,极为愤恨,遂将家产悉数捐出,用于组织乡团抗敌,后因战况不利,携家人赴澳门避难,寄居于筷子基贫民区内,受聘于板樟堂汉文学校教授中文。其时,廖氏家产已荡然无存,以至在澳门的生活至为贫困,又因为宣传抗日,他独力创办《淹留》抗战手抄诗刊,半月为一期,创作、编辑、缮写、装订、发行皆由其一人承担,每期发行所得的微薄收入维持生计。1942 年,日军发动太平洋战争后,澳门受战事波及,廖平子遂返回广东。其间,曾与周之贞等冒险进入顺德敌占区,尽力组织抢救难童 400 余人脱离沦陷区。翌年,携家眷迁至广东韶关,自办发行抗战半月诗刊《予心》,与《淹留》类

① 朱寿桐、张建华:《澳门文学编年史·1》,花城出版社 2019 年版,第 247—248 页。

似,该期刊的写作及装帧发行等一系列事务均由他独立承担。1942年9月,韶关暴发传染病,廖平子被感染,却因贫困不能及时治疗,于1943年4月逝世。

《去国五首》是一首五古组诗。选自该杂志取名《淹留》,出自屈原《离骚》"时缤纷其变易兮,又何可以淹留"。屈原的爱国主义精神,激发着廖平子。他在《淹留·发起辞》中说:"淹留者何? 志无成也,读书无成,抗战亦无成也。然则将若之何? 吾将以笔墨为原料,以诗歌为工作,身上百千万亿毛孔,一一放出无限光芒。以与敌作殊死战,内则加笔伐于魑魅魍魉,表同情于志士仁人。于是,国魂指日以复,国难指日以苏,个人人格亦永不会损失,以存天地正气。"[1]

诗人选用了押入声韵,古入声字有塞音韵尾,听起来颇有噪音感,念起来急收短促,如这首诗中的"国""哽塞"的"塞","德""贼"都是入声字,这些字用作押韵的韵尾,念起来急促低沉,令人产生不舒适的压抑之感。因为入声韵适于表现孤寂、郁闷、悲壮的感情,因此声情效果十分符合诗人痛斥这场侵略战争的心境,尤其最后两句"栉栉出门行,相逢皆动色。道有避兵人,呻吟卧荆棘。"这是说,早晨从屋檐下经过的行人,遇见了彼此都要互相使眼色,告知对方要加倍小心。路上处处是躲避侵略军的百姓,躲在路边的荆棘之中,并在那痛苦地呻吟。诗人通过这两句描写,直白地揭露日本侵略者给黎民百姓所造成的深重灾难。《去国五首》的沉郁基调代表了诗刊中的大部分诗作的整体风格。但也有诗人用激昂的笔调对战事进行描写,如《殊死战》《壕上曲》《搴旗歌》《吹角》等。其中歌行体《殊死战》就是对战争惨烈状态的直接描写。

殊死战

朔风烈烈山河老,胡骑斩人如斩草。

就中激起奇男儿,剑气森森万松道。

肉搏不藉鼓鼙声,举眼看天夜五更。

前方魕魕鬼神叫,敌骑正自临边城。

边城之高才十丈,恶木萧森山俯仰。

暗中伏地作蛇行,头颅落地心乃痒。

试问俘馘孰最多? 白面书生刀晃晃。

豺狼之肉剧腥膻,割取一脔大如掌。

黑暗之中续续战,隔岸相袭不见面。

东南西北血花飞,誓保山河志不变。

新鬼潜逃故鬼走,巨憝已歼诛小丑。

挽枪影晦日月光,转弱为强此枢纽。

有刀不杀自家人,有窍须明果与因。

---

[1] 朱寿桐、张建华:《澳门文学编年史·1》,花城出版社2019年版,第247页。

期果杀敌谁传薪,勒石燕然身后身。①

此诗为歌行体,因此音节、格律比较自由,不同于近体诗的格律工整,极尽古雅。这首诗描写战场可怖,用词直白,全诗中间还有多次转韵,每两句一转,读起来让人觉得朗朗上口。据统计,《淹留》38期中,诗413首,其中五、七言绝句57首,七律163首,五言、七言歌行193首,所有诗歌,俱激励士气,反映抗日战士英勇杀敌的事迹,及全民奋起之事实,堪称"抗战史诗",绝无吟风弄月、无病呻吟之作。

抗日烈士梁彦明也是这一时期不应被忘记的诗人,梁彦明(1885—1942)是澳门地区著名的抗日烈士,字哲士,号卧雪,又号天台山人,广东新会人。先后毕业于南海师范学堂、两广优级师范学堂。1909年,梁彦明随父亲梁泰初由广州迁至澳门,在当时的卖草地街四号二楼创办了崇实学校,任校长。1909年4月,梁彦明认识了革命党人林直勉、朱执信,加入中国同盟会南方支部,追随孙中山参与革命活动。次年,梁彦明与同盟会员周岂凡、何进斗等在崇实校内创办"剪辫会",以示坚决反清。1920年,梁彦明与刘雅觉神父(Jacob Luo)、刘君卉、冯秋雪等组织创立澳门教育会。后又与冯秋雪、冯印雪兄弟二人等组建雪社,时相唱酬。

抗战爆发后,梁彦明在澳门竭力推动救亡工作,协助成立澳门救济难民会、公债会和救护团、难童义学等社团,发动募集、献金、义卖等活动,节食捐薪以支持抗日救亡运动,并勇敢揭露日伪汉奸在澳门破坏抗日活动的阴谋,因其守正不阿,致为敌伪所仇。他拒绝敌伪的劝降,不畏恐吓,泰然无惧,终不幸于1942年12月24日晚9时,在崇实学校附近的龙嵩街被枪手伏击,受重伤后入山顶医院治疗,因脊柱骨碎裂,枪弹无法取出,于29日下午5时不治逝世。梁彦明出殡之日,数千人前往送葬,队伍从山顶医院到西洋坟途经日本领事馆,群众"均侧目缓步,切齿而行""为彦公作会心无言之不平鸣"。

抗战胜利后,梁彦明被国民政府誉为"澳门华侨殉难之第一人"。另据《中山日报》报道,日本人泽荣作是日本在澳门的特务机关长,山口久美为其属下,他们收买了汉奸黄公杰等,组织密侦队,梁彦明即为他们所杀。

八月初八夜与清游会诸子同登西望洋山

清游向晚兴当乘,联袂支筇有十朋。
盘道谁家龙也吠? 幽居端爱月才升。
劫余隔岸无灯火,乱后江乡剩断罾。
翘首西瞻还北顾,寇氛殊恶待惩膺。

---

① 朱寿桐、张建华:《澳门文学编年史·1》,花城出版社2019年版,第250页。

梁彦明创作此首七律诗正值日寇疯狂肆虐之时,日寇企图对活跃于广东各地的抗日游击队进行消灭。"劫余隔岸无灯火,乱后江乡剩断罾",罾是渔网的意思,剩断罾显示出被战火毁灭后的村落,我们从这一句的描述就可以清晰地看到当时隔岸的湾仔、银坑一带惨遭烧杀抢掠的真实惨状,具有很强的写实意义。

在同是写澳门的诗歌中,如果说闻一多的《七子之歌》表达的是在"国疆崩丧"之时,诗人"抒其孤苦亡告,眷怀祖国之哀忧"的感时忧国,并因此激起了"励国人之奋斗"的激昂之愤;那么在抗战时期的澳门,南来澳门的文人以及本土的爱国志士合力谱写了地处非中心地带的时代之音,字里行间皆抒发了身为中国人的真切之情。

我们不难发现,历时长河沉淀下来这些感人肺腑的语句中饱含了诗人们感时忧国的深切情怀、追求理想的坚韧决心,以及对劳苦大众的刻骨同情和对革命必胜的乐观信念,字字句句无不标记了中国人独特的红色精神。作为新时代的青年,有必要也有责任将这种可贵的精神标识传承下去,发扬光大。正如习近平总书记《在欧美同学会成立 100 周年庆祝大会上的讲话》中所说的,在中华民族几千年绵延发展的历史长河中,爱国主义始终是激昂的主旋律,始终是激励我国各族人民自强不息的强大力量。不论树的影子有多长,根永远扎在土里……

第六讲　土改运动的阳光和风雨：
《太阳照在桑干河上》《暴风骤雨》

　　旧中国极不合理的土地分配制度以及地主与农民之间的租佃关系是造成农民与地主贫富悬殊、阶级差异的最主要原因，也是中国共产党制定土地改革政策推行土地改革的最基本前提。拥有自己的土地，不再受地主阶级的盘剥，是农民不曾敢奢望的梦想。在根据地，党的土改政策的践行不仅吸引了乡村中积极农民热情投入土改运动中，也使保守、落伍的农民最终克服自身或保守或糊涂的思想弱点，走上共同的土地改革道路上来，从而实现了农村土地资源的重新分配和农村基层政权的更迭。正因为"土地改革是解放中国生产力，保障中国经济、政治独立的基础，也是创建独立的人民共和国十分必要的条件"[①]，所以，"土改"也成为我国二十世纪文学的"中心主题"之一，其中《太阳照在桑干河上》[②]和《暴风骤雨》[③]两部长篇红色经典小说最具有代表性。它们全面展示了解放战争时期解放区土改运动的全貌，反映了土改小组成员工作方法的差异性、乡村基层干部队伍的复杂性、农民群体思想觉悟的多元性，既表现了历史的真实，也说明了土改工作开展的艰难。小说形象说明了，正是在中国共产党领导下，农民在物质上才得以翻身获解放，拥有了属于自己的土地，也获得了参政议政权。他们在中国历史上第一次成为推动历史发展的主力，成为长篇小说着力塑造的主要角色。这两部土改题材小说，毋庸置疑是历史真实的镜子，映照出当年土改运动中的"阳光"和"风雨"，是二十世纪四十年代解放区文学中一对璀璨的姐妹花、土改题材文学作品的丰碑。

一、丁玲的《太阳照在桑干河上》

　　《太阳照在桑干河上》是我国文学史上第一部以土地改革运动为题材的长篇小说，是丁玲深入基层的一个重大收获，是她真正自觉实践毛泽东《在延安文艺座谈会上的讲话》精神的巨大成果，是一部享有国际声誉的红色文学经典，享有"土改史诗"之美誉。小说以复杂壮阔的土改斗争展现形象鲜明的"众生相"、细致入微的心理描写展示了延安文艺座谈会以后，解放区长篇小说创作的最高成就。

① 宋绍香：《中国解放区文学在俄苏：译介、反响、研究》，《文艺理论与批评》2009 年第 4 期。
② 丁玲：《太阳照在桑干河上》，人民文学出版社 2018 年。
③ 周立波：《暴风骤雨》，人民文学出版社 2019 年。

（一）丁玲及其文学创作

丁玲（1904—1986），原名蒋伟，字冰之，湖南临澧人。1923年夏进入中国共产党创办的上海大学中国文学系读书，次年夏转赴北京求学，曾在北京大学旁听文学课程。1927年12月以"丁玲"为笔名发表处女作短篇小说《梦珂》，引起文坛关注，随后发表的《莎菲女士的日记》成为其成名作与早期代表作。1928年出版以"都是在黑暗中追求着光明的女性"为主的极具时代色彩的短篇小说集《在黑暗中》。丁玲是一位拥有政治热情并自觉跟进时代的作家，她的文学创作以爱情题材起步，以关注女性青年知识分子心理为特长，但很快她就在革命浪潮推动下，于二十世纪二十年代末三十年代初创作了几部"革命＋恋爱"题材的小说，如中篇小说《韦护》（1929年冬）、短篇小说《一九三零年春上海》（之一、之二）（1930年秋）等，在熟悉的爱情故事里融进尚不熟悉的革命内容，体现出丁玲向无产阶级革命文学的自觉转向。1930年4月丁玲加入左联，从事革命文学活动，1931年9月发表的短篇小说《水》标志其创作题材的转变，因"有意识地要到群众中去描写群众，要写革命者，要写工农"①而被丁玲视为自己"新作风的第一篇小说"。1932年3月丁玲加入中国共产党，1933年5月被国民党特务逮捕于上海寓所，秘密囚禁在南京。后经党组织及社会各界多方努力，于1936年9月获保释后逃离南京，并于11月10日胜利到达陕北革命根据地。

丁玲是红军到达陕北后第一位走进苏区的知名作家，受到毛泽东、周恩来、张闻天等党中央领导同志的热烈欢迎，毛泽东同志特题写《临江仙·给丁玲同志》一词相赠，词中夸赞丁玲为"昨天文小姐，今日武将军"。全面抗战爆发后，丁玲筹建了以宣传抗战为主的综合性文艺团体西北战地服务团，并担任"西战团"主任。1937年8月到1945年6月间，丁玲率领西北战地服务团深入山西、陕西等地前线，积极进行救亡图存的抗日宣传工作，为抗战做出了重要贡献。此外，丁玲还担任"中国文艺协会"主任、中央警卫团政治部副主任、《解放日报》文艺副刊主编、陕甘宁边区文协副主席等职。延安时期，丁玲创作了大量作品，这些作品涉猎广泛，有诗歌、小说、散文、报告文学和戏剧等。主要作品有《彭德怀速写》（1936年，散文）、《一颗未出膛的枪弹》（1937年，小说）、《七月的延安》（1937年，诗歌）、《我在霞村的时候》（1940年，小说）、《三八节有感》（1942年，散文）、《田保霖》（1944年，报告文学）等。而最能代表丁玲这一时期文学创作成就的是长篇小说《太阳照在桑干河上》。

（二）创作背景及过程

抗日战争胜利后，我国的主要矛盾已经发生了变化，由民族矛盾为主转为阶级矛盾为主，农民阶级迫切要求清除封建剥削。在这种形势下，中共中央适时做出了政策调整，将在抗战时期实行的减租减息政策修改为没收地主土地分配给农民的政策，并于1946年5月4日发布了《关于清算减租及土地问题的指示》（"五四指示"），要求各解放区遵照这一

---

① 　丁玲：《答〈开卷〉记者问》，载《丁玲全集》（第8卷），河北人民出版社2001年版，第4页。

指示迅速开展土地改革运动。延安文艺座谈会之后,丁玲就决心要到人民群众中去,向工农兵学习。得悉土改工作任务后,她积极响应党中央号召,主动请求参加晋察冀中央局组织的土改工作队,并随工作队一起于 7 月先赴怀来,后到涿鹿县温泉屯开展土改工作。因平绥战事吃紧,土改工作只能加快速度进行,在土改工作队连续 20 天连轴转的努力下,温泉屯的土改工作顺利完成。在这一扎进基层的实际体验中,丁玲深切感受到了土改工作的艰难复杂,看到了农民对土地的渴望,真切了解到他们的生活状态、思想状况,熟悉了那里的阶级关系。同时,所见所闻所感也激发了她作为作家的创作热情和创作灵感。"由于我同他们一起生活过,共同战斗过,我爱这群人,爱这段生活,我要把他们真实地留在纸上,留给读我的书的人。"①所以,当她从张家口撤走时,所要描绘的反映中国农村土地革命的写作蓝图已经非常清晰了。就像她所说的:"在一路向南的途中,我走在山间的碎石路上,脑子里却全是怀来、涿鹿两县特别是温泉屯土改中活动着的人们。"②11 月在河北阜平,丁玲以在温泉屯土改工作中积累的文学素材开始了《太阳照在桑干河上》的创作。此后,因时局复杂,丁玲的文学写作与土改工作交错进行,1947 年 6 月,到河北行唐参加土地复查工作,7 月返回阜平继续创作长篇小说,12 月又参加华北联大土改工作队,到获鹿县(今鹿泉市)宋村主持当地土改工作,直到 1948 年 4 月结束宋村土改工作后到了正定,住进华北联大,才又继续创作。不断的土改工作固然耽搁了丁玲小说写作的时间,但丁玲对土改的理解和对土改中所接触到的人们的认识也在生活的实践中进一步得以修正和丰富。经过不断完善,我国文学史上第一部以土改运动为题材的长篇小说终于在 6 月份定稿,9 月,由东北光华书店出版发行。著名文学评论家冯雪峰曾表示出对这部作品问世的惊喜:"这是一部艺术上有独创性的作品,是一部相当辉煌地反映土地改革的、带来了一定高度的真实性的、史诗性的作品;同时,这是我们社会主义现实主义的最初的比较显著的一个胜利。"③

这部真实记录和再现了当时土改运动在华北农村地区推行状况的长篇小说,自问世以来,不仅在国内受到广泛好评,成为二十世纪四十年代红色文学的经典之作,同时,自五十年代初以来,被翻译成多国文字,在国外读者中广为传播,成为一部享有国际声誉的作品。1951 年与周立波的《暴风骤雨》、贺敬之/丁毅执笔的《白毛女》同获斯大林文学奖。

(三)展现复杂壮阔的土改斗争

《太阳照在桑干河上》这部被誉为"土改史诗"作品的问世,毫无疑问代表了延安文艺座谈会之后,解放区长篇小说创作领域的最高成就,现实主义创作的新高峰。它不仅在丁玲的创作生涯中具有里程碑意义,在我国现代文学史上也是一个全新的收获。小说一共五十八章,丁玲借鉴中国传统章回小说有头有尾、故事性强的特点,每一章只描写一个中

---

① 熊坤静:《长篇小说〈太阳照在桑干河上〉的前前后后》,https://3g.china.com/act/military/27/20200204/37763399.html,2020 年 7 月 24 日。
② 丁玲:《重印前言》,载《太阳照在桑干河上》,人民文学出版社 2005 年版,第 3 页。
③ 冯雪峰:《冯雪峰论文集》(中卷),人民文学出版社 1981 年版,第 468 页。

心情节或中心人物,情节集中,波澜起伏的斗争和舒缓的环境描写相融合,使小说现实性与艺术性兼具。同时,典型环境的真实、人物形象的真实和细腻的心理描写也成为这部小说引人注目的显著特色。

真实性是《太阳照在桑干河上》获得成功的首要因素。历史的真实和艺术的真实交织于一体,典型环境的真实与人物形象的真实相结合,从而以华北地区一个普通的村子暖水屯为窗口,有声有色地再现了当时中国农村中复杂的阶级差异和尖锐的阶级斗争,真实而深刻地揭示出土改来临时农村里不同阶级、不同人群的精神状态和心理反应,显示出农村变革的艰巨性和复杂性,形象而有力地说明了一个问题,即只有在中国共产党的坚定领导下,中国农民才能够最终实现翻身解放,才能迎来历史性的新局面。

暖水屯是当时中国广大农村的缩影,在这个地势靠山、交通不是非常便利的村子里,生活着两个截然对立的阶级,即以党支部书记张裕民和农会主任程仁为代表的贫苦农民阶级和以钱文贵、李子俊等为代表的地主阶级。两个阶级的对立关系非常明显,两个阵营的冲突也构成了故事情节的发展主线,但土改工作组面对的暖水屯却绝非文字与政策上的两个阶级这么简单,长期冲突的两个阶级也绝非概念化非黑即白的剥削与被剥削关系。其间最主要原因就是错综复杂的血缘关系和情感因素的缠绕,你中有我,我中有你,使实际的土改工作更加复杂、棘手。作为一位成熟的作家,丁玲没有回避现实中的这些矛盾和人情,而是以实事求是的态度,还原了我国宗法制农村社会中人与人之间关系的微妙和复杂。这种阶级之间交错的枝枝蔓蔓关系为暖水屯土改工作的开展制造了复杂而真实的典型环境。

暖水屯这种阶级关系的相互渗透、勾连深深影响了土改工作的顺利开展。村子里的地主阶级之间、农民阶级之间甚至土改工作组内部都出现了观点的分歧、情感的差异。地主阶级里有乡民们熟知的"八大尖",钱文贵是八大尖里的第一尖,他虽然"不做官,也不做乡长,甲长,也不做买卖",但却是暖水屯名副其实的第一实力派人物。平日里人们对他的坏他的恶毒一清二楚,但迫于他的关系和势力,乡民们敢怒而不敢言。因为抗战结束后,狡猾的他把小儿子钱义送去参了军,捞取了抗属的政治资本,他想:"有了依靠,村干部就不好把他怎样";大女婿张正典是村里的治安员,已被他的甜言蜜语和给女儿的陪嫁所诱惑,所以他借女儿又挤入了村基层政权;大哥钱文富和弟弟也即黑妮的父亲又都是贫苦农民;父亲亡故母亲改嫁了寄他家篱下的侄女黑妮和程仁又有恋爱关系。此外,他还利用小学教员任国忠散布工作组要斗李子俊、国民党军队要打来了等谣言,涣散人心,转移视线。丁玲以钱文贵盘根错节的关系说明了张裕民所担心的问题:"村子上有几个尖,要真的把这一伙人压下去不容易。"

受压迫受剥削的暖水屯农民迫切渴望得到他们世世代代耕种的土地,但"千年的恶霸威风,曾经压迫了世世代代的农民,农民在这种力量底下一贯是低头的"。所以在土改工作初期阶段,他们多处于观望的小心状态,顾忌很多,背地里虽不满意于地主阶级的盘剥压榨,但又不敢出面闹。更多的时候只是摇摆,只看眼前利益,稍不满足,就骂干部。愚昧落后的老贫农侯忠全的"少出头总是好的,咱们百事要留个后路,穷就穷一点,都是前生注定的。万一八路打不过'中央'军,日子又回到以前的时候,那可够咱们受的了。村子上的尖哪里一下就扳得倒?……"妇女主任董桂花的丈夫李之祥的"咱看你能靠共产党一辈子,他们走了看你还靠谁,那时可别连累了咱"的想法在当时的农民阶级中都具有普遍性和代表性。正是这种对未来不可知的畏惧心理和听天由命的消极思想,侯忠全不顾儿子的反对,把春上农会分给他的一亩半地,又瞒着农会悄悄退还给了地主侯殿魁,当农会知道出面干涉时,他还拒不承认。丁玲以具体生动的事例演绎了解放区农民具体环境的复杂和工作开展的难度:"不仅要使农民获得土地,而且要从获得土地中能团结起来真真翻身,明了自己是主人,却是一件很难很难的事。"

领导土改工作的干部队伍思想状况也很复杂。有向自私自利发展的,在评地分地时想多分一点分好一点;有出于利益关系,避重就轻,故意歪曲事实的,如张正典批斗李子俊的主张,张正典对顾涌成分划分的建议;有清楚工作的复杂性而出现畏难情绪的,如张裕民寄希望于上级派一个得力的人来;有不了解村子里实际情况,想当然的,如工作组组长文采。"老百姓的眼睛在看着干部,干部却不肯带头",这些问题的存在,加大了土改工作的难度。工作组组长文采虽然是一个有思想、努力上进的青年,但因缺乏基层工作经验,工作中有教条主义作风,他的长篇大论引经据典式的土改动员工作脱离农民实际,无法让农民走心入脑,让农民真正了解土改的意义,完全失去了动员的意义,更无法调动农民起来进行土改的积极性。同时,还偏听偏信,相信了张正典的煽风点火,错误地信任站在钱文贵利益方面的张正典,而把了解暖水屯实情、革命意志坚定的张裕民视为异己者。

地主阶级、农民阶级和领导干部各阶级各阶层复杂多样、犬牙交错的人物关系和特点,共同营造了暖水屯土地改革和斗霸斗争的典型环境,这一典型环境成为小说中众多或进步或落后或反动人物活动的场所,也为圆形人物形象的塑造提供了必要的活动空间。

(四)形象鲜明的"众生相"

《太阳照在桑干河上》人物众多,男男女女老老少少一共有四五十个,主要的有三十多个,虽然阶级壁垒明确,但人物形象并没有脸谱化,即使是对同一阶级人物的描述也是做到了一人一面,各具特色。

1. 土改的对象——地主阶级

虽然都是地主,但丁玲注意到他们形象的差异性,塑造这些人物时,并非对他们类型化、妖魔化。钱文贵,一个集中凸显地主阶级与农民阶级对立复杂关系的重要角色,丁玲塑造这位诨名"赛诸葛"的地主时,重在突出他狡诈、老谋深算的一面。通过投机取巧方式获得"抗属"身份;通过姻亲关系,在村政权安插了眼线;试图通过黑妮和程仁的关系拉拢程仁;通过假分家降低个人土地所有量;放风说要斗李子俊、顾涌等富农,假造声势,转移视线,钱文贵的这些所作所为都为土改工作实施增加了难度。而且,钱文贵是彻底的反动派,他虽然让儿子参了军,但内心里却反对共产党,希望蒋介石复辟。这个不显山不露水却一肚子坏主意、专借刀杀人的恶霸地主,无疑是暖水屯土改工作中最难拔的一根刺。土地改革目的就是要消灭封建剥削大地主,小说中斗倒钱文贵的章节既是小说故事的高潮,也是暖水屯土改工作取得胜利的标志。

李子俊,一个风声紧时躲进果树园,然后半夜里又悄悄抛妻弃雏逃往外地的地主,小说重在表现他性格中胆小怕事、唯唯诺诺的一面;江世荣是欺软怕硬的“墙头草”;整天坐在戏台场子墙角落里如老僧入定的地主侯殿魁,除了封建迷信外,他装聋作哑间凝神留心村里的动静、村民们的议论,以自己审时度势的行为做参考的形象也给人以有趣的深刻印象。

2. 土改工作的主体——农民阶级

丁玲不仅写出了农民队伍的复杂性,有思想落后的农民,有保守观望的农民,有思想进步的农民,而且还真实再现了土改前后农民思想的挣扎与转变,由畏缩、沉默到激进的发展过程。既强调他们思想进步的一面,也不回避小生产者自私自利、目光短浅的历史局限性。丁玲写出了这些农民身上因封建势力长期压榨所形成的奴性、惰性,这种奴性、惰性严重影响了土改工作的进程。年轻时十分伶俐、家道殷实的侯忠全,在长期的封建迷信思想侵蚀和地主阶级盘剥下,“他对命运已经投降,把一切被苛待都宽恕了,把一切的苦难都归到自己的命上”,成了一个听天由命、老百姓也很少同情的老顽固。这位“死不肯翻身的人”形象的设置,形象说明了要让农民自觉起来,团结在一起,真正去斗争,是一件非常困难的事情,非宣传宣传政策、文件,喊喊口号就可以完成的。在土改浪潮的推动下,侯忠全完成了由曾经把分到手的地偷偷退还给地主,到“拿着分到的地契对着太阳照着瞧着”,像小孩一样挂着泪笑了的转变,而这转变绝非一日之功、一方之力。其间,如果没有他儿子的抗争、农会的说教、工作组的教育以及其他农民的强拉硬拖,他不可能完成蜕变。

3. 土改的领导者——基层干部

在这一类型的人物身上,丁玲着重突出在革命斗争中他们的先进性与斗争中的成长。暖水屯支部书记张裕民是整个土改工作中一个非常重要的角色,农民阶级先进人物的代表。八岁就死了父母成了孤儿,跟着外祖母和舅舅艰难长大,十七岁自立门户,独自养活自己和兄弟,接触了八路军后,坚定跟党走,不仅成了村里的第一个党员,而且还秘密发展党员、组织民兵,支持八路军抗战。抗战结束后,曾领导两次清算复仇活动。因此这是一个党性强、意志坚定、富有实际工作经验的“老革命”。但丁玲并没有把这样的干部简单化为高大全式的英雄,没有回避他的弱点,而是还原以生活的真实,就像她在《太阳照在桑干河上》重印前言中所说:“我不愿把张裕民写成一无缺点的英雄,也不愿把程仁写成了不起的农会主席。他们可以逐渐成为了不起的人,他们不可能一眨眼就成为英雄。但他们的确是在土改初期走在最前边的人……在斗争初期,走在最前边的常常也不全是崇高、完美无缺的人;但他们可以从这里前进,成为崇高完美无缺的人。”所以,她赋予张裕民特定生活环境里的小毛病,如在遇到八路军前,他也曾去过寡妇白银儿家喝酒赌钱,“染有流氓习气”;在土改工作开展初期,也保守过,“摸不清上边意见,又怕下边不闹,又怕出乱子”;在是否斗争钱文贵问题上,他也曾有过动摇和顾忌:“觉得钱文贵是抗属,不该斗。”不过,丁玲也清楚写出了他的犹豫、多疑和张正典对钱文贵的包庇、通风报信的不同,他是思想上的犹疑而非张正典的私心。工作中的顾虑、缺乏勇气与其坚定、大公无私、善于自我批评等特点融合在一起,共同丰满了暖水屯这一土生土长的土改干部形象。此外,程仁由逃避钱文贵问题到直面钱文贵问题的转变也是真实可信的。不管钱文贵对黑妮如何,打断骨头连着筋,黑妮都是钱文贵的亲侄女,黑妮都是在钱文贵家长大的,所以从情感上讲,他不愿伤害自己的恋人黑妮。但从阶级关系来说,不管黑妮跟自己情感如何亲近,她都是暖水屯第一尖钱文贵的侄女。和黑妮继续好下去,也担心村民们像孤立张正典一样孤立自己。因此,一向稳重的程仁内心充满了痛苦的搏斗。正是这种内心里的矛盾冲突,工作中他徘徊不前,在工作组最初组织大家揭发钱文贵恶行时,在钱家做过工受过欺压的他没有站出来检举揭发钱文贵的恶行,但随后又陷入了痛苦的自我省思过程,最终,完成了自我成长,正义战胜儿女私情,坚定地投入斗地主恶霸的洪流中,同时也终于醒悟到原来黑妮也是和他及其他农民一样的受压迫者。

4. 从不缺失的"半边天"——农村妇女

对女性命运的关注是丁玲小说一以贯之的内容。《太阳照在桑干河上》虽然是一部书写以男性为主的斗争的宏大叙事,但女性形象的塑造仍然不失生动和真实。不管是"富有同情心,爱劳动,心地纯洁"出淤泥而不染的黑妮、命运多舛的妇联会主任董桂花、彪悍温柔兼具的羊倌老婆周月英、穷得没有一件像样衣服的赵得禄老婆这些被侮辱被损害者,还是李子俊的老婆、钱文贵的老婆等剥削阶级女性,都各有各的吻合其生存环境和成长背景的性格和言语。如年轻窈窕的周月英,是快五十的羊倌用二十只羊买回来做了媳妇的女子,但媳妇娶回了家,羊倌还得去放羊,"总要三四天或五六天才回家来一次,有时甚至十来天半个月",而且回来了也只是带回"二斤荞面,或一升豆子"以及一些放羊养羊的故事。年龄悬殊、生活艰难、日子单调枯燥,让周月英渐渐变得刻薄、乖戾、偏执。羊倌回家了,她不管不问,"常拿些冷言冷语来接待他,也不烧火,也不刷锅",甚至站在院子里撒泼叫骂:"嫁给这么一个老穷鬼,一年四季也看不到个影子,咱这日子哪天得完呀!"这份刻薄不仅用在羊倌身上,对其他人也毫不收敛。如冷嘲热讽黑妮,当众揭积极前来开会的黑妮的短:"别人今晚开农会呀!是贫农会呀!"但周月英又不总是这么令人生厌,泼辣之外她也有温柔的时候,善良的一面。她也会怜惜羊倌的辛苦,羊倌要出门放羊了,她会送他到村口,恋恋不舍;挨了羊倌的打之后,也会反思,给羊倌做扁食吃。土改工作中,一直梦想能够稳定种地而不再流浪的羊倌念及分地的事情,待在家里的时间自然多了,随着周遭环境的变化,周月英的性格也悄悄改变,不仅对羊倌温柔了,对别人也不再那么尖锐,并重拾女性爱美之心,手腕上戴了个红色假珠子的手镯。周月英等女性性格的形成和变化,显然与所处的社会和环境相关,她的落后、可笑有源可寻。某种意义上,丁玲借周月英、黑妮、赵得禄老婆等这些曾被剥夺了做人权利和尊严的女性在土改前后生活的变化,她们的觉醒和为新生活的斗争,歌颂了党领导的土改运动。

(五)细致入微的心理描写

丁玲的小说创作向以心理描写见长,她认为"最重要的就是要写出人来,就是要钻到人心里面去，你要不写出那个人的心理状态、不写出那个人灵魂里的东西，光有故事，我总觉得这个东西没有兴趣。"成名作《莎菲女士的日记》即是以女主人公莎菲的内心独白，大胆而细致地表现了这位时代知识女性内心的渴望与痛苦。这一艺术手法在《太阳照在桑干河上》中也很突出。小说中人物心理描写的方式灵活多样，有的是人物内心的直接独白，有的是细致刻画，有的是作者角度的心理剖析。如第三十七章"果树园闹腾起来了"中对李子俊老婆心理活动的一段描写："这个女人便走到远一点的地方坐下来，她望着树，望着那缀在绿树上的红色的珍宝。她想：这是她们的东西，以前，谁要走树下过，她只要望人一眼，别人就会赔着笑脸来奉承解释。怎么如今这些人都不认识她了，她的园子里却站满了这么多人，这些人任意上她的树，践踏她的土地，而她呢，倒好像一个不相干的讨饭婆子，谁也不会施舍她一个果子……"土改了，地主的果园分给了农民，丰收的果树园到处回荡着分到果树的村民们的欢声笑语，他们无视甚或嘲讽昔日果园主人地主李子俊老婆的存在。这段心理活动的直接描写，非常恰当地揭示出精明、伪善的李子俊老婆，在今昔对比中，无限感慨，无限嫉恨，但面对强大的农民阶级力量又无可奈何、绝望的心理，这一心理也真实反映出属于剥削阶级的他们在阶级斗争的大风大浪中不甘不愿又不敢的心态。程仁斗地主抓尖过程中由犹豫、退缩到勇敢向前的转变，也有一个合理转变的契机。这一合理性以第四十六章"解放"中作者对程仁内心活动的一大段直接描述表现了出来："他第一次发觉了自己的丑恶，这丑恶却为章品看得那样清楚。本来他是一个老实人，从不欺骗人，但如今他觉得自己不诚实，他骗了他自己。他发现自己从来说不娶黑妮只是一句假话，他只不过为的怕人批评才勉强地逃避着她。他疏远她，只不过为着骗人，并非对她的伯父，对村上一个最坏的人，对人人痛恨的人有什么仇恨。他从前总是扪心无愧，以为没有袒护过他，实际他从来也没有反对过他呀！……可是他自己呢，他没有娶人家闺女，也没有去他们家，他只放在心里悄悄地维护着她，也就是维护了他们，维护了地主阶层的利益，这还说他没有忘本，他什么地方比张正典好呢？"正是经过这一段回家路上深刻的反思自省、内心斗争，才推动了接下来他对钱文贵老婆贿赂的愤怒拒绝，也才完成了第五十章"决战之三"中程仁从人丛中跳出怒控钱文贵的书写。

二、周立波的《暴风骤雨》

与《太阳照在桑干河上》一样，周立波的《暴风骤雨》也是一部反映解放区土改题材的代表性红色文学作品，是延安文艺座谈会后，周立波在实践中落实《在延安文艺座谈会上的讲话》精神的最大收获。小说展示了解放战争时期发生在东北黑土地上波澜壮阔的土地改革历史。与《太阳照在桑干河上》相比，它以题材的丰富和广阔呈现出规模宏大、反映土改工作过程更完整的特点。

（一）周立波及其文学创作

周立波（1908—1979），原名周绍仪，湖南益阳人，"益阳三周"（周谷城、周扬、周立波）

之一，中国现代著名作家、编译家。1928 年入上海劳动大学学习。11 月 29 日在《申报·本埠增刊》上以"小妮"为笔名发表反映学生生活的处女作散文《买菜》。1930 年 8 月加入中国左翼戏剧家联盟，1932 年因参加罢工运动而被捕入狱，1934 年 8 月交保释放，11 月加入中国左翼作家联盟，后加入中国共产党。此期创作成果主要为散文和翻译文学作品。1937 年 9 月与周扬、艾思奇等撤离上海，准备前往延安，但因工作需要，至 1938 年 3 月间主要活动在晋察冀边区，创作出不少报告文学作品。后结集出版为《战地日记》和《晋察冀边区印象记》。1939 年 11 月由桂林奉调延安，担任鲁迅艺术学院编译处长和文学系教员，讲授《名著选读》。1941 年 11 月在文学双月刊《草叶》创刊号上发表短篇小说《麻雀》，初步显露出小说创作才华。1942 年 5 月参加延安文艺座谈会，聆听了毛泽东《在延安文艺座谈会上的讲话》。1944 年 2 月任延安《解放日报》副刊部副部长，主编文艺副刊。9 月，为深入实际斗争生活，参加八路军三五九旅南下支队，随军南征。1945 年 8 月随军北返，在南征北返的整个过程中，表现突出，被誉为"钢铁的文艺战士"。报告文学集《南下记》是其这一段经历的主要文学收获。1946 年 10 月随部队去北满，参加土地改革。实际参加了松江省珠河县（尚志县）元宝区元宝镇的土改工作，并担任中共元宝区委副书记、书记。1947 年 5 月调到松江省委宣传部，负责编辑《松江农民报》，并着手创作长篇小说《暴风骤雨》。1949 年 6 月，《暴风骤雨》作为东北地区优秀作品之一推荐给全国文代会。9 月调至北平，在中央文化部编审处工作。1953 年 3 月，《暴风骤雨》荣获 1951 年度斯大林文艺奖三等奖。新中国成立后，其代表性作品有反映我国重工业建设和工人生活的长篇小说《铁水奔流》和反映湖南农业合作化运动的长篇小说《山乡巨变》以及短篇小说集《山那面人家》等。

（二）创作背景及过程

《暴风骤雨》是周立波在延安文艺座谈会之后，在实践中落实《在延安文艺座谈会上的讲话》精神的最大收获。他非常赞同毛泽东同志的"有出息的文学家艺术家，必须到群众中去，必须长期地无条件地全心全意地到工农兵群众中去，到火热的斗争中去，到唯一的最广大最丰富的源泉中去"的观点，认为这是"一切革命文艺工作者必须遵守的座右铭"。[1] "他于 1943 年 4 月 3 日在延安《解放日报》上发表了《后悔与前瞻》一文，对《讲话》的深远历史意义给予高度赞扬：'自从这个文件（指《讲话》）发表后，中国文学进到了一个崭新的阶段。许多作者从这个文献里获得了珍贵的启示，受到了很大的教益，我是这些作者中间的一个。'"[2] 1946 年冬天参加的元宝镇土改工作为其创作《暴风骤雨》打下了坚实的生活基础："在运动中，通过种种方式，我在半年里，了解了平常几年都不能了解透彻的情况，学到了很多东西，包括东北农民生动的语汇。"[3] "在五个来月的区委工作中，我们和贫雇农的生活完全打成了一片，和中农也建立了亲密的联系。时候是冬天，是长长的农闲

① 周立波：《深入生活繁荣创作》，载《周立波文集 5》，上海文艺出版社 1985 年版，第 505 页。
② 熊坤静：《长篇小说〈山乡巨变〉创作的前前后后》，《党史博采》2013 年第 6 期。
③ 周立波：《深入生活繁荣创作》，载《周立波文集 5》，上海文艺出版社 1985 年版，第 507 页。

季节,我们所住的房间里,从早到晚,挤满了穿着靰鞡鞋的农民。他们唠闲嗑、谈工作,从斗争到家务,都无所不谈。"①正是他"手不离笔,兜不离本。在街上走路,看到地主的黑门楼、大宅院,看见穷人住的破草房,他都停下来往上写一会。开积极分子会,开斗争会,他很少在台上,总是在人空里串来串去,还是不停地往本上写"的勤奋积累,正是他离开元宝镇前"几乎整天在屋子里,阅读文件,整理各种材料,甚至通宵达旦"的辛劳投入,所以,当他调到哈尔滨担任《松江农民报》编辑,利用编报空隙边回忆在元宝镇的斗争生活,边构思、创作《暴风骤雨》时,才会在很短时间内顺畅地完成了《暴风骤雨》上卷的创作。仅用五十多天时间于 1947 年 10 月就写出了上卷,然后又深入农村体验生活,继续积极收集素材后,花四十多天时间在 1948 年 12 月完成了第二卷初稿。1948 年 4 月,佳木斯东北书店出版了上卷,1949 年 5 月下卷出版,标志着我国现代文学史上又一部红色经典作品的问世。②

(三) 全面展现土改运动的"史诗"画卷

小说《暴风骤雨》全程展示了解放战争时期,1946—1947 年间发生在东北黑土地上的波澜壮阔的土地改革历史。与《太阳照在桑干河上》相比,《暴风骤雨》具有规模宏大,反映土改工作过程更完整的特点,此外,方言俗语的成功运用、阶级的鲜明对立、群众路线突出也是这部小说的显著特色。

改革从来没有一帆风顺,1946 年发生在解放区的土地改革运动同样千头万绪,困难重重。周立波在《暴风骤雨》中对土改运动进行了全过程的描摹,表现出了其把握生活的广度和深度。小说除了写工作组进村发动土改斗争、斗倒恶霸地主外,还再现了土改复查、分土地、挖浮财、起枪支、打土匪、掀起参军热潮等历史画卷。上卷展现了 1946 年中共中央发布《五四指示》后到 1947 年全国土地会议之前这一段时间,土改工作组在东北地区松花江畔元茂屯领导土改斗争的情况;下卷描写了 1947 年 10 月末《中国土地法大纲》颁布后,元茂屯土改后期进一步深入的复杂过程。

具体说来,上卷首先以元茂屯第一次贫雇农大会召开的意料之中的失败,展现了土改破冰的艰难。工作队队长萧祥在工作队还没有充分宣传群众、发动群众的初来乍到之时,召开的这次会就因群众的漠然而受挫,工作队斗地主的倡议只得到少数贫雇农敷衍的赞成和满腹疑惑的回应。其次,在接下来的"三斗韩老六"进程中,有一个由少数群众参与到全体贫雇农响应的渐进过程。一斗韩老六时,整个屯子里的人对工作队的到来表现出复杂的情绪,"有人乐意,有人发愁,有人犯疑,也有的人心里发愁,却装着快乐",而真正觉悟挺身而出上台控诉的只有赵玉林一人,对元茂屯众多受压迫受剥削的男女老少来说,更多的人持观望态度,斗争会上没有出现期待中的地主阶级、农民阶级两大阵营鲜明对立的理想状态,而以韩老六不伤痛痒地献出一些地、马和衣裳草草收场。第二次斗争会准备较充分,工作组已经充分发动了郭全海、白玉山、老田头等与韩老六有血海深仇的贫雇农斗争的积极性,并正式成立了"农工联合会",但老田头等人的血泪"诉苦"激起的愤慨群情却很

---

① 周立波:《谈思想感情的变化》,载《周立波文集 5》,上海文艺出版社 1985 年版,第 494 页。
② 胡光凡、李华盛:《周立波生平年表(一)》,《求索》1982 年第 2 期。

快瓦解在韩老六的几句检讨和几滴鼻血中，因群众的阶级意识不强，所以会上甚至出现"罚了分了，就不必押人"的议论。彻底斗垮韩老六的是第三次斗争会，而其间一个最关键的诱因是"韩老六鞭打小猪倌"所激起的民愤，这一恶霸地主的现行犯罪事件终将元茂屯一直以来温暾水般的斗争气氛激化，愤怒的人们汇成一股汹涌的人群巨流，加入抓捕、控诉韩老六的紧张激烈斗争中。

下卷主要描述土改运动中一个具有普遍性的环节——"煮夹生饭"。因为土改存在进程过快、干部队伍薄弱、群众阶级觉悟还没有真正普遍提高的缺陷，致使有些地方出现土改工作不彻底的"夹生饭"现象。如群众存在怕变天的思想顾虑，农会积极分子和地方干部成分不纯洁，群众没有真正得到土地、掌握武装，因此，为了使地主的地真正被分到渴望土地的农民手中，真正扫除地主威风，让群众充分发动起来，贫雇农骨干真正掌握农会、掌握政权，上级及时发动了"煮夹生饭"运动，所以"煮夹生饭"带有复查、整顿的性质。小说上卷萧祥在领导农会带领大家斗倒恶霸地主后就调往县委工作，元茂屯基层领导力量因此减弱，原农会领导人郭全海，一个被工作队发动起来的积极分子很快暴露出工作能力不足的弱点，工作中不仅不能开辟新局面，而且连已取得的土改成果都难以守护。所以下卷首先讲述萧祥重返元宝屯，带领大家重新夺回已被坏人张富英等篡夺变味的农会大权的故事。其次是进一步发起"砍挖运动"（即"砍大树挖财宝"运动）。与土改斗争前期阶段情况不同，前期斗争重点对象是"坏根"韩老六式的恶霸地主，后期斗争对象则是吃斋念佛"修来世"的"坏须"杜善人和胆小如鼠的舍命不舍财的唐抓子。

在解放战争宏大的历史背景下，在巩固东北根据地伟大的历史使命中，《暴风骤雨》真实、完整再现了土地改革艰难而复杂的进程，这对我们了解当时的土改政策，认识当时农村社会的复杂性具有重要的时代意义和文学史价值，因此《暴风骤雨》享有"最鲜明的史诗"[①]之美誉。

（四）丰富俏皮的东北方言俗语

俗话说，一方水土一方人，湖南籍作家周立波在深入生活的基础上，熟练掌握了地道的东北方言俗语，并经消化、提炼，把它结结实实地用在小说叙述和人物形象塑造上，体现出作者杰出的语言天赋。作家草明就曾感叹："立波同志是湖南人，到东北来时间不长，竟能掌握比较丰富的东北农民语言，这是了不起的。"[②]展卷而读，牙狗（公狗）、劳金（长工）、冷丁（突然）、插签儿（内线）、撸子（手枪）、一撇子（耳光）、张三（狼）、跑腿子（打单身）、打八刀（离婚）、波罗盖（膝盖）等等带着东北大碴子味的方言土语扑面而来，这种带有地域色彩的陌生化语言，既富生活气息，又活泼生动，增强了小说的艺术表现力，增添了读者阅读的兴致。此外，大家耳熟能详或带有地方色彩的俗语也比比皆是，如"破罐子破摔""千闻不如一见""针尖对麦芒""三春不赶一秋忙""孔夫子搬家——净是书""夜猫子拉小鸡——有

---

① 芝：《推荐〈暴风骤雨〉》，《生活报》1948年5月11日。参见袁盛勇：《致力于政策和艺术的结合——重读周立波经典小说〈暴风骤雨〉》，《渤海大学学报》2019年第1期。

② 《〈暴风骤雨〉座谈会记录摘要》，《东北日报》1948年6月22日。

去无回""耗子爬秤钩——自己称自己""抱元宝跳井——舍命不舍财""土帮土成墙,穷帮穷成王"等等,这些方言俗语在叙述描写中增加了行文的生动、俏皮,在刻画人物性格时,往往具有画龙点睛之妙。如赶了三十年大车的老孙头在回答萧队长问话时说:"'不怕,不怕,我老孙头怕啥?我是有啥说啥的。要说韩老六这人吧,也不大离。你瞅那旁边的苞米。'老孙头用别的话岔开关于韩老六的问话:'这叫老母猪不跷脚,都是胡子闹瞎的,今年会缺吃的呀,同志。'"看上去老孙头是顾左右而言他,但以"这叫老母猪不跷脚,都是胡子闹瞎的"俗语作比,不仅让萧队长明白了韩老六的问题,也让我们看到了一个世故圆滑、胆小怕事的老农民形象。又如,当萧队长第二次来到元茂屯后,因长途跋涉,工作劳累,难得熟睡了一会儿,老孙头看在眼里,疼在心上,所以当张景祥要叫醒队长时,他连忙阻止道:"别忙,叫他再躺一会。黎明的觉,半道的妻,羊肉的饺子清嫩鸡。""黎明的觉,半道的妻,羊肉的饺子清嫩鸡",这顺口溜似的俗语既体现出老孙头幽默风趣的语言风格,也更流露出他对党和党的工作者爱惜、尊敬之情。

周立波清醒地认识到:"要表现农民,必先学习农民的语言,这也是一件不容易的工作,好些人光学了一些俏皮嗑。"[1]《暴风骤雨》里的方言俗语,充分证明了周立波对故事的发生地——东北黑土地上农民语言真髓的掌握。

(五)鲜明对立的阶级关系与人物形象

《暴风骤雨》揭示的阶级关系虽没有《太阳照在桑干河上》复杂细腻,但农民阶级与地主阶级的对立在单纯中依然鲜明。农民阵营以赵玉林、白玉山、郭全海等积极分子为代表,团结在他们周围的有老孙头、田万顺、吴家富、赵大嫂、白大嫂、刘桂兰等,反动阵营以韩老六、杜善人、唐田唐抓子等"元茂屯三大户"为代表,围绕在他们身边的有韩老七、韩老五、韩长脖、李振江等。周立波善于抓取典型事件和特征性细节来凸显人物性格、展示阶级矛盾、推动情节发展。如在赵玉林的故事中,重点描写他被摊劳工以及回来后与沦为乞丐的妻子见面时的情景,同时借绰号"赵光腚"的来源和向地主借债情景的回忆为其阶级意识的率先觉醒和斗地主的坚定提供了可靠情感、生活依据;在郭全海这里,小说重在突出其父亲被害和他受地主欺压两件事,讲述他与韩老六的两代深仇大恨,而且以轻巧降伏一匹马的细节引出其登场,暗示其机灵爽朗、大胆勇敢的性格特点;韩老六鞭打小猪倌吴家富的事件,点燃了群众彻底斗倒韩老六的烈火。这种以典型事件描写代替冗长叙述的处理,达到了重点突出、简洁明快的艺术效果。

在众多人物中,工作队队长萧祥无论在上卷还是下卷都是土改工作的灵魂人物。他是党的政策的体现者,久经磨炼的革命者,思想和作风都比较成熟的领导者,带领农民彻底实现翻身得解放的领路人。他阶级立场鲜明,头脑清醒,懂工作方法,富有责任感。深信"熟悉情况,掌握材料,是人民解放事业,是我们共产党的一切事业的成功的基础之一",工作中,要求"工作队全体队员去找穷而又苦的人们交朋友,去发现积极分子,收集地主坏

---

① 周立波:《暴风骤雨是怎样写的?》,载《周立波文集 5》,上海文艺出版社 1985 年版,第 318 页。

蛋的材料,确定斗争的对象"。他既善于深入群众、启发群众、走群众路线,又具有远见卓识。第一次到元茂屯,领导人民开展了轰轰烈烈的土改斗争;第二次到元茂屯后,他带领大家扭转了被坏分子篡夺政权、土改回生的现象,使"屯子里又卷起了暴风骤雨,向封建猛攻",使复查工作得以顺利开展。可以说,没有他,元茂屯的土改斗争不可能取得彻底胜利,农民不可能最终实现拥有土地的愿望,反动势力也不可能彻底清除。因为我们看到,在他离开元茂屯后,地主阶级就实行了"翻把",农会也落入了坏分子之手。但这非作者神话英雄,而是真实再现了当时解放区土改工作的艰难与复杂,经过土改斗争积累一定斗争经验的郭全海们还为数甚少,地主阶级还很狡猾,千百年来受压迫的广大农民还过于软弱。而萧祥领导土改斗争的经验,证明了群众力量的重要性,就像毛泽东在《湖南农民运动考察报告》中指出的那样:"很短时间内,将有几万万农民从中国中部、南部和北部各省起来,其势如暴风骤雨,迅猛异常,无论什么大的力量都将压抑不住。"①

赵玉林、郭全海是土改斗争中农民里的先进代表。在工作队来到屯子前,他们还处于被地主压迫奴役的水深火热之中,所以一旦受到工作队的启发,对反动势力仇恨的烈火就熊熊燃起,且永不熄灭。赵玉林一家在韩老六和日伪反动势力的压榨下,一无所有,"外号赵光腚。他一年到头,顾上了吃,顾不上穿,一家三口都光着腚,冬天除了抱柴、挑水、做饭外,一家三口,都不下炕"。但他人穷志不穷,为人正直,有骨气。工作队来了后,他参加土改运动,加入了中国共产党,斗争中机智勇敢,不怕牺牲,分胜利果实时,先人后己,是吃苦在前、享乐在后的典型。郭全海诚实干练,精明能干,大公无私,有"为工农解放事业抱有牺牲一切的决心"。最后在组织、动员元茂屯农民参军工作中,他身先士卒,置小家幸福于不顾,离开新婚二十多天的妻子,光荣入伍,支援前线,参加人民解放战争。作者在小说中,重点突出了这两位在推进元茂屯土改工作中不可或缺的重要人物身上大公无私、不惧牺牲、勇于斗争、勤劳朴实的高尚品格。

就艺术性来说,老孙头是整部小说中塑造最为丰满的角色。作者饱含善意地写出了这个赶车把式的长处和短处,在意识上,他虽不像郭全海和赵玉林那样先进、坚定,还暂时残存落后自私、爱吹牛、好面子的缺点,但尝尽了旧社会各种辛酸的他,对工作队热忱欢迎,真心渴望斗垮地主恶霸,盼望农民翻身得解放。所以,在看到地主势力遭到打压、走向崩溃时,他抑制不住内心的兴奋,积极投入斗争中,但千百年来农民受剥削受压迫的历史,让他有一种一遇危险就想躲的屈从心理。此外,常年走南闯北、见多识广的丰富生活阅历和幽默风趣的性格,也削减了人们对其胆小怕事、爱占小便宜缺点的注意。

小说中的反动势力以韩大棒子韩凤岐即韩老六为中心组构成一张密密的关系网。有宗族关系网——恶霸地主韩老六,其哥韩老五是哈东五县特务,其弟韩老七是土匪头子,其大儿子韩世元是"中央军",远亲韩长脖是其狗腿子;有邻里关系网——杜善人是韩老六侄子的老丈人,唐抓子是韩老六的拜把子兄弟,此外,韩老六还有其他的拜把子兄弟一堆,可以说,韩老六沾亲带故的关系布满全屯,因而深受其害的农民在工作队来了后绝大多数

---

① 毛泽东:《毛泽东选集》第一卷,人民出版社 1991 年版,第 13 页。

还是对其敢怒不敢言,也因此在前两次斗争中都没有把他斗垮。不过反动人物虽然多,但在反动人物形象的塑造上普遍不够典型。虽然从人们的控诉中,从搜浮财、起枪支的斗争中,我们看到了韩老六等人的凶狠、狡猾,了解到韩老六"有钱要有七个字:奸、滑、刻薄、结实、狠"的信条和"不杀穷人不富"的恶毒心理,但这只是流于概念化的印象,缺乏生动细腻的描绘。因此,小说对于反动人物形象的塑造总体上说显得单薄。

三、两部"土改"小说的时代价值、传播影响与当代阅读

在中国传统社会,土地的多寡俨然成了人的地位、身份、尊严的一个尺度。土地问题是几千年来最受关注的生存问题,土地与农民的关系是一种人身依附关系,也是国家主人主体性的体现。

《太阳照在桑干河上》和《暴风骤雨》都是党中央为巩固解放区根据地,顺应农民要求,及时发出"五四指示"后在土改运动中产生的文学作品。两位作家积极实践毛泽东《在延安文艺座谈会上的讲话》提出的"走进工农兵,走向人民大众"的精神,以土地改革这一重大历史题材为背景,以土改运动参与者的经验积累,创作出反映解放区这一伟大历史转折的优秀文艺成果。这两部文学作品是中国文学史上对农民土地斗争的第一次完整展示,真实再现了中国农民的苦难史、抗争史。《暴风骤雨》更以1947年《中国土地法大纲》颁布的实施,完整展示了这一波澜壮阔的运动全过程。农民的群体苦难、对土地的渴望,农民阶级与地主阶级的尖锐矛盾,中国共产党的正确领导在小说中都得以一一真实再现。正因为小说的成功,两部小说在二十世纪五十年代初都获得了斯大林文学奖。为普及两部红色经典作品的教育意义,六十年代初还出版了故事连环画,尤其是《暴风骤雨》,几十年来有多种版本的故事连环画问世。此外,两部小说也都有相应的电视剧出品。同时,也因为小说真实反映了土改运动的历史,所以在西方也颇受重视,成为西方研究这一时期中国土改的重要资料。《太阳照在桑干河上》和《暴风骤雨》在四十年代末五十年代的苏俄汉学界备受重视,《暴风骤雨》的英文版被美、加、英、德、荷、比利时、澳大利亚、新西兰、日本等国家和地区多家图书馆收藏。据何明星统计,收藏《暴风骤雨》英文版一书最多的国家是美国,达到135家图书馆;英国8家,加拿大和澳大利亚分别是7家,荷兰4家,日本和中国香港地区是3家,新西兰2家,比利时、德国、以色列各1家。① 这种国内多种艺术形式并存、境外广泛传播的状况也证明了两部红色小说的经典性。

虽然时光飞逝,土改年代的生活都已成为过往,我国的脱贫攻坚也已取得了全面胜利,但这两部反映那段土改历史的小说仍然具有永恒的意义。人民就是江山,江山就是人民,两部作品艺术性地再现了中国共产党"以人民为中心"的执政理念,生动诠释了马克思主义政党的人民立场,最广大的人民群众才是土地的主人,永远都是。

---

① 何明星:《〈暴风骤雨〉英文版在海外的传播》,《出版广角》2012年第10期。

第七讲 "喜儿"形象的历史构现与
时代绽出：《白毛女》

"北风那个吹/雪花那个飘/雪花那个飘飘/年来到……"这段家喻户晓的《白毛女》[1]歌词已传唱了几代人，"喜儿"故事和艺术形象已深入人心。

中国第一部原创民族歌剧《白毛女》自二十世纪四十年代诞生以来，已被演绎了70多年，其精彩而富于传奇色彩的剧情，几十年来红遍了大江南北。歌剧通过"杨白劳"和"喜儿"这两个典型人物的遭遇，真实地反映了当时农民阶层的痛苦生活，充分说明了当时中国最主要的阶级矛盾和斗争是地主阶级和农民阶级的矛盾斗争。"旧社会把人变成鬼，新社会把鬼变成人"的主题感染了一代人，极大地激发了贫苦农民推翻"三座大山"的斗争热情，推动了抗战形势的发展。自延安首演至今，歌剧《白毛女》不断地被重新排练和改编，并以电影、戏剧、芭蕾舞剧等多种艺术形式在国内外上演。在经过多次修改和几代演员无数次"再创作"后，《白毛女》成为当之无愧的"红色经典的非凡传奇"[2]。

一、歌剧《白毛女》的创作过程

1942年5月，毛泽东在陕西延安发表《在延安文艺座谈会上的讲话》，提出要将文艺和工农兵群众相结合。这使得延安的文艺工作者意识到要创作出全新反映共产党理念的艺术作品。"白毛仙姑"的故事在此时走进了延安鲁迅艺术文学院文艺工作者的视野。歌剧《白毛女》的生活原型，来自对"白毛仙姑"民间传说的艺术改编。1943年，西北战地服务团来到晋察冀革命根据地，发动群众，宣传抗战，为广大贫苦百姓服务。但他们惊奇地发现，在河北某些地方召开斗争大会时，场面冷冷清清，人气不旺，经过工作队员的调查了解才发现，原来村民们都跑到当地的奶奶庙，给神仙"白毛仙姑"进贡去了。当时关于"白毛仙姑"的来历有多种说法，有的说她是个受到地主迫害而只身逃入深山的少女，由于长期过着缺少阳光和盐的生活，致使全身毛发皆白；还有的说她是法力无边，能惩恶扬善、扶正祛邪、主宰人间一切祸福的神仙。这一民间传奇曾被写成报告文学《白毛仙姑》发表在抗日根据地的《晋察冀日报》上。1942年革命作家李满天将"白毛女"传奇写成了短篇小说《白毛女人》。根据歌剧主创贺敬之的回忆，"白毛女"故事到了他手里时，已经从民间传

---

① 贺敬之、丁毅：《白毛女》，浙江教育出版社2015年版。
② 张奇虹、张阳阳、陈芳：《永远白毛女——红色经典的非凡传奇》，北京出版社2016年版。

说发展成了现实叙事,阶级压迫与拯救苦难的政治主题,也逐渐突出和日臻完备。从民间传说"白毛女"到报告文学《白毛仙姑》首先是故事题材完成了由民间传说到现实叙事的巨大转变;从报告文学《白毛仙姑》到短篇小说《白毛女人》,故事主题又实现了由封建意识到阶级压迫的思想质变。这些无疑都为歌剧《白毛女》的创作打下了良好的素材基础。1944年5月,西北战地服务团回到延安,他们不仅传播了"白毛女"故事,而且还向主持"鲁艺"工作的周扬建议,以此为题材创作一部新型歌剧。周扬看过报告文学《白毛仙姑》和短篇小说《白毛女人》,他非常支持这一想法,专门召集有关人士开会,讨论如何把"白毛女"改编成向党的"七大"的献礼节目。在关于歌剧《白毛女》创作讨论中,曾出现过两种不同意见:一是认为这一故事充满着封建迷信色彩,不值得改编;二是主张不妨将其主题定为"破除迷信"以便教育群众。周扬的观点却截然不同,他敏感地意识到"白毛女"传奇极其重要的潜质在于拯救人民大众悲惨命运的政治主题。1945年1月至4月,在几易主创之后,由贺敬之与丁毅联合执笔,王彬、王大化、张水华、舒强等人担任导演,马可、张鲁、向隅、瞿维等人担任作曲,王昆、林白、张守维、陈强等人担任主演的歌剧《白毛女》初步创作完成。他们既是演职人员又是创作人员,全部都参与了新剧本的改编过程,甚至连剧中的人物名称、舞台细节,也都是群策群力共同劳作的集体成果。

1945年4月22日,参加中共"七大"的527名正式代表、908名列席代表,以及各级领导总共一千多人,聚集在杨家岭中央党校大礼堂,观看大型歌剧《白毛女》的正式演出,毛泽东、朱德、刘少奇、周恩来等中央首长都亲自到场。据史料记载,整个演出过程全场鸦雀无声,观众泪流如雨,尤其是当获救后的喜儿在群众的拥簇下走上舞台,幕后唱起"旧社会把人逼成鬼,新社会把鬼变成人"的主题歌时,剧场爆发出了长时间雷鸣般的热烈掌声。《白毛女》是广大文艺工作者集体智慧的结晶,从最初的传说到后期庞大的民族歌剧阵容,它不仅包含了晋察冀边区农村中诸多民间艺人的天才创造,也包含了广大文艺工作者、新闻工作者深入农村艰苦地收集、整理和不断加工的辛勤工作。

二、《白毛女》的剧中人物

杨白劳——地主黄世仁家之佃农,五十岁。

喜儿——杨白劳之女,十七岁至十九岁。

王大婶——杨家紧邻,农妇,五十余岁。

王大春——王大婶之子,二十岁左右。

赵老汉——杨白劳之老友,佃农,五十余岁。

大锁——青年农民。

李拴——农民,四十余岁。

黄世仁——地主,三十余岁。

黄母——黄世仁母,五十余岁。

穆仁智——黄家的管账先生,三十余岁。

张二婶——黄家女仆,四十余岁。

大升——黄家的用人,二十余岁。

黄家打手甲、乙。

区长——三十多岁。

虎子——青年农民。

农民甲、乙、丙、丁、戊、己。

农妇甲、乙等。

群众。

三、"喜儿"的双重悲剧

歌剧《白毛女》通过杨白劳和喜儿父女两代人的悲惨遭遇,深刻揭示了地主和农民之间的尖锐矛盾,愤怒控诉了地主阶级的罪恶。歌剧着重表现了女主人公喜儿的命运悲剧和爱情悲剧,突出了"旧社会把人逼成'鬼',新社会把'鬼'变成人"的主题,指出了只有共产党才能带领农民翻身解放、建设新社会的必由之路。故事的主要情节是:抗日战争爆发前夕,在河北省的杨各庄,恶霸地主黄世仁为非作歹,鱼肉乡民,为当地人所深恶痛绝。他看中了佃户杨白劳年轻貌美的女儿喜儿,而喜儿已经与青梅竹马的王大春定亲。黄世仁于是想出了计策给杨白劳下套,并在除夕之夜派管家穆仁智向杨白劳逼讨高利贷。杨白劳含辛茹苦、忍辱负重,却被逼着还清本利,不然就要签下卖身契拿女儿抵债。在北风呼啸的寒冷除夕夜,家家户户迎新团圆之际,中了圈套的杨白劳含恨喝下了卤水自杀。他死后第二天,悲伤的喜儿被抓到黄世仁的家中,遭受惨无人道的凌辱。大春搭救喜儿未成,只身投奔红军。不甘受辱的喜儿在女佣张二婶的帮助下从黄世仁的魔掌中逃脱,躲到山洞里靠偷吃奶奶庙的供果为生。环境恶劣的山洞里缺少阳光与盐,她全身的毛发逐渐变白,又因为她经常去偷奶奶庙里的供品,所以被附近的村民称为"白毛仙姑"。抗战爆发后,大春跟随八路军解放了杨各庄,并且带领农民斗倒了黄世仁,又从山洞里救出喜儿。喜儿经历了一番恐惧之后,向八路军讲述了自己的悲惨经历,控诉了黄世仁的滔天恶行。在八路军的帮助下,喜儿获得了彻底翻身,来到了灿烂的阳光下,重新真正作为一个"人"开始了新生活。

歌剧《白毛女》全剧共五幕十六场。第一幕是剧情的开端,交代了剧情发生的时间(1935年冬,抗日战争爆发的前夜)和地点(河北某县杨各庄,被封建地主阶级统治的农村),提供了本剧主人公生活、活动的具体环境和支配人物行动、形成人物性格的时代和社会环境。在头两场戏里,剧中的主要人物先后登场,显示了各自的鲜明性格,很快形成了尖锐的戏剧冲突。喜儿痛失亲人的命运悲剧、与爱人生离死别的爱情悲剧分别上演,剧情一步步走向了高潮。

第一场作为全剧的引领,集中展示了以喜儿和杨白劳为代表的贫农,在地主阶级的残酷剥削下的命运悲剧。第一场的"躲债"和"讨债"剧情时间安排在万家团圆的除夕之夜,带有浓烈的悲剧气氛。喜儿是全剧浓墨重彩塑造的反抗型的农民形象,她的性格和情感随着剧情的推进发生了重大转变,集中体现在由"甜"到"苦"再到"恨"的过程中。第一场主要体现了喜儿的"甜美"形象。在喜儿刚出场时,读者看到的是一个穿着红棉袄、扎着麻花辫、天真烂漫、勤劳勇敢的少女形象。生活虽然在她心中投下了阴影,但她仍然充满了希望和幻想。她焦急地盼望出外躲债的爹爹"快回家",为的是好"欢欢喜喜过个年"。杨白劳回来后,喜儿高兴地接过爹爹带回的二斤白面,惊喜地让爹爹给她扎上红头绳,羞涩地和爹爹撒娇,欢快地贴上门神"叫那要账的穆仁智也进不来","故作不知"地打断爹爹谈她婚事的话头,作品通过不多的动作和唱白,使一位天真、淳朴、热爱生活的农村姑娘跃然纸上。这样写,后面的飞来横祸对她的打击才显得更沉重,更震撼人心。

和喜儿不同,杨白劳是在地主阶级的压迫下尚未觉醒的老一辈农民的典型。他肩负着生活重担,因而精神是疲惫的,心情是沉重的。作者为他登场后设计的唱段和一连串动作,如"畏缩地看看四周""以手急止喜儿不要大声""急切地问"等,着重表现的是"躲账"时担惊受怕的紧张心情。当他以为"总算又躲过去"了时,情绪马上好转,从怀里掏出三件微薄的"年货",生动地反映了一个勤劳善良的贫苦农民十分朴素的生活愿望。二斤白面和一根红头绳,表明了他对喜儿的疼爱,也表明他希望能过上"人"的生活。贴门神揭示了他胆小怕事的性格特点,也反映了他渴望摆脱贫苦的被压迫受剥削的生活,过上平安、美好生活的愿望。这一场戏表现了父女相依为命的骨肉深情,《北风吹》《扎红头绳》《卖豆腐赚了几个钱》等民歌唱段的穿插,使整场戏充满了农村生活的情调,也在穷与富的对比中把广大受压迫的农民的愿望充分表达了出来。

第二场写黄世仁逼杨白劳以喜儿抵债,喜儿与大春这对苦命鸳鸯被无情拆散。场景和气氛的渲染同第一场对比极为鲜明,"几家欢乐几家愁",显示着两个阶级的对立。地主阶级黄世仁是剧中主要的反派角色,他人面兽心,戴着好人的面具剥削劳苦的农民。"逼债"的戏写得很有层次,首先是黄世仁"微醉,心满意足地剔着牙齿"上场后的唱白,勾画出了一个恶霸地主的嘴脸,点明了他无耻的企图。杨白劳"畏畏缩缩"地进来,显示出性格的软弱;"快回还"的企盼表现出对黄世仁的幻想。黄世仁先是假装客气一番,不动声色地算账,然后要求杨白劳"立地勾账"。选择了妥协的杨白劳苦苦哀求,黄世仁一句"有理走遍天下,无理寸步难行"将戏剧的讽刺艺术推向高潮。罪恶的帮凶穆仁智则发挥了"狗腿子"的本色,趁机提出拿喜儿抵债:"我管你暖不暖,这些事我们可不管,让你喜儿抵了债,以后生活才好办",杨白劳如闻霹雳,哀号求告。黄世仁、穆仁智一唱一和,花言巧语,百般哄骗。杨白劳虽然软弱可欺,但听到要拿喜儿抵债,他誓死反抗。黄世仁翻脸无情,命穆仁智快写卖身文书。逆来顺受的杨白劳用尽全力进行了挣扎和反抗,他"上前拖住"黄世仁不让他走,"疯狂地拦住"穆仁智,还要"冲出门去","找个说理的地方"。但在穆仁智的软硬兼施和黄世仁的威逼恐吓之下,杨白劳在昏迷中被强迫按下了卖女儿的手印。黄世仁怕杨白劳死在他家,嘱咐穆仁智抢人时"多带几个人去","千万不要把风声闹大了",可以看出他表面上豪横气壮,实则色厉内荏。杨白劳苏醒过来,对黄世仁的认识从来没有这般清醒,仇恨地发出了"老天杀人不眨眼,黄家就是鬼门关"的控诉,但他的抗争也仅此而已。激烈的戏剧冲突正是在这一组性格根本对立的人物之间展开的,而人物性格也在戏剧冲突中得到进一步的展示和深化。

随着剧情的推进,农民阶级和地主阶级的矛盾日益彰显,复仇与革命的主题也得到进一步呈现。在第二幕中,喜儿丧父之痛还未缓解,就被黄世仁抓到家里,惨遭凌辱。而黄世仁的母亲也是一个典型的剥削阶级,她让喜儿当女佣,对其进行非人的折磨。第三幕里黄世仁准备娶妻,惊慌失措的喜儿以为新娘是自己,却没想到被黄世仁出卖。在女佣张二婶的帮助下,喜儿终于逃离了黄家。此时,喜儿和地主黄世仁的冲突达到顶点,置之死地而后生的情感也达到了高潮。蓬头垢面的喜儿对着苍天发出响亮的呐喊:"想要逼死我,瞎了你眼窝!舀不干的水,扑不灭的火!我不死,我要活!我要报仇,我要活!"

第四幕,喜儿在山洞里过起了穴居生活,在她的心中,时刻记着黄世仁和自己的深仇大恨,对于自己的命运,她的心中充满了不平。

第五幕,喜儿在山中与黄世仁狭路相逢,黄世仁称喜儿为白毛鬼,这让喜儿心中仇恨的烈火在闪电交加的黑夜再一次燃起。冲突双方代表人物进行了第一次的当面对峙。最后,在大春和八路军的帮助下,喜儿回到村子里当着村民的面公开控诉黄世仁的恶行,重新得到光明。由于时间、地点、场景等因素的限制,在剧情的安排上,《白毛女》全剧每一幕基本是由一个或两个冲突尖锐的事件组成,人物的行动和情感叠加递进,节奏紧凑,前四幕形成了压抑、紧张的氛围,与第五幕的光明结局形成强烈的反差。

四、《白毛女》的三个主题

歌剧《白毛女》自上演以来之所以大获成功,除了"人变鬼,鬼变人"的故事迎合了特殊年代的革命要求,另外还有两个潜在的要素:一是爱情母题——喜儿与大春的悲欢离合故事实际上是中国传统文艺中"有情人终成眷属"的新式演绎;再就是复仇母题——打倒恶霸地主、穷人翻身解放的故事又一次印证了"善有善报,恶有恶报"的传统伦理叙事的强大功能。喜儿的命运悲剧与爱情悲剧让人叹惋,但复仇的决心和革命的火种指引她一步步走出了深渊,在党的阳光下,她重新开始了正常的人间生活。

(一)革命主题

郭沫若曾说,《白毛女》是一种全新的文艺形态,是从新的种子——人民的情绪中迸发、生长起来的。的确,从"白毛仙姑"的民间传说,到晋察冀边区的文艺爱好者把它改编成报告文学、小说和戏曲,再到大型歌剧的反复上演,农民阶级生活的暗无天日和地主阶级的穷凶极恶在几代人的心中留下了深刻的记忆。歌剧《白毛女》诞生的时代背景刚好是抗日战争胜利的前夕,当战争进行到从战略防御转移到战略进攻阶段时,中国共产党建立的根据地更需要巩固以广大农民为代表的大后方。这时中国的大批农民开始有了"分发土地"的诉求,解放区恢复了"没收地主土地"的政策和措施,并制订了完整的"土地改革"方案。

《白毛女》故事中的冲突就是因佃户欠地主的地租而起,地主聚敛土地收缴粮食压迫以杨白劳为代表的佃户,最后逼死了杨白劳,抢走糟蹋其女儿。农民和地主之间的阶级矛盾已经转化为两代人的血泪仇恨。在复仇的叙事之中,革命的圣火也一步步改变着逆来顺受的劳苦大众。歌剧《白毛女》作者之一的贺敬之曾这样讲道:"曾经有人觉得这是一个没有意义的'神怪'故事,另外有人说倒可以作为一个'破除迷信'的题材来写。而后来,仔细研究了这个故事以后,我们没有把它作为一个没有意义的'神怪'故事,同时也不仅把它作为一个'破除迷信'的题材来处理,而是抓取了它更积极的意义——表现两个不同社会的对照,表现人民的翻身。"[①]白毛女被解救、黄世仁被处决,让广大的中国农民认识到"必须消灭剥削阶级""只有共产党才能救中国"。著名剧作家田汉曾这样说过:"革命未到,《白毛女》先到了。"《白毛女》的成功上演,让受到鼓舞和激励的无产阶级更为积极地投身到解放战争中来,为新中国的成立奠定了坚实的群众基础。

歌剧的结尾,喜儿在解放了的土地上和大春一起愉快劳动,这既是现实生活的写照,又符合人们美好的愿望和理想。"这种革命现实主义的表现和处理,使人们从《白毛女》所展现的旧社会农民的血泪史中,得到的不是消极的悲凄,而是革命的激愤,不仅是对农民命运的同情,而且是对推翻封建制度的斗争力量的激发"[②]。歌剧《白毛女》在整个解放战争时期,就是一部艺术化的政治教科书,真正起到了教育人民、打击敌人的积极作用。曾有许多史料记载,歌剧《白毛女》达到了比政治理论宣传更好的鼓动效果,许多战士都在枪托上刻下了这样的复仇口号:"为杨白劳报仇"或"为喜儿报仇",《白毛女》极大地鼓舞了他们在战场上英勇杀敌的革命斗志。另外,《白毛女》还成为感化国民党俘虏的教育手段,许多俘虏看完演出后都抱头痛哭,纷纷要求加入革命队伍,调转枪口去打国民党反动派。鉴于歌剧《白毛女》在阶级教育方面的突出贡献,华北军区领导曾向中央建议为剧组成员集体请功;而国民党谈判代表张治中将军看完了《白毛女》后,也终于明白了蒋介石政权土崩瓦解的真正原因。歌剧《白毛女》虽然只是一个虚构的民间故事,但它却真实地揭示了中国现代社会革命的政治使命:充分暴露被压迫者与压迫者不可调和的阶级矛盾,集中反映广大贫苦农民渴望翻身解放的思想诉求!这种以艺术虚构去替代历史真实的创作理念,恰是"红色经典"的审美法则和魅力所在。

(二)复仇主题

无论在西方还是东方的戏剧中,复仇这一主题从来就没有离开过戏剧舞台,戏剧中的复仇往往能对观众或读者产生强烈的震撼作用和激烈的审美冲击。《白毛女》之所以成为中国戏剧的经典丰碑,很大程度上是因为它代表了广大农民阶级"打土豪、分田地"的情感

① 贺敬之:《〈白毛女〉的创作与演出》,人民文学出版社 1951 年版,第 253 页。
② 李焕征:《爱情、复仇与革命——论电影〈白毛女〉的文化密码及其正典化叙事》,《当代电影》2015 年第 10 期。

需求,同时,喜儿的悲惨经历恰恰是无数贫苦农民的共同缩影。所以,喜儿的复仇最后成为一种集体化的行为,台下的观众把自己充分地代入了戏剧现场,也让复仇主题迸发出更大的震撼力。

二十世纪上半叶的中国,虽然经历了五四启蒙和轰轰烈烈的革命斗争,但贫苦的农民阶级在封建地主的剥削下,依然过着被欺压的生活,对于这种生活,大部分中国农民是逆来顺受、没有觉醒的。在歌剧《白毛女》中,喜儿虽然家境苦寒,只有父女俩相依为命,但年少的喜儿善良乖巧,对生活充满了美好的希望和幻想。正如在《北风吹》唱段中的唱词:"我盼爹爹心中急,等爹爹回来心欢喜,爹爹带回白面来,欢欢喜喜过个年。"爹爹不但带回了白面,还给喜儿带回了红头绳,喜儿高兴地唱道:"人家的闺女有花戴,我爹钱少不能买,扯回二尺红头绳,给我扎起来。哎!扎起来。"第一幕中的这些唱段表现出主人翁喜儿对物质的极低的期待和单纯、善良、简单的性格特点。即使一开始被狡猾凶狠的黄世仁所凌辱,她对生活还是抱有幻想,从未想过人心险恶。当她被黄家老太太所奴役、被黄世仁所欺骗,做人的尊严被彻底践踏之后,仇恨的火苗在她心中慢慢点燃,在她逃出黄家的那一刻达到了高潮。在《我要报仇!我要活》唱段中,喜儿一边逃跑一边唱道"他们要杀我,他们要害我,我逃出虎口我逃出狼窝",整段的人物情绪变化较大,也预示着喜儿对地主阶级的幻想彻底破灭。

逃出黄家以后,阶级仇恨成为主线,强大的复仇欲望使喜儿在深山中隐藏,春夏秋冬来而复去,由于长期不见天日,加上心里怀着巨大的仇恨,喜儿头发变白了,成了人人害怕的"鬼"。在一个电闪雷鸣、风雨交加的黑夜,喜儿为觅食来到奶奶庙,闪电之中,喜儿突然发现不共戴天的仇敌黄世仁、穆仁智。看见仇人,喜儿心中怒火爆发出来,拿起烛台向仇人狠狠地砸去。黄世仁等吓得一边喊"鬼"一边连滚带爬地逃出庙里,全剧在此处也达到了高潮。与之相对应的是《白毛女》中的经典唱段《恨似高山仇似海》,这是整部歌剧中最具有戏剧性、最悲愤的唱段。喜儿在黄世仁落荒而逃后唱道:"鬼?说我是鬼?好!我就是鬼!我是屈死的鬼,我是冤死的鬼,我是不死的鬼!"那一句"我是人,大河的流水你要记起,我的冤仇要你作证"的凄厉呐喊,与此遥相呼应的是气势磅礴的大合唱"上下几千年受苦又受难,今天看见出了太阳,千年的仇要报,万年的冤要伸,今天要做主人,今天要大翻身",进一步延伸拓展了人的主题、人的解放和人的尊严。喜儿悲惨的遭遇和艰难的复仇之路,成功地激起了广大农民阶级对于地主阶级的反抗和复仇情绪,在歌剧《白毛女》中我们看到了个体的悲惨遭遇,也看到了作为整体的"人":人民的最终觉醒。正是这一庄严主题具有的穿透时间的深邃力量,在思想上唤起了不同时代观众的愤恨情绪。

(三)爱情主题

早期的歌剧《白毛女》除了复仇主题和革命主题,中间还穿插着喜儿和大春的爱情故事,但在强大的复仇旋律下,歌剧对爱情的渲染并不那么浓墨重彩。《白毛女》在延安演出三十多场,场场爆满,之后开始向延安之外的地区推广,剧本在演出过程中也在不断地修改,喜儿和大春的凄美爱情故事也得到了增强。在最初的歌剧中,大春出场的时间比较少。很多文艺工作者在观剧后认为,喜儿的悲惨遭遇写得很动人,大春的形象却显得太单薄,他和喜儿本是青梅竹马的恋人,但是杨白劳死后他竟然也消失了,这种安排无法体现二人爱情的坚固。喜儿从山洞里被救出来,他也只是随着众人出来欢迎,这对一个原来与喜儿有意的男人,似乎有点说不过去。如果大春去参加八路军,那么就需要有人指引。贺敬之根据这些意见对剧本进行了修改,喜儿和大春的爱情线索也愈加明朗。剧本增加了大春、大锁强烈反抗狗腿子逼租,痛打穆仁智;增加了赵大叔出外打工见过红军,回乡向大春等讲述红军帮助穷人闹翻身的故事,并引导大春去西北寻找红军,后来是大春带领八路军来到杨各庄,而不再是八路军来了大春表示欢迎等情节。从修改后的歌剧《白毛女》中,可以看到一个有勇有谋、果断坚毅的革命青年大春的形象。当爱人遭抢,他大胆地和地主斗争;在认识到自己的弱小后,为救爱人,锻炼自己,他果断参加了八路军。三年后,大春随八路军回乡,并开展了"减租减息"等革命工作。最后他在山洞里救出了喜儿,替她申冤雪恨。王大春其实就是共产党领导下的农村干部形象,他像太阳一样温暖着喜儿的心灵,是"新社会把鬼变成人"的代表性人物。

在这个五幕歌剧中,并没有大量篇幅来刻意描述喜儿与封建社会代表人物黄世仁斗争的过程,悲剧色彩的过程性仅仅体现在了喜儿"黑发变白发"上,这一画面看似只是喜儿人物形象上的变化,却蕴藏了喜儿三年多"鬼一般"的生活这一漫长的过程。喜儿虽然受尽了折磨,饱尝了旧社会受压迫、受欺凌的悲惨生活,但她却坚信苦日子终究会过去,坚信自己的爱人——大春一定会回来救自己。正是这一强大爱情信念的引领,使得喜儿能够坚强地活下来并获得新生,同时也决定了悲剧色彩的结果是美好的、喜剧性的。歌剧最后,大春将喜儿从山洞中解救出来,二人合唱了振奋人心的《太阳出来了》。在悠扬的歌声中,张二婶给喜儿重新穿上了红棉袄、戴上了红布巾,农民群众骄傲地站在阳光下,无数的手臂高高举起,象征着即将到来的光明生活。1951年经过改编上映的电影《白毛女》进一步强化了对喜儿与大春爱情的描写,如在影片开头,增加了一场收割庄稼的场景,表现了喜儿与大春两家互相帮助、朴素亲密的关系及一对年轻人的纯真爱情,在结婚前夜又突出了喜儿贴"囍"字、剪鸳鸯、对镜戴花等动作以及害羞的表情,衬托着爱情民谣的旋律,生动细腻地揭示了此时此刻喜儿甜蜜幸福的内心世界。这些铺垫与后边黄家抢走喜儿、喜儿遭凌辱等情境形成强烈的反衬和对比。影片最后还增加了一场大春与喜儿在一起劳动的镜头,而且头发已经变黑,暗示喜儿与大春已经结婚,走向了新的幸福生活。这样的故事不仅工农兵观众爱看,而且一批深受传统爱情传奇故事熏陶的各个层次的城市观众也爱看。

五、《白毛女》的艺术价值

歌剧《白毛女》是诗、歌、舞三者融合的民族新歌剧。就文学结构而言,《白毛女》是中国现代文学史上少有的将强烈的浪漫主义精神和大胆的浪漫主义手法完美和谐地融为一体的典范之作。歌剧《白毛女》的诞生,标志着民族唱法的正式形成,这部作品打开了我国民族歌剧创作的一个全新的格局,凸显了中国歌剧的民族化基调。

(一)中西合璧的创作

《白毛女》不仅从传统民族音乐中吸取了精华,还广泛借鉴了西方的艺术元素,通过一定的调整和创新,形成了中西合璧的创作特色。其写作手法既不全盘采纳西洋歌剧的创作模式,也不局限于"秧歌剧"的表演形式,而是将西方歌剧和中国的戏曲、民间小调相融合,运用多种创作手法对每一个人物形象都进行了细致、深刻的刻画。这使得《白毛女》既带有鲜明的民族特色,又具有强烈的戏剧冲突。比如该剧音乐伴奏的配器就采用了中西混搭的尝试,在前几幕大量使用了锣、鼓、二胡、唢呐、笛子等民族乐器来渲染氛围,同时配套使用了大提琴、小提琴和当时延安唯一的一架脚踏风琴来弥补中国乐器在音乐表现上的不足;而在娶亲和斗地主的几场戏里则使用了合唱、重唱等西方歌剧的歌唱形式。

《白毛女》不再是"旧瓶装新酒",而是将传统的形式与新的形式结合起来进行改造和创新。这种全新的尝试为中国现代歌剧和其他艺术表现形式的发展打下了良好的基础,并成为今后音乐的创作依据和标准。在《白毛女》所奠定的中国新歌剧发展的基础之上,中国相继出现了《小二黑结婚》《洪湖赤卫队》《刘三姐》等一大批剧目,掀起了中国歌剧发展史上的第二次高潮。从这些剧目的诞生过程包括其舞台呈现上看,无不受到《白毛女》的深刻影响。正是我国多种传统戏曲的曲调及演唱方式在民族歌剧《白毛女》中的广泛运用,使其在中国民族歌剧甚至音乐发展史上都具有划时代的意义。

(二)立体的人物塑造

歌剧《白毛女》之所以成为里程碑式的作品,一个重要的原因就是塑造了众多鲜活、立体的人物形象。剧中纯真而又刚烈的喜儿、劳苦软弱的杨白劳、阴狠毒辣的黄世仁、憨厚老实的王大春、爬高踩低的穆仁智、慈爱善良的王大婶等等,都有着鲜明的人物特征。歌剧《白毛女》剧中人物的设定,仅从名字看,便具有深刻的隐喻意义。如杨白劳,喻为白白地劳动;喜儿和大春,则是两个充满浪漫主义幻想的名字。再如反面人物黄世仁,则与"枉是人"谐音,狗腿子穆仁智则与"没人智"谐音等等。当时的中国社会正处于深刻的社会变革中,而农村地区的基本矛盾则是农民与地主两个对立阶级的矛盾。仅从剧作家对剧中角色名字的艺术化设定看,即已赋予了剧作特定的思想意义和社会价值。

喜儿是该剧中最主要的人物形象之一,也是中国民族歌剧中出现的第一个女性独立的人物形象,她活泼可爱、勤劳勇敢、执着顽强。歌剧不只是将喜儿描写为旧社会遭受压迫和苦难的承受者,还把她作为中国劳动人民反抗封建势力坚贞不屈精神的体现者,着重描绘了她的觉醒和反抗。从一开始的生活甜蜜、乐观向上,到后来落入苦难、受尽屈辱,再到最后不甘屈服,成为顽强的抗争者。她是旧社会苦难命运者的典型,而她的身上又有难能可贵的品质,这也是喜儿这一人物形象广受众人喜欢的最主要原因。

杨白劳代表了当时社会最底层的农民形象,他是封建社会下无数贫苦农民的缩影。杨白劳淳朴善良、老实本分,本想着和心爱的女儿过平淡的生活,却因为恶霸地主的剥削而被迫过着借债、躲债的苦难生活。从他省钱给女儿买红头绳、买白面,可以看出他也有对幸福生活的向往,但妥协懦弱的性格和残酷的环境让他又充满了绝望。

恶霸地主黄世仁是推动剧情发展的另一个重要角色,他欺男霸女,放高利贷,带着伪善的面具从事罪恶的勾搭,是剥削阶级的典型代表。他一手改变了贫农杨白劳和喜儿的命运,制造了一场又一场悲剧,其丑恶行径深深激怒了观演的群众,同时也加速了舞台上下农民阶级的觉醒。《白毛女》上演以后,人民群众对黄世仁的仇恨达到了顶点,甚至迁怒到演员本人。黄世仁的扮演者陈强在演出时,常常被群众用土块打得鼻青脸肿;在部队演《白毛女》,看演出的士兵入了戏,要开枪打"黄世仁"。这些令人啼笑皆非的小插曲,证明了这个角色塑造得非常成功,也召唤着人民追求真善美,拿起武器奋起反抗。

(三)精彩的民歌穿插

剧中脍炙人口的喜儿唱的《北风吹》《恨似高山仇似海》、杨白劳唱的《十里风雪》等,大都来自创作者对民间音乐的改编。那些逐渐被遗忘被疏远的曲调,经过歌剧《白毛女》的演绎,出自民间的那种动听、优美、入耳、朴素、易唱的特色再度被激活,焕发出亲切强大的生命活力。《北风吹》是剧中主人公喜儿的代表唱段,深受大众喜爱并在民间广为流传,其音乐塑造和戏剧形象是整部歌剧成功的关键。它作为第一幕的第一曲衔接在序曲之后,成为引领全剧的重要开端。《北风吹》借由轻灵活泼的河北民歌《青阳传》和凄苦婉转的河北小曲《小白菜》改编而成,前半部分的吟唱将贫苦农家姑娘期盼父亲的牵挂、扎上红头绳时的欢欣雀跃抒写得淋漓尽致;而后半部分哀伤悲情的《小白菜》则由喜儿在剧中反复咏叹,丰富感人,引人泪目。《恨似高山仇似海》是全剧篇幅最长、推动剧情达到高潮的核心咏叹调,这段唱词是作曲家马可为了丰富展现歌剧的艺术表现力,在二十世纪七十年代续写的一段。该曲由"恨似高山仇似海""要报仇"和"不死的鬼"三个分曲组成。它在梆子音乐的基础上,结合人物形象和规定情境唱段中,巧妙地运用了说唱的表现形式,说中有唱,声泪俱下,形成了震撼人心且极具艺术感染力的唱段,充分完成了歌剧音乐强大的戏剧功能。这一唱段将喜儿性格的蜕变和对复仇的渴望展现得淋漓尽致,也进一步突出了整部歌剧"旧社会将人变成鬼,新社会将鬼变成人"的主题,将全剧推向了高潮。在歌剧这样庞大体裁作品的创作中,吸收民间音调作为音乐主题,一方面能拉进与观众之间的心理距离,同时,通过进一步的艺术加工,如采用主调贯穿的方式,对这些民间音调进行提炼处理,采用西洋作曲技法结构全曲,有利于剧作的戏剧化呈现。[1]

(四)大众化的审美

歌剧《白毛女》的题材来自民间传说,它脱胎于秧歌剧,成长于山野田间,与生俱来的泥土气息是它获得广大人民喜爱的根本原因。白毛女,从人到鬼,再由鬼到人,赋予了全剧巨大的悬念和命运反差。在叙事上,它颇具传奇意味,既有完整的故事情节,又层次分明、高潮迭起。例如,大年三十杨白劳躲债时的挣扎、喜儿扎红头绳时的喜悦欢欣、杨白劳

---

[1] 刘蕊:《民族歌剧〈白毛女〉的艺术特性及时代价值》,《四川戏剧》2019 年第 11 期。

被逼按手印而后喝盐卤悲惨自尽、喜儿逃出魔窟后的悲情呐喊,这些戏剧矛盾明确集中,情绪变化幅度巨大,但歌剧行进节奏浑然有序,明白如话。"这种叙事方式鲜明地带有中国民间评话说书重故事、在故事中展开人物个性命运的特点。它用我们熟悉的叙事方式讲述我们熟悉的故事,因而容易让观众代入体验。"①在语言上,《白毛女》的对白是提炼过的大众化口语,自然、淳朴,常使用民间谚语、俗语或歇后语,更符合工农兵群众的表达习惯。如穆仁智说的"吃不了兜着""胳膊抗不过大腿",就是富于性格的口语,很有民族特色。它的歌词也是凝练又深刻的,大多采用传统戏曲唱段中句句押韵的方式,音韵和谐铿锵、朗朗上口;同时学习了民歌和传统戏曲中抒情写意的方式,大量使用比兴、对偶、排比、比喻等修辞手段,增强了语言的表现力。《白毛女》的审美大众化不仅体现在歌剧艺术崇高的艺术性和戏剧本身来源的真实性,还体现在表演艺术家们深入民间,对劳动大众审美诉求的理解,这就是创演之初为什么会有成千上万的群众拖儿带女,不辞辛苦赶来观看的原因。它在当时具有极强的鼓动性和感染力,极大地激发了广大人民群众,尤其是工农兵群众的审美需要和革命激情。

六、国内外的传播与接受

《白毛女》自 1945 年诞生以来,很快从延安传播到全国各地,成为风靡大江南北的经典之作,引发了"现象级"的观剧热潮。在新中国成立后,歌剧《白毛女》不仅被改编成电影、京剧、芭蕾舞剧、皮影戏等多种形式,还走出了国门,陆续在苏联、日本、法国等国家演出,并被翻译成日语、英语、俄语、印尼语、西班牙语等多种语言发行,获得了广泛的传播。国内外的成功演出,使《白毛女》成为迄今为止在世界上影响最大的一部中国红色经典,并在历史变革的进程中不断地把新中国的形象传播到世界各地。

(一)国内演出引发热潮

歌剧《白毛女》在延安正式公演的时间是 1945 年 4 月 24 日,当时还没有第五幕第三场"批斗、公审、枪毙黄世仁"的剧情,审判剧情的增加是因为演出深深地震撼了以广大农民为代表的无产阶级,引起的轰动效应和带来的激励效果远超乎想象。据史料记载,整个演出过程全场鸦雀无声,观众泪流如雨,尤其是当获救后的喜儿在群众的拥簇下走上舞台,幕后唱起"旧社会把人逼成鬼,新社会把鬼变成人"的主题歌时,剧场爆发出长时间雷鸣般的热烈掌声。国家一级导演、2015 年复排歌剧《白毛女》的导演张奇虹回忆,"当剧情发展到黄世仁在白虎堂向喜儿施暴时,观众席后面的女同志哭声一片";看完演出的战士们把"为杨白劳申冤!为喜儿报仇"刻在了枪上奔赴前线去英勇杀敌。②据歌剧中饰演黄世仁的老艺术家陈强回忆:在 1946 年解放张家口时,文工团到河北的怀来演出民族歌剧《白毛女》。在剧目演到批斗黄世仁一幕时,台上群众演员正在呼喊"打倒恶霸地主黄世

---

① 毛时安:《朴素的力量是永恒的——评新版歌剧〈白毛女〉》,《人民日报》2016 年 01 月 19 日。
② 张奇虹、张阳阳、陈芳:《永远白毛女——红色经典的非凡传奇》,北京出版社 2016 年版,第 25 页。

仁"的口号，台下的观众突然扔出了很多水果。当时有一个大水果正好砸在陈强的眼睛上，第二天他的眼睛就肿得乌紫乌紫的。还有一次，还是在河北演出，部队在河涧刚刚开过诉苦大会，晚上演出开始，台下的战士哭得泣不成声，有一个战士突然拔出手枪，把子弹上了膛，瞄准台上的"黄世仁"就要射击，幸好在紧要关头被班长制止了。这种情况多次发生之后，部队就做出规定：战士观看《白毛女》时只许带枪，不许带子弹。演员陈强的"遭遇"从一个侧面反映了《白毛女》演出的热烈程度和强大的政治引领效果。

《白毛女》首演成功后，很快就红遍了整个解放区根据地，并成为毛泽东《在延安文艺座谈会上的讲话》发表之后，红色文艺经典的创作楷模。"每次演出都是满村空巷，扶老携幼，屋顶上是人，墙头上是人，树杈上是人，草垛上是人。凄凉的情节、悲壮的音乐激动着全场的观众，有的泪流满面，有的掩面呜咽，一团一团的怒火压在胸间。"[1]这是丁玲笔下所描写的延安群众在观看歌剧《白毛女》时的真实情景。《白毛女》后来在重庆、上海、云南等后来解放的敌占区巡演，都取得了轰动性的演出效果，可以说《白毛女》演到哪里，革命与爱国的热潮就奔涌到哪里。除了内地演出的热潮迭起，《白毛女》在香港演出时也大获成功。1948年，香港还在英国的殖民统治之下，内地也还没有解放，演出绝非易事。在中共华南局的领导和何香凝、夏衍等文化名人的积极倡导和鼎力支持下，由香港演艺剧人发起并联合当地知名的爱国文艺社团组织大家同心协力排除一切干扰，最后成功地把《白毛女》搬上了香港舞台。《大公报》《新华早报》《中国文摘》《华侨日报》等多家报刊都争先恐后地报道了《白毛女》的演出盛况，如此高密度的媒体覆盖引起了香港各界人士的特别关注，一时间《白毛女》成为香港值得大书特书的重要"文化事件"。《白毛女》的成功赴港演出意义非凡，这是在港英政府统治下的香港首次公演由内地"解放区"创作的大型歌剧，它标志着已经走出延安的《白毛女》在内地的华北解放区、东北解放区之外的一个非常重要的成功，也为《白毛女》在全国范围内取得成功和今后迈向国际舞台打下了良好的基础。

（二）改编版本备受好评

随着国内演出大获成功，文艺工作者迅速将新歌剧《白毛女》从形式、内容两方面进行加工改造，1950年，电影版的《白毛女》也应运而生。作为"新中国最早一部反映农村生活、塑造农民形象的电影"，电影《白毛女》在编剧技巧方面大量采用了为普通观众所喜闻乐见的"歌唱"形式，不但保留了原歌剧中的经典唱段，如喜儿的"北风那个吹，雪花那个飘，风天雪地两只鸟……"还大量使用了具有地方特色的民歌，如开头赵大叔唱的"清清的流水蓝蓝的天，山下一片米粮川……"大春和喜儿的对唱："连根的树儿风刮断，连心的人儿活拆散；一幅蓝布两下里裁；一家人儿两分开……"和新歌剧相比，电影《白毛女》的受众群体增加，对影片的内容也就有了新的要求。城市观众是电影市场相当大的主力军，考虑到城市观众对"爱情"元素的要求，电影将喜儿和大春之间的爱情细节加强，而且赋予影片"有情人终成眷属"的幸福结局。歌剧《白毛女》的开场背景，是大年三十除夕之夜，杨白劳

---

① 丁玲：《延安文艺丛书·诗歌卷·总序》，湖南人民出版社1984年版，第16页。

外出躲债回来,与女儿喜儿一块过年。虽然王大婶向杨白劳提及了大春和喜儿的婚事,可杨白劳却说:"她大婶,你先不要着急,只要等上个好年月,咱就准给孩子们办。"紧接着黄世仁就上场逼债,趁着杨白劳昏厥过去,偷偷拉着他的手在卖身契上按了手印。王大春是在第一幕第三场才出场的,台词不多并且主要是听赵大叔讲红军故事。而电影《白毛女》的开场背景,则被改写成了秋收季节,在金黄色的田野里,到处都闪动着大春与喜儿的身影:大春摘柿子喜儿割麦子,大春砍柴火喜儿驮柴火,大春去采药喜儿在观看,导演以多重镜头的交替折射,向观众传达出这对青年男女大婚之际的内心喜悦。黄世仁硬逼杨白劳在卖身契上按手印,最终在大喜之日逼死杨白劳,抢走了喜儿。当大春听到喜儿被糟蹋的消息以后,拿起斧头就要去找黄世仁拼命,但被赵大叔等人拦了下来。赵大叔和张二婶为他出主意,让大春偷偷带着喜儿逃出黄家,因此大春与大锁复仇泄恨的故事情节,也被改成了大春和大锁营救喜儿。这种开场背景的巨大变化,集中体现了作者和编导的思想升华:杨白劳"卖女"的个人遭遇,再加上大春"失妻"的悲剧因素,不仅深刻地揭示了地主阶级贪得无厌的凶残本质,同时也生动地反映了中国农村阶级矛盾的不可调和性。

新的人物风貌、新的表现手法、新的艺术形式让改编后的电影《白毛女》一上映就引发热议,引起了巨大的社会传播效应。1951 年中秋节,全国 25 个城市、共 155 家影院同时上映影片《白毛女》。据相关资料统计,演出"一天的观众竟达 47.8 万余人"①,"国内首轮观众更是高达 600 余万"②,当时几乎每人都进入影院观看过此片,所以毫不夸张地说,《白毛女》创造了中国电影史以来的票房最高纪录! 一时间,电影《白毛女》引起了文化界、普通群众等受众的交口称赞,影片的主题被高度肯定,文化部于 1957 年评选 1949—1955 年的优秀影片时,电影《白毛女》毫无悬念拿下了一等奖。1958 年面世的京剧版《白毛女》和 1965 年首演的芭蕾舞剧《白毛女》也引起了广泛的讨论与关注,全国各地持续刮起了"喜儿"旋风。无论是歌剧、电影还是芭蕾舞剧,《白毛女》无疑都是一部佳作,它之所以能够成功,离不开它"以人为本"的创作原则,反映了广大无产阶级独立与解放的精神诉求。《白毛女》的三个版本都表达着"旧社会把人变成鬼,新社会把鬼变成人"的主题,作品在破除封建迷信旗号的同时,更深层面是在反映两个对立阶级的矛盾与斗争,引发着普罗大众产生共鸣。

(三)国外传播引发共鸣

新中国成立之初,《白毛女》就以其非凡的艺术魅力走出国门,先后在 30 多个国家、地区上映,并广受好评。1951 年 7 月,捷克斯洛伐克举行了第六届卡罗维·发利国际电影节,电影《白毛女》不仅荣获了第一个特别荣誉奖,同时也受到了国际影评人的广泛关注。捷克斯洛伐克文化宣传部部长认为:"影片不仅充满了深情与优美的民歌,令人体会到中国悠久的民族艺术,而且巧妙地引用了民间传奇,动人地刻画出中国农民在封建压迫下艰苦斗争的史迹,我确信在今天反对美帝国主义的斗争中,中国农民必将继续发展他们这种

---

① 宋杰:《导演王滨与电影〈白毛女〉》,《电影艺术》2004 年第 6 期。
② 袁成亮、袁翠:《从歌剧到舞剧:〈白毛女〉的变迁》,《党史纵横》2005 年第 6 期。

坚韧不屈的顽强精神。"①电影在当时作为一种比较新颖的文化传播形式,为《白毛女》走向世界提供了更多的便利,不仅歌剧版、电影版《白毛女》成为红色经典,作为八大"革命样板戏"之一的芭蕾舞剧《白毛女》更是推上了经典的高峰。日本松山芭蕾舞团创办于1948年,是世界上第一个将中国的《白毛女》改编成芭蕾舞的艺术团体。继朝鲜战争之后,中日关系紧张到了几乎要完全隔绝的状态。战后的日本经济面临危机,物资严重短缺,一方面承受着经济复苏的压力,对华贸易势在必行;另一方面,日本国内形成了多个具有"中日友好"倾向的民间团体,实现两国的友谊与交往是广大日本民众的殷切希望。1952年,中国电影版《白毛女》在中日各界友好人士的努力下辗转得以在日本上映,松山芭蕾舞团的创始人清水正夫与松山树子夫妇,看完了《白毛女》后感慨颇深。1953年底他们从田汉处得到了歌剧《白毛女》剧本,于是就产生了将其改编成芭蕾舞剧的强烈冲动。松山版芭蕾舞剧《白毛女》的表现主题,主要还是依据日本艺术家的个人理解,突出喜儿与大春之间曲折坎坷的爱情故事。经过两年多的艰苦创作,1955年2月12日,松山芭蕾舞团终于在东京日比谷公会堂上演了芭蕾舞剧《白毛女》。据清水正夫回忆:"那天天气非常冷,但是观众人山人海,连补座都没有。看上去,大部分的观众都是大学生和工人等年轻人。"松山树子说:"我还很清楚地记得芭蕾舞《白毛女》的首演,我亲自感受到了观众的热情,我只是拼命地跳舞。谢幕的时候,观众的掌声经久不停。我看到前排的观众都流着泪水,有的甚至大声地哭了起来,台上的演员也抑制不住自己的感情,都流着眼泪谢幕。"②松山芭蕾舞团从1958年开始,先后12次到中国演出《白毛女》,受到了中国观众的由衷喜爱。1964年毛泽东等国家领导人还亲自登台接见了演员,也由此创造了外交史上的奇迹,成就了"芭蕾外交"的佳话。

结语

2015年,为纪念世界反法西斯战争胜利70周年和歌剧《白毛女》诞生70周年,中国歌剧舞剧院再次复排了这部经典民族歌剧。主创人员在继承了前人丰富的创作经验后,也进行了新的诠释。在唱段安排、声音塑造、人物塑造等方面,充分体现了文艺的继承与创新精神。鲁迅在谈《西游记》时曾说,小说虽写神魔鬼怪,但它"讲妖怪的喜、怒、哀、乐,都近于人情,所以人都喜欢看"③。其实《白毛女》故事之所以会受到人们喜爱,也正是因为它"近于人情"的艺术真实。《白毛女》从民间传奇到红色经典,绵延流传了几十年时间,在多种形式的传承和创新之下,《白毛女》不断焕发出新的生机,成为影响几代人的红色印记。

① 袁成亮、袁翠:《从歌剧到舞剧:〈白毛女〉的变迁》,《党史纵览》2005年第6期。
② 山田晃三:《〈白毛女〉在日本的传播和影响》,《文艺理论与批评》2005年第3期。
③ 鲁迅:《鲁迅全集》,人民文学出版社1981年版,第328页。

第八讲　革命烈火中的青春绽放：《青春之歌》

青春对于每一个青年的含义都是独特的。这个阶段往往会对未来充满各种美好的幻想，为了追寻自己想要的生活，追寻青春的意义所在，勇立潮头的时代青年敢于拼搏、敢于改变、敢于突破，青春之歌，注定是一曲不平凡的歌，那么青春到底是什么呢？

一、杨沫与《青春之歌》创作

《青春之歌》[①]的作者杨沫（1914—1995），原名杨成业，笔名杨君默、杨默。原籍湖南湘阴，生于北京。曾任北京市文联主席、《北京文学》主编，其代表作是描写一个知识女性成长为无产阶级先锋战士的长篇小说《青春之歌》，该作品鲜明、生动地刻画了林道静等一系列青年知识分子形象。小说于 1958 年出版后受到广大读者特别是青年学生的欢迎，后被改编为电影和电视剧。

杨沫 1936 年入党，早期曾做过很多革命宣传工作，新中国成立后，她一度身染重病。就在那段日子里，她突然感到被一种说不出的创作欲望推动着，用她的原话说，就像一个快要临盆的大肚妇女一样，就在这样一种不写不行的状态下，杨沫开始创作这部有些自传性质的小说。这期间她的身体一直很差，有几个月几乎只能躺在床上写，但她却在日记中写道：干脆来个灯尽油干，集所有力量，写出这篇长小说来，然后，死就死了。这几乎被当作生命绝笔来写的作品就是后来的《青春之歌》。1958 年《青春之歌》一问世立刻成为当年的畅销书，一年内图书销量突破 130 万，总发行量超过 500 万册，后来又被翻译成英、法、德等 20 种文字介绍到国外。1960 年日文版《青春之歌》出版，五年内连续 12 次重印。2019 年，《青春之歌》入选"新中国 70 年 70 部长篇小说典藏"。

1959 年由杨沫改编，崔嵬、陈怀皑执导的电影《青春之歌》上映。北京各家影院场场爆满，很多影院 24 小时连续放映。全国刮起"青春"旋风，无论是小说还是电影，《青春之歌》都洋溢着对理想的执着追求、为民族解放的献身精神，这种精神具有崇高的美感，指引着几代人的人生之路和精神追求。时过境迁，很多曾经红极一时的应景之作经过时间的淘洗都淡出了人们的视线，然而《青春之歌》却像一块璞玉，愈发显现出其耀眼的艺术光彩，成为中国文学史和电影史上名副其实的"红色经典"。

小说《青春之歌》是作者杨沫的第一部长篇小说，也是中国现代文学史上第一部正面

---

① 杨沫：《青春之歌》，中国言实出版社 2015 年版。

描写学生爱国运动的长篇小说。杨沫说:"英雄们的斗争、中国共产党领导中国革命(主要是七七事变前白区斗争那一段)的惊人事迹,加上我个人的一些生活感受、生活经历,这几个方面凑在一起便成了《青春之歌》的创作素材。"①小说以 1931 年"九一八事变"到 1935 年"一二·九运动"这一历史时期中国共产党领导下的北平学生爱国运动为背景,以林道静的革命成长史为主线,描绘了当时各类知识分子的精神面貌和生活道路。正如詹姆逊所言:"讲述冠以一个人和个人经验的故事最终包含了关于集体本身经验的艰难叙述。"②无论是小说还是电影,《青春之歌》留给几代人的记忆都令人难以忘怀。

在"十七年"文学中,《青春之歌》是唯一一部描写女性的小说,与二十世纪五六十年代的小说不同的是,《青春之歌》改变了以往小说中女主人公性格男性化的特点,赋予了女主人公原本属于女人的温婉知性与温柔可人,当时的文学作品主要以工农兵为主要描写对象,作者杨沫以其独特的构思描写了女性的细腻温婉,赢得了青年读者的心。林道静因被家族生活所迫,离家出走,经历了跳海、教书,后来走上了革命道路,她的经历让有着极高的革命热情的中国广大民众深受鼓舞,给予了他们精神的指引,促使他们对中国革命的希望更大,拥有了更加坚定的信念理想,走向革命的胜利。在这部小说里,主人公的感情生活也是一大亮点,以往的红色文学中大多体现的是对革命的热情,对信念的坚持,是战友间的纯真情感,《青春之歌》与这些作品相比较是一个突破、一个创新,也是那个年代让广大读者尤其是青少年读者为之疯狂的一个原因,正因为这样,《青春之歌》开创了中国文学的一个新时期,即人们可以大胆直白地表达自己的情感,尤其是对异性的情感,这也使得原本有些生硬的人物形象更加丰满,不再拘泥于文学作品,开始慢慢走进人们的生活中。林道静和余永泽、卢嘉川、江华三个男人的情感纠葛也使得林道静形象变得更加完美和生动,成为一个有血有肉的、活灵活现的人物,从文学作品中走出来,进入人们的生活中去,成为人们心目中的英雄。小说也因此更贴近知识青年的内心世界,更贴近生活,《青春之歌》开了还原女性角色、描写情感的先河,同时也为革命时期的人们指引了道路。

在这部 40 万字的小说中,作家采用了将传统的叙事模式与时代精神和主流话语完美"嫁接"的叙事策略,把知识分子个人成长、群体成长的历史与中国共产党的革命斗争史同步演绎,在"革命+爱情"模式"男性对女性拯救指引"模式及"寻父"模式中成功地进行了"男性恋人"与"党"的身份的置换,从而把林道静对男性的选择、依恋提升为一个小资产阶级知识分子对中国共产党的皈依,凸显出当时的历史条件下中国共产党对知识分子吸引和改造的时代主题。作者通过对旧的写作模式的合理运用和改造,从思想和艺术上赋予人物和作品恒久的人格精神,完成了小说由"模式化"向"经典化"的转变。那么《青春之歌》到底讲的什么?林道静这一人物形象为何有这么强烈的艺术魅力?让我们一起走进《青春之歌》,共同解读这部红色经典吧。

---

① 杨沫:《谈谈〈青春之歌〉里的人物和创造过程》,《文学青年》1959 年第 1 期。

② [美]弗雷德里克·詹姆逊:《处于跨国资本主义时代中的第三世界文学》,载张京媛主编《新历史主义与文学批评》,北京大学出版社 1993 年版,第 251 页。

二、"模式化"新解与《青春之歌》的"经典化"

"模式"通常是指事物的标准样式,"模式化"就是按照固定的模板去制作或者复制同类产品。人们在长期的创作实践中常形成一些文艺创作模式,这些模式在文学作品中被广泛应用并得到普遍认同。而通常意义上所说的模式化,是指在创作中对固有模式的使用和依赖,它本身所具有的功能常被文学创新的口号所遮蔽,甚至被当作老旧的、僵化的、没有生命力的形式而被人诟病。尤其是新时期以来,在对曾经制造的"样板"进行清算的同时,对于"模式化"人们又增加了一层贬损之义,"模式化"也就成为"多样化"的反语。

其实当重新审视文化和文学发展的历史时,就会发现对"模式化"的一贯批评有失偏颇。罗兰·巴特曾提出:"叙述的分析迫不得已要采用演绎的方法,叙述的分析不得不首先假设一个描述的模式,然后从这个模式出发逐步深入到诸种类,诸种类既是模式的一部分又与模式有差别。"[①] "模式化"来自生活的普遍化及人类生活和情感的高度类型化,"模式化"的形成不仅来自创作者本身的意图和理解,更是广大接受者的心理期待和审美惯性的作用。有些"模式"已经如集体无意识,深植于大众的心理期待和阅读经验中。

因此,一些传统创作模式的形成都有着深厚的社会和历史的积因,红色经典的创作有时也很难走出这种既成的模式,或者应该说没必要一定回避某些"模式化",对待"模式化"应用客观清醒的辩证态度,只要运用得当,"模式化"会让观众有一种默契,产生认同感,拉近作品和观众的距离,也会让作品增加更多的亲和力。因此就会发现许多经典往往来自模式化。比如二十世纪三十年代的"革命+恋爱"模式就是典型的例证,时代精神与文学相结合,大多数激进青年的生活道路与读者潜在的心理期待共鸣,这些都是形成这种"模式化"的原因。当然,若一种模式被过度使用而导致泛化,也必然造成接受者的厌倦和排斥,这是"革命+恋爱"模式短命的重要原因。二十世纪九十年代末,电视连续剧《还珠格格》风靡一时,获得了很高的收视率,其重要原因之一就是采用了传统的"灰姑娘"模式,它与人类"原欲"中那种渴望在偶然奇遇中平步青云改变命运的心理相契合,从而让观众产生审美愉悦。

所以说有些传统模式在文学创作和消费中屡试不爽,是有其受众心理学方面的重要原因的。从文学作品的接受和传播层面看,文学作品不只是面向精英和批评家的,更是面向大众的。单纯地强调个性和创新,以此来否定模式化创作,忽视这种具有悠久历史和广泛基础的传统审美心理和消费习惯,恰恰是对大众文化权利的轻视和剥夺。当一部作品与读者心理建立起一种持久的沟通和互融关系,并被不断地欣赏和传播时,就可能使其成为一个时代的艺术经典,也就具有了超越性和普适性价值。《青春之歌》就是这样一部具有时代精神、主流意识形态色彩和大众文化基础的艺术经典。

---

① ［法］罗兰·巴特:《叙事作品结构分析导论》,载伍蠡甫、胡经之编《西方文艺理论名著选编》(下卷),北京大学出版社1987年版,第474页。

　　《青春之歌》是杨沫"自叙传"性质的小说，虽然杨沫一再受到出版界和批评界的影响，不断修改作品的内容，但她的写作基本上还是体验性的。小说外在的修改要求主要是为了适应一种时代的思想潮流和政治要求，作品的修改加上一代人的人生体验，使作品越来越符合并强化了一种"婚姻抗争—离家出走—自由恋爱—投身革命"的艺术模式。而这种模式是五四"人的解放"主题的延续和发展，是二十世纪五十年代国家意识形态所体现出的知识分子思想改造政策、知识分子的内省和民间工农大众的主人翁意识三种力量所共同构筑的一种新的时代精神。作品赋予传统模式一种永恒的人类精神，诸如信仰的力量、崇高感、英雄主义、献身精神等，从而实现人类精神与传统模式的完美嫁接，使作品产生了震撼人心的力量。因为信仰、奋斗、崇高、理想、爱情、英雄主义和献身精神是各个不同时代，尤其是青年一代的需要，因此小说自然地就形成了一种精神共享，这种共享的程度越高，作品的经典化程度也就越高。

　　《青春之歌》成为经典的另一个重要原因是它提供了几代青年知识分子成长的基本路径，表现了他们在民族解放的神圣事业中不断克服自身软弱性，与工农大众相结合的过程中思想和情感转变的心路历程。在今天看来，这种精神似乎离当代青年很远了，但是不能否认的是其历史的真实性和情感的真诚性。不能因为理想远大而否定理想，杨沫创作这部小说的那个时代，最流行的书籍就是苏联的一些红色经典，如《钢铁是怎样炼成的》是杨沫病中的精神支撑，保尔·柯察金的精神代表着一种时代精神，杨沫在日记中写道："保尔鼓舞着我，我真的开始准备写这部自传式的小说了。今天，我坐在桌前忍住浑身的疼痛，写了一天的提纲。不，主要是在思索故事的发展，写的并不多，往事带着感人的色彩，一阵阵激动着我……"[①]她在《青春是美好的》文章中回忆北平失陷后自己和朋友们一起到华北平原参加抗日的情景，这段经历使她的思想情感发生了质的变化。当时不时地有战友牺牲的消息，生活异常艰难，随时处在被敌人包围的危险中，每当遇到危险时那些素不相识的老百姓就会站出来掩护和拯救自己："群众救了我的生命，也不断改造着我的灵魂，我从过去瞧不起群众的自命不凡，渐渐变得热爱群众、尊重群众。"[②]只有在这种民族危亡、生与死的选择中才能考验人性中最本质的东西，也正是在这种考验中作家的情感才真正和工农大众连接在一起。从这里也可以看出《青春之歌》中弥散着的那种崇高的人类情感，是时代精神与那一代进步知识分子心路历程的共同印证。既表露出作家主动向新生政权致敬的姿态，同时也是那一代知识分子在大时代炼狱般的淘洗中精神皈依的真实写照。

　　《青春之歌》就是在个人情感、时代精神、人类精神三者重合的那个点上建构自己的经典化坐标体系的，而连接林道静生命曲线的正是那一个个人们所熟悉的模式。

---

①　杨沫、徐然：《爱也温柔 爱也冷酷——〈青春之歌〉背后的杨沫》，辽宁人民出版社2000年版，第17页。
②　杨沫：《青春是美好的》，《新文学史料》1978年第1期。

三、从林道静的典型形象看《青春之歌》对"模式"的继承与创新

通过阅读《青春之歌》文本，会发现小说中运用了许多传统的故事模式，从这些模式的运用中可以看到作品对于传统写法和历史叙事经验的继承，同时也因这些模式，让读者有了熟悉感和更深的阅读期待，小说因此也获得了大众的阅读支持。

（一）林道静青春奋斗的艺术形象

林道静是一个放射着青春光彩的女知识分子形象，是一个小资产阶级知识分子成长为无产阶级革命战士的典型。她的青春洋溢着激情，蕴含着力量，那种青年特有的热情，那种为了实现真理而不顾一切的勇气，那种为了共产主义信仰不懈奋斗、不怕牺牲的精神，都展现了她特有的美感和力量。正是这种热情、勇气和不屈的精神，塑造了这样一个精彩的"女英雄"形象。

在很多文学作品中的女性角色都是以工农兵的形象出现的，她们大多是行业里的女强人，她们有着过强的专业技能，吃苦耐劳，爱岗敬业，给读者的印象通常是干练的短发、黝黑的皮肤、健硕的肌肉、爽朗的笑声……可往往缺少女性美，这些作品中的女性并不是传统意义上的大家闺秀，也没有知性感。

而林道静是一个知识女青年，温柔可人，她的身上有着中国传统女性的魅力。生母的去世、后母的压迫让她痛苦压抑，传统的女性思维让她跟生活妥协，不敢过多地言语；可是新时代知识女青年的形象又让她敢于挑战权威，不甘心任人摆布地过完一生，于是她选择了离家出走，之后又经历了跳海、参加革命，经历挫折和坎坷后终于掌握了自己的命运，成长为无产阶级革命战士，引导着一批又一批青年投身革命事业。林道静在个人成长的过程中结识了对她产生深刻影响的三个男人，她的情感故事也是这部小说引起轰动的原因之一。

林道静的生命中先后出现了余永泽、卢嘉川和江华三个男性，其中卢嘉川对林道静的人生意义最为重大。将林道静弃余投卢的"情变"仅仅看成或主要看成一次政治上的弃暗投明是不够客观的，因为，共产党人卢嘉川的出现并非导致林道静离开自由主义知识分子余永泽的根本原因，早在接受卢嘉川的革命启蒙之前，林道静与余永泽之间早已危机四伏。林道静从未安心于平庸的家庭主妇生活，当余永泽埋头学问时她始终难以平衡自身的失落感，她问余永泽："你是大学生，有书读，有事做。可是，我，我这样的算个什么呢？"于是，她四处求职却四处碰壁，连余永泽都感觉她是一匹难以驯服的小马，林道静不能接受余永泽所设想的男主外、女主内的生活模式，不乐意接受余永泽为她设计的"教授夫人"的主妇生活，她的目标是要"独立生活，要到社会上去做一个自由的人"。这让读者完全有理由相信：林道静和余永泽的结合只是暂时的无奈之举，一旦机会来临她就会离开这样的家，跑到广阔的社会天地中去。自由独立是林道静骨子里最鲜明的因子，这是她拒绝"花瓶道路"的思想利器，也是她拒绝做家庭主妇转而去做革命者的深层原因，林道静的两次

离家出走、两次选择在思想逻辑上是完全一致的。

(二)林道静成长道路的三个阶段

杨沫在《青春之歌》中塑造了大量灵动的艺术形象,各种各样的人物都是为了衬托林道静这一主要人物的成长和蜕变。小说在塑造林道静这个人物形象时,文本中交织着两种话语叙事:个人情爱叙事和个人成长的线性递进单元的革命政治叙事,革命叙事是主线,情爱叙事是在革命话语中进行的。《青春之歌》是以林道静的个人成长和思想历程为叙事主线的。线性递进的叙事单元包括:从封建家庭的摧残中觉醒,抗婚出走,寻求个性解放;结识北大学生余永泽,营建个人主义小家庭;结识共产党员卢嘉川,接触革命,从个人主义中觉醒,同自私的婚姻和余永泽决裂,再次走出家庭;结识共产党员江华,在革命活动中经受锻炼,思想转变;狱中结识共产党员林红,思想得以升华;加入中国共产党,领导北大学生运动。

林道静的"出走"模式,并非作者对既成模式的套用,是因为她有一个个体的"史前史"[①]。杨沫16岁时为了逃避父母包办的婚姻离家出走,到北戴河投奔教书的兄嫂受到冷遇,险些投海自尽。后历经磨难,到了华北敌后根据地,并加入了中国共产党,找到了自己人生的归宿。所以她在自己的小说中很自然地把"出走"和投身革命联系起来。

在五四时代思潮的影响下,个性自由和思想解放成为普遍的社会追求。这在当时不是一种文化时尚,而是对生命价值实现的渴望。一种适应社会发展需要的思想必然成为时代的思想。巴赫金说:"这类小说中,人的成长带有另一种性质。这已不是他的私事。他与世界一同成长,他自身反映着世界本身的历史成长。他已不在一个时代的内部,而处在两个时代的交叉处,处在一个时代向另一个时代的转折点上。"[②]也正因此,《青春之歌》才会有如此大的影响,林道静的道路才会引起那么多青年人的共鸣。在林道静成长的叙事链上,有三个关键人物——卢嘉川、江华、林红,他们是林道静成长的领路人和导师。小说中林道静的成长道路大体分为三个阶段。

第一个阶段:两次离家出走的阶段

这是她反抗、彷徨、探求的过程,也是她由个性解放走向社会解放的一个转折。林道静出生在地主官僚家庭,生母却是佃户的女儿,因被林家赶出家门投河自尽。从小在继母虐待下长大的林道静养成了倔强、反抗压迫、同情不幸者的品格。长大后为了反抗继母逼婚,林道静第一次逃出了家庭,这是她追求个性解放、个人奋斗的起点。

"出走"是作品中出现的第一个模式。"出走"模式源于传统文学中的"私奔"。但在古典文学中,"私奔"故事除了在司马相如和卓文君的故事中流传之外,在中国传统文学经典中极少出现,更没有形成所谓的"模式",往往到"私定后花园"就止步了。1918年胡适将易卜生的《玩偶之家》介绍到中国后,在知识青年中引起了很大的震动,虽然"易卜生主义"

---

① 程光炜:《〈青春之歌〉文本的复杂性》,《中国比较文学》2004年第1期。
② 〔俄〕巴赫金:《教育小说及其在现实主义历史中的意义》,晓河译,《巴赫金全集》(第3卷),河北教育出版社1998年版,第230页。

成为五四时期中国青年个性解放、婚姻自由的先声,但由于时代的限制,青年人还不能立即突破传统的诸多制约和现实的种种障碍,家庭的桎梏还是较为严重的,于是"出走"便成为他们反抗封建礼教的一条基本路径,也迅速成为文学作品中一种普遍模式。胡适的独幕剧《终身大事》中的田女士就是现代文学中最早"出走"的女性,这部剧基本上是复制易卜生的《玩偶之家》的叙事。中国现代文学中女性的出走多是这种为反抗封建包办婚姻而离开父母和家庭的出走。1923 年 12 月 26 日鲁迅在北京女子高等师范学校发表了题为《娜拉走后怎样》的演讲,对这种反抗模式做了进一步超越性的思考。他为出走的女性预设了两种结局:"不是堕落,便是回来。"①1925 年鲁迅又通过小说《伤逝》中子君的"出走"对新女性的当下命运进行了形象的描绘。此后的文学作品中陆续出现了一批"出走"的女性,如丁玲的《莎菲女士的日记》中的莎菲、茅盾的《蚀》中的静女士、郁达夫的《她是一个弱女子》中的主人公等,她们或"堕落"或"回来"或"死亡",这些女性的姿态一直在寻觅、在挣扎,试图找到一条妇女解放和个性自由的正途。受着这种文学新传统的影响,二十世纪二十年代末到三十年代初"普罗文学"中"革命加恋爱"小说开始流行,作品中一系列出走女性形象的大量出现就是当时社会现实的真实写照。所不同的是,在鲁迅所指出的末路之外,"红色文学"出走的结果有了新的出路,那就是革命。

二十世纪五十年代问世的大量长篇小说中,《青春之歌》是唯一一部讲述知识女性成长史和心灵史的典型文本。杨沫谈《青春之歌》的创作心态时说:"受了 18 世纪欧洲文艺的个性解放思想;也受了五四运动的影响,我要婚姻自主。"②《青春之歌》尽管有着浓重的时代印痕,但小说以超时代的视野探讨了五四以来女性解放话语的新命题与新出路,再一次运用"出走"模式为鲁迅的"走后怎样"提出了自己的解答和勇敢实践。

《青春之歌》运用的另一个模式是"绝处逢生、英雄救美"。林道静逃离家庭后前往北戴河找表哥谋一份职业,然而投亲无着,巧遇杨庄小学校长,将她收留,住在学校教员宿舍里,等候工作安排。没想到这竟然是个圈套,校长给她承诺的工作就是给鲍市长做小,她彻底绝望了。"她竭尽了全部勇气刚刚逃出了那个要扼杀她的黑暗腐朽的家庭牢笼,想不到接着又走进了一个更黑暗、更腐朽、张大血口要吞食她的社会",走投无路的情况下,她选择跳海自尽,然而却被北大青年学生余永泽救起。余永泽高挑的身材、小而亮的眼睛,加上他的柔声细语、渊博的学识和北大高才生的身份,让林道静产生了"诗人兼骑士"般的好感。"她冻僵了的心遇到了这温热的抚慰,死的意念突然像春天的冰山一样坍倒下来了"。接下来的情节就完全按照传统的"英雄救美"模式发展下去,两个人产生爱情,然后同居。可以说这段故事基本没有走出近代鸳鸯蝴蝶派小说和五四初期爱情小说的模式。

同居后的林道静淹没在琐碎的家务生活中,也渐渐地发现了余永泽的自私和平庸,渐渐地厌倦了这种沉闷无味的生活,她抱定"黑暗的社会不叫我痛快地活,我宁可去死"的信念。于是林道静再次离家出走。这次与"家"的决裂,和第一次逃离原生家庭的性质是根

---

① 鲁迅:《坟·娜拉走后怎样》,《鲁迅全集》(第 1 卷),人民文学出版社 1981 年版,第 163 页。
② 颜敏:《从个人化记忆到集体性记忆——重读〈青春之歌〉》,《创作评谭》1999 年第 4 期。

本不同的:这是林道静结束了个人奋斗的道路,开始踏上了革命人生的成长之路。林道静的离家是对"才子佳人"命定道路的一种反叛,它向读者显示和提供了一种新取向,走出家门的知识女性在社会革命的洪流中以独立姿态与恋人并肩站立并共同战斗。

第二个阶段:在革命斗争中锻炼成长的阶段

这是她在三位共产党员的引导下,在革命动力的影响下,世界观逐步转变的重要阶段。"青春期奔突无羁的热情,不甘于平庸的人生追求,对异性的爱恋与仰慕等,都可以化作他们义无反顾投身革命的动因。"[1]

林道静的第一个启蒙引路人——卢嘉川

卢嘉川的出现改变了故事的走向,使之同时进入了普罗小说"革命＋恋爱"和"三角恋"的模式。按照余永泽的安排,林道静留在杨庄小学教书,在这里偶遇了北大学生卢嘉川。卢嘉川潇洒英俊的外表、不凡的举止言谈给林道静留下了深刻的印象。"这青年身上带着一股魅力,他可以毫不费力地把人吸在他身边。"最重要的是他对国家命运的关注与林道静内心深处的五四情结一拍即合。

与余永泽同居后,林道静心目中那"骑士兼诗人"的光环和超人的风度渐渐消失,而感受更多的是他"自私的、平庸的,只注重琐碎生活"的一面,她再一次感到绝望。到这里,余永泽与林道静的精神链接断裂,"拯救"的使命也告结束,而对林道静未来的"启蒙"与"指引"则是由卢嘉川来完成的,小说也就随之进入了一般小说的"三角恋"模式。

一个偶然的机会,林道静被拉去参加了一次进步青年的聚会,唤起了她内心压抑已久的激情。她发现了在这个污浊的社会中还流淌着这样一股清清的溪流,她意外地又见到了这个青年团队的核心人物卢嘉川。

当林道静说:"我斗争过、反抗过,可是我还没有出路"时,卢嘉川为她指明光明前途:"只有投身到集体斗争中去,把你个人的命运跟大众的命运联系起来,那才有出路。"这和余永泽那种狭隘的"你是我的!你的生命和我的生命早已凝结在一起"的男权主义人生观形成了鲜明的对照。在这次聚会上,她重新审视了卢嘉川那"高高挺秀的身材、聪明英俊的大眼睛、浓密的黑发、和善端正的面孔"。这和他那坚定的信仰融合在一起,完全就是她心中的"白马王子"。她在心底产生了一种模糊的但却是强烈的暧昧的感情。在与卢嘉川接触的过程中,林道静实现的不仅是个人感情的逐渐转移,更重要的是生命理想的逐渐转化。她把对卢嘉川的个人感情自觉地与自己对革命理想中的憧憬结合起来。在精神吸引和生命原欲的双重推动下,卢嘉川开始了对林道静的精神指引,教她读一些马克思主义理论的书籍,也让她做一点力所能及的工作。两人就在"革命"和"爱情"的双重吸引中保持着一种纯净美好的精神爱恋,直到卢嘉川被捕、牺牲,林道静离开余永泽。

《青春之歌》所描写的这段情节的时代背景,正是二十世纪三十年代中国普罗文学兴盛之际,也是世界范围的"红色的三十年代"。马克思主义理论尤其辩证唯物主义理论被大量介绍到中国。"介绍唯物辩证法的著作、译著大量出版,马克思主义哲学甚至在大学

---

① 董之林:《旧梦新知——"十七年"小说论稿》,广西师范大学出版社 2004 年版,第 162 页。

讲坛都占据了一定的地盘,以至于嘴里不讲几句辩证法或唯物论都不一定受学生欢迎。"①可以说,革命和革命理论在知识青年群体中也是一种思想时尚,只不过这种时尚既需要激情和信仰,也具有人生的风险和牺牲的可能。《青春之歌》中卢嘉川对于林道静的精神指引,是符合这种社会的实际和个人生活体验的,并非仅是为了强加给作品某种意识形态色彩而对"革命＋恋爱"模式的简单套用。

小说的另一个模式是"寻父模式"。它与"男性对女性的拯救指引"模式平行发展,林道静年轻、漂亮,接受过新式教育,在当时完全符合上流社会的择偶标准,但这不是她追求的生活目标。她从离家出走开始,一直不断寻觅的是能够指引自己、容纳自己的精神之父,他以男性身份为表征,以人的道德理想的自我完善为最终归宿。林道静生命中的三个男人——余永泽、卢嘉川、江华代表着她寻找的不同阶段。林道静的爱情观是逐渐革命化和阶级化的:余永泽是"诗人加骑士",卢嘉川是"恋人加导师",江华是"同志加大哥","这是一个非常明显的浪漫情感的消失过程","丰富变成简单,细腻变成粗犷,多样变成单一",②余永泽是她生命的拯救者,也是她告别过去、追求个性解放和美好人生的奠基人。余永泽带她走出了杨庄,来到五四运动的发源地北大,接触到中国最优秀的一批知识分子;卢嘉川是她参加革命的启蒙者和精神导师,鼓励她读进步书籍,教导她走出个人沉沦的小圈子,将个人解放融入民族解放的洪流中去。从这个意义上看卢嘉川是林道静精神上的指引者。林道静对卢嘉川的眷恋与对革命、对党的向往是合二为一,难以厘清的。从卢嘉川牺牲前与林道静最后一次见面的谈话中就可以看出这种端倪。卢嘉川询问林道静最近的生活情况时,有这样一段描述:

林道静低下头,用手指轻轻抹去眼角的一滴泪水,说:"生活像死水一样。除了吵嘴,就是把书读了一本又一本……卢兄,你说我该怎么办好呢?"她抬起头来,严肃地看着卢嘉川,嘴唇颤抖着。"我总盼望你——盼望党来救我这快要沉溺的人……"③

在这里,杨沫有意把"你"和"党"并列放置,第一次完成了"精神恋人"与"党"的置换。这种置换在后面江华这个人物的塑造及他与林道静关系的处理上意图更加明显。

这个阶段,孤军奋战的林道静终于找到了集体斗争的光辉道路,逐渐变得清醒起来,她在从卢嘉川那里借来的革命书籍中汲取真理,尤其在卢嘉川被捕后,她毅然拿出卢嘉川留下的传单和标语散发、张贴出去,第一次变得坚强起来,这是她走上革命道路的一个转折时期。

林道静的第二个引路人——江华

无论年龄、相貌,江华都很难引起林道静像对卢嘉川那种异性的心动,在某种程度上江华更像林道静的父亲。有时她会感到有点奇怪:"为什么一见这个高大沉稳而敦厚的同志她就要变成一个热情洋溢的小孩子呢? 为什么对他说话总和对别人说话不一样呢?"从

① 郭湛波:《近五十年中国思想史》,山东人民出版社 1997 年版,第 281 页。
② 张福贵:《灰色化:新文学中知识分子向民众认同的三个过程》,《中国现代文学研究丛刊》1998 年第 2 期。
③ 杨沫:《青春之歌》,中国言实出版社 2015 年版,第 159 页。

称呼上看,他把卢嘉川叫作"卢兄",而她叫江华为"老江",都体现出一种辈分上的差异。当江华提出"咱们的关系能否进一步"时,她想到的是"这个坚强的、自己久已敬仰的同志,就将要变成她的爱人吗? 而她所深深爱着的、几年来时常萦绕梦怀的人可又并不是他呀……"她走到外面,想到卢嘉川,泪水盈满眼眶。但她不再犹豫,"像他这样的布尔塞维克同志是值得她深深热爱的"。所以她接受了他的爱。从这里可以看出,她是把江华当作精神之父来爱的。在这个爱情中,她完全是被动的,是把他当作领导、上级、精神偶像、"党的化身"来接受的,这种接受更多的是"服从"和感激。正如林道静自己所说:"我常常在想,我能够有今天,我能够实现我的理想——做一个共产主义的光荣战士,这都是谁给我的呢? 是你——是党。"

江华告诉她:"中国革命的基本问题是农民问题",于是林道静在教育学生爱国的同时,开始注重深入农村了解农民,渐渐地成为一个自觉的革命者。江华的成熟、稳重和富有热烈信仰的性格,使林道静终于走出了生活与理想的矛盾,完成了精神上的成长与成熟。也就是在革命的并肩作战中林道静和江华相爱了。在这个模式中,杨沫在作品中又一次完成了从"男性恋人"到"精神之父"到"党"的身份置换,也同时完成了革命与爱情的完美嫁接,使林道静对男性恋人的依恋、接受,置换为对党对革命事业的皈依。作为林道静的入党介绍人,江华是使她抛弃一切"小资产阶级情调",成为一个勇于献身的真正的革命者。入党作为一个仪式,标志着林道静由一个自然人成为一个政治人,由一个单纯的青年成长为一个比较成熟的革命者,也象征着她道德理想的自我完善达到了一个更高的境界。此后,她开始以"党"的身份成为北大学生运动的直接领导者。

如果说余永泽给林道静的是"家",卢嘉川给她的是献身和冒险,而江华是把两者完整地结合了起来。革命是激变的生活,两者并不对立,更无法隔离,无论从人性出发,还是于生活终止,革命都不外是日常状态的延展和升腾。林道静接受江华的转折一步是:林道静在开展地下工作时曾遇到食不果腹的困窘,江华来到她身边和她一起生炉火做饭,并在走之前将自己身上所有的钱都留给了她。革命男女似乎回到了柴米夫妻的感觉,但恰恰是这样的生活场景拉近了林道静与江华的情感距离,为林道静后来接受江华铺垫了合理的情感逻辑,并非仅仅因为江华是革命引路人这么抽象。由此能看出,《青春之歌》保持了革命生活本身的丰富细节与合理逻辑,增加了小说的人性空间、想象余地和艺术魅力。

林道静的第三个引路人——林红

林道静回到北平后第二次被捕,在这里又受到了第三个共产党员,也就是林红的教育和引导。这个共产党员美丽得如大理石浮雕式的坚强女战士,把牢房当课堂进行革命宣传。当林道静入狱受刑后想一死了之时,林红以她爱人的英雄事迹和自身榜样一字一句地鼓舞林道静:"要活下去与敌人斗争直到最后一息!"林道静在这里上了"马列大学",逐步消除着自身的脆弱与不健康的小资产阶级思想,坚定了斗争信念,她不仅经受住了残酷的刑讯和威逼利诱,而且世界观发生了根本转变,变得更加成熟、更加坚强。

第三个阶段:林道静全身心为党工作的阶段

出狱后的林道静被批准加入了中国共产党,更加焕发出青春的活力。这期间她任劳任怨、勤勤恳恳与江华一起参加并领导了"一二·九"运动。她接受党组织的安排,在布满特务盯梢的北大、中法大学领导救亡工作;她积极发动、宣传、组织学生,在各班攻克反动堡垒。就在她困苦挨饿积极工作时,却被几个反动落后学生打得鲜血顺着嘴角流下,还被从楼梯上推下去,她匍匐在楼梯上滚着、挣扎着,此时她想起了卢嘉川、想起了林红,于是她擦干血迹,重新坚强地站起来,又继续于白色恐怖中开展工作,领导各班成立了学生自治会,并举行罢课游行,她的爱国热情激励着广大青年学生,终于在党的领导下,爆发了"一二·九"运动,点燃了抗日救亡的烽火!林道静英勇地走在游行示威的最前线,面对敌人的刀枪、皮鞭、水龙,她毫无惧色与江华和更多的青年学生紧握拳头,手挽手挺起胸,带头振臂高呼着:"冲啊!冲啊!"千百万人在严冬冷漠的枪声中挺进,在这汹涌澎湃的革命海洋里,林道静就像一只矫健的海燕,在冲击罪恶统治的暴风雨中振翅飞翔,她的青春在革命烈火中显得更加美丽、更加辉煌。

读者不仅看到"一二·九"运动前后党领导学生斗争的辉煌场面和时代风云,也看到了共产主义战士们英勇无畏战斗的英雄形象,还看到了中国人民在抗日救亡中做出的巨大贡献,并真正体会到:"中国共产党确实伟大、崇高!""没有共产党就没有新中国""就没有广大青年的出路!"像林道静这样一个平凡的女孩子,几乎无声无息地埋葬在三十年代黑暗的海洋与可怜的命运池塘里,是党的一次次出现,才使她投入了时代的洪流,真正找到了人生之路,才使她的青春在农村斗争、地下工作等革命实践中发出了灿烂的光辉!展现出美的崇高的精神境界,使她变得更加成熟、老练、更加坚强起来!

林道静由犹豫彷徨、思想脆弱、境界狭小的个人反抗逐渐变得广阔、开朗、成熟而坚强起来;她放弃了"教授夫人"的舒适生活,唾弃国民党达官贵人的荒淫无耻,毅然选择了革命的光辉大道,并勇敢地走入了社会,投身到民主革命运动之中,成为一名光荣的共产党员,这都是党的培养引导与自己不断追求努力的结果。作家在小说中塑造的林道静这一形象合情合理,符合客观规律和人物性格的转变,林道静的性格转变反映了人们真切的感受、真挚的情感和真诚的意向。林道静向着人们所希望的方向努力和转变着,小说《青春之歌》就是这样达到了情与理的统一。

四、时代的经典与永恒的魅力

林道静的成长之路,展现了中国二十世纪三十年代许多知识分子走过的道路。小说主要通过林道静"苦难历程"的生动叙述形象地展现"九一八"至"一二·九"这一特定历史时期我国学生革命运动的历史风貌和形形色色的知识分子的精神风貌,从而提炼出一个革命的思想主题:一切知识分子,只有把个人前途和国家民族的命运、人民的革命事业结合在一起,投入时代的洪流中,在改造客观世界的同时不断改造自己的主观世界,才有真正的前途和出路,也才有真正值得歌颂的美丽的青春。林道静的故事是一个知识分子走上革命的红色故事,是一个热血青年和她的时代一起进步的成长的故事,也包含着一个知识女性在追求人生理想的过程中找到真正爱情的故事。爱情、理想、信仰、奋斗,这些青春的关键词交织在一起,小说正是因为这种丰富性,才让人们觉得林道静走上革命的过程更有人情味和说服力,也让她的情感故事更具理想的感召力。

《青春之歌》作为成长叙事所要表征的显然不是个人主体的成长、个人自我的认同,而是个人对民族、国家、阶级身份的认同,并将此作为个人认同的全部内容。小说通过对既有"模式"的巧妙运用,历史地再现了经过五四洗礼的一代知识分子在民族解放斗争中的巨大作用及其自身的生命历程,在新中国文学史上第一次对他们的成长历程、献身精神给予了高度肯定。林道静个人成长的历史与整个知识分子群体成长的历史相呼应,她所提供的从小资产阶级个人主义—革命的集体主义—英雄主义的成长模式,标志着五四以来知识分子思想转变的基本历程。这种转变不能简单地全部说成是一种外力改造,它既是时代政治为知识分子确立的基本的模式,同时又反过来为这种国家意识形态做了最好的诠释,提供了最经典的范型,而更重要的是这种变革也是中国几代知识分子自我追求和道德完善的一个过程。

选择伟大和崇高是人类的一种高尚追求。《青春之歌》产生的时代是一个理想主义和英雄主义高扬的时代,从普通走向伟大,从平凡走向崇高,是一代人的普遍追求。林道静的道路非常及时地适应了广大青年人的这种精神需求,"自传式"的写实也使这种精神诉求增加了一种真实感和可模仿性。在那样一种时代精神的感召下,林道静不再是一种艺术形象而是一种生活的典范,满足了青年读者渴望崇高的心理欲求。那个时代广大知识青年有着远大的理想抱负,希望通过自己的努力"驱除鞑虏,恢复中华",可是尽管他们有着远大的抱负和先进的思想观念,但是学生运动的失败还是总让他们受到沉重的打击,《青春之歌》中的林道静恰好给他们指了一条通向革命胜利的道路,激起了他们饱满的革命热情,引导着他们继续前进。《青春之歌》曾激励一代又一代有抱负的中国青年主动向党组织靠拢,接受中国共产党的领导和教育,自觉改造世界观,抵制形形色色的非无产阶级思想,树立为社会主义和共产主义而奋斗的远大理想。他们热烈响应党的号召,到工厂农村去,到边疆矿山去,积极投身于社会主义建设的火热生活,自觉地在艰难困苦的环境中锻炼成长。林道静的故事不仅使得一大批走投无路的知识青年看到了希望,也给广大的中国人民带来了希望,指引着他们反抗、斗争,一步步走向革命的胜利。可以说《青春之歌》是一部经过历史化的红色经典,为中国当代文学史提供了一种可深入探讨的价值与意义。

《青春之歌》作为"十七年"文学中唯一一部描写知识女性的红色经典,还原了女性在人们心目中的形象,使女性角色不再男性化,有了鲜明的人物特征,不再"程式化"。

林道静对党、对革命事业的忠诚,对金钱诱惑的蔑视,对自我改造的迫切要求和不断奋斗的精神,都是值得青年学习的。她的青春在革命斗争中发出灿烂的光彩,展现出美的崇高的精神境界。无论是小说还是电影,《青春之歌》都以其特殊的艺术感染力,通过林道静的成长之路,通过一群活跃在抗日救国革命舞台上的年轻知识分子的形象,教育、影响了一代代热爱祖国、追求真理、自强不息的中国知识青年,他们高唱《五月的鲜花》,在与敌对抗的烈火中绽放青春的花朵,也把投身革命的火种播撒到祖国的每一个角落。因此《青春之歌》有着深远的历史意义和现实意义。

杨沫在谈到《青春之歌》的创作时说:"如果这部小说真能让青年同志看到过去的人们怎样生活、斗争过来的,也许他们对今天的新社会、今天的幸福生活就会更珍爱,——而这就是我对这本书的最高愿望了。"①《青春之歌》塑造的林道静等共产党员形象无疑有着永恒的价值与魅力。首先,小说通过林道静等共产党员形象,描绘了在中华民族到了最危险的时候,中国共产党如何启蒙和教育像林道静这样的知识分子走上革命道路,从而写下了中国共产党人为保卫国家、抗日救亡而英勇斗争的可歌可泣的篇章。小说塑造了一批有理想、有毅力、有知识的共产党员先觉者形象,至今让人们高山仰止,肃然起敬。其次,青年知识分子要在社会上有所作为,实现个人的价值,就必须以优秀的共产党员为榜样,克服自身的许多弱点,树立高尚的人格。如林道静在成长过程中曾有过沉湎于个人琐屑生活的缠绕,对理想感到渺茫的经历,她"像一只孤独的骆驼,背着沉重的负担,跋涉在无穷无尽的苦难的沙漠中",在共产党员的带领下她终于看见绿洲。林道静学习卢嘉川等共产党员无私无畏的高贵品德,勇往直前的英雄气概,不怕困难的奋斗精神,为了祖国的解放和人民的幸福而置个人生死于不顾的风范,这值得当代青年发扬光大。再次,林道静形象的真实可信在于其有一个逐渐完美的过程。她从一个旧知识分子成长为一个共产党员新人,这在中国文学史的长廊中是过去没有的新形象。今天的文艺创作者要学习作者这种勇于创新的创作观念,努力创造新时代"这一个"的艺术新形象,塑造更多的社会主义新人。从林道静等共产党员艰苦奋斗的革命经历,可以看到新中国的成立付出了多少人的鲜血和生命,今天的繁荣昌盛和幸福生活是多么来之不易。这对今天的读者,特别是青少年来说是一部形象生动的好教材。这许许多多光辉的共产党员形象,将激励青少年继承革命传统,弘扬革命精神,为全面建成社会主义现代化强国,实现中华民族的伟大复兴而贡献自己的青春和智慧。

《青春之歌》这部红色经典所塑造的众多鲜活的英雄形象,也是文化自信的重要历史依据,正是这些中华儿女的砥砺前行才使党的肌体永葆青春。青春是一支歌,它唱出生命的真谛。不同时代的"青春之歌"有着它不同的吟唱方式,林道静生活的时代和当代青年所处的时代虽然不同,在那个特殊的年代里,他们用激情、乐观、积极、奋斗等诠释着青春,他们是青春的代名词和时代楷模,和林道静一样的热血青年用激情和血泪谱写了一曲青春的赞歌。青春是神奇的,他们的青春在火热的斗争中爆发出了无穷的力量;青春是美好的,它绽放绚丽融入时代创造历史的方式是不变的,美好的青春只有在伟大的事业中才能绽放出灿烂的光华。

当代青年是幸运的,因为生活在伟大的新时代。生活在祥和幸福年代的当代青年,是否已经找到了青春的节拍? 是否跟上了青春的节奏? 自己的青春是否也同样激昂有力

---

① 程光炜:《我们是如何"革命"的? ——文学阅读对一代人精神成长的影响》,《南方文坛》2000 年第 6 期。

呢? 林道静们用血和泪唱出了那个革命年代的"青春之歌",新时代的"青春之歌"自然要由自己来谱写。"中华民族伟大复兴的中国梦终将在一代代青年的接力奋斗中变为现实",同人民一起奋斗,青春才能亮丽。为什么抗击新冠肺炎疫情时一句"现在,轮到'90后'来保护大家了"会收获无数点赞? 这是因为担当的情怀最感人,燃烧的青春最可敬。培养学生的健康体魄、健全人格、奋斗精神和责任担当,需要用中华优秀传统文化、革命文化和社会主义先进文化浸润青年学子的心田,帮助他们正确认识时代责任和历史使命,在国家和民族事业发展的实践中锤炼品格和担当作为,继承和发扬五四精神,在新时代唱响更嘹亮的"青春之歌",让青春在奋斗中绽放绚丽的光华。

第九讲　中国乡村革命的史诗:《红旗谱》

　　讲到"红色文学",绕不过去的是"十七年"文学;讲到"十七年"文学,绕不过去的是"红色经典"。"十七年"文学通常被文学史用来指称 1949—1966 年间的文学,这一阶段的文学创作呈现出某种政治色彩浓厚的文学"经典化"特征。在这一阶段诞生了大量"红色经典"作品。在这些作品中,作家跳脱启蒙者的角色,坚守政治正确的立场,采用群众喜闻乐见的通俗形式创作被工农兵需要和接受的文学作品,旨在宣扬党的路线、方针和政策。在一定程度上可以说"十七年"文学是"红色文学"的集中体现,"红色经典"是"红色文学"的极致彰显。

　　《红旗谱》[①]便是"十七年"红色文学最有代表性的作品之一。1957 年《红旗谱》由中国青年出版社出版发行,一经出版便引起热烈的讨论,被当时的文艺界誉为"全国第一部优秀作品",茅盾也称赞它是新中国文学当之无愧的"里程碑"。《红旗谱》作为革命历史题材的长篇小说,将重大的历史事件、革命斗争融入文学创作之中,描绘了贫苦农民在共产党的带领下顽强抗争的革命过程,展现了传统乡土社会在革命思想洗礼下发展蜕变的历史进程。在半个多世纪的时间里,《红旗谱》再版印刷 30 余次,在 1978 年出版第 4 版时,已经印刷了 19 次,出版销售了 500 多万册,并被翻译成多国文字,拥有广泛的读者群体。同时它还被改编成了话剧、电影、评剧、京剧、电视剧。《红旗谱》作为一部重要的"红色经典",发挥了"历史教科书"的功能。2019 年,《红旗谱》入选"新中国 70 年 70 部长篇小说典藏"。

一、作家的红色血液

　　《红旗谱》的作者梁斌曾说:"开始长篇创作的时候,我熟读了毛主席的《在延安文艺座谈会上的讲话》……时时刻刻在想念着,怎样才能遵照毛主席的指示,把那些伟大的品质写出来。"[②]毫无疑问,《红旗谱》从酝酿开始就浸染着"红色"的特质。

(一)作为农民儿子的梁斌

　　梁斌,原名梁维周,1914 年出生在河北省蠡县梁家庄。梁斌出生于地地道道的农民家庭,尤其少年时代成长于农村,他曾说:"还在我少年的时代,曾经历了旧中国广大劳动

① 　梁斌:《红旗谱》,中国青年出版社 1957 年第 1 版。
② 　梁斌:《我为什么要写〈红旗谱〉》,载《梁斌文集·七》,人民文学出版社 2005 年版,第 178 页。

人民所经历过的苦难。那种悲愤与辛酸,那种痛苦与折磨,在我少年的心灵上打下了深刻的烙印。"①梁斌的祖父终生务农,去世时留下几亩薄田。父亲梁老旬虽然在村里读过几年私塾,仍旧以务农为生。梁老旬勤于农事,为人耿直,在他的苦心经营下,家中经济状况有所好转,家中土地有所增加。母亲是典型的淳朴善良的农家妇女,接济穷人,帮衬邻里。梁斌刚开始是在村学接受启蒙,直到考入县立高小才到县城接受教育,农忙时节和假期梁斌都会回家帮衬农活。梁斌的成长环境成为他写作的原点,他熟悉乡土社会中的生产关系和宗法血缘,了解农村生活的人和事,更能体会农民生活的苦难,他的创作与中国农村和农民有着天然的联系,而其对冀中平原乡土社会的生动描绘,具有浓厚的地域特色,这也成为《红旗谱》艺术创作的一大特色。

(二)作为革命战士的梁斌

在对剥削和压迫的反抗中,在革命理想的感召下,在早期共产党先驱的带领下,梁斌逐渐接受新思想,掌握革命斗争的方法,逐渐成长为一名优秀的共产党员和革命战士。在县立高小求学期间,梁斌在张化鲁和刘宪增两位地下党老师的影响下,开始阅读进步刊物并接受新思想。在地下党老师宋卜舟的影响下,梁斌开始了解创造社和郭沫若,阅读进步诗歌和革命小说。1927年,梁斌加入共青团,并参加了"反割头税"斗争,这场斗争是在共产党的领导下,在全县开展的一场反对苛捐杂税的斗争,并取得了胜利。此事对梁斌产生了极大的震撼,也是梁斌亲历的第一场革命斗争,成为《红旗谱》中"反割头税"事件的原型。在县立高小补习期间,丁浩川老师是"左联"成员,在他的指导下梁斌阅读了很多进步书籍。1930年,梁斌考入保定第二师范。在求学期间,梁斌参加了党的外围组织"反帝大同盟",并参加学潮运动,驱逐了反动校长。"九一八事变"后,国民党实行"不抵抗"政策,梁斌和同学们开始了抗日救亡宣传。1932年,"七六惨案"爆发,反动政府起初是为了破坏保定第二师范学生的抗日救亡运动,企图解散学校,学生们开展护校运动,结果遭到反动政府的血腥镇压。"七六惨案"成为《红旗谱》中"保定第二师范学潮"事件的原型,它揭露了爱国进步学生被残忍杀害的恐怖行径。同年9月,"高蠡暴动"爆发并以失败告终,这在梁斌的《烽烟图》中也有浓墨重彩的描写。

1936年,梁斌加入中国共产党,积极参与抗日游击队的筹建工作,开展抗日救亡运动。1938年,梁斌担任新世纪剧社的社长,此后在日本愈发残酷的侵略之下,他克服重重困难坚持通过戏剧运动宣传党的政策和抗日主张,开展农村文艺运动。1945年之后,梁斌陆续担任蠡县宣传部部长、县委副书记等职,继续参与到农村革命之中。

(三)作为小说家的梁斌

农村的生活经验、对乡村人事的感悟和革命斗争经历为梁斌积累了丰富的创作素材,这些都是梁斌竭力想要表现的内容。梁斌作为共产党员的革命立场,又为他的文学创作提供了表现农民和农村革命的视角和方法。

---

① 梁斌:《我怎样创作了〈红旗谱〉》,载《梁斌文集·六》,人民文学出版社2005年版,第254页。

在县立高小求学期间,梁斌开始阅读进步书籍,可以说是文学把梁斌带入革命之中。1933 年,梁斌到北京开始从事文学创作并加入了"左联"。这一年,梁斌专心写作,在《大公报》上发表了散文《农村的骚动》和小说《芒种》,在《世界晚报》上发表了杂文《从蜂群说到中国社会》,这也是他第一次使用"梁斌"这一笔名。在此期间,梁斌还发表了多篇杂文。此时的梁斌虽然在写作技法上显得有些幼稚,但却是他自己内心感情的直接表达。1934 年,梁斌成功考取山东省立剧院。在新世纪剧社活动期间,梁斌创作了话剧《爸爸做错了》《血洒卢沟桥》《五谷丰登》和歌剧《抗日人家》。在延安整风运动期间,梁斌还参与创作了京剧《甲申三百年祭》。梁斌在开展农村文艺运动期间,一直坚持写作。二十世纪三十年代,发表了《塞北之行》《读卢骚〈忏悔录〉》《夜之交流》,其中《夜之交流》就是以"高蠡暴动"作为事件原型。四十年代,他发表了《三个布尔什维克的爸爸》,其后又扩展成中篇小说《父亲》,这也为创作"朱老忠"这一人物形象奠定了基础。1955 年,梁斌担任河北省文联副主席。五六十年代,梁斌发表了他的代表作《红旗谱》和《播火记》。"文革"期间,梁斌的长篇小说《邻家》部分书稿丢失,《烽烟图》原稿也不知所踪。直到"文革"结束后,《烽烟图》原稿才辗转回到梁斌手中,并于 1981 年由中国青年出版社出版。2005 年,人民文学出版社出版《梁斌文集》,共七卷,收录了梁斌的四部长篇小说:《红旗谱》《播火记》《烽烟图》和《翻身记事》,一部自传《一个小说家的自述》,两部专集《笔耕余录》和《集外集》及外文附录,为梁斌文学创作研究提供了较为全面的资料。

二、革命历史叙事的红色线索

《红旗谱》是梁斌长篇革命历史小说三部曲的第一部,也是影响最大的一部。小说通过"大闹柳树林""脯红鸟事件""反割头税运动"和"保定二师学潮"四场斗争,展现了冀中平原波澜壮阔的农民革命风暴。

(一)农民自发斗争

《红旗谱》开篇追述了农民朱老巩和恶霸冯兰池的斗争故事,事件的起因是土豪恶霸冯兰池吞使修堤款,千里堤决造成洪涝,村民们缴纳不起田赋百税,冯兰池企图将河神庙前的古钟砸卖顶赋税,实则是包藏祸心,企图霸占河神庙前四十八亩官地。村民们畏惧冯兰池,不敢与他打官司,敢怒不敢言,眼看冯兰池的阴谋就要得逞,此时朱老巩为了古钟,代表四十八村出头拼命。朱老巩作为地地道道的农民,做了一辈子的长工,也练过些拳脚,此时俨然呈现出草莽英雄反抗地主恶霸的气概。就在朱老巩和冯兰池在柳树林里胶着对抗时,朱老巩被严老尚骗走。斗争失败了,朱老巩拼了一场命却被气得吐血去世,终究没有保护下古钟,没有替四十八村争回这口气,但是朱老巩大闹柳树林的英雄事迹却广为流传。然而,土豪恶霸则对其恨之入骨,朱老巩的女儿被恶霸强暴后跳河自尽,儿子也被逼去关东谋生。

三十年后,朱老巩的儿子朱老忠满怀对故乡的怀念拖家带口从关东回到了锁井镇,回来后他发现土豪恶霸对村民的压迫剥削并没有改变。在车站,朱老忠一眼认出了三十年前和父亲一起反抗冯兰池的严老祥的儿子严志和,严老祥在老伙计朱老巩死后倍感孤寂,接下来的几年因为洪水颗粒不收,冯兰池无事生非故意找碴欺侮他,不得已去闯了关东。如今他的儿子严志和也被土豪恶霸们欺侮得无法在这片土地生存下去了。此时的地主们不仅仅依靠他们的刀笔、土地和放贷来盘剥农民,他们还组织民团打逃兵发洋财,失败后又把恶果转嫁到农民身上。朱老明带着严志和,串联二十八户穷苦人家告了冯兰池,结果却败给了财大势大的冯兰池及其法学毕业的儿子冯贵堂。朱老明赔上了房屋和土地,严志和也赔上了一头牛。至此,我们看到农民和地主的矛盾更加激化了,第一代农民朱老巩、严老祥和地主的斗争以失败告终,第二代农民朱老忠、严志和和朱老明也开始了反抗土豪恶霸的斗争。

朱老忠回到锁井镇后,在严志和一家的帮助下终于重新安下家来。朱老忠回乡的消息也让冯老兰警惕起来,脯红鸟成为双方矛盾激化的导火索。朱老忠的儿子大贵、二贵和严志和的儿子运涛、江涛捕到一只品相好白灵口的脯红鸟,两家希冀着用这只脯红鸟换一辆车或是一头牛以帮衬农活。不料冯老兰看中了这只鸟儿,在骗取和收买都未能成功的情况下,冯老兰让账房李德才去要这只脯红鸟。李德才张口就说,冯老兰喜欢的东西就要送给他,足见冯老兰的霸道。然而李德才却在朱大贵那儿碰了一鼻子灰,这件事拂逆了冯老兰的意思,使其更加记恨朱老忠一家。不久,冯老兰便勾结兵匪,在正月新年看戏的时候,指使官兵捉住朱大贵。至此,脯红鸟事件以第三代农民朱大贵被抓壮丁而告终。

无论是"大闹柳树林"还是"脯红鸟事件",农民都是在地主的剥削压迫之下被迫起来反抗的,他们想要努力争得生存的权利和尊严,然而他们自发的反抗却因为没有策略、没有领导便只能在强大的反动势力面前败下阵来,这让他们的生活更加艰难。

(二)共产党领导下的农民斗争

反动政府为搜刮钱财进行"剿共",巧立名目收起了"割头税",农户养的猪统一宰杀,每头猪要收"一块七毛钱,外加一副猪鬃猪毛和猪尾巴大肠头"。在乡村经济面临破产的灾荒年月,割头税对农民来说无疑雪上加霜。冯老兰趁机承包了锁井镇的割头税,还想从中狠赚一笔。此时的军阀政客和土豪劣绅已经合流,反动政府通过土豪劣绅加深了对农民的剥削和压迫。在保定第二师范读书的严江涛被组织派回到锁井镇,在中共党员贾湘农的领导下发动农民组织反割头税运动。江涛在发动农民的过程中首先在老套子那儿碰了钉子。老套子始终认为租地缴租、借账给利、盖印纳税这些在他看来一成不变的生活经验是天经地义的,这些在农民心里根深蒂固的"正统观念"显示出发动群众斗争的道路必然是曲折的。为了进行反割头税运动,朱老忠在自家门前支起锅灶,朱大贵义务为村民杀猪,张嘉庆还组织了一支纠察队伍来保护反割头税大会。腊月二十六,锁井镇上赶集的人们人头攒动,爆发了大规模的群众游行示威反对割头税,严江涛慷慨陈词痛斥军阀政客和土豪劣绅对农民的剥削。由于示威活动声势浩大,在农民们英勇无畏的反抗下,冯老兰和冯贵堂从税局里仓皇逃跑,县长也躲着不敢出来,最终反割头税运动取得胜利。这次群众运动后,朱老忠、朱老明、严志和、伍老拔、朱大贵都被江涛发展成共产党员。可见,只有在共产党的领导下,人民团结一致才能对抗地主阶级和反动政府的压迫,当然组织群众运动也考验着早期共产党人的智慧。

"九一八事变"后,蒋介石政府实行不抵抗政策,企图剿灭共产党和抗日分子。保定第二师范作为爱国运动的中心,掀起了轰轰烈烈的学潮运动,要求反动政府停止"剿共",一致抗日。而反动政府却要求第二师范提前放假,还宣布解散学校,导致学生们纷纷返校,开展护校运动。为了镇压学生运动,反动政府派军队包围了第二师范,切断了学生和外界的联系。在此期间,严萍代表保定市救济会组织对学生开展救助,向他们投送大饼,严知孝多方奔走搭救学生。随后,学生组织抢了两次面粉,一次是趁敌人不注意,冲到面铺,放下钱后便背起面粉返回学校。另一次是朱老忠和严志和拉着面粉、油和盐伪装从学校门口经过,学生们从学校冲出来,迅速地搬走朱老忠给他们送来的物资。然而学生们对反动派的残忍估计不足,没有及时转移到农村,最终被反动派残酷镇压,损失惨重,严江涛被捕入狱,张嘉庆受伤被反动派押解在医院,朱老忠最终从医院救出张嘉庆。从"保定二师学潮"事件中,我们既可以看到反动势力的强大和残忍,也能看到学生运动的幼稚和不足。尽管革命斗争需要流血牺牲,但也要保存好革命力量,不做无谓的牺牲。由此可见,早期共产党人革命斗争的艰辛和困苦。

三、人物形象的红色特质

《红旗谱》刻画了冀中平原乡村各色人物形象,有从自发反抗到主动斗争的农民形象,有压迫农民的传统劣绅及企图改良乡村的新乡绅形象,有从意气风发到消极避世的小知识分子形象,有无私奉献的女性形象。这些人物群像身为乡村斗争的亲历者,无论是革命的还是反革命的,是正面的还是反面的,都共同见证了冀中平原如火如荼的革命斗争。

(一)农民群像

梁斌曾说:"我熟悉农民,熟悉农村生活,我爱农民,对农民有一种特殊的亲切之感,于是我竭力想表现他们,想要创造高大的农民形象,这是我写这部书的主体思想之来由。"[1]由此可见,梁斌是怀着对农民的深厚感情来塑造《红旗谱》中的农民形象的。

1. 第一代农民:朱老巩、严老祥

燕赵之地自古以来便多慷慨悲歌之士,朱老巩就带着那么点草莽英雄的气质,他是庄稼人出身,练过拳脚功夫,轰过脚车,做了一辈子长工,是典型的生活在乡村底层的农民阶级的代表。他疾恶如仇,不畏强暴,听说冯兰池要砸卖古钟存心霸占四十八亩官地,便要代表四十八村和冯兰池抗争。朱老巩敢于斗争,做事有胆量,在全村人面前痛斥冯兰池对村民的霸道欺侮,揭露他的阴谋,试图改变几辈子被压迫剥削的现状。然而,朱老巩缺少

---

① 梁斌:《漫谈〈红旗谱〉的创作》,载《梁斌文集·六》,人民文学出版社 2005 年版,第 270 页。

和土豪恶霸斗争的策略和经验，在和冯老兰的对峙中被严老尚骗走，最终古钟被砸卖。朱老巩被气得吐血去世，女儿也被强暴，投河自尽，儿子被逼去闯关东。朱老巩代表着开始觉醒的第一代农民，他试图通过自己的抗争改变旧世界的规则和秩序，尽管意识到地主靠银钱土地剥削农民的事实，但是他还没有彻底想要推翻地主阶级，只是想要替农民和自己争取狭仄的生存空间。

严老祥是朱老巩的朋友，也是他的"战友"。严老祥壮年的时候因为荒涝把房屋土地卖掉了，到严老尚家中做长工。一家人辛苦做活才重新盖起三间小屋，用积攒了二十年的工钱置办了二亩田地。他畏惧冯兰池的权势，想要忍气吞声地过好自家的日子。然而当朱老巩打算和冯兰池拼命的时候，他还是拿起劈柴大斧和土豪恶霸斗争。严老祥代表了大多数善良老实恪守本分的农民，他们对地主的压迫逆来顺受，辛苦挣得安身立命的房屋和土地，因之对土地有着深厚的感情。当朱老巩死后，他倍感孤寂，被冯兰池欺侮得无法在家乡生存，被逼得一把年纪去闯关东。

朱老巩和严老祥代表开始觉醒的第一代农民，他们受到比自己的先辈更加严重的压迫和剥削，不同的是他们开始反抗土豪恶霸的欺压。虽然他们自发的反抗以失败结束，但是这些农民代表了改变旧世界的强大力量，是共产党能够组织发动的最广泛的同盟。

2. 第二代农民：朱老忠、朱老明、严志和、伍老拔、朱老星、老套子、老驴头等

在中国现代文学史上，农民的形象大致分为两类：一类是"哀其不幸，怒其不争"的古老中国的旧子民，像鲁迅笔下的阿Q、祥林嫂、闰土等，他们身上流淌着国民劣根性的血液。一类是田园牧歌中善良淳朴的农民形象，像沈从文笔下的老船夫、顺顺，他们在与世隔绝的湘西世界里自顾自地生活着。在当代文学史上，农民被放在阶级斗争的场域内，不再仅仅是被启蒙被批判的对象，他们作为工农兵队伍的组成力量，通过阶级斗争推动社会进步，朱老忠便是其中的一个典型。

朱老忠的经历是让人同情的，他被冯老兰害得家破人亡后下了关东，经历了"在长白山上挖参，在黑河里打鱼，在海兰泡淘金，当了淘金工人"[1]他始终心心念念着"回去为咱四十八村的人报这份血仇！"朱老忠三十年后带着一家人回到锁井镇看到乡民们被冯老兰压迫得更甚，他心中更加想要反抗土豪劣绅的剥削，向地主阶级复仇。"老子英雄儿好汉"，朱老忠虽然穷了一辈子，但是也志气了一辈子。朱老忠心里盘算着"一文一武"的报仇策略，他意识到农民被压迫的原因是缺少念书人，大财主的孩子们不是上学堂就是入军队，他打定主意要大贵去当兵，江涛去读书。父辈在和土豪恶霸的斗争中付出了惨重的代价，但是他立志不再受欺侮，积蓄力量起来反抗，他常挂在嘴上的一句话是"出水才看两腿泥哩！"儿子大贵被冯老兰勾结军队抓了壮丁却又无可奈何，只能交代儿子："咱当兵不像别人家，不能抢抢夺夺，不能伤害人家的性命，你打枪的时候净朝着天上。"[2]在"反割头税运动"中，他首先被江涛发动起来，在自己家支锅义务为相邻杀猪。在大会上他保护着贾

① 梁斌：《红旗谱》，中国青年出版社1957年第1版，第20页。
② 梁斌：《红旗谱》，中国青年出版社1957年第1版，第128页。

湘农和江涛的安全,毫不畏惧。朱老忠逐渐意识到仅仅依靠个人和农民来反抗土豪劣绅力量太弱小,要在共产党的领导下把广大的农民都发动起来才能成功。朱老忠加入共产党,帮助在"保定二师学潮"中被困的学生们,还从医院救出了张嘉庆。此外,朱老忠的性格还体现出侠义的一面,他虽然穷,但是仗义疏财,愿意为朋友两肋插刀。他给"什么都缺"的朱老明送去十块钱治眼病。每次看到运涛和江涛在宝地干活,不是给他们送饭就是让他们到家里吃饭。为了给江涛读书凑钱,卖掉了家里的小牛犊。当运涛被反动政府抓进监狱,他和江涛风餐露宿也要走到济南去看望。

朱老明是继朱老巩之后又一个正面反抗冯老兰的代表,他是个能干的硬汉子。因为冯老兰将黑旋风索要五千块洋钱的勒索摊派到村民身上,朱老明串联了二十八家穷人把冯老兰从县里告到了保定直至北京,但最终仍然输掉了官司,不仅把房屋土地搭了进去,还弄瞎了两只眼睛。严志和在这场官司里也输掉了一头牛,差点被逼得下了关东。在严志和与伍老拔的帮助下,朱老明才盖好了房子。在江涛被捕入狱后,严志和被迫将严老祥留下的二亩宝地卖给了冯老兰,在这里梁斌有一段感人的描写,"严志和一登上肥厚的土地,脚下像是有弹性的,发散出泥土的香味。走着走着,眼里又流下泪来,一个趔趄步跪在地下。他匍匐下去,张开大嘴,啃着泥土,咀嚼着伸长脖子咽下去"[①]。尽管这里可能存在夸张的成分,但是我们仍然可以感受到农民对土地的深厚感情,以及地主趁机夺走他们土地的阴狠毒辣。吴老拔是一个木工,在张嘉庆的带领下抢了地主家的棉花和玉蜀黍。朱老星是一个勤劳的人,他在和冯老兰的官司里也卖掉了房子。朱老明、严志和、吴老拔、朱老星他们都在与冯老兰的斗争中付出了惨重的代价,等待着机会推翻冯老兰在锁井镇的霸道统治。他们团结在朱老忠的周围,既是最早被共产党组织发动的农民,也是在"反割头税运动"中发挥重要作用的斗争力量,严志和还和朱老忠一起为保定二师的学生们送去救济。朱老明、严志和和吴老拔也被江涛发展成共产党员。

老套子原先是给冯老兰扛长工的,喂牛赶车。他是有名的"牛把式",懂牛性。后来因为冯老兰换了骡马大车,又去给冯老锡饲养牲口。他不同意共产党"抗捐抗税、抗租抗债、反对盐斤加价,反对验契验照"的主张,认为这些自古以来的惯例便是天经地义的,这是他的生活经验,他认为这些"正统观念"应该是一成不变的。老驴头反对运涛和春兰的婚事,还因为春兰大娘嚼舌根将春兰打得半死,运涛也被逼得离开家乡去南方参加了革命军。"反割头税运动"中,大家都把猪拿到朱老忠家去杀,老驴头却偏要自己杀猪,结果还把猪弄丢了,最后还是大贵帮他找回了猪。其实老套子反对共产党的主张,是因为他既不是佃农也不是债户,没有受到地主在土地银钱上的剥削。老驴头反对运涛和春兰的婚事最重要的原因也是村里的风言风语,他不把猪送到朱老忠那儿去杀也是因为朱老明有意撮合大贵和春兰的原因。老套子和老驴头虽然有些糊涂,但是他们并没有作恶,自然也不是革命的对象。

---

① 梁斌:《红旗谱》,中国青年出版社 1957 年第 1 版,第 220 页。

3. 第三代农民:严运涛、严江涛、朱大贵等

出身农民阶级的运涛和江涛,严格来说已经完成了身份的蜕变。运涛是典型的农村知识分子,读过两年书。他在贾湘农的引导下,逐渐了解革命的含义,向年轻的伙伴讲"打倒帝国主义、打倒军阀统治、铲除贪官污吏和土豪劣绅"[①]。在他和春兰的爱情受到阻碍时,他离开家乡去南方参加革命。北伐战争时期,运涛以共产党的身份加入了国民党。"四一二事变"后,运涛被捕入狱,受尽折磨,仍然保持着不屈服的斗争意志。

江涛这一人物形象的刻画借鉴了梁斌本人的很多成长经历,他按照朱老忠"一文"路线的设定,考上了保定第二师范学校。作为一名共产党的干部,他成功地组织群众发动了"反割头税运动"。他和严萍的爱情故事也让我们在紧张的阶级斗争中感受到美好。然而作为一名成长中的革命知识分子,我们要看到江涛作为党的年轻干部还有成长的空间,他在动员老套子的时候没有抓住问题的根本,所以收效甚微。在"保定二师学潮中"低估了反动势力的残忍,致使斗争损失惨重,自己也被捕入狱。

《红旗谱》中对大贵的描写,体现了农民的正直和善良。如"脯红鸟事件"中,大贵拒绝了冯老兰想要鸟儿的要求,导致他被抓去当兵。又如,大贵雪夜为春兰家追回了跑丢的猪,此外,大贵还作为纠察队的成员,保护着反割头税大会的安全。这些都显示了包括大贵在内的农民的淳朴和善良。这些品质也为以大贵为代表的第三代农民形象增添了一抹红色特质。而这样的红色特质在他们与土豪恶霸斗争的过程中,将会不断显露。

(二)地主劣绅

冯老兰是锁井镇上地主劣绅的代表。他是"立在十字街上一跺脚,四条街乱颤"的人物,锁井镇上几乎家家租种冯家的土地,借着他们的银钱。据说,冯家是从明朝开始发迹的,到了民国时期已经家大业大,然而正如老朽的冯家大院一样,此时的冯兰池在风雨欲来风满楼的革命风暴中也显示出日薄西山的颓态来,他是从封建社会过来的,思想僵化,贪得无厌,对村民压迫剥削无度。冯兰池是有名的刀笔,掌管着村政,又是千里堤的堤董,他砸卖古钟霸占四十八亩官地,逼迫朱老巩一家家破人亡,严老祥为逃避迫害下了关东。他和冯老洪拉民团抢逃兵发洋财,然而被黑旋风敲诈时,又转嫁到农民身上,以朱老明为首的二十八家穷苦人家和冯老兰打起了官司,自古以来便是官绅勾结,冯老兰毫无悬念地从县里赢到保定再赢到北京。这里读者可能注意到,中国传统社会向来是有诉无讼的,老百姓更害怕打官司,乡民之间矛盾纠纷一般是由乡绅居中调停的,然而此时的冯老兰反而成了被告,这些都从侧面表明土豪劣绅对村民残酷的剥削压迫,也表明了乡绅阶层的劣化,传统乡绅的威严和教化功能已经荡然无存了。冯老兰企图抢夺大贵的脯红鸟不成,怀恨在心伺机把大贵抓了壮丁。他还想凭借财势玩弄春兰,却没有得逞。他和县政府勾结,承包割头税,想要从中狠赚一笔,结果激起了"反割头税运动"。他不同意儿子冯贵堂改良主义的主张,视民主如洪水猛兽。凡此种种,都表明了他是锁井镇上地主劣绅的代表。

---

① 梁斌:《红旗谱》,中国青年出版社 1957 年第 1 版,第 137 页。

冯贵堂是典型的新乡绅的代表。冯贵堂是冯老兰的二儿子,他上过大学法科,在军队上当过军法官,如今帮助冯老兰管理着村政。他不赞成冯老兰旧式地主的作风,主张"对于受苦的,对于种田人,要叫他们吃饱穿暖,要叫他们能活得下去"[①],提倡民主,要求改良村政,设立议事会。他想通过种植经济作物,贩卖盐铁洋货来赚钱。他还想在乡村办平民学堂,提高农民的文化,教他们改良农业技术。由此我们可以看出,冯贵堂既不是小农经济背景下的中国旧式地主,也不是阶级话语中的典型地主。冯贵堂虽然出身于封建地主家庭,但是又明显地受到资本主义思想的影响,试图通过改良缓解社会矛盾。然而资产阶级的剥削性质决定了他和无产阶级天然的对立关系,所以他和政府勾结,说服冯老兰承包割头税的行为也就合情合理了。

以冯老兰和冯贵堂为代表的地主劣绅在阶级斗争中和农民始终处于势不两立的状态,他们惧怕共产党把农民组织发动起来推翻他们的统治,阶级属性的对立决定了他们必然会疯狂镇压农民革命。

(三)共产党代表

《红旗谱》中的共产党形象除了前面我们已经提到的运涛和江涛,着墨较多的便是贾湘农和张嘉庆。贾湘农是中共县委书记,被组织上派回家乡发动组织群众,领导冀中平原的革命斗争。在他的引导下,运涛、江涛和张嘉庆走上革命的道路。也许是因为贾湘农这一人物形象在现实生活中并没有原型,给人留下的印象也不够深刻,梁斌自己也曾说过,贾湘农这个人物"没有写好","主要问题是对这个人物体会不深"。[②]

张嘉庆是一个出身于地主阶级的共产党员,他一直把党作为自己的精神寄托。张嘉庆带领农民抢了自家的棉花地,父亲登报和他脱离了父子关系。脱离家庭之后无依无靠的张嘉庆,显示出性格上的软弱,他在贾湘农的引导下,成长为一个足够坚强,能够独立思考、决定问题的共产党干部。他最终在江涛和严萍的帮助下考上了保定第二师范。在"保定二师学潮"中,张嘉庆受伤住院,被朱老忠救出。张嘉庆的性格和江涛形成了鲜明的对比,他性格冲动急躁,做事冒失,梁斌工农兵的革命立场天然地决定了他不能把地主阶级出身的张嘉庆塑造成一个坚强独立能干的共产党员的形象。

(四)革命斗争的中间人物

严知孝是严老尚的大儿子,在保定第二师范做语文教员。在严知孝身上体现了中国传统知识分子激进和保守的两面性。他是北京大学的学生,年轻的时候读过《新青年》,参加过五四运动,也曾胸怀为民众和国家牺牲的理想。然而当五四退潮之后,严知孝却回到保定教书,过起了清净的生活。他经历了近代中国的黑暗和混乱,目睹了底层百姓的疾苦,他对军阀政客疾恶如仇。所以以严知孝为代表的知识分子也成为共产党革命斗争争取的对象和同盟,他关心老家的人和事,为江涛求学提供帮助。在运涛被捕入狱后他又联

---

① 梁斌:《红旗谱》,中国青年出版社1957年第1版,第79页。
② 梁斌:《漫谈〈红旗谱〉的创作》,载《梁斌文集·六》,人民文学出版社2005年版,第280页。

系朋友设法提供帮助,"保定二师学潮"中为同学们奔走调停,尊重女儿和江涛的感情,从这些都能看出严知孝的进步和开明。严知孝作为革命斗争的中间人物,有着明确的是非观念和民族大义!"我是有民族观念的人,我有正义感,我明白抗日无罪!当然维护正义也是没有罪过的!"[①]这与同为地主阶级出身且受过大学教育的冯贵堂形成了鲜明的对比,也为严知孝转向革命提供了基础和铺垫。

(五) 女性形象

《红旗谱》中刻画了众多女性形象,严老奶奶、贵他娘、运涛他娘和春兰娘代表着传统的乡村妇女形象,梁斌对她们充满人道主义的同情。春兰和严萍是梁斌着墨较多的女性形象,她们代表着传统向现代的转变,体现出进步和斗争的意识。春兰是一个善良朴实的农村姑娘,爽朗漂亮能干,冯老兰也曾觊觎过她。然而她和运涛两情相悦,还曾因为这件事被老驴头打得半死。运涛被捕入狱被判无期徒刑后,她一心一意等待运涛,帮衬运涛娘做家务,为江涛缝制鞋袜。

严萍是严知孝的女儿,她是一个典型的城市女性知识分子的形象,总是旗袍和皮鞋的打扮,具有小资产阶级的情调,她违背母亲的心意,坚决和江涛在一起。张嘉庆曾批评过严萍,"美丽……对于一个革命者来说,是个沉重的负担……"[②]这显然是张嘉庆对女性革命者的偏见。但是我们可以看出,梁斌在严萍身上投递着作家的审美理想,他曾说:"我原来打算把她写成是对革命动摇的小资产阶级知识分子,写到后来,越写越觉得没有办法叫她动摇,因为我很爱这个人物,下意识地愿叫她走向革命,不愿叫她离开革命。"[③]她同情农村的破败和农民生活的疾苦,也完全不是张嘉庆口中的娇小姐,她和江涛帮助张嘉庆考上保定第二师范。在学生们被反动派围困在学校里时,她组织保定救济会为同学们投递大饼,请求严知孝营救学生。

然而无论是春兰还是严萍,她们身上都存在着某种女性革命意识的遮蔽和消解,她们都是在男性角色的带领下开始斗争的。春兰是在运涛的引导下,在自己的蓝布褂上绣上"革命"两字,在庙会上穿出来,表示自己一心向往革命,不怕困难,运涛也骄傲自己能够培养出像春兰这样敢于向旧社会挑战的人。严萍也是江涛的追随者,江涛始终扮演着严萍的启蒙老师和精神导师的角色。这些无疑都表明着"十七年文学"中女性意识消解于男性权威之下,弱化为革命叙事中的女性符号。

四、《红旗谱》的民族风格

梁斌从小生活在农村,他对冀中平原农村的环境、风俗和方言俚语是十分熟悉的。虽然受限于阶级革命叙事的话语体系,梁斌在《红旗谱》中的细节描写仍然让人们感受到了

---

① 梁斌:《红旗谱》,中国青年出版社1957年第1版,第475页。
② 梁斌:《红旗谱》,中国青年出版社1957年第1版,第401页。
③ 梁斌:《漫谈〈红旗谱〉的创作》,载《梁斌文集·六》,人民文学出版社2005年版,第279页。

这种民族风格,朱老忠等农民革命英雄形象的丰满塑造也离不开他们生存活动的环境,这也是《红旗谱》作为红色经典对乡土小说的传承和发展,是《红旗谱》艺术生命力的体现。

(一)冀中平原风光

"大闹柳树林"事件中,梁斌花费了大量笔墨以幼年朱老忠的视角描绘了滹沱河的四季风光:

> 滹沱河从太行山上流下来,象一匹烈性的马。它在峡谷里,要腾空飞蹿,到了平原上就满地奔驰。夏秋季节涌起吓人的浪头,到了冬天,在茸厚的积雪下,汩汩细流。流着流着,由南往北,又由北往东,行成一带大河湾。老年间在河湾上筑起一座堤,就是这座千里堤。堤下的村庄就是锁井镇。锁井镇以东不远就是小严村和大严村,锁井以西是大刘庄和小刘庄。隔河对岸是李家屯。立在千里堤上一望,一片片树林,一簇簇村庄,郁郁苍苍。……河风飘着白色的芦花吹过来,吹得大杨树的叶子红了黄了,卜棱棱地飘落。白色的芦花,随风飘上天空。①

典型环境塑造典型人物,苍凉阔大的滹沱河孕育了朱老巩这样充满绿林好汉草莽英雄气质的人物,见证了朱老忠等农民革命英雄的斗争史诗。千里堤两岸静谧安详的村庄农户和杨树芦花,很容易让人恍惚成这里是世外桃源。一方水土养一方人,生活在这里的村民自然也像梁斌描写的那样善良淳朴。在冯老兰的压迫和剥削之下,朱老忠和严老祥先后离开家乡去闯关东,离开自己热爱的滹沱河和千里堤对于他们来说肯定是无奈之举,所以朱老忠才会在三十年后回到自己心心念念的故乡。滹沱河上的风光是村民的精神寄托,运涛爱看"河身里开着各色的野花,过往的船只撑起白帆……"滹沱河和千里堤是历史的见证者,见证着农民在共产党的领导下与军阀政客、土豪劣绅的革命斗争。

(二)农村风俗

梁斌对农村的风俗习惯仿佛信手拈来,他充满乐趣地描写了运涛、江涛、大贵、二贵和春兰赶鸟的场景,先"把嘴唇卷个小圆筒,打着鸟音的口哨",然后"敞开手,用秫秸敲打着棉花的叶子,一步一步地在棉垅里走着",最后到了包剿的时刻"把队形斜过去,对着网形成个包围圈……撒开腿,快步跑上去"。最终,捕到了一只白灵口的脯红鸟,这为后来的"脯红鸟事件"埋下了伏笔。在冯老兰坐着牛车着急追赶大贵他们的时候,梁斌又匀出笔墨描写冯老兰的牛车,"辕里是一条大黑犍,四条高腿,身腰挺细,轭根挺高两只犄角支棱着,大眼睛圆圆的,走起路来跑得挺快,外号叫'气死马'。前边是两条黄仔牛拉着梢,胖得尾巴像插在屁股上。老套子每天把它们的毛刷得锃亮,特别给'气死马'头上戴上顶小凉帽,凉帽顶上一蒲笼红缨儿"。一想到冯老兰的牛车就让人忍俊不禁,接着梁斌借老套子的嘴对养牛的经验娓娓道来,"牛偏爱吃高粱叶子、麦秸、豆饼、棉花籽饼","黑豆喂牛时得

---

① 梁斌:《红旗谱》,中国青年出版社 1957 年第 1 版,第 6—7 页。

上碾子轧碎,使水泡过,用来拌着豆秸子、豆叶子喂"。由此可以看出,老套子懂牛性,也爱在东家面前炫耀自己的养牛经验。梁斌还写到了冀中平原"在窗棂上拴上块红布条"的生育习俗。严老奶奶去世的时候,细致地描写了当地的"停灵七天、执幡摔瓦"的丧葬习俗。这些关于农村风俗的描写,真实地还原了冀中平原乡村生活的细节,读起来让人感到亲切信服。

(三) 方言俚语

人物的语言行动要符合人物的性格特点,不能沦为作家主观意志的表达。《红旗谱》中有很多冀中平原的方言俚语,朱老巩代表四十八村出头是"伸一下大拇手指头",和冯老兰作对是"摁着脑袋往火炕里钻",结局也不过是"人死了眼珠子是老鸹的",在相当程度上保留了冀中平原乡村的语言特色,也是历史真实的一种体现。朱老忠最常挂在嘴上的一句话就是:"出水才看两腿泥哩!"这表明朱老忠已经吸取了父辈和冯老兰斗争的经验教训,他打算长久地和冯老兰斗争下去,显示了他不屈不挠坚决与土豪恶霸斗争的革命信心和革命激情,也从侧面反映出封建势力的顽固强大。然而,忠于历史真实的描写有时候又会让位于阶级革命的立场,梁斌迫不及待地想要借书中人物传达自己的革命观点,比如朱老忠和江涛去看望运涛之前,嘱咐春兰"就目前来说,只好暂时忍过去,等着革命的高潮再来",在运涛被捕之前他们也已经很长时间没有听到过任何关于革命的消息了,又何谈"革命的高潮"? 人物语言的矛盾显示出梁斌在忠实于历史真实和阶级话语之间产生的矛盾,可以说这些典型的农民革命英雄在某种程度上被抽象化与简单化了。或者也可以说,梁斌在阶级话语的叙述方式中潜藏了还原历史、描写真实的创作动机,这也为解读《红旗谱》的内涵提供了新的角度和思路。

结语

《红旗谱》是在延安文艺座谈会的讲话精神指导下,按照意识形态的需要,以工农兵的革命立场,创作的真正意义上"老百姓喜欢看,政治上起作用"的文学作品。《红旗谱》反映了"十七年"时期政治制度对文学创作的规范和训谕,作家的知识分子身份逐渐让位于革命者的定位。《红旗谱》中把所有的劳苦大众塑造成淳朴善良,遭受压迫剥削的受害者形象,把地主阶级塑造成十恶不赦的土豪恶霸形象,实际上是有些概念化的,在一定程度上忽略了人性的复杂性。这些都在不同程度上伤害了作品的文学性,也因此造成了"十七年"文学反复修改的现象——《红旗谱》前前后后共修改了 4 个版本,最终使得阶级革命的立场愈发地凸显和坚定。这种现象也从侧面反映了新中国成立后人民高涨的革命理想主义激情,这也是《红旗谱》广受欢迎的原因之一。如果从作品的传播范围和读者的接受程度来看,以《红旗谱》为代表的"十七年"红色文学政治功能得到充分发挥。它一方面使全国民众对革命历史形成了集体认知,形成了维护新秩序所需要的主体意识。另一方面,"十七年"红色文学中的革命历史小说通过全国范围内的阅读实践,在潜移默化中重塑了大众读者的期待视野和阅读趣味，使读者接受不再包含个体的多样化体验，而是以集体的形态被限定在特定的话语空间内，因而形成了固定的思维定式，表达出与主流舆论一致的话语。正如丁玲所说："新的人生观，新的理想，新的感情和意志会很自然地代替了那些旧的东西，这就是新文艺在我们生活中能起的作用。"①这足以窥见"十七年"红色文学在当代文学史中的价值地位。

① 丁玲：《在前进的道路上——关于读文学书的问题》，《中国青年》1994 年第 23、24 期。

第十讲　歌不尽的红岩魂：《红岩》

　　在当代中国，长篇小说《红岩》①几乎是一部家喻户晓的红色经典，小说自 1961 年面世以来就赢得了读者持久的喜爱。迄今为止，仅在北京就已经印行 63 次，发行量已达 1000 余万册。同时，《红岩》还被翻译成英、法、德、日等十几种外国文字，受到海外读者欢迎。评论者称其为"黎明时刻的一首悲壮史诗""一部震撼人心的共产主义教科书""一本教育青年怎样生活、斗争、怎样认识和对待敌人的教科书"②。1999 年，《红岩》被评为"百年百种优秀中国文学图书"，并入选"感动共和国的五十本书"。

　　从 1962 年 3 月 2 日《人民日报》发表阎纲的评论文章开始，全国各地报纸开始连续发表有关《红岩》的评论文章和"读后感"，一直到 1962 年年底，发表评论文章的报刊几乎包括了全国所有的省市级党报，不少报纸的评介采用了开辟"专版""专栏"的"重点报道"形式，如《四川日报》从 3 月 11 日开始在第三版发表了一系列和《红岩》相关的文章，每篇都在题目位置刊发一个以小说《红岩》封面制作的小刊头，《云南日报》从 1962 年 3 月 22 日开始在第三版"文化生活"专版开设了"《红岩》人物赞"专栏，《浙江日报》在副刊开设了"红岩风格赞"专栏，《新华日报》的"新华副刊"开辟了"我读《红岩》"专栏。在各地发表评介文章的同时，不少地方的报纸如《重庆日报》《成都晚报》《河北日报》《河南日报》《浙江日报》等开始对小说进行连载。这样，《红岩》的名字和小说《红岩》极富象征意味的"青松、红岩"封面图案成为 1962 年报纸副刊上一再重复出现的象征符号，以至于我们可以把 1962 年的报纸副刊称为"《红岩》年"。

　　这些事实无不表明这部作品具有巨大的社会影响力和思想艺术价值。《红岩》在所有红色经典文本中都是首屈一指的。它经久不衰的艺术魅力值得人们去认真地体味与思考。

一、《红岩》：一部革命的生活教科书

　　在对《红岩》的各种评价中，"教材""教科书"是一种普遍的说法。《红岩》的前身，是回忆录《在烈火中永生》，根据这些无产阶级战士的英雄事迹，《红岩》塑造了光辉的英雄群像。这些英雄身上焕发出'人类最伟大最高尚的一切美德'，如'忘我''慎独'和革命的乐

---

① 罗广斌、杨益言：《红岩》，中国青年出版社 2000 年第 3 版。
② 王泽龙、李遇春：《中国当代文学经典作品选讲上》，华中师范大学出版社 2009 年版，第 102 页。

观主义精神"①。

"《红岩》是一本用生命写下来的书,是一本杰出的共产党员的最生动的教科书。"②朱寨在评论文章中说:"《红岩》不仅吸引了广大的读者,而且深深地激动了他们的革命心弦,激起了他们参与当前国内阶级斗争的政治热情,激起了他们在建设社会主义工作岗位上的更大干劲,我们从出版社编辑部那里读到很多《红岩》读者表白这种心态的来信。从读者的来信里可以看出,读者把《红岩》当作一部生动的革命教材。如果说'文学作品是生活的教科书'的话,那么《红岩》是一部革命的生活教科书。"③

(一)《红岩》的创作背景

《红岩》作者罗广斌、杨益言曾在 1948 年被关入中美合作所渣滓洞集中营,新中国成立后他们在重庆团市委工作,逐渐萌发了创作念头。1956 年,他们写了 50 余万字的"革命回忆录"《在烈火中永生》,首次发表于中国青年出版社的刊物《红旗飘飘》第 6 期上,首次发表之后就掀起了热潮。1958 年,共青团中央和中国青年出版社建议罗广斌等将这一题材用长篇小说的形式加以表现。小说写作几易其稿、反复加工整理,终以《红岩》为名于1961 年 12 月出版。《红岩》出版后在全国引起了巨大反响,也创造了红色经典文学之最。在广大读者心目中,作品中的革命者形象,具有"红岩般高大、雄伟、坚强的基本特征",发挥了用文学作品教育青少年的巨大作用。

由于《红岩》是以真人真事为题材的文学作品,因此也就产生了红色经典文学所独有的人文奇观,它使读者从"传奇"中去体验"真实",同时又从"艺术"中去感悟"历史"。

(二)《红岩》的传播和接受

小说《红岩》问世以来还不断得到其他艺术媒体的青睐,因此被不断改编或衍生。先后就有二十世纪六十年代的歌剧《江姐》,话剧、电影《烈火中永生》和一批歌曲、曲艺佳作。到二十世纪八十年代后,又衍生出长篇小说《秘密世界》、大型《红岩魂》专题展览、大型现代舞剧《红梅赞》、戏剧《华子良》、电视连续剧《红岩》和《双枪老太婆传奇》,以及形象报告剧、交响清唱剧、电影艺术片等,这些都显示了小说《红岩》故事题材旺盛的生命力。由此可见小说《红岩》在各个时期都被不断衍生出各种红色艺术经典作品系列,对中国各时期各个年龄层次的观众都有着强大的吸引力。

《红岩》之所以在传播过程中一路强劲,以各种艺术形式不断展现,这除了故事本身的魅力之外,还有更重要的一点就是 20 世纪传承下来的革命思想和红色精神在社会中具有不可动摇的地位。这种根深蒂固的精神,已经作为中华民族的一种宝贵精神不断被提倡,在社会中形成了一大主题,深刻地影响着各个年代的人们,这种革命思想和红色精神在人们的意识里成为爱国情操的标志和伦理道德的标准之一,所以说各个年代的人对《红岩》

---

① 吉墨寅:《〈红岩〉——鼓舞革命斗志的教科书》,《大公报》1962 年 2 月 25 日。
② 罗苏:《最生动的共产主义教科书》,《红岩》五人谈,《文艺报》1962 年第 3 期。
③ 朱寨:《时代革命的光辉——读〈红岩〉》,《文学评论》1963 年第 6 期。

的基本认识是统一的,是始终不渝的。

《红岩》的成功之处就在于他们把"小说"形式和"教材"功能进行了很好的结合,通过阅读小说文本,读者看到小说并不重视传统中情节、主人公这样的基本要素,而是对抽象的革命理论进行了很好的演绎和解释,主要是通过故事和人物的言行将革命的思想形象化、具体化,它是一本传达思想的"教科书"。最明显的体现在小说中人物所说出的那些带有哲理性的语言,在 1962 年 7 月 15 日《新华日报》副刊版上就有一篇文章《〈红岩〉人物语录》,专门辑录了这类哲理语言。如:

> 我们共产党人有更丰富、更崇高的感情,那就是毛主席讲的:"全心全意为人民服务!"(许云峰)
>
> 不能把对党的忠诚,变成对某个领导者的私人感情,这是危险的,会使自己迷失政治方向!……(许云峰)
>
> ……你还得注意身体,我们的日子还长得很呢!我们这一代,要实现马克思主义的伟大理想,亲手建成共产主义社会。那时,你还是要像今天这样年轻有为才好。(江姐)
>
> 真正的无产阶级先锋战士,应该敢于和自己的非无产阶级思想作斗争,而不是逃避这种斗争。灰尘不扫会越积越厚,敷敷衍衍,终会为历史所抛弃。(许云峰)
>
> 人民革命的胜利,是要千百万人的牺牲去换取的!为了胜利而承担这种牺牲,是我们共产党人最大的骄傲和愉快!(许云峰)

《红岩》所描写的革命精神在今天的教育意义是"它写出了革命者的气魄:一不怕鬼;二不怕死;三不怕困难。毛主席教导我们,共产党人不要怕鬼。《红岩》写出了这个精神"[1]。"忍的是由于失败而蒙受的损失、痛苦,敌人的折磨、摧残;负的是革命的重担。任何时候,没有忘记自己是一个革命者,把一切艰难困苦,毅然担当起来。"然后就是由此所受到的"教育""启发":"当然,在今天,我们不再忍辱而生,但是,我们却还需负重。就是说,在任何时候都要听党的话,自觉地承担一切任务。见到困难就上,见荣誉就让,埋头苦干,竭尽忠诚。"[2]

由此可以看出,《红岩》的写作和阅读的动力与目的不仅是出于对历史本身的关怀,而且是出于更为急迫的现实需要。通过研究"十七年"红色经典小说就会发现,红色小说回顾历史的动力和目的之一,就是要从民主革命取得成功的过程中挖掘可以利用的精神资源,来调动全体人民的政治热情,投入正在进行的社会主义革命事业当中。"革命历史小说"所承担的这种文化使命很大一部分是通过阅读来实现的,正是通过阅读,把革命前辈和需要接受教育的广大读者联系了起来,把"革命传统"和"当前斗争"联系了起来,正是这

[1]　陆石:《不怕鬼的英雄谱》,《中国青年报》1962 年 2 月 17 日,第 4 版。
[2]　徐立尧:《忍辱负重赞》,《人民日报》1962 年 7 月 12 日,第 6 版。

种"联系"潜力的巨大使得人们把《红岩》称为"最生动的共产主义教科书",因此也成为红色经典小说之一。

在《红岩》的传播过程中,传播方式的不断改变和传播侧重点的转移,也是与受众的选择倾向性有关。大众传播为了满足受众的需求,不断贴近受众的喜好,迎合受众,以利于《红岩》顺利广泛地传播。最初的《在烈火中永生》是一部回忆录,后来创作成小说《红岩》。相比较,小说本身的性质就比回忆录曲折、离奇,更为吸引受众。小说有明显的冲突、悬念来推动情节发展,在矛盾重重和线索繁多的缠绕发展中,满足读者的好奇心和审美需求,让读者潜移默化地领略红色精神。然而小说中,江姐、许云峰、成岗等人物角色本身的平民性成为大众乐于接受它的一个重要桥梁,这些正面人物最后都成了英雄,普遍的英雄崇拜心理又成为人们追随《红岩》的一个关键诱因。二十世纪八十年代,人们的审美趋向逐渐倾向于视觉和听觉艺术,《红岩》被改编成舞台剧、戏剧、电影、电视剧等艺术形式,江姐、小萝卜头等英雄形象更加鲜活生动,这些都是在满足受众需求、迎合受众喜好的基础上进行改编的。所以,《红岩》在适应受众的同时,受众也不断触发着《红岩》的传播,使之愈演愈烈,不断辉煌。

(三)《红岩》流行的原因

作为红色经典小说代表的《红岩》是二十世纪六十年代以来中国最流行的革命历史题材小说,其再版次数与印数稳居第一位。这些数据还不包括各种各样的改编本、缩写本、少数民族语言本、外文本、连环画本。《红岩》的影响是惊人的,《红岩》故事发生地也成了革命历史教育基地,由《红岩》衍生的文化产业链无比巨大,因其而生的相关书籍数量也很大。

《红岩》写的是重庆地下党及被关在重庆的集中营渣滓洞和白公馆的共产党员在狱中进行艰苦卓绝斗争的故事。这个故事经久不衰,成了中国当代文化的一个重要组成部分,值得我们思考的是《红岩》到底哪些元素对当代中国人有如此巨大的吸引力和影响力。

与抗日题材小说相比,《红岩》除了没有民族主义情绪,其他情绪都具备。仇恨、阶级情感、传奇性、英雄主义元素都有。仇恨的对象变了,变成单纯的国民党法西斯政权。传奇性有变化,不再是战争场面的传奇性,而是人物经历和命运的传奇性。坚韧、顽强、大无畏的牺牲精神,坚定的意志,灵活的斗争方式,成为英雄主义的新内涵。在中国产生了极强的影响,成为中国"十七年"文学的象征。在对这些元素的研究中,可以发现震撼人类心灵的某些共同元素。

1. 控制与反控制:权力斗争的深层内涵

权力斗争是人类无数争端和战争的重要原因,几乎所有人类的争斗、冲突、战争都是源于权力争斗。权力斗争的表层体现为肉体控制,深层是思想控制,控制与反控制构成了一切戏剧冲突和人类冲突的基本着手点。《红岩》就是在真实的历史原型的塑造中,通过典型的、肉体和思想上的控制与反控制的冲突,通过强烈的艺术感染力来表现历史发展的形态、动力、方式以及人的灵魂状态、挣扎及信仰等重大问题,让人明白人类历史发展的规律和必然,也因此对读者产生了巨大的吸引力。

从表面看,渣滓洞、白公馆集中营是国民党对共产党进行迫害的场所,但仔细思考,这些场所其实是一个权力争夺的战场。反动派为了改变共产党人的思想、信仰,几乎用尽了他们能想到的所有手段,对共产党人进行身体折磨、精神摧残、引诱拉拢、分化瓦解……而共产党人为了不被改变,在心理和行动上也顽强地采用了各种抵抗措施。特务们是控制者的强势状态,共产党人处于抵抗防御状态,身体遭受了极大的摧残,然而他们的意志却坚贞不摧,哪怕有一线的希望,他们都不放弃,无产阶级的革命信仰和信念始终没有被改变,从这个层面看,共产党人渴望争夺自己的权力,这个权力就是领导人民进行革命斗争,最终夺取全国胜利。《红岩》彰显了保证权力不丧失、在权力争斗过程中取得胜利的根本性元素,那就是坚持、独立、信仰、意志。

2. 个体和群体:共产党人的人格魅力

《红岩》中共产党人坚强的意志,不仅保证了权力的存有,而且保证了人之所以为人存在的尊严。人的尊严不是他人赋予的,而是自己争取的,人的尊严存在于自己的灵魂与行为中,这是《红岩》揭示的第二个重要规律。走进《红岩》,人们深切体会到集中营中的共产党人的尊严,尽管他们受尽各种摧残与折磨,但他们尽最大可能保持了自己高贵的人格和坚定的信仰。尊严是一个人的生存之本,小说中善与恶、正义与邪恶、高贵与卑劣、鲜明的对比,让读者对剥夺人的生存尊严的行为发出强烈的控诉。小说中南方局共产党人在信仰、情操、修养等各方面展现出了巨大的力量。红岩精神的魅力就在于革命志士们在从事革命斗争实践中所展现的巨大人格力量。主要表现为南方局共产党人在革命斗争实践中所体现出的"出淤泥而不染""率先垂范、无私奉献",为了信仰坚贞不屈等人格力量。[①]

3. 正义与邪恶:人性的双面展现

小说写到了很多酷刑,国民党反动派的暴力、血腥、罪恶,让人们看到施刑者人性中罪恶丑陋的一面。小说在极端的环境与冲突中让人们观察人性中的伟大面与邪恶面,明白崇高与卑劣的真正内涵,在酷刑中审视人性的美与丑、伟大与罪恶。小说通过多种艰难处境展现了共产党人的伟大,这里面包含坚贞、大爱、团结、互助、机智、坚忍、奉献、牺牲等等。对反动特务的邪恶也予以全面揭示,其中包含阴险、狡诈、残忍、贪婪、卑劣、愚蠢、变态、冷酷等等。《红岩》不仅是一部革命历史传奇,更是人性中的善恶元素展览,这展览隐藏在各种酷刑、拷打、迫害、屠杀之中。

小说通过极端环境中的冲突和人性展现,让读者思考善与恶等一系列价值观念。《红岩》讲述的是特殊年代的特殊事件,但人性的彻底暴露往往都发生在这些特殊的过程中,它揭示了人类共性中的许多东西,因此对《红岩》的接受并不是一个特定历史时期的特殊现象,这也是这部红色经典小说传世的原因。

---

① 黄宏、何事忠:《红岩精神》,人民出版社 2007 年版。

二、《红岩》的文学史价值

由于时代和诸多因素的改变,"十七年"的革命历史题材小说虽然具有珍贵的文学史价值,但是部分作品与当代读者有一定程度的隔膜。《红岩》能突破时空局限,一直保持着鲜活的魅力,这形成了中国当代文学的一种奇观。

《红岩》何以能够打通不同时代、不同民族审美精神的"链接"? 这不仅是《红岩》研究的重要课题,也是中国当代文学研究的一个具有普遍意义的课题。《红岩》首先是一部小说,小说就是讲故事,在讲故事的过程中塑造鲜活的人物形象,揭示重要的思想内涵。《红岩》从文学创作层面看,受到了传统小说的很多影响,宏大的史诗结构、曲折复杂的故事情节、丰富多彩的写人方法等这些传统小说特点在《红岩》中得到了自觉的继承并发扬光大。

(一)宏伟的史诗结构

宏大叙事手法的独特性表现在,它不但要反映时代特征,而且通过重大历史事件与艺术虚构的结合创造出一种虚实结合的艺术效果。《红岩》正是以其虚实结合的审美法则和篇章结构创造了宏大的叙事艺术。

《红岩》是一部在史实基础上写成的史诗。忠实于历史、让后代记住革命烈士血与火的斗争并从中吸取精神养分,是小说创作者无比清醒的意识。小说作者罗广斌、杨益言都是中美合作所狱中斗争的亲历者与见证人。重庆解放后,在重庆团市委工作的他们,在参与组织革命烈士的悼念活动和宣传活动中又搜集、积累了大量素材。正是在亲身经历和丰富翔实的史料基础上,他们完成了长篇小说《红岩》。当然,文学作品来源于现实,但更是对现实的艺术创造。

《红岩》全书共 30 章,主要描写重庆解放前夕严酷的地下斗争,特别是狱中斗争的过程。它的历史背景是 1948 年至 1949 年重庆解放。真实的历史背景,鲜明的意识形态诉求,形成了小说宏大叙事的主要框架。

小说中,反动派在全局上不可逆转的覆灭命运与局部上的气焰嚣张、疯狂镇压,共产党革命事业全局上的辉煌胜利与革命者个人的悲壮牺牲鲜明对比,又辩证地统一起来。小说的基本情节是以中美合作所集中营(包括渣滓洞和白公馆)内的敌我斗争为中心,主要内容是英雄们的传奇故事以及他们在胜利前所进行的顽强斗争。英雄们的斗争不是孤军奋战,狱中斗争同时又与重庆地下党领导的狱外的城市地下斗争——工人运动、学生运动及农村武装斗争相互交错,它们一起组成了《红岩》的三个板块。小说全面集中描写了革命者为迎接解放、挫败敌人的垂死挣扎而进行的最后决战。三个板块的连接主线是党的领导,借《挺进报》贯穿起来;两个人间魔窟的穿线人物是刘思扬。这样,狱内斗争联为一体,狱内斗争和狱外斗争也相互呼应,作者在此结构基础上展开宏大叙事,再现了特定历史时代和特定环境中的一场特殊的战斗,揭露和控诉了国民党特务统治的血腥罪行。广阔的社会背景、纷繁的斗争场面、独立又有联系的故事、地下斗争特有的复杂性,如细针密线一样,通过作家的巧妙设计组成了一个统一的有机整体,成就了一幅结构复杂、画面宏阔、故事完整、悲壮刚劲的历史画卷,以一定的广度和深度表现了国民党反动统治行将覆灭、解放战争走向全国胜利的斗争形势和时代风貌,极大地拓展了小说的艺术空间。

小说中英勇坚强的许云峰、江姐,充满传奇色彩的疯老头儿华子良,精力充沛、意志坚强的年轻共产党员成岗,严格要求自己、经得起考验的革命知识分子刘思扬,爽朗、豪放、勇敢的青年工人余新江,宽厚、机灵、风趣、乐观的农民党员丁长发,外表斯文、内心坚强、有丰富阅历和斗争经验的老大哥,天真可爱的小萝卜头,乃至阴险狡猾的特务头子徐鹏飞等各色人等,他们形成复杂的人际关系,构成了错综纷纭的社会斗争画面。小说清晰地展现了时代风云的变化,交织着激烈复杂的矛盾冲突,铺展了深广的社会生活,塑造了一群高大完美的英雄形象,这些都让《红岩》具有极强的意识形态宣传功能,成就了一部共产主义的教科书。

《红岩》是震惊中外的中美合作所的斗争的艺术记录,小说中可歌可泣的狱中斗争的人物与事件在现实生活中大都有原型。"歌乐山下悟道,渣滓洞中参禅"的狱中新年联欢会,"把坚贞的爱,把欢乐的激情,全寄托在针线上"的女牢的绣红旗,一场又一场的狱中斗争都有实有之事做基础,小说中的诗篇、民谣、对联也都取自真实生活。两位作家都是重庆人,因此,书中展现的重庆解放前夕的社会面貌也十分逼真,连一些细节也做到了生动贴切,见微知著。作家笔下的诸如电力公司的胡世合事件、重庆大学的学生运动等,都是当时真实的时代风云。这些赋予《红岩》一种特殊的艺术魅力。

(二) 曲折复杂的情节

如同传统小说一样,《红岩》以主要英雄人物为中心,常单独描写一个英雄人物,通过一波三折的艺术情节,塑造高大鲜明的英雄形象。然后,再将这个英雄放进错综复杂的斗争形势中去,和其他英雄人物共同形成英雄群像。这种结构方式既借鉴了古典名著《水浒》的结构形态,又展现了现代小说的网状结构。曲折激烈的情节,成为《红岩》具有很强吸引力的重要因素。

作者对英雄个人的情节描写极尽变化之能事,对于集体斗争的描写又显得波澜壮阔、气势恢宏,极大地增加了小说的情节魅力。如江姐被捕一节,由于工作需要,江姐已调往川北农村工作,在县城的一个秘密联络站,华为已经走远,她本应该顺利出发的,却突然被叛徒甫志高带领的众多特务发现被捕;"双枪老太婆"化装成阔老太前来营救,但由于敌人改由水路押解,营救扑空。其他如成瑶的成长故事,狱友与狗熊、猫头鹰、"红旗"特务的斗法,刘思扬的起伏人生,白公馆、渣滓洞的集体越狱……小说呈现出复杂激烈、变化万千的状态。《红岩》的故事情节是跌宕起伏、惊心动魄的,但情节过程的回环曲折都指向一个合乎常规逻辑的结局,狂风暴雨之后最终艳阳高照。

中美合作所是抗日战争和解放战争时期美国和国民党政府在重庆郊区合办的秘密集中营,分设于渣滓洞和白公馆。中美合作所的狱中斗争十分特殊和复杂,而此斗争又与重庆地下党领导的狱外的城市地下斗争和农村武装斗争相互交错。要驾驭如此丰富的素材、创作如此宏阔的史诗,《红岩》不可能以一两个主人公的命运贯穿全篇,它的叙事结构有纵的言说,也有横的铺陈。地下党领导的工人运动、学生运动,农村的游击战争和集中营内的狱中斗争是组成故事的三个板块,作者通过《挺进报》将狱中斗争贯穿起来,又以党的领导为主线,将内在联系紧密的三个板块整合起来,把狱内斗争和狱外斗争连成一片,进行宏大叙事。小说不但成了中美合作所狱中斗争的一面艺术镜子,而且成了二十世纪四十年代末期党在重庆的地下工作的真实写照,成了结构复杂、画面宏阔、情节完整、悲壮刚劲的历史画卷,为读者的好奇心和历史感提供了艺术空间。

解读《红岩》,应该用"倒叙"的方式来进行。作品最后一页有一段极富象征性色彩的描写:"东方的地平线上,渐渐透出一派红光,闪烁在碧绿的嘉陵江上。湛蓝的天空,万里无云,绚丽的朝霞,放射出万道光芒。"表明重庆这座山城即将解放,革命事业圆满成功,艰难曲折的斗争终于有了一个光明的前景和"大团圆"的结局。从"顺叙"的方式来解读《红岩》,会发现在整个故事的设计和安排中,实际有一个组织、启发和指导的具体过程。

(三)丰富多彩的写人手法

1. 全知与限知相结合的独特叙事手法

一方面,为了表现英雄人物的气概和揭露敌人的凶残无耻,《红岩》许多叙述都采用了全知的叙事手法。如小说第九章许云峰与徐鹏飞的"对话",是一种典型的全知叙事。作者不仅能够掌握人物的思想活动,还能够预见到前者的叙述终将"压倒"后者的叙述:徐鹏飞声调一变,厉声说道:"你们应该明白,现在能掌握你们命运的人,不是你们,而是我! 为了自己,你们应当想想……我不需要你们履行任何手续,不需要任何代价,只要一纸自白书,就可以立即改变你们的处境!"……

"我们在你手中?"许云峰忽然放声大笑,他对着瞠然木立的敌人,舒开两臂,沉着而有力地聚合拢来,像一个包围圈,把对方箍在中间:"你们早已落在人民的包围中,找不出逃脱毁灭命运的任何办法了。"徐鹏飞勃然变色,一时不知如何对付。他不能忍受这种宣判式的言论。[①]

另一方面,同样是为了突出英雄的性格、品质和形象,作者还使用限知叙事手法,从别人的眼睛中看人物。在成岗眼里,许云峰"是个火一样热情、钢一样坚强的人。他那明亮深远的目光,充满了洞察一切的力量。在他面前,从来没有克服不了的困难和解决不了的问题";而在特务头子徐鹏飞看来,许云峰"高高的前额上,深刻着几道皱纹,象征着性格的顽强。清癯的脸膛上,除了一副旁若无人的、钢铁似的眼神而外,看不出丝毫动静"。还有江姐,在成岗眼里"平易近人","她和老许一样老练、成熟";在孙明霞看来,江姐有着"宁静而坚贞的目光"。尤其是江姐受刑一节,通过作品中难友的痛苦反应以及大家写给江姐的信、诗歌来侧面烘托出刑罚的残酷,歌颂典型人物的坚贞不屈和革命乐观精神。

全知与限知相结合进行叙事,在第十章"鸿门宴"一场敌我斗争中表现得较为充分。

---

① 罗广斌、杨益言:《红岩》,中国青年出版社 2000 年第 3 版,第 168 页。

敌我双方的表现、言行甚至心理活动都得到了淋漓尽致的展现。而英雄人物的慷慨气概和智勇双全的性格特征与敌人的"瞠目结舌、十分尴尬"形成强烈对比,更加清晰鲜明地凸显了英雄形象。

2. 人物描写中的道德评判

道德评判,是中国古典小说评价人物的重要尺度。正面的英雄人物,往往不仅是正义的化身,也是道德的完人。在《红岩》里,道德评判的核心是正义,整部小说,皆以正义作为尺度区分善恶、评定高下。革命者都具有美好的理想精神和人格,他们的斗争和牺牲,都是为了追求整个阶级的解放,绝对不是追求个人的虚荣或利益。反面人物一出场则灯红酒绿、艳女美酒、心怀诡计、钩心斗角、作恶多端,他们疯狂滥杀无辜市民,残虐迫害革命工作者。他们的行为动机是邀功请赏,是为了个人享受,完全不顾及整个社会的发展和广大人民的根本利益需求。物质的淫滥与精神的极度空虚也形成了鲜明的照应。

小说对于毛人凤的揭露:毛人凤兴高采烈地打开一瓶老窖茅台酒,"葡萄酒没有劲头,喝酒,还是要喝茅台""佳肴美酒,可惜缺少歌舞美人……"徐鹏飞一直沉默不语,只一杯又一杯地喝酒,这时,他才略带酒意地笑了起来。"来,再干一杯!"毛人凤放声大笑,"鹏飞,你尝么,台北的日本下女,比你新纳的三姨太太还有味道,哈哈……"[1]

这些言语和心态流露都表现了反动人物的猥亵下作,也是他们丑恶灵魂的写照。对于出场频繁的徐鹏飞,作者主要表现他的反动、残暴和兽性。小说描写徐鹏飞第一次出场的环境阴森恐怖:黑沉沉的大楼、布满乌云的夜空、特务机关分布如蜘蛛网、到处是密布的蛛丝,而他就是决定、控制和操纵这巨大毒网的那只阴险邪恶的毒蜘蛛。在这些铺垫性的描写之后,作品写道:

> 若干年来,他习惯于这样的生活。如果有什么时候竟然听不到被拷打者的号叫,他便会感到空虚和恐怖。只有不断的刑讯,才能使他感觉到自己的存在和力量。世界上有这种人,不,有这样一种嗜血的生物,它们把人血当做滋养,把杀人当做终身职业。[2]

"毒蜘蛛""嗜血的生物""毒虫""野兽",这一连串的比喻写尽了反动人物的兽性和凶残,类似的描写在那些看守如猩猩、猫头鹰们身上也有很多。这样的处理虽然有简单之嫌,但对于表达主题、刻画人物有很好的效果,作者也以此从道德的层面完成了对反动人物的批判。

3. 多种文体因素的并置

《红岩》能够吸引广大读者,还在于小说调动了多种文体的因素。有时仿佛一首诗,有

---

① 罗广斌、杨益言:《红岩》,中国青年出版社 2000 年第 3 版,第 533 页。
② 罗广斌、杨益言:《红岩》,中国青年出版社 2000 年第 3 版,第 97 页。

时又好像是一篇散文,有时甚至就是一篇演讲。有的地方,如徐鹏飞与许云峰的对话,又完全是一种戏剧冲突的模式。这些都在很大程度上增加了小说的魅力。对"诗"与"歌"的运用,是中国古典小说塑造人物的重要模式。在《红岩》中,作者常常以此彰显革命者的高大人格和高尚情操,抒发革命者昂扬的战斗激情,渲染出一种浪漫而激动人心的革命情绪。如重伤的成岗被审讯时胸脯起伏着,再也无法抑制那烈火一样的感情,他索性扔开了笔,冲着敌人高声朗诵起来:

> 任脚下响着沉重的铁镣,任你把皮鞭举得高高,我不需要什么"自白",哪怕胸口对着带血的刺刀!……

革命者大义凛然、坚贞不屈的精神风貌通过一首诗(《我的自白书》)展现无遗。还有,渣滓洞中由酷刑之后的许云峰引领的一场《国际歌》大合唱更是激动人心,它简直就是一篇散文:

> 靠近牢门的人们,听到在铁链叮当声中,出现了轻轻的歌声。渐渐地,歌声变得昂扬激越起来。起来,饥寒交迫的奴隶,起来,全世界受苦的人!……
>
> 歌声,像一阵响亮的战鼓,击破禁锢世界的层层密云。歌声,像一片冲锋的号角,唤起人们战斗的激情。这声音呵——像远征归来的壮士,用胜利的微笑,朗声欢呼战友亲切的姓名,更像坚贞的人民之子,在敌人的绞刑架下,宣扬真理必然战胜![①]

类似的片段在作品中有很多,作者运用多种文体因素,通过一些场面和细节的刻画,表现革命者的人格和精神面貌,同时也深刻揭示了他们生存和斗争的意义,引发读者对小说主题的思考。

4. 英雄群雕的刻画

《红岩》展现的众多鲜活的文学形象在当代文学中可以说是之最。许云峰、江姐、华子良、成岗、刘思扬、双枪老太婆、小萝卜头、甫志高、徐鹏飞更是成了当代中国大众耳熟能详的典型人物,进入了中国当代文学的人物画廊。在甫志高、徐鹏飞这样的典型人物身上甚至出现了"典型的抽象取代"的文学现象:甫志高已经不只是一个具体的人物的符号,它成了"叛徒""背叛者"的同义语,而徐鹏飞则是"特务"的别称。优秀的文学作品是不能离开文学典型而存在的,优秀作家总是与他的典型形象并存。在《红岩》的典型人物里,由于气质、出身、经历、社会地位、文化程度的不同,每一个人都是一个世界,都是"这一个"。就是同为反面角色,甫志高与徐鹏飞也各各不同。对于英雄典型,作家总是从多个侧面着墨,使人物形象生动起来、丰满起来、立体起来。

---

① 罗广斌、杨益言:《红岩》,中国青年出版社2000年第3版,第165页、第219页。

江姐,是作家着力甚多的文学形象。从她对华为与成瑶爱情的关心,她对甫志高的批评,她看到悬挂在城楼上丈夫的头颅时的心理反应,到她入狱后的坚强,她在狱中依然保持的爱整洁的习惯,以及她就义前的从容不迫,作家从不同境况、不同视角成功地塑造出一个高大而又有亲和力的女革命家形象。作家还非常注意将笔端伸进英雄人物的内心世界,展现他们的不同于他人的独特而又鲜明的性格特征,在当时的文学创作中能做到这一点是难能可贵的。

文学典型是具有高度概括性的文学形象。在塑造典型形象时,作家把更多的注意力放在展现共产党人的共性上:红岩精神,就是《红岩》所着意刻画的共性。作家采取"不在场"的叙事策略,以"隐含者"的身份将对红岩精神的刻画置于一个又一个故事中,让共产党人展现自己的浩然正气和高贵气节。文本中故事的戏剧冲突被推向高潮,正当读者的心悬在半空时,情节会因革命者的勇敢、机敏和智慧而陡转,终于走向令人欣慰的胜利结局。也就是在这样的时刻成功地塑造了共产党人的英雄群像,《红岩》以共产党人的远大理想、坚强意志与奉献精神、团队观念找到了通往当代读者的心灵通道。

三、红岩魂:红岩精神永不灭

《红岩》这部震撼人心的共产主义教科书就是黎明时刻的一首悲壮史诗,红岩魂主要体现在作品所高扬的理想主义和英雄主义的时代主旋律上。红岩精神作为解放战争时期无产阶级革命者的精神缩影,彰显了革命先烈对共产主义信念的执着追求,凝聚着为追求自由、民主勇于奉献一切的精神,展现了深沉的爱国主义情怀。

(一)高扬时代主旋律

作者罗广斌、杨益言曾被囚禁于重庆"中美合作所"渣滓洞、白公馆集中营,重庆解放前夕越狱成功。作为幸存者和见证者,他们亲身经历了黎明前血与火的考验,目睹了许多革命烈士坚韧不拔的英勇斗争和壮烈牺牲的场面。他们的报告文学《圣洁的鲜花》、革命回忆录《在烈火中永生》在读者中引起极大反响的同时,也受到了有关方面的关注。1958年11月,团中央常委、中国青年出版社党委书记、社长、总编辑朱语今来到重庆,他敏锐地感觉到"中美合作所"渣滓洞、白公馆狱中斗争事迹是向青少年进行革命传统教育的好题材,于是决定向罗广斌、杨益言约写长篇小说。"左联"老将、重庆市委第一书记任白戈及书记李唐彬都很重视朱语今提出的创作长篇小说的建议,决定要把长篇小说《红岩》的创作当作一项严肃的政治任务来完成,并指定市委组织部部长肖泽宽代表市委负责这项工作。

从一开始,任务就比较明确:注意作品的教育意义和战斗性,要对广大青少年进行革命历史传统教育。因此小说从拟提纲到材料选取、情节安排、人物把握、语言运用等都有强烈的目的性,加上著名作家沙汀、马识途等的指导和作者的辛勤努力,在各方力量的帮助之下,三年之间,全书曾三次重写,两次大改,最后两位作家终成正果,成就了这部红色经典小说。

《红岩》是在人民解放战争向全国胜利大进军的背景下,在人民革命胜利的曙光已经初现地平线的历史时刻来描写狱中斗争生活的,题材和取材的真实性是作品成功的一个重要因素。小说中的许多人物都有原型,如江姐之于江竹筠、龙光华之于龙光章、成岗之于陈然、胡浩之于宣灏、齐晓轩之于许晓轩、黄以声之于黄显声等。还有一些情节也来自生活的真实,如许云峰同徐鹏飞在宴会厅里的一场交锋,采用了罗世文同志赴宴的一段真实事件做底本;作品里和作品外,所有这一切又都发生在黎明时分,人民解放的隆隆炮声已清晰可闻,胜利就在眼前,英雄们却悲壮地倒下,以此表现出巨大的悲剧力量。尽管《红岩》是小说,但当小说真实地逼近历史具象时,这样的优势必然使读者的阅读成了一场灵魂的洗涤。

成功的人物形象塑造是小说获得成功的必要因素。《红岩》成功地塑造了英雄群像,渣滓洞元旦联欢的革命者,被登报假释放的刘思扬,狱中绣制五星红旗的江姐等人,他们大多有名有姓,令人难忘。

在关于英雄们的故事中,我们应该关注的是作品所叙写的英雄的最后时刻以及作品中的无名英雄,他们似乎更能诠释"英雄"和"理想"的内涵。特务头子徐鹏飞和革命英雄许云峰的最后一次交锋值得我们反复寻味,当被问道"胜利就在眼前,却不能看到自己的胜利,此时此刻,是何心情时",许云峰坦然地说:

> 回忆走过的道路,我感到自豪。我已看见了无产阶级在中国的胜利,我感到满足。风卷残云般的革命浪潮,证明我个人的理想和全国人民的要求完全相同,我感到无穷的力量。人生自古谁无死? 可是一个人的生命和无产阶级永葆青春的革命事业联系在一起,那是无上的光荣! 这就是我此时此地的心情。①

在和敌人的斗争和思想较量中,英雄无私坦荡和大无畏的高尚情怀跃然纸上,这是英雄的"言"。在地狱一样的地窖中,许云峰硬是掘出了一条生命的通道,并将这生的希望留给了战友,这是英雄的"行"。正是这些冲击读者情感、具有巨大力量的言和行,充分表现了一个共产党人的气节和风骨,同时也向世人昭示了信仰的力量和奉献的意义。

我们个体的生命是有限的,而人类社会是无限的,为了人类社会的前行,有些时候牺牲是必要和必然的,为了大众的幸福和社会的前行而牺牲的生命个体,坚定地抱着无产阶级的革命信念不惜牺牲自己生命的共产党人,他们已经超越了生命本身,而进入了精神层面,实现了生命的价值和意义。无论是在过去、现在还是将来,无论有着怎样的历史和文化背景的民族,都需要信仰,都需要有担当、不怕牺牲的英雄。正因为如此,人类历史上才会涌现出一批又一批死亡都征服不了的伟大灵魂。《红岩》英雄们的身影如红岩般高大、雄伟,他们的精神如歌乐山的松涛一样,激荡人心,亘古不息,永远教育和激励着后人为理

---

① 罗广斌、杨益言:《红岩》,中国青年出版社 2000 年第 3 版,第 555 页。

想和信仰而不懈奋斗。

（二）表现人性的光辉

一部文学作品要突破时空的局限,既要有历史的话语,又要具有超越历史的美学因素。《红岩》的创作有着非常明晰的时代政治意图,作品也很好地传达了这些政治元素,但是今天的读者在阅读这部作品时依然被吸引,其中一个原因就是作家在讲述特定时期故事的时候,既注意作品的史诗性,又注重英雄人物人性光辉的审美展现。《红岩》的人性美首先蕴含在革命志士们为人的尊严、权利和自由,为中国劳苦大众的利益而与反动派展开的人与兽的斗争中。在与反面形象的强烈对照中,作家细致地展现了共产党人的人性美,这是《红岩》的文本世界能与当今读者心灵交融的重要原因。《红岩》作者笔下革命者的崇高爱情与友情、他们的善良与同情心都是特别令人难忘的。

1.纯真又无辜的孩子:表现革命者美好的人性

小说对两个孩子的塑造是别有深意的。这两个孩子就是被关在白公馆集中营的小萝卜头和诞生在渣滓洞集中营的"监狱之花"。

小萝卜头可爱而又可怜,他有多可爱,就有多可怜。在黑暗阴森的集中营中,天真纯洁的小萝卜头像一朵洁净的小花,像黑暗中的一丝亮光,给人们带来快乐和欣慰。同时小萝卜头的遭遇又使人们痛心和同情。禁锢世界里的革命者本来自身就失去了自由,受到种种非人的折磨,因而他们对小萝卜头的喜爱、痛心和同情映射出人性的善和美好。监狱里的难友们对待父母都已牺牲的"监狱之花",就像是对待自己的孩子,甚至就像是对待党的未来、祖国和民族的未来。他们对"监狱之花"呵护有加,任何时候他们总是将这婴儿挂在心上。江姐在就义前,还不忘轻轻地吻别这孩子。越狱时,人们也将"监狱之花"捧在怀中。那位"监狱之花"的未名父亲留下的遗诗阐释了革命者对孩子们的爱:"为了免除下一代的苦难/我们愿意/愿把这牢底坐穿!"这是世间最人性的爱。

小萝卜头是个"又瘦又小的孩子,孩子的身子特别细弱,却长了一个圆圆的头……孩子穿得破破烂烂的,长着一双聪明诱人的眼睛"。他才9岁就已经是个"老政治犯"了。恶劣的生长条件,特殊的成长环境,父母师长的教育和影响,都使得这个孩子聪明、伶俐、乖巧、早熟。他有着惊人的聪明和判断力,如对刘思扬在渣滓洞起码关过大半年的判断;遇到特务监视时与黄以声将军用俄文对话;把小昆虫捉住了装进火柴盒,旋又放它自由飞走的动作;小小年纪已经成了狱中党组织的联络员;与刘思扬等人的友谊;离开白公馆时送给成岗的那张题为《黎明》的水彩画;在最后的密裁计划中与父母一起惨遭杀害;等等,都格外惹人怜爱,令人不忍卒读。

尤其是在那个漆黑的夜里,他蜷曲在床头,梦见特务看守员正把他带进城去,他终于看见了"城",城门是高大的铁签子门,城墙上是烧得红红的电网,街道两边的房子都有门,但门是用铁条子钉起来的,中间有个方洞,可以伸出头来。梦是现实生活的反映。无忧无虑的童年应该充满阳光和鲜花,而处在非常环境中的孩子却生活在噩梦里,梦里的城是监狱的化身,城里的人都是囚徒,特务像鹰一样凶残和恐怖,幼小的心灵尽是阴森的魔影。

通过一个梦反映孩子身心所受到的戕害,更有力地揭露了国民党特务统治的罪恶。

还有"监狱之花",这是个一出世就失去父母的孩子。父亲在大雷雨之夜英勇就义,母亲在她出生时难产去世。在黑沉沉的牢里,从许云峰到众多难友,大家都格外疼爱她,送给她一个美丽的名字,送给她奶粉,对她倾注了无限的疼爱。在江姐受刑回来时,"江姐用流着血的双手,接过了乳婴,紧紧抱在怀里,'孩子是我们的。我们都是她的父亲、母亲'。乳婴依恋地坐在江姐怀里,幼稚的小嘴甜甜地笑着,她把小小的手儿伸进了嘴,流着涎水吮吸着"。在江姐临刑前,她被脚步声惊醒,"忽然哇哇地哭了……刚要跨出牢门的江姐,不由得停住脚步,深情地望着啼哭的孩子……'监狱之花'带着泪水摇动双手,要江姐抱她。江姐迎上一步用脸温存地亲着'监狱之花'绯红的双颊。孩子伸手扯住江姐的头发,紧紧地抓着,不肯松手,幼稚的声音在静寂中一再重复着:'娘娘……娘娘……不走……'"①

天真无邪的孩子打动了无数的人,革命者对孩子们的关爱闪烁着人间至真至美的人性的光芒。无辜的小萝卜头和"监狱之花"的遭遇令人同情,这种不幸加在无辜的孩子身上更加容易触动读者心灵。作者对这两个在苦难中成长的孩子的相关叙写,生动地表现了敌人的凶残和孩子的不幸,同时更多地写到了革命者对他们的关爱,表现革命者美好的人性。这些触摸到人性深处的描写让这部小说穿越时代,在当代读者的心灵世界引起强烈的震颤。

2. 战友间的友情和爱情:表现革命者美好的人性

《红岩》的人物战斗在特殊的环境中,特殊的工作性质和纪律要求、共同的理想和信念、患难与共的生死之交,使得他们之间的感情深厚而绵长。作者通过许多情节表现革命者之间崇高的友情与爱情,表现他们的善良与同情心,以此折射出革命者身上美好的人性。当刘思扬被从渣滓洞假释,就要离开这里时,作品写道:

> 刘思扬深深地感到依恋……渣滓洞,是黑暗恐怖的魔窟,但是对他,却成了锻炼真金、考验意志的冶炼场。
>
> "你可能被释放。"一个声音告诉他。
>
> "不,我不能一个人出去!"
>
> 一大颗热泪,滴在衣上,像一颗明亮的珍珠。泪珠慢慢散开,浸湿了衣服。刘思扬的眼睛渐渐红了。他的心潮一阵阵起伏波动……②

同志们劝他吃饭,注意身体,尤其是在他碗里放进半个咸蛋——地下党秘密送进来的珍贵礼物,更让他感到友情的温暖。这里,通过刘思扬出狱时情景的叙写,表现了革命者之间用鲜血凝成的高尚的友情,也表现了他们之间美好的爱情,因而具有感人至深的力量。

---

① 罗广斌、杨益言:《红岩》,中国青年出版社2000年第3版,第506页。
② 罗广斌、杨益言:《红岩》,中国青年出版社2000年第3版,第329页。

　　江姐,在去川北的途中,她突然在城头上看到了写有丈夫姓名的布告。她"觉得眼前金星飞溅,布告也在浮动",她"周身冰冷",当看到丈夫鲜血淋淋的头颅时,顿时"热泪盈眶,胸口梗塞","禁不住要恸哭出声。一阵又一阵头晕目眩,使她无力站稳脚跟⋯⋯"尽管后来她很快地以高度的责任感控制了自己的情绪,展示了共产党人的党性和意志,但我们从作者看似不经意的叙写中还是读到了人性的东西。等见到双枪老太婆时,坚强的江姐"顿时泪如雨下",同时"一连串的泪珠,从年迈的老太婆痛楚的脸颊上,沿着一条条的皱纹涌流出来",拥抱中,老太婆说:"我懂得你的心。我们有相同的不幸⋯⋯"老太婆的话让人怦然心动。"江姐竭力控制着自己,但是她怎么也禁不住泪水的涌流⋯⋯"两个女人,一场泪水,流露的是真情,流淌的是人性。若没有这个细节,我们会觉得江姐如同神话中的英雄人物,有了这个细节,我们就觉得江姐是一个有血有肉、有感情的人。正因为他们和我们一样,都是血肉之躯,他们的牺牲,无论是生命的牺牲还是感情的牺牲才更令人敬仰。类似的叙写是作者艺术良知的自然流露,也是遵循生活与艺术规律的结果。

　　贾平凹在华中科技大学的演讲中说:"你在写一个人的故事的时候,这个人的命运发展与社会发展在某一点交叉,个人的命运和社会的时代的命运在某一点契合交集了,你把这一点写出来,那么你写的虽然是个人的故事,而你也就写出了社会的时代的故事,这个故事就是一个伟大的故事。这就像一朵花,这个花是你种的,种在你家门口或者是你家外面的路口,可以说这个花是属于你个人的,是你家的,但它超乎了你个人,因为你闻到这朵花的芬香的时候,每一个路过的人也都闻到了这朵花的芬香。"

　　优秀的文学作品有三个审美功能:再现生活,创造生活,给生活以人性的裁判。在文学意义的生成中,一代代读者的理解总是处于核心位置。尽管《红岩》也有它无法摆脱的历史局限性,但是,由于它具有比较全面的审美功能,所以,半个多世纪过去了,它依然活跃在当代读者的理解与感应当中,给新时期红色题材小说创作,甚至给主旋律文学创作都带来很多启迪。历经时代风云,在人们意识深处,与其说《红岩》是一部以历史叙事为目标的"小说",倒不如说它是一部关于人的信仰的启示录更为准确。当代大学生正处于价值观形成的关键时期,探讨红岩精神在当下的意义,解读它与社会主义核心价值观的内在关联,如何将红岩精神融入当代青年的成长历程中去⋯⋯这些都是这部红色经典小说给人们的启发和思考,也是红色文学传承的必然。

第十一讲　军人血性的传奇叙事：《亮剑》

　　1996 年，被命名为"红色经典"的一批产生于二十世纪五十到七十年代，以歌剧、舞剧为主的舞台艺术在北京刮起一股"红色旋风"。很快，"红色经典"便突破了舞台艺术的范围，在当年便成功进军电影、绘画等艺术领域，次年，人民文学出版社借势而为，将五六十年代首版于本社的 10 部长篇小说以《红色经典丛书》的名称集束推出，使这一批很久无人问津的小说骤然复活，同时吸引了官方、学者、大众的目光，成为当年出版界的一个重要事件。尽管"红色经典"这一名称受到不少学者的质疑，但我们不得不承认其强大的生命力，当学者们还在五十到七十年代的时间范围中争论其合理性之时，一些作家已在摩拳擦掌，新的"红色经典"已在孕育之中。

一、都梁与《亮剑》的创作及改编

　　都梁，原名梁战，1954 年出生于江苏淮安一个知识分子家庭，早年参军服役于坦克部队，后复员到北京发展，先后做过教师、公务员、石油勘探技术研究所所长等。2000 年 1 月出版首部长篇小说《亮剑》[①]，2001 年 12 月发表电视剧剧本《亮剑》，2005 年担任战争剧《亮剑》的编剧。其他长篇小说还有《血色浪漫》《狼烟北平》《百年往事》，均由其担任编剧改编为电视连续剧。

　　1997 年喜爱文学的都梁在谈论当代小说之失时被朋友激将"你说人家不行，你写本出来看看"[②]，于是不服输的他决心一试，1998 年 7 月，《亮剑》完稿，历时七个月。小说以主人公李云龙的个人经历为主线，反映了从抗日战争、解放战争直至新中国成立后的历史，是一部糅合了史诗风格和悲剧色彩的战争题材优秀作品。有位友人阅毕感觉甚好，故转交解放军文艺出版社编辑董保存，董编辑觉得该作是对多年来军事题材小说的突破，欣然同意出版，于是 2000 年 1 月该作第一个版本——解放军文艺出版社版本面世。很快该作引起关注，电视剧改编权被广东电视台买走。2001 年，海润影视创始人、董事长刘燕铭在飞往加拿大的飞机上读到该作，当即决定改编电视剧，几经努力，最终如愿以偿。2005 年 9 月 12 日电视剧《亮剑》登陆央视一套，成为当年最受欢迎的剧作，一年后，该剧荣获中国电视金鹰奖最佳长篇电视剧奖，两年后又荣获中国电视飞天奖，2013 年荣列中宣部向

---

①　都梁：《亮剑》，解放军文艺出版社 2000 年版。

②　张英、吴婷：《都梁：用〈亮剑〉铭刻中国英雄》，《中国报道》2005 年第 11 期。

青少年推荐的 100 部优秀影视片,2020 年入选国家广电总局纪念抗战胜利 75 周年参考剧目。电视剧的风行反过来带动了小说的销售,最火爆时一天的销售量达到 5000 册,在纸质图书低迷的大背景下,这一销售业绩显得格外亮眼。由于广泛的影响力,该作很快与《我是太阳》(邓一光著)、《历史的天空》(徐贵祥著)、《风声》(麦家著)、《狼烟北平》(都梁著)、《狼毒花》(权延赤著)等一起被认定为当代"红色经典"。2007 年,赵棚鸽便称赞《亮剑》电视剧"建构新经典,再显'侠'之精神"①;2015 年,秦俊香在《中国电视剧类型批评》中将《亮剑》电视剧称为"红色经典电视剧"②;2019 年,该作入选"新中国 70 年 70 部长篇小说典藏"。作为世纪之交红色小说的代表作,《亮剑》的成功是由很多因素促成的,其中最为重要的当是其对"亮剑"这一红色精神的凝练与表现。

二、从"精神"到"红色精神"

"精神"这个词在古汉语中至少有以下四种含义:第一,在"故精神安乎形,而年寿得长焉"③"劳矣箕子! 尽其精神,竭其忠爱,见比干之事免其身,仁知之至!"④中指与"形骸"相对的、构成人体的一种细微物质,即中医所谓精气、元神;第二,在"风流天付与精神,全在娇波眼"⑤"《子虚》、《上林》材极富,辞极丽,而运笔极古雅,精神极流动"⑥中指人或文艺作品的风采神韵;第三,"丹青难写是精神"⑦中指与事物的外形相对的内在的实质、要旨、精微之处;第四,在"道家使人精神专一"⑧"夫人之所以为人者,非以此八尺之身也,乃以其有精神也"⑨"文章者,古人之精神所蕴结也"⑩中指与"形"即身体相对的思想与情感。综合来看,古代的"精神"是个具有多重语义的词语,这些语义一方面被现代汉语所继承,另一方面也对现代汉语"精神"含义的生成起到一定作用。

在西方,"精神"得到许多思想家的高度重视。第一位将精神抬高到人的本体高度的是笛卡尔,他认为"我"的本质特征是"思维",若没有"思维","我"就不存在了,而"凡是能够思维的就是精神"⑪,因此人的精神是至高无上的,连上帝都是由其创造出来的。黑格尔是笛卡尔之后精神本体论的集大成者,他将精神分为狭义和广义两种,所谓"狭义的'精神'一般是指'客观精神',主要针对社会意识、时代精神、民族意识等群体性的意识而言。

①　赵棚鸽:《〈亮剑〉电视剧"建构新经典,再显'侠'之精神"——〈亮剑〉观感》,《电影评介》2007 年第 13 期。
②　秦俊香:《中国电视剧类型批评》,中国传媒大学出版社 2015 年版,第 168 页。
③　[战国] 吕不韦:《吕氏春秋》,万卷出版公司 2017 年版,第 26 页。
④　屈守元:《韩诗外传笺疏》,巴蜀书社 1996 年版,第 517 页。
⑤　[北宋] 周邦彦:《烛影摇红》,《周邦彦集》,山西古籍出版社 2007 年版,第 242 页。
⑥　[明] 王世贞:《艺苑卮言》,凤凰出版社 2009 年版,第 32 页。
⑦　[北宋] 王安石:《读史》,《王安石全集》(上),吉林人民出版社 1996 年版,第 250 页。
⑧　[西汉] 司马迁:《史记》,线装书局 2006 年版,第 545 页。
⑨　[东汉] 王符:《潜夫论》,辽宁教育出版社 2001 年版,第 49 页。
⑩　[清] 刘大櫆:《见吾轩诗序》,《刘大櫆集》,上海古籍出版社 1990 年版,第 79 页。
⑪　[法] 笛卡尔:《第一哲学沉思录》,庞景仁译,商务印书馆 1986 年版,第 136 页。

广义的'精神'则包括意识、自我意识、社会意识、绝对精神等①。对于"精神"的价值,对于历史而言,黑格尔认为它"是世界历史各大事变的推动者"②,对于个人而言,舍勒认为"精神的中心……只是一个时刻在自己身上产生着(本质规定的)行为的秩序结构"③。这些唯心主义哲学家提高了"精神"的地位,同时也颠倒了"物质"与"精神"的关系。马克思与恩格斯批判地继承了他们的观点,在物质决定精神的前提下指出:"就单个人来说,他的行动的一切动力,都定要通过他的头脑,一定要转变为他的意志的动机,才能使他行动起来。"④肯定了"精神"具有行为动力的作用。

清末民初,西方各种思想、观念、概念、术语涌入中国,"精神"的含义遂随之发生现代的转变。首先,与物质相对的含义得以凸显,即如孙中山所言:"凡非物质者,即为精神可矣。"其次,面对中国积贫积弱、物质匮乏的现实,"精神"走向功利化,孙中山说"人者有精神之用","精神"被认为是"用",即有功用,有能动性。对于革命来说,物质不足是没有关系的,最根本的是要有"精神",而这里所说的"精神"可以由广义转变为狭义,用来指广义的"精神"中那些卓越的部分,即能够改进现状的,可以作为行为动力的、高尚的、正义的、进步的、起决定性作用的人生观、价值观、理想、信仰、信念、思维方式、意志力、情感等等。这其中暗含的是"精神"的分层,即被分成了劣等、一般、卓越三种等级,劣等的和一般的"精神"具有负面功用或没有功用,只有卓越的"精神"才是有价值的,因而,孙中山提出"精神教育",使国民党官兵抛弃负面或一般的"精神",而接受"革命精神"⑤。孙中山主要从革命的角度论述"精神"的内涵与"精神教育"的重要性,与此同时,鲁迅则从文化的角度说出了和他相似的观点。其立人思想的核心之一便是"张精神"⑥,因为"凡是愚弱的国民……只能做毫无意义的示众的材料和看客","我们的第一要著,是在改变他们的精神"⑦,这些论述中也暗含了精神分层、优秀的精神才是真正的精神的观点。

中国共产党人对"精神"的认识与孙中山、鲁迅的认识既有异曲同工之妙,又有很大的提升。毛泽东说:"人是要有一点精神的。"⑧这其中的"精神"即孙中山、鲁迅所说的狭义的精神。由于国民党反动政府的倒行逆施,1927年之后,共产党在物质上极度匮乏,步履维艰,要取得胜利,"精神"就格外重要,因此党尤其注重"精神"建设和"精神"教育。当然,由于共产党的终极目标与国民党和以鲁迅为代表的知识分子存在很大差异,故而其提倡

---

① 陈名财:《对哲学基本问题的深度审视》,四川大学出版社2012年版,第90页。

② [德]黑格尔:《历史哲学》,王造时译,三联书店1956年版,第46页。

③ [德]舍勒:《人在宇宙中的地位》,李伯杰译,贵州人民出版社1989年版,第70页。

④ [德]恩格斯:《路德维希·费尔巴哈和德国古典哲学的终结》,《马克思恩格斯选集》(第4卷),人民出版社1995年版,第251页。

⑤ 孙中山:《精神与物质相辅为用——在桂林对滇赣粤均的演说》,《孙中山文集》,团结出版社2016年版,第509页。

⑥ 鲁迅:《文化偏至论》,《鲁迅全集》(第1卷),2005年版,第58页。

⑦ 鲁迅:《呐喊·自序》,《鲁迅全集》(第1卷),2005年版,第439页。

⑧ 毛泽东:《在中国共产党第八届中央委员会第二次全体会议上的讲话》,《毛泽东选集》(第5卷),人民出版社1977年版,第329页。

的是与后两者同中有异的"红色精神"。

在革命战争年代,共产党便注重对红色精神的提炼,先后概括出"五四精神""延安精神"等,这些精神在统一全党思想、激发全党斗志、克服困难、夺取胜利中发挥了极为重要的作用。这一光荣传统在新中国成立之后延续下来,共产党一方面对革命已经提炼的红色精神进行补充、凝练,另一方面又不断提炼和平年代代表性事件与人物身上的红色精神,"伟大建党精神""红船精神""井冈山精神""长征精神""抗战精神""西柏坡精神""红岩精神""雷锋精神""焦裕禄精神""航天精神"等等应运而生,这些精神既与中国传统文化精神一脉相承,又与中国共产党的根本宗旨相一致,还带有各自的突出特征,成为革命文化和社会主义先进文化的重要组成部分。

三、何谓"亮剑精神"

文学是时代精神的表现者和引领者。《红日》《红岩》《红旗谱》《保卫延安》等红色小说均生动地表现了某种红色精神,《亮剑》的不凡之处在于,它不仅是表现了已经提炼出的红色精神,其提出来的"亮剑精神"更是对已提炼出的红色精神的深化。"亮剑精神"犹如小说的灵魂,统领起所有故事,通过这些故事,小说精彩地表现了这一精神的丰富内涵。

(一)勇于亮剑

小说借李云龙之口说:"明知是个死,也要宝剑出鞘,这叫亮剑,没这个勇气你就别当剑客。"①这是小说给予亮剑精神的明确解释,其强调的重点是"勇气",这是亮剑精神的核心要义。虽然没正式学过武术,但李云龙敢于向山崎挑战,要与其一对一格斗;在攻打山崎大队的战斗中他只有八路军兵工厂自造的武器,性能极差,却敢向敌人叫板;明知楚云飞设下的是"鸿门宴",他也毅然前往。李云龙的这些事例,表现了共产党人不怕困难、不怕牺牲、勇于战胜困难和战胜敌人的精神品格。

(二)渴望亮剑

欲望是行动的原动力,如果没有对亮剑的渴望,在面对强敌时很难有勇气亮剑,因而《亮剑》中的李云龙在每次亮剑之前都表现出对亮剑的强烈渴望。在攻打山崎大队之前,李云龙率领的独立团被当成了预备队,他很不服气,马上向师长请缨,保证如果拿不下阵地,全团人员"决不会有人活着退出战斗"②。在负伤后,听说所在部队已经打到福建,即将没仗可打时,新婚第二天就回了部队,没有客车,他就不顾自己高级将领的身份,跟着货车回去;朝鲜战争爆发后,他得知自己没被安排去前线,就和部下在沙盘上模拟前线战斗。

(三)果断亮剑

当机立断、果敢坚决、迅速出击才能抓住亮剑的最佳时机,若优柔寡断、瞻前顾后、妇

---

① 都梁:《亮剑》,解放军文艺出版社2001年版,第28页。
② 都梁:《亮剑》,解放军文艺出版社2001年版,第7页。

人之仁、动作迟缓则会丧失战机,失去战斗的主动权。在大闹聚仙楼时,当看到平田一郎抓住手枪柄的一刹那,魏大勇一掌击中他的胸部,将其打死,趁屋内其他日本人和汉奸们还没反应过来,李云龙、楚云飞及各自的勤务兵迅速开火,把一屋子鬼子、汉奸全部射杀。当山本一木逃进平安县城时,李云龙立即带兵追至,在兄弟部队的配合下,使县城成为孤城,成功将其拿下。在淮海战场,李云龙带领全团日夜行军一百八十里,趁敌人慌乱之时,"竟干掉敌人两个团"①。

（四）善于亮剑

亮剑的目的是胜利,在敢于亮剑的同时也要善于亮剑才行,否则就是蛮干,很可能自己被打败,而敌人却毫发无损。《亮剑》在赞扬勇于亮剑的同时,也强调善于亮剑。在攻打山崎大队之前,李云龙虽然装备极差,但他情报准确、善于谋划,在派人周密地勘查了敌人的阵地后说:"在这片开阔地上咱们全团会成了小鬼子的活靶子。再说,从地形上看,全团一千多号人根本不可能全部展开,要这么干就麻烦了,一个连一个连分别上,就成了'添油战术',这叫逐次增加兵力,是兵家大忌,老子才不干这傻事,我要缩短这段冲击距离。"②然后他设计用土工作业的方式使一营战士向前推进 50 米,在离敌 30 米处开始扔手榴弹,结果将敌人消灭殆尽。攻打平安县城时,由于兵力是敌军的五倍,他就改变了以往将所有兵力集中于一点的打法,从四面同时进攻,使敌人顾头不顾尾,最终攻破了县城。在保卫弹药车过程中,当得知求援士兵被敌人杀害,而车上只剩五个战斗人员时,他决定带着警卫员小陈赴敌营谈判,去之前他先藏好手枪,并让小陈藏了颗手榴弹,见到敌人后,通过观察发现敌人不属于一个部队,于是先巧用语言离间对方,使拒不合作者自己暴露,与小陈一起迅速将其打死,使众匪群龙无首,失去了战斗力,他则如愿以偿达到了既定目的。要善于亮剑必须不断学习,甚至是向敌人学习。虽然最终战胜了山本一木,但李云龙却记住了山本一木的特种部队,后来在金门一战中,第一批战士全部阵亡,李云龙痛定思痛,想起特种部队,想尽办法创建了全军第一支特种部队。

（五）带头亮剑

官兵平等是共产党部队的优良传统。若身为领导,须身先士卒、率先亮剑,只有这样才能起到榜样示范作用,令部下信服,带动部下亮剑,否则部下会感觉不平等,被当作枪头使,产生抗拒心理,甚至拒绝亮剑。在伏击关东军的战斗中,战斗一打响,"李云龙三下两下就把单军装脱下来,抄起鬼头刀赤膊冲上去",连团政委赵刚"一时也按捺不住,和他的警卫员小张一齐拎着驳壳枪冲出去"。③在淮海战场上,李云龙已升为副师长,但他仍然奋战在炮火纷飞的前沿战场。李云龙的带头亮剑使他在部下中赢得了敬仰,不管他是否被降级,部下都愿意听其指挥,即使付出死的代价也在所不惜。

---

① 都梁:《亮剑》,解放军文艺出版社 2001 年版,第 114 页。
② 都梁:《亮剑》,解放军文艺出版社 2001 年版,第 7—8 页。
③ 都梁:《亮剑》,解放军文艺出版社 2001 年版,第 31 页。

（六）亮剑适度

亮出宝剑,一招制敌于死命固然痛快,但很多时候敌人并非罪大恶极,而是尚有共同利益,还存在成为友人的可能,此时亮剑便要表现出充分的灵活性,刀锋相见之时固然要勇于、果断、善于亮剑,但有时候却又要分析形势,区别对待。李云龙对日本人切齿仇恨,只要有机会,便不惜一切代价将其消灭,在看到俘虏痛哭流涕声言自杀时,他下令将其全部杀死,虽然后来被降职,但他觉得很值得,丝毫没有悔意。但在对待国民党时,他却说:"有一点是重要的,大家都是中国军人,政见不合可以战场上拔刀相向,可坐下来能握手交朋友。"①他是这样说的也是这样做的。楚云飞摆下"鸿门宴",他和警卫员身上缠满炸药后赴会,对于楚云飞提出让他带领全团成员投降一事,他断然拒绝,对楚云飞亮明自己的态度。在战场上遭遇楚云飞,他命令机枪手射击,差点将楚云飞打死;但当得知楚云飞受伤时,他又对其产生惺惺相惜之情。

（七）亮剑到底

小规模的对敌斗争可能速战速决,但大规模或者敌人超强的对敌斗争则可能相当漫长,甚至遥遥无期,不管是哪种类型,都要始终保持亮剑的姿势,坚持到最后一刻,即使战胜不了敌人,也虽败犹荣,否则即使有可能战胜敌人,也会因半途而废而前功尽弃、功败垂成。作为刚刚出现的特种部队,山本一木的突击队配置的是顶级装备,每个队员都身怀绝技。李云龙遭其偷袭后立即发现其非同凡响,于是使出浑身解数与其战斗,眼看阵线就要被其攻破,而手榴弹对敌人似乎不起作用,又没有其他有效武器,在千钧一发之际,魏大勇把手榴弹捆在一起朝敌人扔去,人员终于得以撤离。虽遭到重创,李云龙没有放弃。撤离后马上召集全团成员攻打山本所在的平安县城,最终打下县城,打死了山本,不仅使自己及其带领的独立团名声赫赫,而且使与其配合的其他各部队都扩大了地盘,还使共产党被分散的根据地连成了片。

（八）亮剑无悔

亮剑之前需要认真权衡是否亮剑,不可意气用事,一旦宝剑亮出,即使亮错了对象,也只能在今后改正,而不应沉迷于后悔,否则就会纠结反复,失去亮剑的信心。李云龙在过草地时抢了藏民的粮食被连降三级,他一方面并无悔意,认为藏民手里有粮却不愿卖给红军,如果不抢,那全团将士就会全部被饿死,认为自己以背处分的代价换来全团将士的生存是值得的,另一方面他也从这次处分中认识到军民关系以及纪律的重要性,此后再也没有犯过同样毛病。在"和尚"被土匪杀害后,他将土匪铲平,手刃多名俘虏,又一次连降三级,他也是一方面无怨无悔,认为自己为"和尚"报了仇,另一方面从此没再如此冲动地杀死"投降者"。

以上八个方面构成一个"亮剑精神"体系,在这一体系中,勇于亮剑是核心,渴望亮剑是前提,果断亮剑、善于亮剑、带头亮剑、亮剑适度、亮剑到底是亮剑获胜的保证,亮剑无悔

---

① 都梁:《亮剑》,解放军文艺出版社 2001 年版,第 145 页。

是维持亮剑信心的必备因素。整个体系涉及勇气、信仰、激情、智慧、意志、分寸、公平等诸多方面，是对中国共产党带领人民夺取胜利精神的较为全面的概括，一方面与其他红色精神互有注解，比如适度亮剑、亮剑到底与红岩精神中"刚柔相济、锲而不舍的政治智慧"相似；勇于亮剑与红船精神中的"敢为人先"相通；善于亮剑与井冈山精神中"一切从实际出发的思想路线"在根本上相同……加之它又与积淀在民族传统心理中的侠客精神相一致，当小说借助于电视剧广泛传播之时，"亮剑精神"便迅速得到人们的认同，且由于它涉及勇气、信仰、激情等各行各业成功者必备的素养，因此而成为各行各业高频使用的词语，不仅军队、公安、检察等部门频频出现以"亮剑"为标题的文章，连高新技术企业、学校也都以亮剑精神激励员工或学子，使他们斗志昂扬、克难攻坚。这充分显示了红色精神的重要意义，它们不仅是中国共产党的制胜法宝，而且是全国人民的共同精神财富、中华民族伟大复兴的精神动力以及每个中国人事业发展的精神保证。文学是人学，最优秀的文学均有对人精神密码的独特发现和成功揭示，从这一点上来说，凝练并建构"亮剑精神"体系的《亮剑》荣列当代中国最优秀的作品是当之无愧的。

四、如何表现"亮剑精神"

红色人物、红色事件与红色精神是红色小说的三要素，三者缺一不可。但在具体的红色小说中，三者的分量又是各有差别的，以占据主导地位的元素为依据，红色小说可分为红色人物小说、红色事件小说、红色精神小说。红色人物小说以红色人物为中心，通过一系列故事主要表现一个人或一个家庭若干代人在党的教育和领导下逐渐成长的过程，在此过程中呈现若干红色精神，如《青春之歌》《红旗谱》《苦菜花》《红岩》《历史的天空》等。红色事件小说以重要的红色事件为中心，通过表现事件中的真实或虚构人物，表现事件的过程，进而呈现红色精神，如《保卫延安》《红日》《东方》《地雷战》《南征北战》《暗算》等。红色精神小说以红色精神为中心，通过虚构的红色人物，借助该人物经历的一系列事件，集中而全面地彰显红色精神，《亮剑》当属于此类，其标题便是对其张扬的红色精神的概括，整部小说也围绕这一红色精神而展开。"质胜文则野，文胜质则史"①，精神乃抽象之物，以精神为中心，若没有有效的叙事策略，容易沦为寡然无味的说教，《亮剑》显然不属于此类。作为红色精神小说的代表作，它成功地采用了哪些叙事策略呢？这些策略至少包括瑕瑜互见、悲喜结合两种。

（一）瑕瑜互见

人物是小说的灵魂，没有真实生动的人物形象的小说不可能成为跨越历史长河的经典小说。红色精神小说若想成功，也必须寓神于人，即将精神寄寓于人物身上，通过写活人物，不着痕迹地张扬精神。《亮剑》总计 43 万字，但直接阐述"亮剑精神"的只有"明知是

---

① 《论语》，陕西人民出版社 2006 年版，第 108 页。

个死,也要宝剑出鞘,这叫亮剑,没这个勇气你就别当剑客"①这一句话。但事实上它建构了"亮剑精神"所蕴含的勇于亮剑、渴望亮剑、果断亮剑、善于亮剑、带头亮剑、亮剑适度、亮剑到底、亮剑无悔等八种价值精神,而最根本的就在于它塑造了令人过目不忘的人物形象——李云龙。

"金无足赤,人无完人",在古往今来的小说中,但凡"光芒万丈"的正面人物大都被人遗忘,反倒是那些带有某种缺点、不那么完美的正面人物更容易为人所欣赏,《亮剑》的作者深知此道。"亮剑精神"的八种内涵无一不是积极的、正面的,为了防止蕴含这八种精神内涵的李云龙变成"高大全",都梁从反面切入,开篇便写李家坡战斗前后勤部长已经多给李云龙的独立团十箱手榴弹,但李云龙"贪心不足",还死磨硬缠地继续讨要,后勤部长不给,他就连讽刺带挖苦起来:

> 我早就听别人说后勤部长张万和其实不是大别山人,早先是从山西这边逃荒过去的,我还不信啦,是他娘的抠,这又不是金元宝,你存着想下崽咋的?操,你要不给,老子今天就不走了,你小子还得管饭。②

后勤部长经不住他软磨硬泡,又给了他十箱。此时由于国民政府军事委员会中断了八路军、新四军的给养,共产党军队武器奇缺,李云龙这种硬要武器的做法确实比较自私,何况还骂人,就更显得"素质低下"了。但正是这样一个"素质低下"的人,一上战场就神出鬼没,硬是利用这不光彩要来的手榴弹把那不可一世的山崎部队炸得片甲不留,"素质低下"和"战功赫赫"形成强大的张力。看到这里,读者不禁纳闷,这个"素质低下"之人为何能取得"赫赫战功"? 探究的兴趣就被作者激发出来了,由是,当作者在第三章让李云龙阐述勇于亮剑的精神内涵时,读者不仅不觉得他卖弄,反而有恍然大悟之感。

此后,小说作者只要表现李云龙身上体现的某种亮剑精神,则必然同时写出他的某种缺点,比如暴躁、专权、争强好胜、嗜酒、骂人、无纪律等等,总是使某种亮剑精神内涵与某种缺点像硬币的两面一样紧密结合在一起,成功避免了将李云龙神化的危险。其实都梁赋予李云龙的缺点都无伤大雅,比如专权,他并非要阴谋诡计、贪恋权势,而是勇于担当、主动做事,即使被降级,也是当仁不让,是为事业而非为自我的专权。因此,对于李云龙的缺点,赵刚称之为"农民式的狡猾",它们不仅无损于李云龙的高大形象,反而使其生动可爱,使寄寓于其身上的"亮剑精神"也为人所接受。

除了欲扬先抑,在"农民式的狡猾"中表现李云龙身上的亮剑精神,作者还通过衬托的方式凸显李云龙,以彰显其代表的亮剑精神的魅力。赵刚是衬托作用最大的一个人物,小说为其安排的身份是燕京大学的高才生,又在抗大深造过,德才兼备、智勇双全,但与李云龙搭档后,不是他改变了李云龙,而是李云龙成功改造了他,使他变得和李云龙一样骂人、

---

① 都梁:《亮剑》,解放军文艺出版社 2001 年版,第 28 页。
② 都梁:《亮剑》,解放军文艺出版社 2001 年版,第 2 页。

喝酒,同时也像李云龙一样充满亮剑精神;楚云飞是又一个起衬托作用的重要人物,他是黄埔学生,军事理论与实战经验双绝,但与李云龙交手时最多打平手,因此与李云龙惺惺相惜。山本一木是日军衬托者,他聪明绝顶,理念先进,率先创建特种部队,但与李云龙相比,他残忍弑杀、不可一世,最终被李云龙用炮炸死,死于李云龙"剑"下⋯⋯

通过将"亮剑精神"与李云龙的缺点相辅相成、系列人物作为李云龙陪衬,小说将"亮剑精神"生动精彩、活灵活现地呈现出来,成功刻进读者心中。

(二) 悲喜相形

红色精神既是人民的精神财富,也属于政治意识形态,以表现红色精神为核心的红色小说最忌讳板起面孔、端着架子,将小说写成政治讲义。小说属于文学语言艺术,要能拨动读者的心弦、触动读者的心灵,否则即使依靠行政命令读者也未必买账。《亮剑》中很少平铺直叙,而是讲述一个个或喜剧或悲剧的故事,使读者在笑与泪的交替中感悟"亮剑精神"的丰富内涵。

在大闹聚仙楼故事中有个吃花生米的情节,小说写道:

> 李云龙平时就喜欢吃油炸花生米,他正用筷子夹起花生米飞快地一粒一粒送到嘴里,正巧和尚也喜欢吃这东西,也把筷子伸过来,李云龙非常自私地把盘子挪到自己跟前,以便吃得方便些。和尚一见花生米快没了,便有些不高兴,他一伸手又把盘子抢回来干脆端着盘子往嘴里倒,李云龙抢得慢了些,花生米全进了和尚的肚子。李云龙忍不住教训他几句:"你看看你这吃相,这是宴会,大家都是体面人,你也不怕丢人?"
>
> 和尚心里不服气,还嘴道:"你那吃相比俺也强不到哪儿去。"说着又掰下一只烧鸡的大腿啃起来。
>
> 李云龙生怕和尚再把那只大腿也吃了,忙站起身来把另外一条大腿掰下来。①

不和谐是喜剧感产生的基础,而这几段中有多个不和谐:李云龙和勤务兵争吃花生米与其独立团团长的身份不和谐;和尚身为警卫员胆敢抢团长喜欢吃的花生米与其身份也不和谐;李云龙说"大家都是体面人"与他自己不体面的行为不和谐;抢花生米、往嘴里倒、啃鸡大腿、站起身掰鸡大腿等行为都与宴会的氛围不和谐⋯⋯这些不和谐使读者在忍俊不禁中认识到李云龙与和尚闯入敌营的亮剑勇气和先激怒敌人再斩杀敌人的亮剑智慧。

喜剧固然能让读者开心一笑,但悲剧更能触动读者的情感,引发读者深层思考。在攻打平安县城的战斗中,当山本一木喊话李云龙,告知其新婚妻子秀芹就在他手上时,小说写道:

---

① 都梁:《亮剑》,解放军文艺出版社 2001 年版,第 20 页。

李云龙举起手喊道："炮兵连，准备射击……"

警卫员和尚猛地跪倒在他身前，抓住他的衣角声泪俱下："不能开炮呀团长，秀芹嫂子还在里面，您给我十分钟，我带突击队冲……"

李云龙一脚踹倒和尚，两眼冒火，大吼道："听我命令，预备——开炮！"

六门山炮同时开火了，炮弹径直飞进据点的窗户里，数发迫击炮弹，在空中划出几条弧线，落进据点里，一阵集火射击，守军的建筑物在剧烈的爆炸中坍塌了。

李云龙无力地坐下去……他脑子里出现一片空白，浑身乏力。

警卫员和尚满脸泪痕跑来报告："团长，据点里的敌人全部消灭，山本的脑袋被弹片削去半个，我从身上搜出你给秀芹的手枪，团长，秀芹嫂子她……"①

鲁迅说"悲剧是将有价值的东西毁灭给人看"，能直击人的内心，引起心灵的震撼。李云龙老大不小，好不容易遇到一个死心塌地嫁给他的女子——秀芹，她刚满十八岁，从小被卖作童养媳，没过过几天好日子，共产党解救了她，通过努力她成了村里的妇救会主任，是个温婉多情又敢做敢当的好女人，但两人结婚当晚，村子就被山本一木带人偷袭，两人还没尝到新婚的快乐，秀芹就被攻城的大炮炸死了，一个可爱的、鲜活的、磊落的生命就此陨落，李云龙的新婚也变成了妻子的葬礼，看到这里，读者不仅为秀芹之死落泪，也为李云龙的深悲剧痛而恸哭，在泪水中对其果断亮剑以及亮剑到底的决心和意志产生崇敬之情。

"文章合为时而著，歌诗合为事而作"②，《亮剑》的诞生既是都梁个人经历与思想高度的体现，也与时代的需求密不可分。小说从创作到出版，再到改编并上映电视剧，历时八年，此时正值世纪之交，一方面经过改革开放二十多年的努力，中国经济得到了很大发展，人民生活水平显著提高，但中国在国际上的地位依然不高，中国驻南联盟大使馆被炸、美国军用侦察机撞毁中国军用飞机、入世之路步履维艰，这些都在提醒中国人民不能忘记那些在革命战争年代高昂的精神与意志；但另一方面，由于娱乐文化的泛滥，人们精神有些疲软，人们急需书写正义、张扬红色精神的文艺作品来提振精神，《亮剑》因此诞生。

现在中国的国际地位明显上升，但世界正在经历"百年未有之大变局"，中美关系、中日关系还有许多不确定因素，中华民族伟大复兴的历程还很艰巨。中国革命的历史题材和伟大的红色精神，取之不尽，用之不竭。"红色精神谱系是我们党薪火相传的根脉所在、灵魂所依和力量所系，蕴含着中国共产党人的伟大信仰、先进思想、崇高品德和优良作风。任何一个国家、民族、政党，要兴旺发达、繁荣昌盛，都需要精神支柱。任何一个人，要永远健康向上、不懈进取，都要有一种精神力量的支持。红色精神谱系是我们在各个时期、培

① 都梁：《亮剑》，解放军文艺出版社 2001 年版，第 81 页。
② 白居易：《与元九书》，载《白居易集》，中国戏剧出版社 2002 年版，第 336 页。

养团结万众、指引未来的精神力量，也必将在中华民族伟大复兴的征程中绽放时代光芒。"①新的时代依然呼唤着充满智慧与力量的"亮剑精神"，这为新的红色小说创作预留了无限的空间，相信此类红色优秀小说必将不断涌现。

---

① 徐祥：《让红色精神谱系绽放时代光芒》，《解放军报》2018年4月23日，第7版。

第十二讲　信仰的困惑与抉择:《人间正道是沧桑》

　　2009 年中华人民共和国成立六十周年之际,影视版与小说版《人间正道是沧桑》①几乎同时出现在中国观众和读者面前。由于该小说改编的电视剧传播广泛、影响较大,与小说构成了一种互文关系,故本讲论述所涉及的部分内容亦有来自影视剧版《人间正道是沧桑》。五十集影视版《人间正道是沧桑》从导演张黎、编辑江奇涛到孙红雷、孙淳、黄志忠等一批实力派演员的加盟,在热衷"声色光影"的现代阅读语境中自然引人注目,著名导演吴宇森称之为"史诗般的剧集,电影般的效果"。而小说版《人间正道是沧桑》则自甘寂寞,却也为影视"阅读"没有尽兴的读者提供了进一步探究深思的可能。《人间正道是沧桑》的两个版本虽然都有"江苏广电总台"与"江苏文艺出版社"的官方背景,但"后革命时代"的观众与读者评判的依据却是"好不好看""有没有意思"等一系列私人化评判标准。普通读者角度、官方立场、学界视点侧重点各有不同,主要表现在以下三个方面。一、学界兴趣主要追问以下问题:《人间正道是沧桑》如何展开其革命的"宏大叙事"? 它在人物塑造、情节设置、历史思考等不同层面提供了哪些创意? 又与文学史有哪些难以摆脱的联系? 二、普通读者的日常趣味在于:它哪里好看/不好看? 它哪里有意思/没有意思? 三、官方立场关注的重点为:《人间正道是沧桑》如何深刻地回答新中国诞生的"历史必然性",并寻找到中国共产党人怎样一颗掩埋在历史"尘埃"中的"赤子之心"? 以上问题也可以整合为以下三大问题:《人间正道是沧桑》如何利用"史诗"形式营造出一个艺术世界(学界最为关注)?《人间正道是沧桑》怎样讲述故事、塑造人物(普通读者最为关心)?《人间正道是沧桑》故事背后的意义何在(官方、普通读者、学界共同关注)?

一、"沧桑"之源:人、家、国交织的史诗架构

　　沧桑之感源于时空的巨变:沧海变桑田既呈外部"空间"之变的精神震撼,同时也内含着"时间"流逝的感叹。《人间正道是沧桑》始于 1923 年北洋政府时期一个湖南小县城的杨家,终于二十世纪末杨家兄妹离世,个人命运、家族聚散、国家变迁无不给人以"沧桑"之感。而这种"沧桑"体验离不开《人间正道是沧桑》的史诗性架构。

　　史诗原本特指叙述英雄传说或重大历史事件的古代长篇叙事诗,为人类最早的精神产品。"在严格意义上,史诗或英雄诗指的是至少符合下列标准的作品:长篇叙事体

① 江奇涛:《人间正道是沧桑》,人民文学出版社 2013 年版。

诗歌,主题庄严,风格典雅,集中描写以自身行动决定整个部落、民族或人类命运的英雄或近似神明的人物。""从外延上说,'史诗'也常指那些与此类作品有许多不同之处,但在描写的程度、范围及突出人物重要性的主题方面也表现出了史诗风采的文学作品。"①因此,广义的史诗在文体上不仅是诗歌也可以包含一切类型的文艺作品,但要包含以下三个方面的近似特征:集中描写影响群体(民族或人类)命运的英雄人物;主题庄严;风格典雅。

中国共产党人的第一代文学家茅盾就有强烈的"史诗"倾向:《蚀》三部曲以"大革命"为背景,围绕革命者命运的跌宕起伏,倾诉革命者心灵的爱恨交织;《子夜》《林家铺子》《春蚕》等一系列小说以"说部野史"形塑二十世纪三十年代中国;四十年代的长篇小说《虹》企图从五四开始勾画革命浪潮风起云涌的现代史,可惜没有终篇。而五十年代的红色经典《红旗谱》则以"两家农民三代人与一家地主两代人"为中心,展开现代中国乡村如何走向革命的历程;二十世纪九十年代的《白鹿原》则围绕"两家地主三代人与一家农民两代人"展开中国近现代半个世纪的历史,反思革命与乡村历史,轰动一时。②茅盾将"个人"与"国家"命运交织建立史诗框架的模式,个人心声生动感人,但因作者"活"在"历史"中,缺乏历史回望的深入感;《红旗谱》则以"家庭"(家族)与"国家"交织的方式搭建史诗框架,具有历史回望的深度,而人物刻画却陷入"类型化"的时代枷锁;《白鹿原》将个人、家族、国家连接成史诗,个体生命的灵魂起伏与命运跌宕,家族命运的文化反思,国家历史的深沉思考,尽纳艺术世界表现的视野。从文学史的背景看,江奇涛的《人间正道是沧桑》的史诗架构更近似于陈忠实的《白鹿原》。

《人间正道是沧桑》主要围绕杨、瞿两个家庭五个青年男女在二十世纪前半叶中国沧桑巨变的大时代(从大革命到新中国成立)的人生命运展开宏大叙事。

史诗"集中描写以自身行动决定整个部落、民族或人类命运的英雄或近似神明的人物",《人间正道是沧桑》艺术表现的中心就是杨、瞿两家五个青年的人生命运,他们或加入共产党或投入国民党,从而以"自身行动决定"影响着中国的命运。共产党人杨立青、瞿恩、瞿霞三个性格迥异的青年迎来不同的命运:杨立青从大革命开始几乎卷进了中国现代史的各种"历史事件",也从一个懵懂顽劣少年成长为共产党的将军;杨立青的精神导师瞿恩一身书卷气,在国共纷争正烈的三十年代,献身于自己的信仰;瞿霞从一个活泼、豁达、乐观的少女,经国民党八年牢狱的酷刑,性情大变,离开初恋杨立青,与另一共产党人穆震方结为伉俪。杨家兄妹杨立仁、杨立华皆为国民党政要:杨立仁集理想主义、阴沉狡诈、廉洁奉公于一身,屡失爱情,后随国民党退守台湾,终老一隅;杨立华不满国民党左派的强硬立场,在国共斗争的夹缝中,与倡导实用主义的情人董建昌分道扬镳,终老台湾。五个主人公的命运跌宕起伏,唤起读者唏嘘感叹。

而与人相连的则是"家"的聚散离合。杨家从二十世纪二十年代到新中国成立后的经

---

① [美]艾布拉姆斯:《文学术语词典》,北京大学出版社 2009 年版,第 153、157 页。
② 许子东:《许子东讲稿卷二》,人民文学出版社 2011 年版,第 269 页。

历实则就是中国在这段时间里艰难历程的缩影——大环境是国共对抗,杨家内部则是立仁和立青对着干,立华算是中间派。杨父(杨廷鹤)的家国理念是收束全剧主旨的关键,他的那个著名的"蒜瓣—蒜柱"理论是全剧的核心——父亲是主心骨,母亲的作用则是把家人聚拢到主心骨的周围。杨父所起到的作用则是作为这个家的长辈在尽力维护这个家庭的亲情,就像不论党派争斗如何激烈,中华民族的共同血脉总是能将国家团结发挥到极致。杨家是因为有杨廷鹤这个"蒜柱"在才不至于分崩离析,中华民族是因为有几千年的文脉积累才能延续至今。杨廷鹤是有大智慧的人,这种大智慧浸透了中国几千年传统文化的熏染。他始终在两个儿子中间不偏不倚,没有选择任何一方,有一种睿智和洒脱。他虽然已经离职多年,但对时局的把握依旧准确,老董也爱和这个老爷子聊天。他作为一家之主,在家里有绝对的权威,立仁、立青对他这个父亲有着发自肺腑的敬爱。立仁在国民党倒台前安排父亲前往台湾,但杨廷鹤最终也没有离开大陆,最后在医院病逝。如果说立仁、立青各代表国共双方,杨廷鹤就代表中国人的身份和文化认同。这种认同是在这片土地上历经数千年形成的,怎么可能因为短短几十年里的党派斗争而与脚下这片土地割裂联系?一方水土养一方人,中国人安土重迁,无论如何终究还是爱着脚下这片厚重而文脉赓续的故土。杨廷鹤的一生便是对此的写照,他没有鲜明的政党立场,他只是一直都在盼望着国家统一、阖家团圆。瞿家以党为家,一双儿女瞿恩、瞿霞献身革命,革命母亲顽强生存,其孙则随养母立华飘零海外。

与个人命运、家庭离合紧密相连的则是国家命运的起伏。杨立仁、杨立青兄弟二人"一国一共"连接起了中国二十世纪前半叶的历史:大革命的血雨腥风、国民党"四一二"反革命政变、三十年代初的国民党对共产党的"围剿"、抗日战争的国共联手、四十年代的国共"大决战"、共产党建立新中国及国民党败退台湾政治格局形成。《人间正道是沧桑》以兄弟二人为线拓展开来,杨立青与黄埔军校同学的"兄弟之情",杨立仁与楚材的同学之谊,连接到中国历史的大脉络之中。

以杨立青与"北伐"为例大致可以看出作家是如何将个体、家、国三者之间加以"谋篇布局"而调试成"史诗"架构的。小说开篇从县城青年杨立青的视角展开杨立仁如何搞暗杀、杨立华如何受孕生子,通过一个家庭的纷扰不安,展示"大革命"前夕青年心理的动荡不安,正如茅盾《蚀》三部曲的第一部《幻灭》的历史氛围。接着杨立青赴武汉投身黄埔,从考学到参与"北伐"再到"四一二"国共分裂、南昌起义,表现"大革命"中的热忱与"大革命"后的彷徨与愤怒,是茅盾《蚀》三部曲的第二、三部《动摇》与《追求》的主题。当年茅盾以共产党宣传部秘书的身份亲历"大革命"而后不久又以"说部"的形式加以展现"历史","《蚀》三部曲"带着历史的"热气"而显得真实动人,也因与历史的"距离"过近而缺乏理性反思的深度。《人间正道是沧桑》描绘"大革命"则通过杨立青在"大革命"前后的命运转变,借助于他与瞿家三人(共产党)之间各种亲密的交往,与杨立仁、董建昌(国民党)交往及冲突,与范希亮等黄埔同学(国、共)的赴身革命以及冲突,思考历史("大革命")与个体(杨立青)、家庭以及亲友(杨家、瞿家、黄埔)如何互动影响。杨立青从纨绔子弟到加入共产党的思想选择离不开其个性（桀骜不驯）、家庭以及历史的多层因素，这正是《人间正道是沧桑》选择"史诗"架构的深层原因。

二、"人间"图影：民国青年的革命与爱情

"一切魅力问题，说到底涉及接受主体与客观对象之间的某种关系。因此，所谓叙述魅力，属于小说的阅读动力学的范畴，对这个问题掉以轻心常常会导致一部作品全军覆没。如果说叙述的动力是小说创作活动的起点，那么如何形成一种叙述魅力则构成了小说形态建构活动的最终归宿。因此，对小说的艺术形态做出把握，也必须对其魅力的形成机制进行思考。"[①]传统写实主义艺术魅力主要源于以人物为核心的情节铺展，以及人物性格、命运与环境之间顺从与对抗中形成的内在张力。《人间正道是沧桑》对于读者/观众的吸引也多源于此，杨、瞿两家五个青年革命与爱情的碰撞、亲情与友情的交织、性格与环境的对立等构成了"客体对象"（小说/影视故事情节）吸引"主体"（读者/观众）的渊薮。

（一）瞿恩——"一个共产主义的幽灵"

《共产党宣言》开篇就说："一个幽灵，共产主义的幽灵，在欧洲游荡。为了对这个幽灵进行神圣的围剿，旧欧洲的一切势力，教皇和沙皇、梅特涅和基佐、法国的激进派德国的警察，都联合起来了。"[②]而瞿恩就是那个徘徊在二十世纪中国大地上的共产主义"幽灵"！

瞿恩是一个充满共产主义理想、信仰的现代革命知识分子。他是黄埔军校的教官，三期六班黄埔学员的革命导师，共产党早期领导人。瞿恩对妹妹瞿霞说过——这个世界上有两种理想，一种是我实现了我的理想，另一种是理想通过我得以实现——是其理想主义人格最好的诠释。他始终致力于寻找一个尊重每一个个体、每个人都能得以全面发展的完善而健全的社会制度，杨立华说他是一个彻底的人道主义者。瞿恩被捕后，效忠于国民党政权的杨立仁威逼利诱，瞿恩微笑着拒绝了一切。面对行刑自己的学生，他没有怨恨，而是冷静、温情地说了这么一番话："其实死是一个人的事，谁也帮不了你，对不对？在这个地球上有个中国，中国有个广州，广州就有一个黄埔军校，黄埔军校里有一个政治部，政治部里曾经有一名教官叫瞿恩。我至今认为我在那里度过的那两年，是我一生中最美好的，我那个时候年轻，军校也年轻，国共两党都很年轻，虽说有些磕磕碰碰，但是比较今天的血雨腥风，依然是美好的，我不禁要问，为什么，为什么会变成今天这个样子？答案其实非常明白，那就是你们的蒋总裁，他一屁股坐到了帝国主义一边，坐到大地主大资产阶级一边，反共反人民，实行斩尽杀绝的白色恐怖。可惜历史是人民创造的，任何想要阻止历史车轮前进的企图都是注定要失败的，杀戮吓不倒中国共产党人，因为我们代表了这个国家绝大多数人民的利益，我相信未来的中国，是属于劳苦大众的中国！"

他是一个优秀的共产党员，一个走出了自身局限的知识分子，一个坚定的理想主义

① 徐岱：《小说形态学》，杭州大学出版社1997年版，第430页。
② 马克思、恩格斯：《共产党宣言》，中央编译出版社2005年版，第25页。

者，一个飞扬的浪漫主义者，一个布道者，一个人生导师。在那个小家里，他是孝顺的儿子，随和的哥哥，温柔的情人，忠贞的丈夫，慈爱的父亲。他给儿子的遗书中说：我要你知道我是什么样的人，又为什么成为这样的人……他是中国知识分子在谋求民族解放和社会进步历史上铸就的精神里程碑！

（二）瞿霞——残酷革命路上的一抹霞光

瞿霞是瞿家的小女儿，在家中受到妈妈和哥哥的保护与宠爱，聪明、活泼、可爱。由于出身红色家庭，她成了一个共产主义者。当她经过了八年的牢狱之灾，身心受到非人摧残，面对哥哥去世、妈妈失踪的现实，她再也无法面对挚爱的杨立青，于是最终选择远离，并嫁给共产党人穆震方，却遗憾地死在革命的途中。她是一个敢爱敢恨的女人。

瞿霞获得读者/观众格外的关注源于性格与命运两个因素。瞿霞刚一出场就因其聪明、单纯、开朗的个性为严肃的"历史"提供了一抹美丽的霞光：她与杨立青充满小儿女情调的爱情戏码，她在母亲与哥哥面前的娇嗔痴情，她的伶牙俐齿……无不在二十世纪二三十年代残酷与沉重的历史纷争的"底色"中彰显其靓丽的色彩。而其命运的多舛更令读者感叹：从最初的小儿女情态（大革命前），到哥哥身亡、自己身陷囹圄以致身体备受摧残（大革命后的三十年代），再到性情大变、拒绝前爱（杨立青）、投身抗战（三十年代到四十年代），而最终死于八年牢狱造成的伤病。瞿霞的命运悲剧显示了残酷历史对人的伤害，但这道美丽的霞光却令读者难以忘怀。

（三）杨立仁——一个中国道统"书生"的悲剧

杨立仁是杨家三个孩子中的老大，性格内敛而沉稳，但在其冰冷的外表下隐藏着一颗躁动的心。和所有当时追求进步的青年一样，杨立仁读过无数的革命书报，但他没有选择马克思主义。多年之后在立华的火车包厢里他说起瞿恩，终于表达出他对马克思主义的理解："那列宁马克思，根本不适合中国文化道统，所以共产党就成了'草寇'。"由此可见，骨子里他是中国道统的"读书人"。

父亲杨廷鹤虽在日本接受过士官教育，但本质上还是个旧时代的传统人，杨家还是个旧式家族。作为杨家的老大，"君为臣纲，父为子纲"这套封建传统在立仁的三观建立期还没有被完全冲击掉，所以立仁身上的这些封建传统的君臣论和蒋介石的"忠于领袖，亲爱精诚"的理念不谋而合。

杨立仁的一系列行为与细节背后的心理逻辑其实都暗合着这个"道统"。他不顾家人安危一意孤行刺杀巡阅使，他觉得只要有利于大义，自己的小家和自己都是可牺牲的殉道者。他一直不待见小姨，因为伦理纲常、嫡庶尊卑是他坚信的道统；他一直瞧不上卖花布出身的"准姐夫"董建昌，瞧不起银行小开；就连他负责的国民党无线电通讯班也只要世家子女；他看见母亲的画像会心一笑……这一系列细节都透露出其心理密码：他对于出身正统地位的坚持。

杨立仁身上的"道统"还体现在其可敬的另一面。他身上有种中国男性少有的士气——君子气概，这也是立仁这个角色让一些中国女性读者/观众痴迷的原因。立仁的行事做派,有点大男子主义作风,一点清高,痴情专一。他对家族有天然的责任心,对弟妹有与生俱来的大哥责任。他有"天将降大任于斯人也"的宿命论。立仁说:他是长子,父亲必须跟着他! 这种天命论使得他必然走向支持国军"正统"而非"王侯将相宁有种乎"的在野党。

湖南人矜气节而喜功名,杨立仁渴望在这一场乱世中建立自己的功业。他的道统思想自然使他接受不了工农领导人民那一套。从根源来讲,立仁还是身先士卒辅佐一个君王上位,而不是民主政权和人民当家作主。杨立仁和克拉克的对话中说到中国内忧外患纷纷扰扰几十年,好多家庭把传统都破坏了,生出势如猛水的家庭成员,他的家庭也不能幸免。他的志是要辅佐一个君王,一个独裁的君王,一个符合传统道义出身正统的君王。他想要成为的正是刘备身后的诸葛亮,而诸葛亮恰恰是中国千百年来读书人的精神偶像。1948 年在押送国家财富去台之时,他痛哭失声,那哭声中有双重的悲哀,他看到自己选择的"人间正道"的崩毁。杨立仁信奉道统却不尊崇儒家,一定程度上他更接近于一个法家。面对异性之爱,他也是一个失败者。如果说革命和情爱本质上都需要狂热和迷恋,杨立仁满肚子的"九曲回肠"式的法家谋略,则表明了他永远不是一个理想主义者。

(四) 杨立华——一个充满矛盾的新女性

杨立华是在"五四"与"大革命"语境下成长起来的新女性。她有着高尚的革命理想;她歌颂女性的独立自主;她是一个爱国主义者;她是"物质"与"精神"之间的彷徨者;最终她成了革命的旁观者。她与瞿恩(共产党重要领导人)、董建昌(国民党重要官员)之间的情感纠葛,亲近与疏离,显示了"五四"新女性的精神困局。

杨立华是杨家的长女,她聪明漂亮,家境优渥,备受宠爱。开明的父亲送她去广州读书,见识了外面的大世界。那时的广州是革命的桥头堡,满街的红色标语,汹涌的革命思潮,无数人狂热地裹挟其中。那样的局势下,一个女孩天生的漂亮自然众人瞩目,她成为广州女子师范学校的校花。有了新思想的她,早对父亲给她定下的娃娃亲不屑一顾;新女性,新思想,她有一万种理由追逐自己的爱情。董建昌作为国民党高官,高深莫测、老谋深算,自然轻而易举成了她革命的引路人和职场的指点者。一个不谙世事的少女带着狂热和崇拜爱上了他。事后获知董建昌老家有老婆,她后悔了,清醒之后,她对老董的感情产生了严重的动摇。回家目睹家变,个人的麻烦也解除后,她立刻奔赴工作岗位,重拾革命热情。回到广州后,杨立华认清了自己,理清了爱,她拒绝了董建昌的示好。董建昌采取"曲线救爱"的方式,利用职务之便,不动声色地接触其弟杨立青。杨立华就这样与董建昌一直保持着暧昧的情感关系。

杨立华与瞿恩的情感关系更为"纯粹",爱国情怀是他们爱情的根基,但两人在根本的政治立场上有很大分歧。杨立华不认同国民党集权和"训政"理论,但从根本上也不赞同暴力革命和"无产阶级专政"。北伐时期,由于国共合作的大环境,所以两人在政治上是盟友;"四一二"政变,宁汉合流,杨立华和瞿恩彻底划清了界限。作为"国府"监察委员,她认为体制内自上而下的变革才更适合中国。他们的爱情也因此渐行渐远。杨立华没有选择瞿恩只是现实政治层面的考量,而在她心里,瞿恩一直占据着很重要的位置,始终是她对往事最珍贵的回忆。后来她试图通过法律手段营救瞿恩的妹妹，收养瞿恩的儿子，无不显示着杨立华对瞿恩的深厚情感。

杨立华与瞿恩的情感发展历程恰恰显示了她与理想主义的关系：敬爱而难以亲近，而她与董建昌的两性关系恰恰显示了她的另一面：她厌恶却难于离开的实用主义。她渴望为国家的进步贡献自己的一份力量，但她所怀有的高尚政治理念就如同她那华丽的演讲词一样，与积贫积弱、混乱不堪的旧中国国情格格不入。

（五）杨立青——从顽劣少年到传奇将军

作为杨家的幼子，杨立青以典型的纨绔子弟形象出场，而终于成长为"治国平天下"的共产党传奇将军。杨立青是《人间正道是沧桑》中最具传奇色彩和艺术魅力的一个人物形象，也是连接整部小说的核心人物。

杨立青的人生传奇是吸引读者阅读的基石：杨立青一出场即为县城顽劣少年，走街串巷演出一幕幕"人间喜剧"；走出县城来到广州，考黄埔，洋相尽出也聪明毕露；大革命黄埔内斗，彷徨无地；国共分裂，亲历峥嵘岁月；井冈山游击战，难免路线之争……杨立青个性鲜明、人生"剧情"不断反转，其革命与爱情传奇令读者/观众过足了"戏瘾"。

杨立青人生"故事"中的爱情令读者动情，革命"传奇"之中的历史表现与理想寻求令读者深思。杨立青人生道路似乎时时在提醒读者：中国的道路如何走？民族的自立怎么立？正如杨立青与黄埔同学在瞿恩家聚会时所讨论的诸种问题，主人公的人生命题自然也呈现于读者面前。杨立青、瞿霞的悲剧爱情令读者唏嘘不已：二人陷入热恋，但瞿霞身陷国民党陆军监狱八年，出狱后嫁给红军将领、同学穆震方……小说结尾处，瞿霞病死，一直不理解瞿霞爱情选择的杨立青坐在阳光灿烂的树下读着瞿霞生前写下的最后一封信："立青，……等他（你的孩子）长大了，一定替我问问他'天是不是蓝蓝的一条线'？好好地爱林娥，别忘了我们永远是一家人……还有就是你不知道的我，一个女人如果不能把自己完整地交给她最爱的男人，就不如守缺吧。因为最珍贵的，已经留在我们心里那块最纯净的地方了。很感激老穆，这么多年像父亲般的陪伴，作为一个妻子，我欠他的太多了，多得无法偿还。还好，我无愧是瞿恩的妹妹，我终于可以陪他，一起去聆听新中国诞生的钟声了，那是我们甘愿付出一生的理想，那更是孩子们的未来，是孩子们的希望。"

此外《人间正道是沧桑》还提供了其他耐人寻味的人物形象：老革命党人杨廷鹤、革命母亲瞿母、卖花布出身的实用主义者董建昌、黄埔同学范希亮……无论以家族关系建立的人物网络结构，还是以革命、爱情抑或友情搭建的人物谱系，《人间正道是沧桑》都围绕"人"展开叙事，无疑回应了周作人当年《人的文学》对中国现代文学的理论倡导。"他在《人的文学》里，虽然也提到一种描述'理想生活'、乌托邦色彩的文学。但他的重点，却是要作家正视人生。……因此，周作人的《人的文学》实在可以看作是现代中国文学成熟时期的开端。"①

---

① 夏志清：《文学的前途》，三联书店 2002 年版，第 23 页。

三、"正道"之问：人生、主义与家国的路向反思

《人间正道是沧桑》书名出自毛泽东 1949 年创作的七律《人民解放军占领南京》，诗云："钟山风雨起苍黄，百万雄师过大江。虎踞龙盘今胜昔，天翻地覆慨而慷。宜将剩勇追穷寇，不可沽名学霸王。天若有情天亦老，人间正道是沧桑。"在国共胜负已判之际，共产党领袖毛泽东借助这首七律抒写了胜利者的豪情万丈以及人生回顾的"沧桑"慨叹。军旅作家江奇涛在为新中国成立六十周年大典献礼的历史抒写中，又加入了新中国六十年的书写背景，其关于"人间正道是沧桑"的历史感悟与 1949 年中华人民共和国的主要缔造者毛泽东自然不同。审美上有审美距离一说，作为新中国成立后出生的一代作家，江奇涛如何看待这令人"沧桑"的"正道"呢？

《人间正道是沧桑》有一个奇妙的文本转换历程：2008 年开始拍摄五十集电视剧，2009 年中华人民共和国成立六十周年之际在央视播放；之前的脚本准备应在 2008 年之前；2009 年小说版《人间正道是沧桑》由江苏文艺出版社出版。与多年来"文学—影视"的常规转化道路相比，它走了一个从"影视—文学"的反向路线，文本独特的历程恰好映射了"后革命时代"的文化语境。《人间正道是沧桑》的某些层面既暗合了消费时代普通中国观众对于现代革命党人人生传奇的"消费"心理，又为具有反思情趣的读者/观众提供了一个历史思考的媒介。

《人间正道是沧桑》与普通中国读者"沟通"的主要渠道是人生的各种情感关系——爱情、亲情、友情，这也是消费时代大众关注的核心。瞿恩与杨立华、林娥，瞿霞与杨立青、穆震方，杨立青与瞿霞、白凤兰、林娥，杨立华与瞿恩、董建昌，杨立仁与瞿霞、林娥，如此错综复杂的爱情"三角"关系往往让读者瞠目结舌而又感慨万千。二十世纪二三十年代参与革命实践的作家以"革命＋恋爱"的叙事模式展开革命叙事，《人间正道是沧桑》关于爱情的想象也多与革命伦理纠缠不清，瞿恩与杨立华因爱情与革命相互冲突而分道扬镳，杨立青与瞿霞道相同却因爱之深而难以携手……《人间正道是沧桑》的爱情叙事大多具悲剧性，给读者以"沧桑"之感。亲情抒写主要集中在瞿、杨两家内部的父/母与子/女、兄弟姐妹之间的人伦情感。友情抒写则集中在杨立青与瞿恩、范希亮等一帮黄埔师生的师生之情和同学之情，"钢刀归钢刀，同学归同学"。在二十世纪前半叶的革命历史浪潮翻卷中，各种情感关系也随之潮起潮落天翻地覆，对于读者/观众的情感冲击可谓"海啸"般地撞击。各种人物的情感关系反差，各种人生的前后对比，无不令人产生"沧桑"之慨。对于二十一世纪之初消费主义时代的普通读者/观众而言，都难免在物质以外产生别样的感慨与思考：生命的意义除了"成功"之外还有没有别的精神意义和价值？人的情感关系能否在"功利"之外保持美好与单纯？

国共两党二十多年的恩恩怨怨自然是《人间正道是沧桑》表现与思考的重点。《人间正道是沧桑》成功地避开了过于宏大的"阶级斗争"的纠缠，而将其引入近代中国两个特殊

的家庭。杨家的父亲杨廷鹤是晚清革命志士、同盟会元老；两个儿子杨立仁、杨立青也都先后被卷入中国的政治斗争漩涡，一个跟着国民党，一个跟着共产党。其象征意义似乎一目了然：国共两党"本是同根生"。从共产党的革命道统上讲，共产党跟孙中山的国民党之间原本前后相续，而蒋介石的国民政府则是对孙中山革命道路的背叛。而杨家的女儿杨立华为国民党监察委员，"与孙夫人过从甚密"，显然属于"国民党左派"，或可认为是国共两党之间的"中间势力"。杨家一个家庭汇集了中国政治势力的左、中、右三派。另一个革命家庭瞿家，其母亲是所有青年革命者（包括国共两党的年轻人）共同的母亲；儿子瞿恩是中共早期党员，革命青年的导师；女儿瞿霞深受哥哥的影响走上革命之路。两个家庭的关系错综复杂。瞿恩是杨立华精神上的爱人、杨立青的精神导师，一定程度上是杨立仁的情敌。杨家的弟弟杨立青则干脆走到了哥哥的对立面，成为中共军队将领。而瞿恩的儿子则由杨家抚养，成为杨家的一员。国共两党之间的恩恩怨怨被成功地纳入两个家庭之间的恩怨情仇和事功纷争。国共两党关系史上的一系列重大历史事件，如黄埔军校的内部斗争、"四一二"反革命事变、南昌起义、西安事变、重庆谈判等穿插其中，构成故事演绎的背景和线索，使整个故事显得很有历史的厚重感。

"我那个时候年轻，军校也年轻，国共两党都很年轻，虽说有些磕磕碰碰，但是比较今天的血雨腥风，依然是美好的。我不禁要问，为什么，为什么会变成今天这个样子？答案其实非常明白，那就是你们的蒋总裁，他一屁股坐到了帝国主义一边，坐到大地主大资产阶级一边，反共反人民，实行斩尽杀绝的白色恐怖，可惜历史是人民创造的，任何想要阻止历史车轮前进的企图都是注定要失败的。杀戮吓不倒中国共产党人，因为我们代表了这个国家绝大多数人民的利益，我相信未来的中国，是属于劳苦大众的中国！"这一长段瞿恩牺牲前的演讲激发读者思考二十世纪前半叶国共两党斗争的历史——一个政党存在的意义何在？家国建构的价值何在？

《人间正道是沧桑》中有一个杨立青的同学汤慕禹以右派面目出现，巧的是黄埔军校亦有一个叫汤慕禹的学员，《人间正道是沧桑》播出之后那位真实汤慕禹烈士的后人大为不满，决定起诉电视剧《人间正道是沧桑》的编剧、剧组及相关责任人。这一"意外"事件除了显示"历史"与"虚构"之间奇妙的关联，更是表明了二十一世纪初中国的现代化语境——法律代替了"革命"、各种个人权利得到保护。在二十一世纪之初的现代社会语境中回溯二十世纪前半叶的中国社会革命史，两个时代的巨大反差，反而为读者/观众提供了适宜的审美距离。因此残酷的革命现实人生变成了可供欣赏的人生虚构传奇；又因为时间的跨度，使读者/观众在心中生出"沧桑"之感；而在更为理性的层面上将读者/观众带入政党、家国的何谓"正道"之思。

唐代诗人陈子昂面对天地而咏叹"念天地之悠悠，独怆然而涕下！"《人间正道是沧桑》则是作者/读者/观众共同面对"崇尚物欲"时代对革命时代理想主义的缅怀——"天若有情天亦老，人间正道是沧桑"。

第十三讲　谍战中的平凡与崇高：《潜伏》和《风声》

　　21 世纪以来，文学与影视的联姻愈发成为一种突出的文化现象。特别是在"消费社会"的大众语境下，文学生产从传统的以作者为中心逐渐转向以读者为中心，文学在某种意义上首先成为大众"消费品"，继而才呈现出它自身包含的诸多意义。因此，不仅仅在其生产领域，其流通与消费环节也因其愈发重要的作用与前者共同构成了当代文学生产的完整系统。在这样的情境下，以传统文学文本为基础，进而改编成电影或电视剧的"影视文学"就显得格外重要了。它使当代读者不但能够产生由文本走向影视的观看冲动，同样也能够产生从影视回归文本的阅读期待。正如"接受美学"所指出的那样，在这种双向互动的过程中，文学便会不断生成着更加丰富而深刻的意义。众所周知，文学大众化一向是中国现代文学的重要议题，"红色文学"在 21 世纪的传播与接受同样不能避开这一重要问题，而随着文本"影视化"的流行，也为"大众化"的要求提供了新的路径，这亦是使其成为"新红色文学"的要素之一。故而，正是基于此种原因，本讲不仅着眼于"新红色文学"的文本内容，同时关注对其进行了改编的"影视文学"。

一、原著与改编的"互文"：《潜伏》和《风声》中的"革命叙事"

　　麦家创作的长篇小说《风声》①与龙一创作的短篇小说《潜伏》②都被成功地改编为影视剧，影视剧与其原著之间形成了某种互文关系，共同丰富了谍战类型的"新红色文学"。《风声》的原著小说通过"东风""西风""静风"三个部分，围绕着同样的历史，从不同视角讲述了一个情节并不算复杂的故事，有趣的是，"东风""西风"和"静风"三个部分构成了三种不同的叙述"声音"，其中每一个部分都有一套独立的叙事话语，对叙述者们自认为"真实"的历史事件展开叙述。然而三个部分之中却分别包含着互相解构的因素，这又使每一部分的叙述显得可疑。

　　首先，在"东风"中，"潘教授"和他的父亲"潘老"向"我"叙述了抗战期间的一段历史事件。在这样的叙述中，叙述者们并非事件的直接参与者，因此对事件过程的认知较为有限，他们必须依靠相关人员的回忆性资料来建构自己的叙事，这便显示了一种叙述者试图整合并解释历史的欲望。事实上，这一部分的叙事也是整个故事的重点，它建构起了一个

---

① 麦家：《风声》，北京十月文艺出版社 2018 年版，部分内容选自电视剧《风声》。
② 龙一：《潜伏》，百花洲文艺出版社 2009 年版，部分内容选自电视剧《潜伏》。

历史事件的基本框架。即因一起密电情报的泄露，汪伪政权试图找出"潜伏"于其内部的共产党员"老鬼"，遂将具有嫌疑的吴、金、李、顾四人囚禁于西湖边上的一处"裘庄"之内，并对其展开了一系列的审讯。在此过程中，国民党人、共产党人、汪伪"汉奸"以及日本侵略者皆表现出各不相同的姿态，他们互相"斗法"，试图赢取各自所希望的最后胜利。最后以吴志国的惨死、李宁玉（老鬼）以死换来的胜利、顾小梦和王田香返回部队以及张司令、老金、白秘书、张参谋等人的失踪而告终。当"我"对"潘老"进行采访时，"潘老"向我"揭秘"了"老鬼"是谁，以及李宁玉如何将情报传递出来的过程。

其次，在"西风"中，叙述者基于"东风"的内容展开叙事，由于叙述者"顾小梦"本身就是这一事件的直接参与者，故而她可以使用自己的一套话语来修改此前"东风"的"回忆录"，并认为唯有自己所叙述的情况才是真实的历史事件。"顾小梦"认同故事的前半部分，但对故事的后半部分却认为严重失实。在"我"与之进行的访谈中，"顾小梦"对这一部分历史进行了修正，即真正将情报传递出去的并非"李宁玉"，而是"顾小梦"本人。并进一步对"我"详述了她与"李宁玉"之间的关系——一个是中共安插在汪伪政权内的人员，另一个则是国民党安插在其中的人员，"李宁玉"如何说服她为其传送情报以及情报究竟是如何传递出去等一系列问题。而这些由"顾小梦"揭出的问题正是对"潘老"叙述可靠性的消解。

最后，"静风"部分的叙事类似于一种"补遗性"的文本。这一部分的叙述者"我"凭借个人文章、历史档案、书信往来以及某些民间传闻来建构整个故事的历史背景。通过"静风"的叙事，读者可以了解到小说发生之前的各种历史背景以及相关的人物关系。例如"裘庄"的来历，"小三子"（也即"老虎"——时任中共杭州地下组织领导人）的身份背景，"王田香"的真实身份，"老汉"（二太太）的身世以及"肥原"的人生、家庭和传闻等。这一部分的叙事较为中立，似乎试图为读者补全整个事件的历史脉络，展现一种叙事与历史之间的互动关系。

由此可见，小说更多注目于历史的呈现方式以及叙事虚构性与真实性之间的关系问题，"地下英雄"的革命事迹虽然构成了小说的主要叙事内容，但在"红色精神"方面的意义上却并未完全凸显。而据其改编的电影则将叙述的重点放在了谍战中双方的生死博弈上，即中共方面试图集结"地下党"抗击日伪的消息被泄漏了，而潜伏于敌阵之中的"老鬼"欲将危险信号告知组织的情报又被敌人截获。于是日伪军部将包括"老鬼"在内的五名嫌疑人员共同软禁在一处偏远的"裘庄"中，企图通过非人的审讯，找出"老鬼"。而"老鬼"则在这样危险逼仄的环境下，以"地下英雄"特有的大智慧与"大心脏"，以自我牺牲的方式成功地将情报传递了出去。其叙事重点无疑突出了"红色精神"的当代价值。正如影片中的独白所显示的那样："我亲爱的人，我对你们如此无情，只因民族已到存亡之际，我辈只能奋不顾身，挽救于万一。我的肉体即将陨灭，灵魂却将与你们同在。敌人不会了解，老鬼、老枪不是个人，而是一种精神、一种信仰。"

《潜伏》的原著是一篇短篇小说，主要叙述了抗日战争胜利后，中共地下党员"余则成"

继续执行"潜伏"指令，随上司来到了军统局天津站，并担任机要室主任一职。由于"上司"对认真工作的"余则成"动了"恻隐之心"，意欲帮其成亲，这便可能导致其身份泄露。为了避免被敌人怀疑，组织上指派了一名女游击队长"翠平"，假扮"余则成"老家的"太太"，来帮助他完成继续"潜伏"的任务。然而，由于"翠平"在性格上的某种不成熟以及生活习惯上的"随意"——她无法忍受在敌人内部伪装的"虚伪"，一心想要"拉响那枚攻坚手雷"，与敌人同归于尽。正是这种"不成熟"的态度给"余则成"带来了相当大的麻烦，尽管如此，在"余则成"老到的地下斗争经验和长期磨炼出的"大智慧"中，这些危机一次次地逢凶化吉。而他对"翠平"这个一心为了事业、为了人民幸福的最坚定的革命战士的看法也逐渐发生了改变。故事最后，当"余则成"受命前去进行一项几乎不可能再回来的任务之时，"翠平"第一次向他"提出私人的要求"，也正是在这个"私人的要求"里，饱含了对"余则成"的敬佩与爱。当三十多年后的"余则成"再次与朋友谈及此事时，读者才明白，"翠平"或许已经真正拉响了手雷，为了革命的胜利而牺牲了自己的生命。

"三十多年之后，余则成为了庆祝自己终于被摘掉军统特务的帽子，便炖了一锅牛肉头儿请一个名叫龙一的忘年之交一起吃饭，并给他讲述了这段往事。"龙一问："翠平后来怎么样了？"余则成摇摇头说："50年代初我就曾回来找过她几次，没有她的任何消息。"龙一问："那份情报送出去了吗？"余则成说："情报起到了关键作用，但翠平当天便失踪了，一起失踪的还有老马。"龙一猛地一拍脑门，自作聪明地安慰他说："她会不会见你不要她，就另外嫁人过小日子去了？"余则成却说："不会的，一定是她送完情报后被老马追踪，抓捕时她拉响了手雷，那只手雷威力极大，足以让三五个人消失得无影无踪。"①

而电视剧《潜伏》则对其进行了非常丰富的扩充，它讲述了一个发生在距今六十多年前的谍战故事。原是国民党军统情报处的"余则成"受命潜入"汪伪政府"暗杀叛逃的"李海丰"，其后由于看清了国民党不得民心、破坏抗日的恶劣手段，被共产党所救，加之其倾慕对象"左蓝"的影响，遂弃暗投明，加入了中共"地下党"，并继续以"峨眉峰"的代号"潜伏"在军统内部。其间，他与女游击队长"翠平"假扮夫妻，共同配合执行任务。后因其与"左蓝"的关系被怀疑致"左蓝"在战斗中牺牲，"余则成"悲痛之后信仰更加坚定，相继完成了铲除叛徒"袁佩林"、解救核弹专家"钱教授"、取得"黄雀行动"中特务名单等一系列潜伏任务。如此众多的"谍战"因素聚集于此，无疑使该剧具备了"通俗性"。正如有论者指出，电视剧"《潜伏》的情节设置有明显的通俗剧特征，情节环环相扣，险象环生，曲折起伏而神奇精巧，周到细密而合情合理。创作者设置了大量悬念，在叙事的节奏上增加了情节发展的起伏。"②尽管设置了众多通俗因素，但电视剧的改编仍然凸显了"地下英雄"大无畏的牺牲精神和奉献精神，并强调了崇高"信仰"之于个体的重要意义。

《风声》和《潜伏》都被成功地改编为影视剧，并同时获得了商业市场与体制内部的高度认可，甚至有媒体将电影版《风声》称为"开辟了主旋律电影的新时代"，它是"走得最远，

---

① 龙一：《潜伏》，百花洲文艺出版社2009年版，第19—20页。
② 王向辉：《比物取象 目击道存——解读电视剧〈潜伏〉中余则成形象》，《太原师范学院学报》2011年第1期。

探索得更为深刻"的优秀主旋律影片。不难发现，在承续了"战斗—挫折—牺牲—胜利"的传统"红色文学"叙事模式的同时，二者也较为典型地表现出"新红色文学"的相应特征，即叙事类型的多样化、英雄内心世界的细致化、叙事方式的通俗化以及叙事伦理的国族化等方面。

二、英雄形象的"新变"：从"高大全"到"有缺陷"的英雄

与传统"红色经典"里"高大全"的英雄形象不同，《风声》与《潜伏》中的英雄是一群"有缺陷"的英雄，是一些"颠覆正统的'弱势'英雄形象"①。在《风声》里，作者着意塑造的英雄并非惯常意义上的英雄，甚至连他们的出身都并非绝对的"纯粹"。在据此改编的电影中，地下党员顾晓梦（小说中名字为"顾小梦"）是一个千金小姐，父亲也并非中共人士，这便首先颠覆了革命英雄根正苗红的阶级形象（例如农民阶级和无产阶级的英雄形象方志敏、杨子荣等）。顾晓梦本人更是狡黠多变、骄纵刻薄，一派富家千金小姐的作风，这与传统革命英雄谨言慎行、大义凛然的气质有所不同。而另一位地下党员吴志国也是拥有"卓越战功"的伪军大队长，甚至还被抗日武装击伤。他性情暴躁粗鲁，一出口便骂声不断，当他听闻自己被李宁玉举报时，吴志国便像"坐在弹簧上似的，咚的一声弹跳起来，对李宁玉破口大骂：'他妈的你什么时候跟我说过这事！'"②话还没说完，"吴志国又跳起来骂：你放屁！"③尽管这些"缺陷"是地下斗争的伪装，但带着这些"缺陷"表演的英雄们，却又切实让读者感受到了他们的"弱势"。在由短篇小说改编的电视剧《潜伏》里，主人公"余则成"也如"顾晓梦"一样，并非"根正苗红"的中共党员，他具有复杂的政治背景——在国民党军统情报处工作，且背叛了他原先的组织，尽管这一举动的后果被解读为"弃暗投明"，但这一行为本身却带有某种政治"黑点"的意味。此外，余则成其貌不扬，性格内敛，不善言辞，甚至说话也有些木讷，表面上看，并没有特殊的"英雄气概"，如果用作者自己的话来说，他还是一位"有洁癖的小知识分子"④。这正颠覆了传统"谍战英雄完美无缺、无懈可击的正统形象"⑤，他内心世界的一个侧面更像是普通人一样拥有七情六欲，为悲欢离合开怀或苦恼。这正如有的论者指出的，余则成的悲伤是"一个普通人的悲伤，他有着很内敛的英雄气概，他的理想似乎很小，他觉得只要解放了，就可以结婚生子，过普通人的日子了"⑥。此外，余则成的假配偶翠平在形象上也有明显的"缺陷"。例如她说话粗声粗

---

① 贾文思：《谍战剧的"弱势"英雄形象及其叙事张力——以〈暗算〉、〈潜伏〉为例》，《海南师范大学学报》2011年第6期。
② 麦家：《风声》，北京十月文艺出版社2018年版，第36页。
③ 麦家：《风声》，北京十月文艺出版社2018年版，第37页。
④ 龙一：《潜伏》，百花洲文艺出版社2009年版，第273页。
⑤ 贾文思：《谍战剧的"弱势"英雄形象及其叙事张力——以〈暗算〉、〈潜伏〉为例》，《海南师范大学学报》2011年第6期。
⑥ 王向辉：《比物取象 目击道存——解读电视剧〈潜伏〉中余则成形象》，《太原师范学院学报》2011年第1期。

气,几乎不加掩饰的面部表情,大大咧咧、不拘小节的行事风格以及冲动莽撞的性格"弱点"都给余则成的潜伏工作带来了很多困难,使本来就已经十分复杂的局面显得更加凶险。例如在小说中,作者借余则成之口叙述了翠平不愿学习的性格弱点,而这种"无知无识的状态,让翠平对党的革命理想和斗争策略无法进行深入的理解"①,她"脾气硬,性格执拗,最不擅长的便是听取道理"②。除了性格方面的"弱点"之外,翠平的形象也与传统的英雄模样很有差距,余则成刚与她见面时,就发现她的头发虽然洗过,"而且抹了刨花水,但并不洁净;脸上的皮肤很黑,是那种被阳光反复烧灼过后的痕迹;新衣服也不合身,皱皱巴巴的也不合时宜"。另外她还有抽烟袋的嗜好,一旦吸起来,"喷出来的浓烟好似火车头上冒出的蒸汽"③,使其身上散发出"火烧火燎地焦臭"④,并且还动不动就在家里二楼的阳台上抽烟袋,使其身份更容易发生暴露。这些无疑都与以往英雄的"光辉"形象相差甚远。

如果说,"完美"的英雄类似于全能的"神",它代表的是一种人们企盼正义、企盼胜利的符号,那么"有缺陷"的英雄则更多地象征了"凡人"本身,他就存在于人们的日常生活当中,因此,这种英雄不再是一个大写的符号,而是一个有温度的、真实可感的形象。一方面,作者把凡人的悲欢离合、喜怒哀乐融进了革命历史发展的巨大洪流里,营造了一种震撼人心的,平凡却又真实的信仰的力量。另一方面,通过小说的叙事,作者也以艺术的方式再现了革命英雄们最为真实的生存状态,并且"挖掘出他们真实的各个层次的心理状况和潜意识当中不自觉的欲望,还原这些被神话的英雄为真正的生活实存"⑤,以便使革命英雄更加贴近人们的日常生活和思想境界。就像《国际歌》里所唱的,"从来就没有什么救世主/也不靠神仙皇帝","有缺陷"的英雄让人们相信,凡人也可以成为英雄,英雄就是自己!

英雄形象的变化也使作家对英雄心理刻画的改变成为可能。在"新红色文学"里,英雄的内心世界尤其是情感世界成为作家描述的重点。如果说"高大全"的英雄似乎在无限强大的精神力量下,看起来有些不食人间情感的"烟火",那么这群"有缺陷"的英雄则仍然保留着某些情欲的"禁果"。可以说,情感因素在相当程度上丰富了英雄的形象,使其更加立体饱满。当英雄的选择不符合情感逻辑时,作品展现出的是人物内心世界的剧烈冲突,及其克服这种冲突的信仰的力量;而当英雄的选择符合情感逻辑时,作品展现的则是他们身为普通人的真实却又平凡的力量。在影片《风声》的叙事中,顾晓梦的内心世界较多属于前者,作者展现了一个"强悍有力、同时具有理想光芒的人格"⑥。这种内心的冲突主要聚焦于亲情和友情两个方面。就亲情来说,顾晓梦的政治道路和家庭利益之间形成了尖

---

① 龙一:《潜伏》,百花洲文艺出版社 2009 年版,第 9 页。
② 龙一:《潜伏》,百花洲文艺出版社 2009 年版,第 9 页。
③ 龙一:《潜伏》,百花洲文艺出版社 2009 年版,第 5 页。
④ 龙一:《潜伏》,百花洲文艺出版社 2009 年版,第 3 页。
⑤ 龙一:《潜伏》,百花洲文艺出版社 2009 年版,第 272 页。
⑥ 谢有顺:《〈风声〉与中国当代小说的可能性》,《文艺争鸣》2008 年第 2 期。

锐的冲突,自从她选择成为"地下党"的那一天起,她就站在了其家族的对立面,这种对立将把她推向一种忠孝无法两全的困境当中,而走出困境则意味着她将要舍弃其中的一面,并做出巨大的牺牲,这必然伴随着内心剧烈的冲突。此外,当她的身份面临暴露的危险时,实际上也将其家族置于一个十分危险的境地。在家族命运与国家命运的天平上,顾晓梦选择了后者,在"本我"与"超我"的冲突中,信仰战胜了人情。就友情而言,顾晓梦所服从的"组织利益"与她和李宁玉之间建立起的深厚姐妹情构成了巨大的冲突。由于在"潜伏"工作中与李宁玉长期接触,她们两人之间产生了友谊,这本也是十分正常的情感。但为了组织的利益、为了国家的利益、为了民族的利益,顾晓梦却不得不"欺骗"李宁玉,隐瞒自己的身份,甚至利用姐妹之间的情谊,从李宁玉口中套取关键情报。她变成了一个"双面人",既是友情的缔造者,又是这段友情的"背叛者"。如果没有坚定的信仰,这种剧烈的内心冲突或将导致常人精神的崩溃,为了坚守理想和信仰,她"不仅牺牲了家庭利益,牺牲了姐妹情谊,最后还牺牲了自己"①。"我亲爱的人,我对你们如此无情,只因民族已到存亡之际,我辈只能奋不顾身,挽救于万一。我的肉体即将陨灭,灵魂却将与你们同在。敌人不会了解,老鬼、老枪不是个人,而是一种精神、一种信仰。"当影片结尾响起顾晓梦悲壮的自白时,人们都会从其内心世界的"独白"中产生强烈的情感共鸣。

而在电视剧《潜伏》的叙事中,余则成的内心世界及其道路选择则比较符合情感的逻辑,体现了"凡人"英雄的"真实却又平凡的力量"。尤其值得注意的是"爱情"对他的影响。在故事的开头,身为军统特务的余则成曾对他所倾慕的革命者左蓝说道:"我没有信仰。认识你之后,我只信仰你、信仰生活。"他视左蓝为自己的一切,并一心期待着抗战胜利后能够和她过上平静而又幸福的生活,这也正是潜藏在英雄心底的平凡理想。但左蓝却有着坚定的共产主义信仰,在她的心目中,革命的胜利远比自己的生活重要,更遑论爱情了。左蓝虽然也爱余则成,但更希望余则成能够和她拥有同一个信仰,并为之奋斗。因此,余则成爱屋及乌,他对于革命最初的态度,在很大程度上源于对左蓝的爱。在"爱情"的影响下,他"徇私枉法"地尽量避免伤害革命者,同时通过对左蓝的感情,也认识到了共产党人的本色,为其进一步走向革命创造了条件。在这样的叙事中,"爱情"而非"主义"成为英雄通往革命的桥梁,此种选择也符合情感的逻辑,正如有论者指出的,"这种复杂的政治背景和革命动机,在过去同类题材电视剧中简直是不可想象的"②。对于余则成生命中的另一位女性翠平来说,尽管她的性格"缺陷"使之在与余则成相处期间充满了矛盾,但随着翠平工作经验的积累以及工作方式的进步,两人之间的关系逐渐发生了改变,从开始的矛盾冲突演变为互相理解与支持了,这也让余则成在失去左蓝之后能够重新振作起来。可以说翠平的出现给余则成紧张压抑的生活注入了更多活力,在一定程度上填补了左蓝牺牲后余则成的内心空白。这种共患难的真情也成为余则成的精神支柱。在其原著小说中,翠

---

① 赵艳花:《〈色·戒〉与〈风声〉的叙事伦理比较》,《电影文学》2011年第11期。
② 贾文思:《谍战剧的"弱势"英雄形象及其叙事张力——以〈暗算〉、〈潜伏〉为例》,《海南师范大学学报》2011年第6期。

平也是作者唯一描述的女子,尽管在小说里,他们相处得一直不快,但当翠平听闻余则成被安排前往长春战场,并且很可能一去不返时,她便"坐回到地铺上半天不语"①,见翠平不语,余则成的心里也很不是滋味,当他第二次向其告别时,翠平突然说:"跟你在一起住了两年,我已经没法再回去嫁人了,你一定要回来!"②这是翠平唯一一次向余则成提出私人要求,但余则成却"无法形容自己此刻是个什么心情"③,他一心想让翠平过得幸福快乐,却"更知道不应该给翠平留下太多的期望"④,此刻,生与死的矛盾、爱与离别的困顿、理性与情感的纠葛以及生活与责任的冲突,英雄内心的复杂情绪被完全显示了出来。

较之于"高大全"的英雄,"新红色文学"在描写这些"有缺陷"的英雄"尾声"时,其笔触也由以往悲壮的史诗气概走向了某种带有悲剧色彩的"个人化叙事"。英雄并非在硝烟滚滚的战场上牺牲得气壮山河,亦非在革命胜利之后以"开国者"的姿态享有各种荣誉。在影片《风声》中,顾晓梦牺牲在"裘庄"里不为人知的密牢中,她的事迹,要等到很多年后公布"解密"文件时才能大白于天下。这也正是她的"地下党"身份不得不承受的"生命之重",其沉重之处在于当"历史的沉重脚步夹带个人生命,叙事呢喃看起来围绕个人命运,实际上让民族、国家、历史目的变得比个人命运更为重要"⑤。倘若没有一种坚定信仰的支撑,很难说顾晓梦能够承受起这份沉重,而这也正是革命英雄的"超越性"之所在,它"唤起了人们对基于理想和信仰之上的英雄主义的追忆和向往……启示人们对信仰应该有着那种坚定的信心"⑥。英雄最大的悲剧莫过于其事迹在时间的长河中变得模糊。在《风声》的原著小说里,当经过一段时间的历史"尘封"后,故事的讲述者遗憾地发现,试图重构历史真相似乎变得不再可能,就连顾晓梦的事迹本身似乎都变得模糊不清了。在这种情况下,人们甚至"无法继续追问:到底是谁传递了情报? 李宁玉与顾小梦、顾小梦与潘老、肥原与顾小梦等之间的关系到底是怎样的? 真实的历史面貌到底为何? ……答案只能在风中!"⑦这种讲述英雄历史的不确定性无疑又为作品带上了几分悲剧色彩,而唯有甘愿承受现实悲剧性的"革命者",才是真正的英雄。

在《潜伏》中,余则成的"尾声"亦趋于平凡。他曾经在隐蔽战线中惊心动魄的革命往事,也只有在三十多年之后,当他"为了庆祝自己终于被摘掉军统特务的帽子"⑧时,才对自己的一个好朋友讲述了这段历史。而翠平甚至连余则成都早已"没有她的任何消息"⑨,她的可能"尾声",只存在于余则成平静的叙说中,"抓捕时她拉响了手雷,那只手雷

---

① 龙一:《潜伏》,百花洲文艺出版社 2009 年版,第 19 页。

② 龙一:《潜伏》,百花洲文艺出版社 2009 年版,第 19 页。

③ 龙一:《潜伏》,百花洲文艺出版社 2009 年版,第 19 页。

④ 龙一:《潜伏》,百花洲文艺出版社 2009 年版,第 19 页。

⑤ 刘小枫:《沉重的肉身——现代性伦理的叙事经纬》,华夏出版社 2004 年版,第 6 页。

⑥ 单芳:《浅谈〈潜伏〉中余则成的爱情》,《北方文学》2011 年第 8 期。

⑦ 曹怡晴:《答案在风中——论〈风声〉的叙事方式及历史建构》,《写作》2010 年第 15 期。

⑧ 龙一:《潜伏》,百花洲文艺出版社 2009 年版,第 19 页。

⑨ 龙一:《潜伏》,百花洲文艺出版社 2009 年版,第 20 页。

威力极大,足以让三五个人消失得无影无踪"①。而"无影无踪"也增加了英雄悲剧的无奈之感。在电视剧《潜伏》中,其大结局更显示了另一层面的悲剧。正如有论者指出的,尽管剧集缺少"冷酷的屠杀"和"惨烈的牺牲",但是对于"潜伏者"来说,"生离而非死别,却具有更加催人泪下的悲情效果"②。在剧中,余则成的"尾声"是被国民党当局挟制去往台湾,因此,虽然他"一心期待着抗战胜利后能够和她过上平静而又幸福的生活",但此刻却只能无奈地继续"潜伏"的使命。而在海峡这边的翠平,也只能带着他的孩子苦苦等待不知何时归来的爱人。这样的"尾声"无疑是一幕"革命喜剧之下的爱情悲剧"③,而这样的悲剧甚至还有一个让人更加叹息的结尾,即余则成再次与晚秋——组织上先前分配给他的"革命伴侣"——假扮夫妻,从而继续"潜伏"在敌人内部,轮回着英雄无法出脱的"无间道"。

由此可见,尽管"凡俗性"是"后革命时代"的总体特征,"新红色文学"对于英雄形象,尤其是其"尾声"的塑造多少暗合了此种时代特征,但是,这些革命英雄却并未像"新写实小说"中的主人公一样,在对人的本能欲望的还原中,走向"一地鸡毛"的琐碎日常,从而消解了一切超出生存本身的意义,以躲避崇高的姿态来面对精神日益匮乏的当代生活。"新红色文学"塑造的英雄更多展现出一种不畏遗忘、不惧平凡、不忘初心的从容气魄和理想主义情怀。他们明知面临着或被遗忘的命运,却因对崇高信仰的坚守而甘之如饴。他们有过伟大而壮阔的革命生涯,却依然能够在平凡的生活中保有精神上的自觉,绝不听任自己的精神世界滑向平庸和贫瘠的深渊。

三、在"红色镜像"中展现"新时代"的精神向度

这样的生存态度显然有别于"新写实小说"所描写的生存图景。问题是,"新红色文学"如何使这种态度成为可能?答案正在于"理想主义"这一核心。无论是顾晓梦抑或余则成,他们都拥有一个自我认可的理想。此种理想并非传统意义上的空洞说教或国家意志的派生物,在英雄形象丰富的内心世界和贴近凡人的行为方式里,它表现为一种真实可感的精神活动。同时,"新红色文学"中的"理想主义"也是对陈思和提出的"民间理想主义"的某种延续和开拓。它在整个新时期以后的文学谱系中,反映了"理想"的多元性。例如张承志在宗教中寻找理想、张炜在民族精神中讴歌理想、莫言在民间生活中确立理想,"新红色文学"则在革命历史中坚守理想。对于当代生活,它提供的启示意义在于,无论是革命的理想主义,还是其他理想主义,人必须在绵绵不绝的"生活流"中找到某种自我认可的价值体系,以免使自身陷入虚无的泥潭。一旦人拥有了某种"理想"或"信仰",那么他/她便有了进行人生"选择"的依据。

---

① 龙一:《潜伏》,百花洲文艺出版社 2009 年版,第 20 页。
② 贾文思:《谍战剧的"弱势"英雄形象及其叙事张力——以〈暗算〉、〈潜伏〉为例》,《海南师范大学学报》2011年第 6 期。
③ 贾文思:《谍战剧的"弱势"英雄形象及其叙事张力——以〈暗算〉、〈潜伏〉为例》,《海南师范大学学报》2011年第 6 期。

在电视剧《潜伏》中，暗含了一个这样的问题，即什么才是真正的信仰，以及什么对社会而言才是值得提倡的信仰。《潜伏》中每一个人都有着自己的信仰，例如陆桥山信仰"名利"，吴敬中信仰"钱财"，谢若林信仰"生存"，而李涯则信仰"国民党"。种种"信仰"之间各不相同，李涯甚至曾经嘲笑谢若林"没有信仰"，而谢若林则坚定地告诉李涯："我有信仰，我信仰生存主义。"尽管看上去这样的"信仰"并不显得"高大上"，但它也不禁让观众思考，信仰"生存"是否有错？答案是否定的，人之所以为人，首先是因其具有自然属性，它要求人们应当保证自己的生存安全。但"生存"并不等同于"生活"，"生活"在某种程度上来说是要高于"生存"的，因为"人"还具有社会属性，这种属性要求人们除了保证基本的生存状况以外，还要承担起一个"社会人"所应承担的责任。特别是在那战火纷飞、民族危亡的年代，舍小家为大家的"救国"重任正体现了这样的社会责任。故而，种种"信仰"本身并没有问题，但是人们不能仅仅信仰"生存之道"，还应当承担起生而为"人"的社会责任。而在《潜伏》中，余则成等革命者为之毫无保留进行奉献的马克思主义，则正体现了这种社会责任的具体要求。"他们为了祖国的安危，为了人民不做亡国奴直至人民解放而选择牺牲自己的生命。信仰也不再是简单的精神品，而是实实在在指导着人们的行动。"①此外，对于"信仰"的选择也要根植于某种"进步"的意识形态，否则不管其怎样执着于、忠诚于他所选择的人生道路，其结局都不能不使人扼腕。例如"李涯"这一形象，他在剧中看上去也是一个极有"信仰"的人。同余则成相较，他们在斗争中几乎都是精明强干同时坚强隐忍，并执着不移地追求着各自的人生目标和理想。然而，最终李涯还是败给了余则成，正如有论者指出的，这种状况的出现"在剧中不是个人而是意识形态的较量，他们各自代表的主义有着不同的目标和方法，也有不同的前途，这是两种政治力量的决战。因为他代表的意识形态是没落的，即使个人再努力、再优秀，他的失败也显然是在所难免。这是历史的必然，而不是个人的成败"②。

又如，在影片《风声》中，编剧将中共地下党员为了"赢取民族的独立解放而斗争"的恢宏目标与坚定信仰凝聚成为具体可感的"地下斗争"，在与异常残忍的日本侵略者进行的生死博弈中，唯有取得胜利，才能最终生存下来。而当这样"千钧一发"的生死考验化作一个个形象生动的影视画面时，观众便更容易将个人的感受融入影片渲染的氛围中，他们对"地下英雄"的斗争"实况"及其承担的"社会责任"将会"感同身受"。于是，当磨刀霍霍的敌人不断向我们的民族进逼之时，"每个人被迫着发出最后的吼声"这句歌词便转换成了观众的心声。正如有论者指出的："当爱国热情在观众胸中涌动的时候，我们又怎能不认同于英雄人物的价值观呢？"③特别是在"消费社会"中，当人们在市场经济大潮的冲击下，产生信仰缺失的危机时，那些一度迷失方向的人更加需要获得精神上的抚慰，而影片《风声》所"着力表达的对信仰的无上崇敬和信仰所显示出的强大力量无疑给了大众满足

① 侯玥暐：《从〈潜伏〉看马克思主义大众化的电视剧途径》，河北师范大学 2012 年硕士学位论文，第 20 页。
② 连毅：《主流意识形态的艺术表达——电视奇观化视阈下的〈潜伏〉》，《中国职工教育》2013 年第 6 期。
③ 任卫民：《〈风声〉：革命传奇的别样写作》，《电影文学》2010 年第 4 期。

心理愿望的机会"①。质言之，某种在现实中还不能立刻予以解决的人生问题在电影的叙事中，在对"社会责任"的担当和对"民族大义"的信仰中，得到了想象性解决。由此可见，只有在充斥着众多私欲、物欲和情欲"诱惑"的现代社会中，果断并从容地做出勇于承担"社会责任"的选择，才能成为那个他/她最初和最终想要成为的人。

英国文坛巨匠托马斯·卡莱尔(Thomas Carlyle)曾对人类信仰和英雄崇敬之间的关系进行了深入探讨，他充满激情地指出，"信仰"是对某个"有灵感的导师"、某个"高尚的英雄"表示的"忠诚"，而整个人类社会从文化角度来说，更是建立在这种"信仰"与"英雄崇敬"的关系之上的，英雄崇敬是一切人类行为的根源中"最深刻的根源"，只要人类社会继续存在，那么英雄崇敬也就不会中止。由此可见，"信仰"的力量正是一种源于"英雄崇敬"的力量，它带给人们的往往是在物质层面无法达到的精神力量。例如在电视剧《潜伏》的英雄叙事中，创作者利用"电视"这一新的平台，广泛、深刻并且形象生动地向人们展示了这种"信仰"与"英雄崇敬"之间的关系，从而使当代的"新红色文学"更加"通俗地"根植于人民当中，这也在相当程度上"印证了电视剧是推进马克思主义信仰这一根本命题的重要平台"②。在剧中，余则成作为最坚定的共产主义者，作为一名"地下英雄"，正是其马克思主义的信仰极具感染力，对观众来说，这种"英雄"无疑形成了某种精神层面的强大引力。根据《中国青年报》对电视剧《潜伏》所做的一项网络调查表明，就"观众都在《潜伏》中看到了什么？"这一问题而言，在 2332 名接受调查的网友中，有 55.1% 的人看到了马克思主义信仰的力量，53.5% 的人看到了生存哲学，27.1% 的人看到了坚贞浪漫的爱情。③ 由此可见，观众对于"信仰的力量"的认可是较普遍的。此外，通过叙述英雄人物更加贴近现实的"凡俗"一面，将其首先塑造成一名有感情、有亲情、有友情的鲜活人物，"他"也存在缺点，并非是一个完美的"高大全"的革命符号，这便在给人以亲切感的同时，让观众更加愿意接受其当代"精神导师"的价值定位，在这样的"洗礼"中，也使马克思主义的精神信仰顺理成章地成为当代社会具有活力的精神向度。

除了凸显"信仰的力量"以外，《潜伏》和《风声》这两部影视剧还建构了一种当代社会的新的审美旨趣。众所周知，随着"消费社会""景观社会""欲望都市"的到来，大众的审美旨趣愈发偏向某种"碎片化""快餐化""日常化""阴柔化"的风向之中，他们逐渐遗失了诸如宏大、坚韧、忍耐等偏向于"阳刚"美感的审美习惯。正是在这一趋向中，《潜伏》和《风声》所能提供的文化意义则显得十分重要，因为这两部影视剧以及当代的众多"新红色文学"都为观众或读者提供了一种新的审美趣味，或者说，它们使一种传统的审美趣味重新焕发了新的生机。在《潜伏》中，余则成的形象蕴含了坚忍耐心、时不我待时敛其锋芒，时机成熟时锋芒毕露的性格特点，其思想中更是蕴含了"侠之大者，为国为民"的忠义情怀，

① 任卫民：《〈风声〉：革命传奇的别样写作》，《电影文学》2010 年第 4 期。
② 侯玥暐：《从〈潜伏〉看马克思主义大众化的电视剧途径》，河北师范大学 2012 年硕士学位论文，第 17 页。
③ 参见黄崇姚：《细数〈潜伏〉独特的发行手段》，《新闻窗》2009 年第 3 期；赵丽：《由电视剧〈潜伏〉评信仰、境界与大众化》，《文教资料》2010 年第 9 期。

倘若观众接受了余则成的形象，也就是接受了那种相信"人民利益永远重于泰山，信仰是革命者进行斗争的动力，哪怕为之牺牲也心甘情愿"的马克思主义价值观。甚至就连余则成那充满"缺点"的假配偶翠平都显得十分刚直与不屈。当余则成第一次看见她的时候，就在她的眼神中发现了一股执拗的劲头，并知道"她是个单纯、不会变通，甚至有些鲁莽的女人"，他还发现了翠平的勇敢，只要遇到无法摆脱的危机状况时，她一定"会毫不犹豫地吞下衣领上的毒药或拉响那枚攻坚手雷"①。这种特点同样能够在《风声》的叙事中发现。在这部影片里，充满了坚毅果敢、不怕牺牲、甘于奉献的"强者"形象，例如吴志国与顾晓梦，他们不仅在面对敌人的严刑拷打时毫无惧色，在对待亲情友情时，也能够果断地进行取舍，正可谓是"大丈夫有所为有所不为"的生动演绎。而影片结尾顾晓梦的道白——"我亲爱的人，我对你们如此无情，只因民族已到存亡之际，我辈只能奋不顾身，挽救于万一。我的肉体即将陨灭，灵魂却将与你们同在。敌人不会了解，老鬼、老枪不是个人，而是一种精神、一种信仰。"更是凸显了这种刚强、坚忍、侠义等宏大的"家国情怀"。当观众们全方位地沉浸于"英雄叙事"中时，他们的审美旨趣或将随着对"英雄行为"的认可而得以改变。

综上所述，在《潜伏》与《风声》所形构的"红色镜像"中，人们可以发现一种"新时代"的精神向度，它既是一种当代文化建构中的"红色"创新，也是一种传统文化资源的重构"回归"。这样的"英雄叙事"让人们对英雄行为和英雄形象产生了强烈的崇敬之情，从而使"信仰的力量"变成了观众或读者切身可感的具体事迹。在对"信仰"的认同过程中，也使得一种新的审美旨趣深入人心，改变了"消费社会"中日益"碎片化""快餐化""日常化"的文化倾向，将"宏大""坚忍""无私""侠义精神"和"家国情怀"等审美质素重新镶嵌到当代的文化生活中，最终构筑了"新时代"的精神高原，将当代文学和文化再度引向崇高。

---

① 龙一：《潜伏》，百花洲文艺出版社 2009 年版，第 7 页。

第十四讲　一段革命历史，两类红色英雄： 《吕梁英雄传》与"英雄传奇三部曲"

　　《吕梁英雄传》①是马烽、西戎的第一部长篇小说，与袁静、孔戎的《新儿女英雄传》并称为二十世纪四十年代"新英雄传奇"的代表作。该作创作于 1945 年春天，最初以《吕梁民兵斗争故事》为题于 1945 年 6 月 5 日开始在《晋绥大众报》上连载，后来在晋绥宣传部部长张稼夫的建议下改为《吕梁英雄传》，至 1946 年 8 月 20 日总共连载 95 回。在连载完之前，国共两党拟就国民大会的召开进行谈判，中共中央宣传部指定该作向国统区推介，马烽、西戎匆忙修改前 37 回，于 1946 年 4 月由晋绥吕梁文化教育出版社出版单行本，随后该作在重庆《新华日报》连载，并由重庆大众书店出版单行本。尽管只有半部，但该作却在国统区流行开来，东北书店、韬奋书店、上海通俗书局等均予以翻印。1949 年作者对《吕梁英雄传》再做修改，将其整合为 80 回，于同年 5 月由北京新华书店出版了全本单行本。五十年代，该作由人民文学出版社、通俗读物出版社、作家出版社多次重印，并被译介至朝鲜、苏联等国家，成为第一批走向海外的红色文学作品。"文革"结束后，人民文学出版社拟重印二十世纪四十年代至五十年代的优秀作品，马烽、西戎应邀做第三次修改，并于 1977 年底出版。1997 年人民文学出版社推出"红色经典"丛书，该作被纳入其中，成为最重要的"红色经典"之一。该作先后被改编成多种艺术形式，其中影响较大的主要有：1950 年北京电影制片厂改编的电影《吕梁英雄》、1951 年袁阔成改编的同名长篇评书、2004 年何群和张纪中改编的同名电视剧等。

　　"英雄传奇三部曲"包括《苍茫大地》②《鏖战》③《渡江》④，是江苏凤凰文艺出版社 2019 年推出的一套革命历史题材的长篇小说，作者张新科。这三部书原本是由江苏凤凰文艺出版社单独出版的，第一部《苍茫大地》出版于 2017 年，是我国首部弘扬雨花英烈精神的长篇小说；第二部《鏖战》出版于 2018 年，是第一部全景式展现淮海战役过程的长篇小说，两部小说均荣获江苏省精神文明建设"五个一"工程奖。第三部《渡江》出版于 2019 年，展现了中国人民解放军百万雄师过大江的恢宏画卷。

　　在中国红色文学史上，《吕梁英雄传》与"英雄传奇三部曲"的创作时间相隔 70 余年，

---

① 　马烽、西戎：《吕梁英雄传》，人民文学出版社 2005 年版。
② 　张新科：《苍茫大地》江苏凤凰文艺出版社 2017 年版。
③ 　张新科：《鏖战》江苏凤凰文艺出版社 2018 年版。
④ 　张新科：《渡江》江苏凤凰文艺出版社 2019 年版。

然而,二者皆是以一段革命历史为背景、以革命英雄为主人翁、以传奇手法创作的长篇小说,故而可说分别代表了红色英雄传奇最初和最新样态,即革命岁月中的民兵英雄和知识分子英雄。作家是文学创作的主体,由于作家的家庭出身、成长环境、知识学历、创作时代不同,对其小说进行比较,对其塑造的英雄形象进行对比,无疑将有利于加深对红色英雄传奇小说的认知理解,更好地领略革命进程中不同历史时期的英雄形象的独特风采。

一、"英雄"概念及其含义的流变

"英雄"是人类"公性情"之一[①],"英雄"情结是人类的一种集体无意识。何谓英雄?谁才是英雄?汉末的王粲曾将曹操、刘备、周瑜、董卓等等都称为"英雄"[②],在当今人们看来有些不可思议,曹操、刘备、周瑜固然是英雄,但奸佞之臣董卓哪能称得上英雄呢?这就有必要从"英雄"的概念史说起。

在我国,"英雄"最早出现于先秦时期的兵书《六韬》和《三略》,但两书均未给出详细的解释,从其语境推测,大概是指在战争中"文武兼备"的"士人"[③]。第一次精辟界定并阐释英雄内涵的是三国时期魏国的刘邵,他认为"聪能谋始""明能见机""胆能决之""力能过人",因而聪、明、胆、力是人的四种重要素质,其中聪和明统称"英",胆、力统称"雄",即"聪明秀出谓之英,胆力过人谓之雄"。在他看来,只具备其中一种或两种素质的人都是偏才;而兼具"聪""明""胆"者,是"英"才,"可以为相";兼具"明""胆""力"者,是"雄"才,"可以为将";唯有四者都具备,"兼有英雄"者,才能"长世",方可成为人主。[④] 从刘邵的解释,我们就不难理解王粲为什么把董卓当作英雄了,因为在三国时期,判断英雄的标准只涉及"聪""明""胆""力"四种素质,与道德是没有关系的。宋明理学兴起后,除"聪""明""胆""力"之外,"存天理,灭人欲"的道德也被加入"英雄"的评判标准之中。"存天理"在国家层面体现为对"正统"的维护,这造就了《三国演义》"贬曹尊刘"的思想倾向;在个人层面体现为"劫富济贫""锄强扶弱"的民间正义,其核心是维护穷人与弱者的利益,所以《水浒传》中那些呼啸山林、打家劫舍者均入"英雄谱"。"灭人欲"体现为对男女情感以及女性的否定和贬低,目的是维护男性的霸权地位,所以"厌女症"俨然成为"英雄"的标配,《水浒传》中的宋江、武松、杨雄都曾"快意杀女",却被目为大"英雄",即使不"厌女"也决不可沉迷女色,在兄弟情与夫妻情之间,"英雄"要毫不犹疑地首选兄弟情,譬如刘备会说:"兄弟如手足,女人如衣服,衣服破,尚可缝,手足断,安可续?"若是"奸雄"或者"贼",则必好色,故曹操、董卓皆以好色著称。若是女性而具"聪""明""胆""力"者呢,那也要像孙二娘那样,毫无女性特征,否则便不配称"英雄"。

① 严复、夏曾佑:《国闻报馆附印说部缘起》,郭绍虞:《中国历代文论选》(第四册),上海古籍出版社1990年版,第197页。
② 张蕾:《王粲集校注》,河北教育出版社2013年版,第142页。
③ 陈珞瑜:《"英雄"的中西方观念比较》,《长江大学学报》(社科版)2015年第6期。
④ 刘邵:《人物志》,黄山书社2010年版,第75页。

明末李贽抨击假道学,倡导男女平等,提出心性论,女性由祸水复归人。清代文康《儿女英雄传》中之女英雄十三妹的形象得以呈现,她不仅武艺高强、扶危济困,而且具有女性的天真可爱,只是此时仍处封建时代,她的最终结局仍逃不脱收束心性,嫁入富豪之家,成为遵守三从四德的贵妇人。

清末民族危机四起,"革命"兴起,是否"革命"便成了判断英雄与否的新标准,当然,此时的"革命"意义宽泛,如洪秀全,因敢于"革"清朝之命,便被孙中山等革命党人称为英雄,黄小配的《洪秀全演义》便在此语境中产生。此外,在清末革命题材小说之中,"英雌"形象格外引人注目。因为在睁眼看世界的过程中,男性知识分子们蓦然发现千百年来的女性没有发挥人的价值,不仅如此,由于缠足、禁学等旧俗,中国女性既柔弱又无知,进而将民族危弱归罪于女性之柔弱,于是女性终于得以在国家与民族的视野中"浮出历史地表",为了培养现代国民之母,放女足、办女校、开女智等蓬勃展开,为区别于"英雄","英雌"之名应运而生。在晚清革命题材小说中,英雌或女英雄的主角光环甚至超过英雄,譬如岭南羽衣女士《东欧女豪杰》中的苏菲亚。

五四运动后,马克思主义开始在我国广泛传播,英雄的地位陡然降落。因为马克思主义在历史观上信奉唯物主义,认为历史的唯一推动力量是群众,而非超人般的英雄,故而革命文学论争中郭沫若专门在《英雄树》中以隐喻的手法借英雄树嘲讽英雄,"简直是大而不用的长物"①,以"革命+恋爱"小说著称的蒋光慈因不合时宜地在《冲出云围的月亮》中塑造了带有个人英雄主义色彩的女英雄——王曼英形象而受到左翼文学界的严厉批评,而丁玲的《水》却因书写了"一大群的大众"奋起反抗地主而没有英雄甚至没有中心人物,被冯雪峰赞为"新的小说的一点萌芽"②。

到了1940年,随着国民政府对共产党领导的抗日革命队伍经费的切断,共产党不得不进行生产自救,为了调动战士与人民的积极性,各种劳动竞赛应运而生,由此产生了劳动模范,也随之产生了对劳动模范的精神和物质奖励,于是召开了模范"群英会"。后来模范文化普遍化,军事上也开始推行模范文化。军事上的模范是什么呢?当然是英雄,由此英雄由批判而得以正名和回归,在举行"群英会"时,英雄成了主角之一。唯物主义反对英雄创造历史,却要发挥英雄的模范带头作用,如何解决这一矛盾呢?新英雄便是打开矛盾锁的钥匙。何谓"新英雄"?就是在工人阶级的先锋队——共产党的领导下来自群众的英雄,他们既是英雄,又不同于凭借个人才华与个人行为主宰历史或劫富济贫的英雄,而是在党的教育和指导下成长起来,团结合作,为集体、民族和国家利益而牺牲个人利益并取得突出成绩的英雄,正如臧克家所说:"人人都渺小,然而当把渺小扩大到极致的时候,人人都可以成为英雄——新的英雄。"③这就是说,在无产阶级大众这个群体之中,脆弱、渺

---

① 中国社会科学院文学研究所现代文学研究室:《"革命文学"论争资料汇编》(上),人民文学出版社1981年版,第75页。

② 丹仁:《关于新的小说的诞生——评丁玲的〈水〉》,《北斗》1931年1月20日第2卷第1期。

③ 臧克家:《伟大与渺小》,《臧克家全集》(第八集),时代文艺出版社2009年版,第79页。

小的个体,在共产党先进理论的武装之下及其正确的路线纲领领导之下,皆可成为英雄。这种新英雄主义破除了英雄的神秘,使人人都有了成为英雄的可能,在革命战争年代具有极强的号召力,在抗日战争和解放战争中发挥了重要作用。由于《在延安文艺座谈会上的讲话》要求文艺为政治服务,因而书写个人如何在党的领导下成长为英雄的故事便成为时代的主流。

中华人民共和国成立以后,中国共产党成为全面掌握国家政权的执政党,如何讲述共产党领导的革命史,建构中国共产党执政的必然性和合理性成为当务之需,因而塑造无产阶级所需的"超人英雄"便成了时代主旋律。这样的英雄智慧非凡、有胆有识、战无不胜、攻无不克,同时,他们在革命与个人利益冲突时,绝无半分犹豫,将革命工作放在了第一位。到了"文革"时期,英雄形象就变成了"高大全"的完人,塑造英雄的方法变成了"在所有人物中突出英雄人物,在英雄人物中突出主要英雄人物",英雄形象走向神化。

二十世纪八十年代改革之风吹遍神州,社会急需破旧立新、敢闯敢干之人。在此历史语境之下,一方面神化的英雄在新启蒙主义思想的烛照下不再光鲜,另一方面只会听话、没有闯劲、干劲和智慧的群众英雄也不能满足时代的要求,于是他们先后被抛弃,并为个人主义英雄所取代。这样的英雄崇尚个人意志,在生活中争强好胜、好勇斗狠、不拘小节,在情感上热烈奔放、敢爱敢恨,为了爱情、亲情、友情、家国情,往往不惜赴汤蹈火、舍生忘死。

由于科技在当代国与国的竞争中发挥着越来越重要的作用,因而在个人主义英雄盛行的同时,知识分子也逐渐得到党和国家的重视。经过三十多年的发展,到了新时代,知识分子已在国防、航空航天、信息技术、医学、生物科技等行业发挥了无可替代的作用,尊重知识、尊重知识分子成为全民共识,袁隆平、杨利伟、钟南山等知识分子英雄成为时代楷模,受到全国人民的敬仰。"一切历史都是当代史",现实生活中知识分子地位的提升带来学界对革命战争年代知识分子作用与价值的重新审视,结果发现他们才是中国革命的经历者和见证者,于是知识分子革命英雄成了红色文学中光彩夺目的英雄形象。

以上便是《吕梁英雄传》创作之前"英雄"这一概念及其含义演变的大致过程,概括来说,这一过程可简化为战斗英雄—治世英雄—理学英雄—革命英雄—反英雄—无产阶级群众革命英雄—无产阶级超人英雄—个人主义英雄—知识分子英雄等九个阶段,其中《吕梁英雄传》和"英雄传奇三部曲"分别创作于第六和第九阶段。

二、民兵英雄群像:《吕梁英雄传》中的英雄形象

《吕梁英雄传》讲述了康家寨民兵武装在党的领导下从建立到武装赶走侵略者,配合八路军主力作战的故事,塑造了雷石柱、孟二楞、康有富、张有义、李有红等众多民兵英雄形象。

武得民既是康家寨民兵的引路人,也是一个仍在成长中的共产党员。他在康家寨抗

日组织丧失殆尽,康顺风和康锡雪又建立起"维持会"在康家寨为非作歹的时候扮作货郎只身进入了康家寨,和雷石柱、康明理等一起着手建立起了康家寨的民兵武装。他英明果敢,设计打死了汉家山的地头蛇,又将计就计,和假意担任"维持会"职务的康明理联手演戏,借日本人之手除掉了汉奸王臭子,带领民兵们一步步完成了斗地主、赶鬼子、保家园的革命任务。但老武也是有缺点的,在处理汉奸康顺风时,因片面理解党的宽大政策,他对汉奸过于宽大和信任,结果造成民兵组织受到了重大损失。在党的指引下,老武认识到自身的错误,及时向广大群众检讨了自身的问题,继续尽职尽责地领导康家寨民兵的抗日工作,是一个有勇有谋、坚忍顽强的党的基层干部英雄形象。

雷石柱是康家寨民兵队分队长,他出身穷苦却聪明有计谋,在党代表老武还没来寨指导建立民兵武装之前,他就设计用肉诱出日本大洋狗并将其打死,替被狗咬死的乡亲报了仇,还想出在粮食里面掺砂的办法帮大家应付掉日本人分派的征粮任务。老武来到寨子后,雷石柱配合他建立起民兵组织,解决了站岗放哨、武器分配等一系列问题,带领寨中群众粉碎了敌人修铁道的计划,保护了全寨的春耕,完成组织地雷阵、抓捕康顺风、解救被捕民兵等大事,是一个一心一意保护群众利益,在抗敌斗汉奸的斗争中次次冲在前列的英雄。

如果说机智能干的雷石柱是康家寨民兵中的"文将",那么"猛张飞"孟二楞就是一个"武将"。他性格火暴、疾恶如仇、勇猛刚烈,当警备队替日本人抢他妹妹时,他想都没想就飞出斧头把一个警备队员打死了。被"维持会"抓去暴打,他却毫不屈服,口中大骂不停。刚被放出来,满身是伤,脸上还青一块紫一块的,听说民兵武工队要去打鬼子,他顾不得疼,夺了雷石柱腰间的手榴弹就追上了队伍,结果他不光干掉一个日本鬼子,还为民兵队赢了两杆枪。

康明理是一个有智慧、有气节的民兵英雄形象。他第一批加入民兵队伍,但为刺探"维持会"的消息,他背着骂名担任"维持会"的书记,成了潜藏在敌人内部的卧底。当孟二楞被康顺风抓住并严刑拷打时,是他冒险给雷石柱报告消息;当他得知王臭子知晓老武身份时,赶紧通报了老武,才使老武有机会将计就计杀了王臭子。后来他身份暴露,被日本人抓住,当背上被日本人烙上烧红的铁丝时,他疼得昏死多次,却半句话都未吐露给日本人。

李有红是一个机灵、聪明但也有一些小瑕疵的民兵英雄形象。他走路很快,对民兵的消息传递很有作用,但他有一个好睡觉的毛病,有一次轮到他放哨,结果他睡着了,导致给雷石柱下毒的敌人逃之夭夭。事后他在大家的教育下认识到错误,就再也没犯过相同的错误。后来,为了康家寨春耕运动的顺利进行,雷石柱便计划去夺回被鬼子抢去的耕牛,走路快的李有红自告奋勇先去查看地形,在民兵的行动被敌人哨兵发现时,他灵机一动用点燃庙门前干草的方式制造了混乱,结果夺牛行动大获成功。

张有义是个毛病有点多,但在党的教育下逐渐成熟的民兵英雄。他爱说话、爱串门子、爱调情说笑,性子又比较急躁。有一次他一时大意忘记收回晚上埋下的地雷了,导致康天成老汉的几只羊被炸死，他嘴硬不肯认错，雷石柱批评他，他还不服气，当得知康天成老汉连人带羊被鬼子带走时，他还死活不肯去救人。待大家走了以后，在康老汉老婆连哄带催之下，他逐渐认识到自己的错误，拿了家伙赶紧去救康老汉，后来竟一枪打倒一个敌人，成功救下康老汉和他的羊，与康老汉化解了矛盾。

除上述英雄外，《吕梁英雄传》中还塑造了为保村庄安全，引诱日本人出村，最后抱着日本的猪头队长跳崖自杀的张忠老汉；出身穷苦，上了桦林霸美人计的当，一度破坏了康家寨民兵的抗日工作，但之后又改过自新、发奋立功的康有富；在日本人眼皮子底下，与雷石柱们合作救出康明理等四个被捕民兵的辛在汉；等等，他们虽然只是平凡普通的民兵，却在党的领导下，凭借自己的智慧与勇气保卫了康家寨，赶走了当地的日寇与伪军，解放了汉家山，成了吕梁老百姓心目中的民兵大英雄。

三、叱咤风云的知识分子英雄——"英雄传奇三部曲"中的英雄形象

《苍茫大地》的主人公许子鹤是一位卓越的知识分子共产党员英雄形象。他是华侨富商之子，自幼聪慧，一路从广东澄海的小县城考到了北京大学，又赴德国哥廷根大学学习，成为该校首位中国籍数学博士。随后他又接受组织命令前往苏联进修一年，系统学习了共产主义理论。他擅长学习，更擅长行动。在归国的火车上，他凭借自己的聪明智慧与沉着冷静，根据人走路的步幅、步频和地板发出的反馈声，顺利找出了要对自己这一行从东方大学归国的学员们实施暗杀计划的特务，拯救了所有队员。在最后一站——海参崴，许子鹤又通过"逼亲"大戏逃过了日本特务们的抓捕，安全地把出国进修的同学带回国内。回国后，许子鹤接连辗转上海、南京、河南等地，更是充分发挥自己的实战能力，不断为革命事业做贡献。就任上海大学教授期间，他成功解救了上海地委委员谢方理，被中文报纸称为神秘莫测的"上海之狐"；逃过"四一二"白色恐怖后，许子鹤又着手重建南京市委组织，这期间仅凭一己之力就剪除了叛徒韩部长；正式就任南京市委书记后，许子鹤一上来就借自燃的白磷烧毁国民党运载共产党党员干部档案的大卡车，巧妙地完成了党组织交办的任务；之后还在机缘巧合之下拍到了飞行员施耐德的图片，让这些照片发挥出比军用地图还强大的功能，给党组织的革命斗争带来极大便利；他也曾狙杀侦缉队长吉键，营救邓演达，让老对手王全道、熊昌襄丢了自己的乌纱帽；结束南京的工作后，许子鹤以中央特派员的身份赶赴河南，展开锄奸行动，开始了新一轮的战斗……许子鹤凭借自己的智慧，在莫斯科，在海参崴，在上海，在南京，在河南都留下了惊心动魄的传奇。在爱情方面，许子鹤同时被导师的女儿和父母为他娶的妻子深爱着，经过痛苦的深思，他最终选择了后者。此后，他便将整个身心交给了妻子，而将对导师女儿的爱深深地压在了心底。

《鏖战》从正面战场、隐蔽战线与民工支前三个方面全景式再现了淮海战役的恢宏画面，重点刻画了杨云枫、孔汉文、李婉丽等隐蔽战线中的知识分子英雄形象。

　　作为华东野战军敌工部部长,在整个淮海战役过程中,杨云枫和手下的情报人员深入敌人内部刺探情报,奋不顾身地从虎口拔牙,为淮海战役的胜利立下了汗马功劳。他英俊潇洒、有胆有识,又兼具领导才华,还情感深沉、用情专一。上学时,他担任班长,不仅成绩好,还爱好打篮球,是许多女生心中的偶像。在淮海战役期间,他多次潜入南京城与潜伏于国民党高层的"孤雁"接头,在国民党的眼皮子底下递送情报;在鲁西南,他提出并和首长一起实施了"假集结"的妙计,使徐州"剿总"无法看清战争的整体态势,有力地掩护了大部队的行动;他还和马树奎一起演了一场瞒天过海的大戏,使马树奎顺利取得保密局徐州站站长陈楚文的信任,不光为解放军刺探重要情报,而且从死牢中解救下 10 多名共产党员重刑犯。他深爱李婉丽,但为了革命,他深深地将爱藏在心里,当李婉丽被国民党拘捕时,他想方设法加以营救;当李婉丽被国民党秘密转移后,他苦苦探寻她的消息;当找到已经疯了的李婉丽后,他依然对她一往情深,时常去照顾她,并为她终身未娶。

　　李婉丽是《鏖战》中光彩夺目的女英雄,她本是徐州"回春堂"老中医的掌上明珠,因为父亲的关系,和李宗仁、白崇禧等国民党高级将领关系都极好,所以她从南京国民政府被调到徐州"剿总"后,成了"剿总"总司令刘峙的御前红人,被任命为徐州"剿总"办公厅副主任,是活跃在国民党高级将领间的"交际花"。李婉丽隐藏极深,几乎骗过了所有人,何基沣痛惜曾经单纯的小女孩变得如此势利、无可救药,孔汉文鄙夷表哥杨云枫曾经的心上人变成了如今虚伪不堪的国军女军官,这些误解李婉丽都独自承受着,她一直与狼共舞,只为能够为组织窃取机密情报。后来,因军事档案丢失一案她被刘峙拉作替死鬼,差点命丧黄泉,又因南京方面施压,人虽未死却没了下落。直到 1954 年,杨云枫才在苏北一家疗养院找到已经疯癫多年的李婉丽,直到这时,李婉丽为中共特工战士"无名氏"的真实身份才被揭晓。小说开头的李婉丽,是徐州昕昕中学的校花,是杨云枫、刘占理等人心中高不可攀的女神,但小说结尾的李婉丽,为了革命事业受尽身体和精神的折磨以致疯癫失智,首尾两处的鲜明对比,使其形象显得格外悲壮高大。

　　孔汉文代号"黄蜂",是长期潜伏于国民党内部的一位孤胆英雄。他公开的身份是徐州"剿总"军需处采购办主任,为了中国共产党的事业,他竭力隐藏真实的自己,整日在国民党面前演戏,为组织传递情报,尤其令人敬佩的是当杜聿明兵团全军覆没,他因此被解放军"俘获",从此可以"功成名就"归队之时,却因未被国民党识破真实身份,同几个国民党军人逃走,一路随蒋介石政府去了台湾,继续潜伏为组织刺探情报。但不幸的是,1950年因中共台湾省工委书记蔡孝乾叛变,孔汉文身份暴露,惨死台湾。

　　除了"黄蜂"以外,徐州"剿总"内还潜伏着特工"林木",他和"黄蜂"并肩作战,刺探情报、传递消息。"林木"其人,正如敌方分析的那样"最不显眼最不活跃","是众多卧底中的一个"。"林木"即徐州"剿总"军务处秘书小钱,确实就是这么个不起眼的小人物,小钱表面怯懦胆小、不能成事,其实内心强大、勇敢无畏,而且小钱有一项绝技——记忆力惊人,经他手的国军作战计划都能被他背诵再默写下来,他也一直以这样的方式来窃取国民党的情报。后来,因徐州"剿总"的军事档案在运输至蚌埠的过程中被人掉了包,小钱因此受到牵连被捕，可即使被敌人折腾得死去活来，小钱始终咬定自己不是"共谍"，一刻也不曾屈服过。软弱的表象下，小钱有着一颗无比刚毅的心！

《渡江》的主人公赵家祺，原东北野战军四十军作战部副部长，受党组织派遣，在解放军渡江前秘密潜入南京，为解放军后期的顺利渡江做准备。赵家祺在到达南京以后，首先着手开起了一家金陵福海贸易公司，以此为自己及相关同志的地下工作打掩护。赵家祺工作能力超群，他的任务虽然非常繁杂且艰巨：调查国民党在长江边上的布防情况，为苏北方面采购一些造船的材料，和南京市委一起尽力保护好南京的基础设施、挽留一些专业人才，同南京保密局人员斗智斗勇，尽量发展地下党员，还要策反一些思想上较为亲共的国民党军官，但这些任务赵家祺全都兼顾到了。在爱情上，赵家祺与《苍茫大地》中的许子鹤一样同时收获了两个女人的爱，但他只爱其中一个，即大学同学李诗蓝，不管另一个采用什么方法追求他，他都与之保持纯粹的关系，既有情又不滥情，尤其令人感动的是李诗蓝牺牲后，他把李诗蓝的母亲从解放区接到自己身边，待她如亲生母亲，晨昏定省，一直照顾老人到去世，由此可见其对待爱情的严肃、认真与始终如一。

正如《鏖战》中的李婉丽一样，李诗蓝也是一位献身革命事业的女英雄。其公开身份是国民党电信局秘书，事实上是我党的情报人员。赵家祺来南京开展工作以后，因为身边缺少电报员，李诗蓝便自告奋勇地担任起电报员的角色，接通了赵家祺和后方组织的联系，也常常利用和赵家祺之间的恋人关系，往来传递重大情报，是一个尽职尽责的交通员。最后，李诗蓝因长期同后方部队发电报联系，遂引起南京保密局人员的怀疑，赵家祺便安排她去后方的苏北解放区以躲避敌人的抓捕，顺道递送两张图和两份情报。但不幸的是，在过长江时，李诗蓝的行踪被巡逻的敌人发现，双方展开火力对抗，李诗蓝拼死保护情报，将情报的安全置于个人安危之上，最后惨死在敌人枪下，献身于党和人民的事业。

赵家祺工作的顺利开展同样离不开老同学张铭宇的帮助，因张铭宇国民政府国防部四厅处长的身份，赵家祺的福海贸易公司就有了强有力的军方背景，他在南京的工作才能够顺利展开。而张铭宇和李诗蓝一样，"身在曹营心在汉"，也是一名中共地下党员。赵家祺在南京工作期间，张铭宇多次利用职务之便为赵家祺打掩护，最后也是被狡猾的敌人察觉了，在敌军调防时被捕就义，走完了自己短暂而光辉的一生。

四、智勇与红心——英雄形象的相同之处

《吕梁英雄传》与"英雄传奇三部曲"中的英雄都生活于革命战争年代，而其作者虽境遇相异，却红心相同，因而这些英雄身上呈现出一些共同特征，其中最明显的是智勇双全与思想正确。

（一）智慧非凡

《吕梁英雄传》中的民兵英雄具有民间朴素的智慧，比如，当敌人准备秋季"大扫荡"时，没有枪炮的康家寨民兵们就自己埋地雷，全寨男女老少齐出动，最后硬是弄出一个地

雷阵、村口雷、板凳雷、酒瓶包袱雷，家家埋雷，全民大爆炸，不用洋枪洋炮，只用地雷就把鬼子吓得屁滚尿流。

《苍茫大地》中的许子鹤用高级知识分子的科技化智谋来面对敌人，比如，通过对步幅、步频、间隔时间等的综合分析破获火车上的谋杀案、揪出日本间谍；利用白磷自燃炸毁国民党严密防守的档案车；借助氰化钾与草酸反应产生的氰化氢毒死大叛徒许凤山等等。

《鏖战》中杨云枫作为敌工部部长，多次实施策反国民党高级将领的计划，靠的不仅是轻车从简自送虎口的勇气，也有高超的智谋。在国民党第三"绥靖区"五十九军、七十七军共三个半师起义的过程中，先是宋时轮说服王世江起义，因此给杨云枫的总体起义计划带来了不可预测的变数，再是五十九军几个思想顽固的军官拔枪反对起义，后来又是总司令刘峙的亲信刘自珍"诈降之计"，整个过程可谓一波三折，但杨云枫始终处变不惊、镇定自若，先是对反对起义的军官进行动之以情、晓之以理的劝说，后又对主动"反水"的刘自珍开诚布公，用亮明身份的诚意来确定对方的真实意图，这么一系列的努力才确保了何基沣、张克侠顺利地率军起义，给国军一记狠狠的耳光。

《渡江》中的赵家祺在与保密局的斗争中先是利用保密局的耳目严老气和高满顺两人放烟幕弹以诱敌，之后全副武装地严阵以待，给予上当的保密局人员猛烈一击，将其打得落花流水。赵家祺此举不仅震慑了猖狂的保密局，同时也移开了江北渔民心中的重石，为解放军顺利渡江扫除了许多障碍。

（二）英勇无畏

《吕梁英雄传》中的民兵英雄们，日常面对的是日本侵略者的刀枪火炮、二鬼子和汉奸的阴谋诡计，或是地主老财的剥削压迫，可是这些平民英雄以凡人之躯扛起革命的重担，不畏艰险，勇往直前，在党的领导下向着胜利不断前进，表现出非凡的勇气。

《苍茫大地》中的许子鹤从投身革命的那一刻就做好了随时牺牲的准备，所以在被捕后无论国民党如何威逼利诱都无动于衷。《鏖战》中的杨云枫也是个勇气可嘉的革命英雄。在策反何基沣、张克侠副司令带队起义的任务中，他亲下火线，成功拉拢国民党高级军官投入我方阵营，给国民党一记重拳；当卧底"黄蜂"随杜聿明兵团在陈官庄一带被围困时，杨云枫又化名"孙参谋"到两军对垒的前沿阵地寻机与"黄蜂"见面，交换情报，每一次执行任务，他都是把自己的安危抛之脑后。《渡江》中的赵家祺面对豹队长、王向楠站长等国民党爪牙走狗，面对一次次的突击检查，面对邓风盛、黄兴中的笑里藏刀，他从未退却过。

（三）勇挑重担

《吕梁英雄传》中的武得民去康家寨之前，寨子不远处即有日本人的炮楼，整个寨子处于敌人的严密监视之下，党的工作基础被破坏殆尽，但当党将建立民兵组织的任务交给他后，武得民便挑起了这一重任，历经磨砺，终于完成了任务。

《苍茫大地》中的许子鹤早在留学期间就显露出强烈的责任感。1919年巴黎和会召开期间，许子鹤和一些中国留学生积极声援中国代表团，在凡尔赛宫外，许子鹤常冲在声援队伍的前列,围着中国代表陈述己见。在营救国民党要暗杀的十二位爱好和平的知名人士时,许子鹤本可以逃脱王全道等人的抓捕,但他选择只身冒险、以身诱敌,只为了给十二位民主人士争取更多生的机会,他自己才被敌人俘虏,但他无怨无悔,英勇就义。

《渡江》中主人公赵家祺的父亲去世时,他在外面执行任务,恋人去世时他还是在执行革命任务,他不是不痛苦,也不是不难过,他只是把个人的苦痛深埋在心里,以组织为先,以国家为先,以人民为先。

(四)爱党爱国爱人民

《吕梁英雄传》中的民兵们原本是普普通通的农民,但他们用自己的普通人的学识、智慧、勇气和简易的武器,在一个恶劣的环境中奋起反抗日本鬼子,他们为的不仅是自己,也是整个国家! 他们信任共产党,服从党组织的领导。于他们而言,指导员武得民就是党,就是八路,就是抗日政府的代表。他们信得过老武的领导,也服从于老武的领导,他们对老武的信服就显示着他们对党组织的忠诚。他们明白抗日政府是分土地给人民的政府,明白共产党是为人民服务的党,明白八路军是全心全意打日本鬼子的军队,他们愿意跟着老武走,跟着党走。

《苍茫大地》中的许子鹤本是富家子弟、人中龙凤、数学天才、留德博士,这样一个前途不可限量的人物,最终能够舍弃一切,选择回到穷困的中国大地上来,只因为他对国家、对人民、对党有着太过深沉的爱意。

《鏖战》中的"孤雁"郭如桂官至国民政府国防部作战厅厅长,目睹国民党的倒行逆施,甘愿冒着掉脑袋的危险为解放军传送情报,甘愿过人不人、鬼不鬼的非人生活,甘愿低调朴素、矢志不渝,这便是他革命信仰坚定的体现,是他忠于党组织的表现。

《渡江》中的李诗蓝在被敌人枪击后,拒绝了船老大的搭救,她用尽最后一丝力气告诉船老大的话是:"你手上的东西比我的命重要,快走吧,求求你了!"李诗蓝用生命为党的事业尽忠,她是为祖国、为人民而死;而痛失恋人的赵家祺没有悲伤消沉,没有一蹶不振,他压根没有悲伤的时间,他的生命属于组织属于人民,在那样的年代里,他只能带着布满创伤的心,继续投入营救王晏清家属、保护游行学生队伍的工作中。

《吕梁英雄传》与"英雄传奇三部曲"中的英雄们之所以具有以上相同点,原因很多,其中之一便是主要人物均有相应的原型。

《吕梁英雄传》中的民兵英雄们是以晋绥边区第四届群英大会上受到表彰的民兵们为原型的,这些受表彰的民兵们身处动荡残酷的年代,现实的压迫与侵略者的残暴使他们不得不拿起武器保卫自己的家园,他们认定了八路军是为国为民的军队,于是他们甘愿服从党组织的领导,同日本侵略者斗智斗勇。他们本就是有勇有谋、爱国爱人民的英雄。黑暗的年代里,毛主席领导的抗日政府是人民生活中唯一的光,平头百姓都知晓这些道理,敢于拿起武器和共产党并肩作战的民兵们更是知晓这些道理,于是他们坚定地支持抗日政府、服从抗日政府的领导,在共产党的带领下一步步地成长起来,这些吕梁民兵的原型人物就是那些热爱共产党、革命信仰坚定的人。

《苍茫大地》中许子鹤的原型是中国学历最高的烈士许包野，他不仅是当时党内罕见的博士，还精通法、德、意、俄、奥、西班牙等六国语言。1926 年，许包野被组织派往苏联莫斯科东方大学任教，任教 5 年，为国际共产主义运动做出了积极的贡献；1931 年底许包野重新回到国内，1932 年至 1935 年期间，他历任厦门市委书记、江苏省委书记、河南省委书记等职务。许包野有勇有谋，不惧生死，为革命事业做出了巨大贡献。1935 年，因叛徒出卖，许包野在河南被捕，后被解往南京国民党特种监狱。在监狱里，敌人采取了法西斯最野蛮、最残酷的刑罚，用竹针扎进他手指，用辣椒水灌进他鼻子、眼睛，用小刀割破他的耳朵，扎进他的大腿、小腿，一直扎到他皮开肉绽，可许包野却宁死不屈，最后为革命事业壮烈牺牲，他是用生命演绎着他对共产党的热爱。正因为许包野本人就是一个爱党爱国爱民、有勇有谋有担当、革命信仰特别坚定的英雄，所以以许包野为原型的文学形象许子鹤方就是如此的一位人民英雄。

《麓战》中"孤雁"郭如桂的原型郭汝瑰作为中共打入国民党内部的最大红色间谍，源源不断地为党组织刺探情报，并竭力于内部瓦解国民党军队，为夺取人民解放战争的伟大胜利屡建奇功。然而功劳越大危险也就越大，郭汝瑰整天活动在蒋介石眼前，好比与虎谋皮，所担的也是天大的干系，如果没有智慧与勇气，没有爱党爱国爱人民的忠心，没有坚定的革命信仰，也是万万不能顺利完成任务的。"孤雁"正是对郭汝瑰艰辛革命历史的真实再现。

无论是许子鹤、"孤雁"的原型，还是康家寨民兵的原型，他们都是历史上真实存在过的英雄，他们为革命做出了巨大的贡献与牺牲，他们奋力要把日本侵略者从中国的土地上赶出去，他们为着新中国进行了持之以恒的奋斗，他们热爱自己的国家和人民，他们具有非凡的勇气、谋略与能力，他们坚定地信仰着共产主义，是革命斗争中大量涌现出的革命英雄，通过作家们的成功塑造，这些英雄形象更显得可歌可泣、真实感人。

五、群众与引领者——英雄形象的差异之处

作为不同时代、不同作者创作的红色小说，《吕梁英雄传》与"英雄传奇三部曲"中的英雄形象在身份、人性观念、斗争方式等方面存在明显的差异。

（一）身份差异：追随与引领

《吕梁英雄传》中的英雄原本都是农民，"由于长时期的封建阶级和资产阶级的统治，不识字，无文化，所以他们迫切要求一个普通的启蒙运动"①。他们生活于小农经济为支柱的乡土社会，身上背负着数千年传统的因袭与重负，眼界受到土地的局限，"最大的毛病是'私'"②，奉行"各扫门前雪，不管他人瓦上霜"的人生哲学，没有机会学习文化知识，大多是文盲或半文盲。而马克思主义是由国外传入的，他们不可能成为最早也最深刻地了

---

① 毛泽东：《毛泽东选集》（第三卷），人民出版社 1964 年版，第 144 页。
② 费孝通：《乡土中国》，北京大学出版社 2012 年版，第 39 页。

解马克思主义要义的人。他们之所以走上革命道路，并非为了全人类实现共产主义的宏伟理想，而是日本侵略者的残酷统治，使他们失去了诸多利益和生存条件，他们之所以接受党的领导，也不是先从理论上弄清楚了党的目标与追求，并对其产生强烈的认同，而是共产党能够帮助他们实现赶走日本侵略者这个具体目标。在"保护春耕闹爆炸、诱敌上钩踏地雷"中，当敌人被地雷炸跑时，民兵们首先做的事情是争抢战利品，小队长雷石柱想安排人打掩护都找不到人，康有富和张有义还为一件日本大衣起了争执，闹得不可开交，由此可见他们的自私与狭隘，他们只有追随党，在党的指挥和引导下才能成为英雄，因而从身份上来说他们乃是追随革命的英雄。

而无论是《苍茫大地》中的许子鹤，还是《鏖战》中的杨云枫，抑或是《渡江》中的赵家祺，他们都是学富五车的知识分子。许子鹤是留德博士，杨云枫毕业于徐州教会新式学校——昕昕中学，到达延安后，他又考进"抗大"学习，赵家祺也是鼎鼎有名的金陵大学的高才生。他们处于新旧交替的时代，既受到"天下兴亡，匹夫有责"的传统思想的影响，又得风气之先，率先接触马克思主义理论，经过理性思考，他们将其作为人生的终极目标，成了时代潮流中的佼佼者和革命领导者。其中，许子鹤是党的早期高层干部，担任过江苏与河南两省的省委书记，杨云枫是敌工部部长，粟裕的得力干将，赵家祺原为东北野战军四十军作战部副部长，后任中国人民解放军渡江先遣组组长。他们既要参加具体战斗，更要制定战略决策、作战方案，还得培养后备力量，领导斗争。与作为追随者的民兵英雄不同，他们是响当当的引领革命的英雄。

（二）人性观差异：阶级与人性

"人性是指自然属性或本性，是与其他动物相比人所独具的内在特质与性状。"[1] "阶级是在生产关系中处于不同地位的人群的集团，其中一个集团由于占有生产资料，因而占有另一个集团的劳动。"[2] 人性论强调尊重人性，阶级论则以阶级论人；突出阶级意识的年代，人们大多信奉阶级论，反之则是人性论盛行。

《吕梁英雄传》中的阶级意识较强。小说一开头就将地主与丑陋、不仁挂起钩来，说桦林霸康锡雪及二儿子康佳碧两人都很丑恶，日本人一来，他们马上和康顺风成立起"维持会"，逼粮要款，活生生地逼死了刘二则一家，再后来康锡雪又对长工康有富实施美人计，给康家寨民兵造成了巨大的损失，这样康锡雪罪恶的根源就被归于阶级本性上了。民兵英雄们之所以能成为英雄，农民的阶级身份是其先决条件，这一身份预设了他们受剥削、受压迫的前提，为他们走上革命道路赋予了阶级的合理性，也为人物在阶级利益与人性情感发生冲突时毫不犹豫地选择前者提供了依据。父女情是人类最基本的感情，即使父亲罪大恶极，女儿也很难恨之入骨，同样，因为女儿的关系，岳父也很少对女婿下黑手，即使这种情况发生，当事人的心里也很难没有纠结，但在《吕梁英雄传》中，雷石柱的岳父却在饭里下药试图毒死女婿，他妻子得知真相后不仅痛骂自己的父亲，还立即告发父亲，希望

---

① 石文龙：《法伦理学》，中国法制出版社 2006 年版，第 66 页。
② ［德］卡尔·马克思：《资本论》，重庆出版社 2014 年版，第 361 页。

民兵将其打死。父亲与女儿之所以有这样不免有些不近人情的行为和心理,只因双方所处的阶级不同,父亲是富人的"狗腿子",而女儿是民兵的妻子。

而在"英雄传奇三部曲"中,阶级性与人性不是冲突的,而是互补的。这里的富人不承载原罪,许子鹤的弟弟许金涛家财万贯,却不仅不是恶人,反而为革命做了极大贡献,自掏腰包为新四军购买了许多药品。许子鹤多次拜托在泰国的弟弟帮忙购买,后因许子鹤资金不足,好几批药款都是许金涛自掏腰包。许子鹤的导师——迪特瑞希教授非常富裕,过着典型的资产阶级生活,但他明智、正直、有趣,在异域给了许子鹤许多温情。迪特瑞希教授的女儿克劳迪娅更是一个深情善良的女子,甘心为许子鹤终身不嫁。许子鹤的老同学崔汉俊从德国留学回来后,成为上海德济医堂的主治大夫,娶了上海滩有名的银行家夏苓吾的女儿,坐到了上海德济医堂院长的位置上,也是上流人士,但受许子鹤所托,崔汉俊却甘愿冒风险为革命者动手术。

由于不以阶级论人,"英雄传奇三部曲"中的英雄也像常人一样具有七情六欲,会为情而喜,也会为情所困。拿许子鹤来说,当看到整天乐呵呵的魏坤家境窘迫时,作为领导的他觉得无比愧疚与心疼,悄悄地给魏坤家送去大米和老人吃的中药;当得知好友邓翰生不幸遇难的消息后,他独自登上邙山翠云峰仰天长啸、号啕大哭;当主持完魏坤和罗琳的婚礼后,他从枕头底下掏出妻儿的照片,独自一人泪流满面,任由思念与愧疚翻涌奔腾……这些针对许子鹤个人细腻情感的描写,不是无用之笔,相反,它们极大地增加主人公的人性气息。《吕梁英雄传》中没有描写英雄的爱情,《苍茫大地》中的爱情却感天动地,它不仅写了许子鹤与叶瑛间至死不渝的爱情,也刻画了许子鹤与克劳迪娅之间让人遗憾的有缘无分。除《苍茫大地》外,《鏖战》中写了杨云枫为李婉丽终身不娶的凄美爱情,《渡江》中表现了赵家祺与李诗蓝之间生死两隔的悲剧爱情,爱情元素的滋养既增加了"英雄传奇三部曲"的可读性,也使其充满人性的魅力。

(三)斗争方式差异:小范围武斗与大空间智斗

《吕梁英雄传》中的战斗主要集中在汉家山地界内,以康家寨为中心,另加桃花庄、望春崖两个村落,在这个较小的空间中,作品主要讲述了康家寨民兵同驻扎在此的日军展开斗争,最后成功地把汉家山的日军赶跑、解放汉家山、保卫家园的故事,民兵们与日本侵略者之间的斗争是明面上的,双方是直接的火力对抗。石崖湾一役,武工队打的就是日伪军;康家寨全员埋地雷,炸的就是进村扫荡的日军;挖地道、改河道、炸碉堡,对付的就是侵略者,这些战斗都发生在汉家山地界内,敌我双方直接展开火力上的对抗,是武斗,也是明斗。

《苍茫大地》中的许子鹤从在德国留学时便开始战斗,其战斗路线从德国—苏联—哈尔滨—上海—香港—南京—徐州—开封,从国外到国内,从城市到乡村,革命空间范围极为广大。《鏖战》反映的是淮海战役,英雄们的战斗是以徐州为中心的淮海大地,又涉及蚌埠、南京、宿县、海州、新安等广大地区。《渡江》虽是描写渡江先遣工作组组长赵家祺如何在南京展开渡江前期准备的小说,但除了南京,亦涉及上海、扬州、儒林、天长、泰州等地。

依托广大的斗争空间,"英雄传奇三部曲"中的英雄充分施展才华与敌人展开了谍战。在《苍茫大地》中,许子鹤自白色恐怖后从上海又辗转南京、河南等地,重建南京市委、河南省委,与老对手王全道过招过式,屡屡出奇制胜,让王全道在自己的上峰面前丢尽了脸面,官途坎坷,不得升迁。而两人虽然一直狭路相逢、针锋相对,但自从 1927 年上海一别,直至许子鹤 1946 年在南京被捕,两人却将近二十年未见,这么多年里王全道虽多次怀疑对手的身份,但一直未见到对手的真面目,双方之间是不见面的暗自交锋,是神秘莫测的谍战。《鏖战》中有正面战场的宏大描写,更多的笔墨则着眼于对"孤雁""无名氏""林木""黄蜂"等卧底于国民党内部的特工战士的描写上,反映的是隐蔽战线上不见硝烟的战争,依旧是暗战,而不是直接的两军对阵。《渡江》中的赵家祺凭借金陵福海贸易公司老板这一身份的掩护,不仅骗过了家人、朋友,甚至也骗过了南京保密局的暗探,邓风盛、黄兴中等人虽多次怀疑赵家祺的身份,甚至亲自到金陵福海贸易公司去查,但依旧抓不住赵家祺的直接把柄,整天面对着赵家祺却始终不能拿赵家祺怎么样,双方也不是明面上的战斗,依旧是地下暗战。

《吕梁英雄传》和"英雄传奇三部曲"分别是二十世纪四十年代和新时代红色英雄题材小说的代表作,由于政治、经济、文化、作者、读者等的同中有异、异中有同,它们塑造的英雄都具有智慧非凡、英勇无畏、勇挑重担、爱党爱国爱人民等特征,但也在身份、人性观念、斗争方式等方面存在明显的差异,前者中的英雄是民兵,他们是革命的追随者,将阶级置于人性之上,以康家寨为中心的有限空间内与敌人开展着面对面的斗争,这些形象有力地鼓舞了与他们同样处境的农民,为他们树立了榜样,对调动农民参加革命,以及调动民兵战斗的积极性起过重要作用。而后者中的英雄是知识分子革命者,他们走上革命道路的历程是自觉的,他们不是追随者,而是革命的引领者,由于尊重人性,他们显得有情有义,血肉丰满,由于眼界开阔、见多识广,他们孤独地在敌人内部进行斗争,却长期被历史遗忘,通过他们,我们看到了与正面战场不同的潜伏的红色英雄,从他们身上更能够感知到革命的艰辛和革命先辈付出的巨大牺牲,更能激发我们对现在美好生活的珍惜与建设美丽中国的信念与信心。

可以看出,《吕梁英雄传》和"英雄传奇三部曲"能够成为"红色经典",是因为其充分发挥了文艺作品在塑造人、引领人方面的优势。这也再次表明,中国共产党领导的那段革命历史,在当前进行创造性转化、创新性发展文化建设中,仍是一个有待不断深掘的资源宝库。

第十五讲　百年红色基因传承的文学叙事和话语建构

　　文学创作作为一种历史性实践活动,受限于时代之"潮"、社会之"变"、存在之"状",反之,这一带有"载道""灵魂工程师""引路人""风向标"意味的实践活动,也在不同时期、依照不同利益和价值诉求不同程度地在参与形塑着时代、社会、主体的不同风格特质的可能性。百年中国的红色文学滥觞于"五四文学",是"启蒙"与"救亡"的时代精神交相辉映的产物,因此,它既继承了"五四文学"干预现实、启迪人生的写作传统,也丰富了世界文学潮流中有关"革命叙事"的形象谱系,同时还为中国"新文学"的"宏大叙事"提供了一条可靠而坚实的路径。纵观百年"红色文学"的发展历程,无不体现了社会思潮、历史背景、文学叙事与"大写的人"之间的互动关系。这样的互动也激发了中华民族伟大精神的复兴与重塑、提升了人民大众的审美趣味与文化素养、铸就了现代中国的精神长城与情感纽带。质言之,红色文学构成了"新时代""文化强国"战略的内核,推动了未来中国文化的走向。时至今日,借由一代代红色作家的不懈创作、一代代出版人的自觉传播以及一代代普通读者的接续阅读,红色文学以及由此衍生的红色文化业已融入中国文学的血脉之中,并成为中华民族伟大复兴和不断发展的文化基因。

　　然而,红色文学除了它所具有的历史价值、文化价值和精神价值之外,作为一种独特的文学品类,其本身的文学性理应受到关注。关于文学性的规定性,尽管不同学派曾给出了诸多释义(例如俄国形式主义文论关注文学的"形式"要素、欧美"新批评"强调文本细读及对文学传统的理解、马克思主义文论关注文学的"审美意识形态"),但其核心方面仍然集中于文学作品的主题、结构、语言、思想、审美等方面。要言之,既然"文学是人学",那么红色文学也必然通过"人"的形象来反映人生的诸问题。百年中国文学的发展史证明了"新文学"是一部关于"人"的存在和"人"的解放的人本学,特别是在鲁迅像"手术刀"一样"揭出病苦,引起疗救的注意"的创作理念下,"新文学"塑造了乡土中的"农人"、社会底层的"苦人"、夹缝中的"零余者"、城市里的"市民"、摇摆不定的"知识分子"等"精神孱弱"者的群像。尽管这一书写路径也被红色文学部分地继承,但它对于"人学"的重大贡献还在于为中国文学的形象谱系提供了一种健康的、积极的、充满创造和"正能量"的"新人"形象。正是在这样的"新人"形象中,红色文学呈现、绽放出它的主题、主线与情怀。

　　首先,就百年中国红色文学的叙事主题来说,一言以蔽之,它书写了中华民族伟大复兴的历史进路和不懈斗争。因之塑造了众多革命新人和革命英雄。体现了"一代人有一代人的使命，一代人有一代人的担当"的深刻总结。红色文学善于捕捉为中华民族伟大复兴事业而奋斗、牺牲的诸人物，着重描写此类人物的斗争事迹。他们往往敢于斗争，也善于斗争，这与其他文学品类中的人物有着很大不同——他们既不是徘徊犹豫着的"布尔乔亚"，也不是默默忍受苦难的"老中国的儿女"，亦不是精神胜利的"阿Q"，更不是为了一己私利的"潘先生"们，此类人物往往无法投入改造世界的洪流——红色文学塑造的英雄则在社会层面和个体精神层面都拥有改变世界的力量，并在中华民族伟大复兴的时代主题之下，不懈奋斗、勇于创造，为实现这一目标百折不挠。他们在中国革命的不同阶段，做出了无愧于时代的抉择和奉献。因此，无论是书写红色英雄走上革命道路的人生选择，还是书写红色英雄投身革命的现实斗争，抑或书写革命胜利之后红色英雄的精神坚守，都始终贯穿着这一叙事主题，它也成为红色文学的底色所在。

其次，就百年中国红色文学的主线来说，其最为重要的叙事线索就是文学书写始终伴随着争取民族独立、人民解放和实现国家富强、人民富裕这两大历史任务而展开。这使得红色英雄的革命之路与奋斗之途有了坚实可靠的目标和方向。与一般意义上的浪漫主义不同，在红色文学中，革命浪漫主义与革命现实主义的结合为中国现实主义写作范式的发展做出了突出贡献，这种结合为理想、信仰等"形而上"的精神质素找到了切实的实现路径。因之，红色英雄的奋斗之路、救国之路和立人之路才显得如此真实可信，同时，英雄的事迹更加激发了一代代青年为了民族国家的繁荣富强而放弃"小我"、投身"大我"的决心。英雄的形象生动而真实地告诉人们，只有将个人的命运与国家民族的命运结合起来的人生道路，才是最值得前行、最值得付出、最值得刻入生命之中的灵魂之旅。红色文学正是通过对各类红色英雄的塑造告诉人们，这条主线不仅是百年中国历史的主线，同时更应当是新文学写作的主潮之一。尽管文学反映社会，但文学更具有能动的建构作用，文学所要书写的主潮在很大程度上将会影响着无数青年现实人生的主旋律。

第三，就百年中国红色文学的情怀来说，它自然抒发的是一种"革命先辈奋勇抵抗、勇毅御寇的英雄情怀"①。在红色文学的书写中，往往在血与火的抗争中谱写了一曲英雄人物的战歌与赞歌。但人们不免会问，红色英雄何以能够舍弃自我，以百折不挠的钢铁意志和坚如磐石的革命信念与敌人血战到底呢？答案正来源于其英雄情怀，这种情怀是融于中华民族血脉之中，与生俱来的御敌抗辱、救亡图存的共同信念。红色文学主要书写了中国共产党领导的新民主主义革命的伟大进程，其中尤为生动地展现了共产党员在此斗争中的革命事迹与英雄情怀，它旗帜鲜明地告诉人们，"一个有希望的民族不能没有英雄，一个有前途的国家不能没有先锋"。也正如习近平总书记指出的：只有"崇尚英雄才会产生英雄，争做英雄才能英雄辈出"。"英雄精神和英雄情怀是中华民族实现伟大梦想的重要精神资源，是推进新时代中国特色社会主义伟大事业的强大人文力量。"②因此，对于正在迈向第二个百年奋斗目标的中华民族而言，红色文学展示的英雄情怀正表征了一种民族

---

① 西尧：《红色文学经典的英雄情怀及当下价值》，《文艺报》2020年9月16日，第3版。
② 西尧：《红色文学经典的英雄情怀及当下价值》，《文艺报》2020年9月16日，第3版。

的内生力量，也是红色精神代代传承的文化基因——创造、奋斗、团结与梦想的伟大精神。在整个民族的创业史、成长史与心灵史中，英雄情怀都将是推进中华民族伟大复兴和社会主义事业全面发展所不可或缺的人文力量。

百年中国红色文学塑造了众多的红色英雄，从而形构了中国"新文学"形象长廊中的英雄谱系。在这种"谱系"里，除了内蕴着作为红色文学叙事核心的"主题""主线"与"情怀"之外，还建构了一种不同于其他文学品类的"话语资源"，也即一种审美意识形态。它规约、引导、决定着红色文学的叙事方向、功能和目标，为"人类命运共同体"的建构贡献了中国智慧、中国力量和中国精神。这种"话语资源"正是"红色话语"。不管在百年中国的时代变迁中，红色作为一种革命的底色延续至今，还是作为一种民族经验烙刻在多民族国家人民的"集体记忆"之中，百年红色文学的历史书写和形象谱系始终围绕着"红色话语"展开。可以说"红色话语"是红色文学永葆生命的核心所在。

那么，何谓文学叙事中的"红色话语"？巴赫金认为一种典型的"话语"即某一特定历史时期的"言语体裁"。"它代表着人们对现实世界的一种视角、一种思考方式，隐含着根据语境而选用体裁的价值判断"[①]，具体可表现为叙事中的知识资源、主题倾向、修辞策略、情感基调、意象系统、价值取向以及围绕此种叙事形成的理论体系。质言之，"话语"是一种知识生产和传播的特定"场域"。在中国百年"新文学"的发展历程中，举凡具备一定规模的文学流派，无不形成了各自的"话语系统"，它们或以此记录着大时代里"中国的一日"，或书写着小人物"平凡的世界"，或吟唱着英雄们的"青春之歌"。尽管诸多流派呈现出"众声喧哗"之势，然而在风云变幻的时代浪潮中，却有一种百年来未曾止息的"声音"，伴随着中国革命和改革的脚步，回响至今。这便是滥觞于二十世纪二十年代"左翼文学"，发展并初步形成于"延安文学"时期，经典化于"十七年文学"及至新变于"后革命时代"的"红色话语"。

值得指出的是，任何"话语"的形成都有其特殊的历史语境。"红色话语"的形成也是如此，它始终伴随着中国革命的发展，伴随着中国共产党艰苦卓绝的奋斗史和创业史。这主要表现在中国共产党百年发展历程的四个阶段，即 1921 年 7 月中国共产党建立至 1949 年 10 月中华人民共和国成立的"新民主主义革命时期"，从 1949 年 10 月至 1978 年 12 月党的十一届三中全会召开的"社会主义革命和建设时期"，从 1978 年 12 月至 2012 年 11 月党的十八大召开的"改革开放和社会主义现代化建设新时期"以及从 2012 年 11 月至今的"中国特色社会主义新时代"。尽管本书所关注的红色文学的叙事主要集中在"新民主主义革命时期"，但是，这四个阶段的历史脉络始终一脉相承，都反映了中国共产党在社会主义革命和建设时期的一贯主张和使命担当，其间，中国共产党为了中华民族伟大复兴、为了中国全体人民共同富裕的初心、使命和担当从未改变。这正是"红色话语"产生、发展与不断更新的共同历史语境。也唯有如此，才能将各民族团结在统一的旗帜下，为了民族的振兴而不懈努力。而各民族儿女不懈奋斗的文学表达便集中地反映在了红色文学中。

---

① 凌建侯：《巴赫金哲学思想与文本分析法》，北京大学出版社 2007 年版，第 171 页。

此种多民族文学的"红色话语"共同构筑了当代中国的"想象共同体",并以此维系着统一国家的"命运共同体"。在此基础上形成的红色叙事除了表现中国共产党人的革命历程并正面书写其精神风貌、情怀信仰及使命担当之外,还描绘了中国各族人民在此"底色"上的革命事迹,发掘他们独特的革命精神及人生信仰。英雄儿女是属于整个中华民族的,这也正是习近平总书记所强调的英雄情怀——"包括抗战英雄在内的一切民族英雄,都是中华民族的脊梁,他们的事迹和精神都是激励我们前行的强大力量"——的价值所在。那么,这种"强大的力量",或言之"信仰的力量"在百年中国的现代化进程中,在红色文学较为统一的主题、主线和情怀之下,又在审美层面形塑了中华民族的何种"民族性"与"民族美"呢? 要回答这个问题,仍需再次返回红色文本当中。

首先,"红色话语"建构了对信仰(理想)的追寻与坚守的崇高之美,将坚守信仰的"基因"融入了民族的血脉。在方志敏的《清贫》里,作者以一曲"正气歌"的浩然之气,讴歌了共产党人不畏物质上的清苦与贫穷,而选择了精神上的清而不贫的境界。一方面,这种精神上的"清"是一种"矜持不苟、舍己为公"的清廉之美。另一方面,它与"浑"也就是糊涂相对,是一种思想上的清醒,集中体现为对国民党消极抗日、贪污腐败,最终必将失败,而共产党积极抗日、清正廉洁,最终必将胜利的清醒判断。正是这种固守清贫的精神世界和清廉且清醒的判断,构成了方志敏超越牢狱困境的信仰力量,它正激励着一代代共产党人前仆后继地为了"可爱的中国"、为了新中国的诞生而不忘初心,勇往直前。

在殷夫的诗歌《别了,哥哥》中,读者看到了一颗追求理想的灵魂。诗人在诗中婉拒了大哥的"好意劝导",表达了自己的信仰与追求,从而成了"向一个阶级的告别词"。在表达了手足情深的兄弟之情后,更为重要的是刻画了一个为革命信仰献身无悔的战士的襟怀与人格,让读者感受到了诗人心中那种追求革命理想的纯粹情感。当现实与理想发生了冲突之时——这也是大多数人都将会面临的一个现实问题——他毅然选择了坚守理想,哪怕"这前途满站着危崖荆棘,/又有的是黑的死,和白的骨"。

又如在《青春之歌》里,作者塑造了一个新型知识分子形象,即只有将个人的事业同远大的理想结合起来,才能让"青春"真正绽放出耀眼的光芒。它使人们意识到,从普通走向伟大,从平凡走向崇高以及对于真理的向往是人类的一种本能追求,也是一代人的普遍追求。林道静的"青春之歌"不但激励那个年代有抱负的中国青年主动向党组织靠拢,从而树立起为社会主义和共产主义奋斗的远大理想,也为当代青年的奋斗指出了一条"理想之路",促使当代青年再次从碎片化的"小时代"走向伟大与崇高。

在《红岩》里,当人们看到了英雄的最后时刻以及作品中的众多无名英雄时,似乎更能理解"英雄"和"理想"的内涵。这是一种在"信仰的力量"下的奉献精神。通过描写许云峰的英雄言行,凸显了这样一个普遍而深刻的道理,即任何一个发展中的民族,都需要有信仰、有担当并且不怕牺牲的英雄人物。因为在时间的长河中,个体的生命是有限的,而一代代的后来者却构成了一条充满生机的生命之河。为了民族国家的前行,为了新的生命的萌发,有时某些牺牲是必要和必然的。而唯有怀抱坚定信仰的英雄人物,才能为了大众的幸福和社会的进步而不畏牺牲。

又如在《潜伏》和《风声》中，红色话语在很大程度上都围绕着"理想主义"这一核心展开。无论是"余则成"抑或"顾小梦"，他们都拥有一个自我认可的理想，这种理想在红色话语体系中可以被表述为对于"社会责任"的担当和对"民族大义"的坚守。而无论是此种较为"宏大"的信仰，抑或普通人较为"平凡"的理想，作为"精神导师"的英雄人物给出的答案都表明了人必须在绵绵不绝的"生活流"中找到某种自我认可的价值体系，以免使自身陷入虚无的泥潭。而一旦人拥有了某种"理想"或"信仰"，那么他/她便有了进行人生"选择"的依据。

凡此种种，都体现了中华民族的"崇高之美"，尤其在"碎片化"的"小时代"，当各种各样的"小欢喜""小确幸"如同"一地鸡毛"般地消解了人民对于历史、时代、人类乃至宇宙的思考之后，"崇高之美"的回归则具有了一种使"人"再次成为"大写之人"的力量。

其次，"红色话语"描绘了波澜壮阔的时代风云画卷，激励着人们投身于社会变革的洪流之中，因之塑造了一种奋斗之美，将勇于奋斗、甘于奋斗的基因深深烙刻在了民族的脊梁上。在《太阳照在桑干河上》这部被誉为"土改史诗"的作品中，丁玲以"暖水屯"——这个中国广大农村的缩影——为窗口，有声有色地为读者展现了我国宗法制农村社会中人与人之间微妙而复杂的阶级关系，以及这种阶级相互交织为在"暖水屯"开展土改工作制造的复杂而真实的社会环境。作品塑造了"暖水屯"里三十多位主要人物，正是这些人物之间不断地斗争、较量与联合构成了这幅鲜活的时代画卷，它试图告诉读者的是，要想改变社会，改变那些不合理的制度，唯有投身于社会实践，投身于时代洪流才能显现"人"的力量，成为无数个社会历史创造者中的一员。

在另一部土改题材的小说《暴风骤雨》中，作者全程展示了解放战争时期，即1946—1947年间发生在东北黑土地上的波澜壮阔的土地改革历史。将"红色话语"建立在解放战争宏大的历史背景下，真实、完整再现了土地改革艰难而复杂的进程，更凸显了每一个人参与社会变革的使命感和责任感。无论是大公无私、不惧牺牲、勇于斗争、勤劳朴实的先进人物"赵玉林"和"郭全海"，还是立场鲜明，头脑清醒，懂得方法，有责任感的"领路人""萧祥"，甚至是残存着落后自私、爱吹牛、好面子等缺点的农民"老孙头"，都构成了这幅风云画卷里不可或缺的一道"风景"，也正是这些点点滴滴的力量，推动了整个社会历史的走向与发展。以上两部作品中的"红色话语"重在呈现革命斗争的"大历史"与"大时代"。

又如作为革命历史小说的《红旗谱》，其中蕴含的"红色话语"在相当程度上是从"政治"角度出发——即体现"老百姓喜欢看，政治上起作用"的要求，见证了冀中平原如火如荼的革命斗争，从而给出了某种"历史必然"的发展图景。尽管在数次修改过程中，作品中阶级革命的立场愈发凸显和坚定。但不能完全否定的是，"红色话语"的价值正在于它使读者领会到了一种"团结"的力量，一种从"阶层"出发，继而扩展到整个民族性层面的"团结"之力。当单薄的个体面对变幻的时代，唯有团结他的"同路人"共同奋斗，才能将分散的生命力汇聚成一股足以改变世界的力量。这正是关于民族国家形构"想象共同体"的前提所在,甚至是在新时代构建人类"命运共同体"的精神指向。

值得指出的是,除了主动投身时代洪流,"红色话语"也让人们明白了身处于时代之中,任何人都不能超然于外成为历史变迁的"旁观者"。在《人间正道是沧桑》中,作者通过在史诗性叙事中营造出一种"沧桑"之感,将他的人物和读者全部自主或不自主地卷入了浪潮。在沧海桑田的"空间"之变与白驹过隙的"时间"之变中,围绕杨、瞿两个家庭五个青年男女在二十世纪中国沧桑巨变的大时代(从大革命到新中国成立)的人生命运展开宏大叙事。而其中反映的个人命运、家族聚散、国家变迁等内容无不与时代潮流交织在一起。因此,既然人无法超离于时代,那么就要辨明时代的主潮,顺势而为,才有可能走上那条可能"沧桑",却是"正道"的人生之路。

由是,"奋斗之美"在相当程度上更正了当代生活中正日益扩大的"躺平"之风。"红色话语"告诉人们的是,"人"之伟大正在于其永远敢于奋斗、甘于奋斗的精神和品质。不管处于何种时代,遭遇何种境遇,"人"永远不能被外在于"心"的任何条件所打败。"人"的伟大正在于永不止息地为了"大我"而改造社会、改造世界。

再次,"红色话语"叙述了英雄(或革命儿女)成长以及革命胜利的韧性之美。这主要表现在革命英雄不畏挫折,在困境中依然昂扬向前的精神风貌以及革命事业虽屡经低潮,却在一代又一代英雄人民不断创业不断奋进的过程中最终成功的事迹上,将坚韧的基因不断传承下去。在《白毛女》中,喜儿——或以喜儿为代表的广大被压迫群众——受尽屈辱、历尽磨难,从一处绝境——黄世仁的家中——又到另一处绝境——环境恶劣的山洞里,从忍受生活上的贫穷,到遭遇黄世仁的凌辱,再到因山洞缺少阳光和食盐而变成了"白毛仙姑"。这一系列的磨难都没有改变喜儿向着她的敌人复仇的决心和意志,最终在八路军的帮助下,喜儿获得了彻底翻身,与此形成了同构关系的,是革命亦迎来了胜利,在历经阴霾重放光芒的太阳下,喜儿及其所代表的广大底层人民重新真正作为一个"人"开始了新的生活。这也让人看到了中华民族性格中的坚强与坚韧。

在梁斌的长篇小说《红旗谱》里,作者叙写了朱、严两家农民三代人与冯家地主两代人之间的尖锐斗争,这种斗争恰恰反映了革命事业的长期性和艰巨性,如果没有一种坚韧的精神,很难想象在一个较长的时间跨度里,革命能够获得最终的胜利。尽管在《红旗谱》叙述的历史时空里,中国大地经历了北伐战争,发生了"四一二"反革命政变以及"九一八"事变等,白色恐怖的笼罩、民族危机的加重曾一度使革命转入了低潮。但是,中国人民在中国共产党的领导下,却持续进行着不屈不挠的斗争,在几代人如同愚公移山般连绵不绝的艰苦奋斗与流血牺牲中,最终完成了改天换地的革命伟业。这正反映出"红色话语"内含的韧性之美。

又如在谍战类型的红色文学《潜伏》和《风声》里,无论是余则成——其形象蕴含了坚忍、耐心、时不待我时敛其锋芒,时机成熟时锋芒毕露的韧性特点,抑或是顾小梦,他们都是长期"潜伏"于敌人内部,为了革命事业的最终胜利,并不计较个人的得失,充满了韧性精神。值得注意的是,这些英雄并非在硝烟滚滚的战场上牺牲得气壮山河,亦非在革命胜利之后以"开国者"的姿态享有各种荣誉，而更大的可能仅仅是成为一名或许不为人知的牺牲者。然而，正如顾小梦所说的那样，"我亲爱的人，我对你们如此无情，只因民族已到存亡之际，我辈只能奋不顾身，挽救于万一。我的肉体即将陨灭，灵魂却将与你们同在。敌人不会了解，老鬼、老枪不是个人，而是一种精神、一种信仰"。这种对精神和信仰的坚守，正是其韧性品质的根源所在。

再如《麋战》中的地下英雄李婉丽，她本是徐州"回春堂"老中医的掌上明珠，但因其坚定的革命信仰，甘愿利用自己的特殊身份，"潜伏"于敌人的虎穴之中。在如此艰险的环境中，唯有隐藏极深，坚忍极大，才能不仅骗过敌人，同时也骗过曾经的朋友，例如何基沣对其变得"势利"与"无可救药"的痛惜，孔汉文对其佯装国民党女军官"虚伪不堪"的鄙夷等，这些误解都必须要李婉丽独自承受。其后她因军事档案丢失一案被刘峙拉作替死鬼，差点命丧黄泉，也未曾透露自己的身份。直到1954年，当杨云枫在苏北一家疗养院找到业已疯癫多年的李婉丽后，其为中共特工"无名氏"的真实身份才被揭晓。李婉丽这种为了革命事业受尽身心折磨却矢志不渝地将革命进行到底的意志，正是在"红色话语"中表现出来的韧性之美。

"韧性之美"既是中华民族的传统美德，也是"红色话语"的叙事特色。因为"韧性"昭示了"人"这个短暂的生命体试图接近"永恒"的路径。为了使短暂的生命获得意义，获得某种"永恒性"，一方面"小我"将融入"大我"，另一方面则是"小我"为了一个目标而持续不断地坚守与奋斗。它既是古老的"愚公移山"精神的时代回应，也是中华民族伟大精神历久弥新的关键所在。

最后，"红色话语"还呈现出一种革命英雄善于斗争、敢于斗争、不畏强敌的"亮剑精神"，因之显示了一种自信之美。这与当下倡导的中国特色社会主义道路自信、理论自信、制度自信和文化自信密切相关。可以说，"红色话语"在相当程度上提振了中华民族的民族自信。尤其是近代以来，在中华民族遭受的屈辱历史中，"红色话语"发挥了激励人心的重要力量。倘若没有这种"自信"，就不会敢于斗争，那么新民主主义革命也不会取得胜利，中华民族更不可能取得举世瞩目的发展，中国人民又如何能在短时间内实现共同富裕？在红色文学中，"亮剑精神"正是这种"自信之美"较有特色的表现。它将某种"狼性"基因赋予了民族色彩。这种精神突出表现在都梁的小说《亮剑》之中。正如前文所述，"《亮剑》的不凡之处在于，它不仅是表现了已经提炼出的红色精神，其提出来的亮剑精神更是对红色精神的提炼和深化"。因此，"亮剑精神"不仅是这部小说的灵魂，同时也是内蕴于"红色话语"之中的精神向度。它在八个方面——"勇于亮剑""渴望亮剑""果断亮剑""善于亮剑""带头亮剑""亮剑适度""亮剑到底"和"亮剑无悔"——丰富了"红色话语"的精神内涵，也告诉了人们"自信之美"的精神来源。小说借李云龙不断"亮剑"的行为，诠释何为勇气、信仰、激情、智慧、意志、分寸、公平等诸多方面内容，这也是对中国共产党带领全国人民取得革命胜利的高度精神概括。随着《亮剑》电视剧的广泛播出，"亮剑精神"也迅速地得到了广大人民的认同，进而成为全国人民的共同精神财富、中华民族伟大复兴的精神动力以及每个中国人事业发展的精神保证。而在这种精神的激励下,中华民族必将更加自信而坚定地在道路、理论、制度和文化方面走中国特色社会主义发展之路。

综上所述,文学叙事中的"红色话语"为"新时代"民族精神的形塑提供了一条可靠的路径。在这条路径下,整个中华民族在革命斗争中呈现出来的种种"精神向度"被嵌入了一个统一的多民族国家的现代"国民性格"当中,它是使"老中国"的"旧儿女"们实现精神自新的一条可靠途径。由于"红色叙事"本身讲述的便是具有中国特色的民族故事,它也反映出当代文学试图冲破西方"现代性"话语束缚的"本土性"叙事倾向。故而这个"国民性格"并非以"西方"为参照,它诞生于民族内部,是一种以平等姿态将众多源于革命实践的"传统"与"经验"在"红色事件"的淘炼中进行整理与重估的结果。

这个结果,既是对中国共产党革命历史的继承,也是对中华民族精神图谱的创造性总结与发展。在新时代的文化语境中,要想不断推动新时代文化繁荣发展,努力建设社会主义文化强国,则必然需要文学叙事发挥塑造人们精神世界的强大的能动力量。这种力量,一方面以其蕴含着的中华民族优良传统的美德与信仰,为当代青年把好了文学书写与文学鉴赏的方向盘;另一方面又以其对历史的尊重、对英雄的礼赞、对现实的关怀以及对人生的引导,为当代青年昭示了一种真理的力量。正是在这样的昭示中,才能够扭转当代文化中某些愈演愈烈的"反崇高、反英雄、反理想"的西方"后现代"价值取向与"解构主义"的思想倾向,从而为当代中国特色社会主义文化强国战略提供充分可靠与切实可行的思想保障。

至此,人们或许可以回答那个自五四先辈以来就被不断论辩的问题——"新中国"一直到"新时代"究竟需要塑造具有怎样精神气魄的"新人"?何谓中华民族的优良基因?"新时代"需要怎样的文化氛围?问题的答案将在"红色话语"建构的路上被不断明晰丰富,同时,中华民族的民族自信也将在这条"红色"之路上不断赓续、不断增强,这也是开设"中国红色文学"课程的迫切原因和价值意义。

后 记

  记得小时候放学的路上所讲的故事不是《岳飞传》《杨家将》，就是小萝卜头、江姐、刘胡兰、方志敏、杨靖宇的故事，特别是毛主席在井冈山、在长征路上爬雪山过草地、在延安的故事。我们小伙伴跟着电影放映队到附近的村子看了一遍又一遍红色经典电影，像《闪闪的红星》《小兵张嘎》《地雷战》《地道战》《平原游击队》《铁道游击队》《洪湖赤卫队》《车轮滚滚》《白毛女》《红色娘子军》《永不消逝的电波》《烈火中永生》《渡江侦察记》《青春之歌》等电影，可以说是百看不厌。后来读了很多红色文学经典作品，比如《红岩》《红日》《青春之歌》《林海雪原》《太阳照在桑干河上》《暴风骤雨》《保卫延安》《红旗谱》……可以说，对革命英雄，我们如数家珍；对红色故事，我们滔滔不绝；对红色经典，我们情有独钟。

  斗转星移，几十年过去了，现在的孩子们包括青年大学生已经很少把这些红色故事挂在嘴边，萦绕在心头了。他们谈到的多是变形金刚、蝙蝠侠、超人、光头强，关注甚至沉迷的是网络电子游戏。

  郁达夫在纪念鲁迅大会上说："一个没有英雄的民族是不幸的，一个有英雄却不知敬重爱惜的民族是不可救药的，有了伟大的人物，而不知拥护、爱戴、崇仰的国家，是没有希望的奴隶之邦 。"还有人说："要了解一个民族，就要看他们崇拜的英雄是谁。"李大钊说："历史的道路，不全是坦平的，有时走到艰难险阻的境界，这是全靠雄健的精神才能够冲过去的。"习近平《在庆祝中国共产党成立95周年大会上的讲话》强调："一切向前走，都不能忘记走过的路；走得再远，走到再光辉的未来，也不能忘记走过的过去，不能忘记为什么出发。"忘记历史就意味着背叛。

  2013年，我从人文学院调到马克思主义学院工作，创建了"淮海地区革命文化博物馆"，又一次集中查阅了大量红色革命历史、红色经典作品。我们在博物馆里给青年学生讲述革命历史、讲好红色故事、讲清发展规律，收到了令人满意的教学效果。作为六家发起单位之一，已与中国共产党第一次全国代表大会纪念馆、常州三杰纪念馆、淮海战役纪念馆和上海师范大学马克思主义学院、常州大学马克思主义学院等单位联合发起成立"馆校合作联盟"，积极进行馆校联动，共育时代新人。

  2019年，我从马克思主义学院回归人文学院工作，在庆祝中华人民共和国成立70周年的特殊日子里，在亿万中国人民高唱《我和我的祖国》的经典旋律中，我再一次思考人文学院应该做些什么。文学创作是我们汉语言文学专业的一大特色，张新科教授先后创作出版了几部厚重的红色题材长篇小说，被称为"英雄传奇三部曲"的《苍茫大地》《鏖战》

《渡江》,后来又创作了《山河传》《惊潮》《江山》。我倡导设立了"红色文学大讲堂",并邀请多位骨干教师讲授"红色经典",这本《中国红色文学作品十五讲》就是在此基础上编写而成的。

2021年6月25日习近平在十九届中央政治局第三十一次集体学习时的讲话中强调:"红色是中国共产党、中华人民共和国最鲜亮的底色。"一百年来,红色文学作为伴随中国共产党一同成长壮大的最为重要的"现象级""文学流派",值得我们回顾、审视和研究。给青年学生讲授中国红色文学的发展历程,讲述红色文学作品中的革命英雄、感人故事,挖掘红色文学创作的社会历史背景、革命历史事件和红色革命精神,展现我们党的梦想和追求、情怀和担当、牺牲和奉献、初心和使命,以引起青年学生的心灵共鸣,让青年学生知晓中国共产党是怎么走过来的、中国的红色政权是从哪里来的、中华人民共和国是怎么建立起来的,用鲜活的英雄人物、生动的文学故事、感人的文学作品,坚定信念,鼓舞斗志,砥砺品格。"增强做中国人的志气、骨气、底气,不负时代,不负韶华。"让同学们深入了解中国共产党领导中国人民,经过北伐战争、土地革命战争、抗日战争、解放战争,推翻帝国主义、封建主义、官僚资本主义"三座大山"艰苦卓绝的革命历程;经过仁人志士百折不挠的艰辛探索,千千万万革命英雄的浴血奋战,创造的新民主主义革命的伟大成就。通过讲解红色经典作品,在潜移默化中让青年学生感悟中国革命的曲折与艰辛、英雄人物的伟大与崇高,真切体会"中国共产党为什么能"。品味红色经典,传承红色基因,赓续红色血脉,让红色火种生生不息。

本教材既是汉语言文学专业教材,也是面向青年大学生的通识课教材。教材以呈现中国红色文学发展脉络为旨归,主要有三项教学目标:构建红色文学历史谱系、提高红色文学鉴赏能力、传承红色革命精神。主要精选艺术感染力强、影响巨大、最能体现红色文学特征和革命精神的红色经典作品,兼顾体现本校文学创作特色的"英雄传奇三部曲"。

本教材是在新时代"专业思政""课程思政"背景下编写的,编写理念体现"三个结合",一是学术性与普及性相结合:教材内容注重学术含量,体现编写者原创性研究成果,但语言又深入浅出,明白晓畅;二是文学性与思想性相结合:既体现文学之美,又体现思想之光,在文学审美中,传承红色基因;三是故事性与启发性相结合:既力求讲好红色故事,富有趣味,使学生爱读爱听,又启发学生思考问题,追溯红色根脉,不忘初心,牢记使命。

《中国红色文学作品十五讲》由薛以伟担任主编,总体构思策划,组织编写,最后统稿定稿全书;任一江、梁化奎、吴云、张岩担任副主编,协助修改部分内容;梁化奎负责全书审订;任一江统一规范注释格式。编写组先后组织了三次大讨论,最后确定十五讲的具体内容,遴选作家作品。红色诗歌、红色戏剧、红色散文各占一讲,红色经典小说八讲。梁化奎、任一江、吴云、王为生、沈玲、盛翠菊、高秀川、赵哲、张岩、李文静、汪雪等多位教授、博士和骨干教师热情参与,承担了相关内容的讲授与撰写,详列如下:

第一讲　中国红色文学的源流与潮流,由薛以伟、梁化奎、任一江商讨详细纲目和内容,任一江执笔撰写,薛以伟改定。

第二讲　中国红色文学的历史谱系,由王为生、高秀川、盛翠菊、任一江、沈玲、赵皙、李文静等老师提供相关历史时期或相关体裁红色文学发展的文字资料,由薛以伟整合撰写初稿,吴云修改。

第三讲　蒋光慈的革命实践与文学书写:《短裤党》及其他,由高秀川撰写,薛以伟改定。

第四讲　红色牢狱文学的炼狱书写:《清贫》《可爱的中国》与《多余的话》,由吴云撰写,梁化奎改定。

第五讲　革命时代的热血吟唱:《别了,哥哥》及其他,由赵皙撰写,薛以伟改定。

第六讲　土改运动的阳光和风雨:《太阳照在桑干河上》《暴风骤雨》,由沈玲撰写,任一江修改。

第七讲　"喜儿"形象的历史构现与时代绽出:《白毛女》,由李文静、薛以伟撰写。

第八讲　革命烈火中的青春绽放:《青春之歌》,由张岩、薛以伟撰写。

第九讲　中国乡村革命的史诗:《红旗谱》,由汪雪撰写,任一江修改。

第十讲　歌不尽的红岩魂:《红岩》,由张岩撰写,薛以伟改定。

第十一讲　军人血性的传奇叙事:《亮剑》,由吴云撰写,薛以伟改定。

第十二讲　信仰的困惑与抉择:《人间正道是沧桑》,由王为生撰写,任一江、薛以伟修改。

第十三讲　谍战中的平凡与崇高:《潜伏》和《风声》,由任一江撰写,薛以伟改定。

第十四讲　一段革命历史,两类红色英雄:《吕梁英雄传》与"英雄传奇三部曲",由吴云撰写,梁化奎改定。

第十五讲　百年红色基因传承的文学叙事和话语建构,由薛以伟、任一江、梁化奎商讨详细纲目和内容,任一江、薛以伟共同撰写,梁化奎改定。

本教材在编写过程中,得到许多专家学者的关心、指导和帮助,也参阅了许多专家学者的著作和论文。按照江苏省高等学校重点教材的出版要求,我们又专门请南京大学李章斌教授、中国矿业大学史修永教授、江苏师范大学王志彬教授、盐城师范学院孙晓东教授和我校马克思主义学院周卫东教授等专家予以审定,提出了宝贵的建设性意见和建议,在此表示衷心感谢。

南京大学出版社责任编辑陆蕊含女士兢兢业业,不辞烦劳,付出了辛勤的汗水。没有诸位专家、师友和同仁的鼎力相助,就没有本书的顺利出版,我们都会一一记在心底。在本书出版之际,对诸位专家学者和师友同仁的辛勤付出和无私帮助,表示衷心感谢!限于水平,书中错误和不当之处在所难免,敬祈方家批评指正。

徐州工程学院:薛以伟
2021 年 7 月 23 日